КРАСНЫЙ ТРИУМФ

레드 트라이엄프

КРАСНВІЙ ТРИУМФ

레드 트라이엄프

초판 1쇄 찍은 날 2012년 1월 27일
초판 1쇄 펴낸 날 2012년 2월 7일

지 은 이 | 유호
펴 낸 이 | 서경석
편 집 장 | 권태완
책임편집 | 조수희
본문 디자인 | 이혜정

펴 낸 곳 | 도서출판 청어람
등록번호 | 제1081-1-89호
등록일자 | 1999. 5. 31
어람번호 | 제10-0010호

주소 | 경기도 부천시 원미구 심곡2동 163-2 서경B/D 3F (우) 420-822
전화 | 032-656-4452 팩스 | 032-656-4453
E-mail | chungeoram@chungeoram.com
HOMEPAGE | http://www.chungeoram.com
NAVER CAFE | http://cafe.naver.com/goldpenclub

© 유호, 2012

ISBN 978-89-251-2762-0 03810

GOLDPEN CLUB NOVEL 010

325792099808248023090901184993749853834344730459348534926771112023484354107

3978998723748123476587834974398478483162384698120187234081023в7

КРАСНЫЙ ТРИУМФ

레드 트라이엄프

유호 장편소설

황금펜 클럽 GOLD

목차

프롤로그

수백 송이 붉은 꽃으로 머리를 단장한 아름드리 난디플레임 몇 그루를 통과하자 광활한 마사이마라 초원이 다시 눈앞에 펼쳐졌다. 문자 그대로 끝이 보이지 않는 대초원, 비포장도로를 10시간 넘게 달렸지만 흙먼지를 피워 올리며 남쪽으로 이동하는 수백 마리의 누 떼가 본 것의 전부였다. 이제는 그마저도 사라져 오로지 황량한 지평선뿐이었다. 그리고 어느 순간, 아득한 지평선 너머로 희뿌연 구름에 허리가 잘린 눈 덮인 킬리만자로 정상이 불쑥 솟아올랐다.

"멋지군."

운전대를 잡은 거구의 흑인 오마르가 백미러로 뒤따르는 M35 트럭을 슬쩍 확인한 뒤 혼잣말처럼 중얼거렸다. 사파리 시즌이 본격적으로 시작되는 7월이지만 외진 지역인데다 곧 해가 떨어질 시간이어서 차량의 움직임은 거의 보이지 않았다. 오마르가 벙거지 모자를 눌러쓴 조수석의 동양인 사내를 돌아보며 유창한 영어로 다시 말했다.

"심바, 이제 국경입니다."

사내는 고개를 끄덕이며 검지손가락으로 선글라스를 밀어 올렸다.

"약속 장소는?"

"10분 정도만 더 가면 도착입니다."

"아이들 위치 점검해라."

오마르는 즉시 귀에 꽂힌 무전기 스위치를 열었다.

"위치보고."

—베타팀 정위치.

—알파 정위치. 그런데 동행이 생겼어.

"또 중국인들이냐?"

사내의 심드렁한 반문에 약간은 신경질적인 여자의 목소리가 돌아왔다.

—그런 것 같아. 물건 후방 2킬로미터, 두 놈이야. 지난주에 있었던 PPOA(케냐 공공조달감독청)청장과 현대중공업 부회장 미팅주선 직후부터 줄기차게 따라다녔는데 오늘은 유난히 심하네. 이것들 처리해야 돼.

오마르가 사내의 옆얼굴을 빤히 돌아보자 사내는 덥수룩하게 자란 턱수염을 쓰다듬으며 슬쩍 입술을 비틀었다.

"젠장, 이거야 원. 대가리 수만 좀 많아가지고 참 먼 데까지 따라와서 귀찮게 한다. 그러게 잘 좀 만들어 팔지 딱 중국 퀄리티로 만들어 팔아놓고 이제 와서 지랄이야 지랄이."

—이쯤에서 정신을 차리게 해줘야 돼. 이 바닥은 만만해 보이면 죽도 밥도 안 돼.

"야, 저것들 MSS(중국국가안전부) 아이들일 가능성이 높아."

—안다고, 어차피 조용히 끝내기는 어렵잖아. 물건 넘기는 거 사진이라도 찍히면 빼도 박도 못해요.

"쩝… 재미없네. 그래, 못 먹어도 고다. 한번은 부딪쳐야 할 판이니까 타이어를 터트리던지 라디에이터를 작살내던지 그 자리에서 움직이지 못하게 해라. 사람 죽는 것만 피해."

—이왕 하는 거 이참에 작살내지? 다시는 못 덤비게.

"인마, 됐어. 사람 죽이는 건 삼가는 게 좋아."

—하여간 소심하기는. 카피. 이탈할게. 아웃.

통화가 끝나기가 무섭게 지대가 낮아지면서 실개천을 낀 숲지대가 나타났다.

"여깁니다, 심바."

오마르는 비교적 키가 큰 나무 밑으로 곧장 차를 밀어 넣었다. 뒤따라 숲으로 들어온 트럭이 나란히 멈춰 서는 사이, 사내는 권총 슬라이드를 당겼다 놓고 다시 허리춤에 끼웠다. 모든 거래에서 가장 중요한 순간, 물론 가장 위험한 순간이기도 했다. 그가 차에서 내리자 숲 안쪽에서 사파리에 어울리지 않는 정장 차림의 흑인이 무장한 탄자니아 정규군 10여 명을 앞세우고 모습을 드러냈다.

"여, 라이언."

"마디 대령."

사내는 짧게 대답하면서 다가섰다. 가벼운 포옹이 이어지고 마디가 한 발 물러서자 사내가 담배를 꺼내 물며 말했다.

"확인하시겠습니까?"

"아아. 한국 물건인데 그럴 필요까지야 있겠소. 문제가 있으면 그때 연락합시다. 트럭은 어떻게 돌려 드릴까?"

"선물입니다."

사내가 트럭 키를 던지자 한 손으로 받아 든 마디가 이빨을 모두 드러내며 웃었다.

"송금 확인하시오."

"그러죠."

오마르가 얼른 위성전화기를 꺼내 발신 버튼을 누른 다음, 사내에게 넘겼다. 전화기에서는 50대 중반쯤 보이는 남자의 목소리가 흘러나왔다.

—송금 확인. 320만 달러, 키프로스 CBC, 20만 달러 남기고 나머지는 스웨덴으로 송금하마. 20만으로 연말까지는 그럭저럭 먹고살 거다. 그래도 아직 50만 달러 빵꾸야. 젠장. 장장 2년째 이게 무슨 꼴이냐? 블랙샤크만 사오지 않았으면 이렇게까지 쪼달리지는 않았을 건데 말이다.

"쩝… 일이 그렇게 꼬일 줄 알았나요. 어쨌든 수고하셨습니다, 아저씨. 다른 건?"

―소말리아 해역에서 또 납치사건이야. YTN에서 난리 났다. 한국선적 화물선이던데?

"젠장, 골고루 하는군. 발등의 불 대충 껐다 싶으니까 면도 할 일까지 생기네. 일단 알았습니다. 관련 정보나 좀 챙겨보세요."

―대신 케냐타에서 근사하게 술 한 잔 사.

"그러죠. 후후."

―조심해. 아웃.

사내는 전화기를 오마르에게 던져 주고 마디를 향해 환하게 웃으며 손을 들어보였다.

"확인됐습니다."

"흐흐. 당신하고 하는 거래는 언제나 시원시원하게 끝난다더니 역시 마음에 들어. 또 연락합시다."

"그럼. 안녕히."

탄자니아 병사 둘이 올라탄 컨테이너 트럭이 흙먼지를 피워올리며 남쪽으로 방향을 잡자 오마르가 차에 시동을 걸었다.

"나이로비로 돌아가시겠습니까?"

"그래야 할 것 같다. 나 공항에다 떨어트리고 넌 몸바사로 들어가라. 재고 털었으니까 창고 정리해."

"예, 심바."

사내는 시뻘건 잔해를 남기며 지평선 아래로 가라앉는 태양을 일별한 다음, 조수석으로 올라타 벙거지 모자를 쿡 눌러썼다.

"면도부터 해야겠군."

담배를 빼물고 까칠한 턱수염을 만지작거리는 사이, 차를 돌린 오마르는 즉시 온 길을 되짚어 달리기 시작했다. 덜컹거리며 한참을 달려 난디플레임 나무들이 무성한 고갯길을 통과하자 멀리서 피어오르는 한 줄기 연기가 보였다. 그리고 곧 연기가 피어오르는 자동차 옆에서 다급하게 손을 흔드는 중국인 2명이 나타났다. 엔진룸에서 연신 연기를 내뿜는 중국인들의 자동차는 앞바퀴 두 짝까지 모두 터져 움직일 방법이 없을 것 같았다. 오마르가 히죽 웃으며 말했다.

"태워달라는 것 같은데… 세울까요?"

"진심이야?"

사내의 장난스런 반문이 입 밖으로 나오기가 무섭게 트럭을 운전했던 칼리프가 AK를 빼 들고 뒷좌석 창문을 열었다.

"여기까지 오셨으니 마사이 점프라도 하시겠습니까, 심바?"

마사이 점프는 단순히 제자리에서 높이 뛰는 마사이족의 전통 춤으로 높이, 그리고 오래 뛰어 자신의 용맹함과 우수성을 보여주는 그들만의 퍼포먼스였다. 사내가 피식 웃었다.

"탁월한 선택이야, 칼리프. 장소가 장소니만큼. 후후."

킥킥대며 한참을 웃은 칼리프는 중국인들이 가까워지자 놈들의 발밑에다 가차 없이 AK를 긁어댔다. 기겁을 한 중국인들이 차 뒤쪽으로 달아나며 고래고래 악을 썼지만 깨끗이 무시, 주저앉은 차량을 그대로 통과해 북쪽으로 방향을 잡았다. 이 외진 곳에 차 없이 고립됐으니 중국인들이 사파리를 빠져나오려면 최소 이틀은 죽도록 고생을 해야 할 것이었다.

나이로비

주 케냐 한국대사관은 나이로비 대학 바로 건너편 애니버서리 빌딩 15층을 모두 사용했다. 주변에 높은 건물이 별로 없다 보니 대회의실 창밖으로 대학 캠퍼스와 나이로비 시내 전체를 한눈에 내려다볼 수 있었다. 벌써 저녁 8시가 훌쩍 넘어선 시간, 창가에 기대선 이철중은 느긋하게 캠퍼스를 오가는 학생들의 옷차림을 훑어보았다. 적도가 통과하는 위치임에도 불구하고 날씨가 서늘해서 다들 재킷 하나는 걸친 것 같았다. 해발 1,800미터를 넘어서는 무시무시한 나이로비의 고도 탓일 터였다. 누군가 등 뒤에서 그의 이름을 불렀다.

"이철중 소령님?"

시선을 돌리자 20대 후반의 날렵한 체격의 여자가 거수경례를 했다.

"대위 차수연입니다."

드물게 보는 미인형의 얼굴, 화장기 없는 맨 얼굴인데도 이목구비가 뚜렷해서 얼핏 보기에도 시원시원한 인상이었다. 굽 없는 단화를 신고 눈언저리까지 올라오니 신장은 대략 170쯤, 볼륨감 있는 몸매와 화사한 연두색 정장이 제법 잘 어울렸다.

'인사파일 사진은 확실히 문제가 있군.'

내심 헛웃음을 삼킨 이철중이 마찬가지 거수로 답례를 했다.

"퇴근 시간인데 미안하군, 대위."

"아닙니다. 오시느라 수고하셨습니다. 앉으시죠."

차수연은 얄팍한 파일 하나를 그의 앞으로 밀어놓으며 회의 탁자에 마주앉았다.

"대략 이야기는 들었습니다만 당장 대사관이 손을 쓸 방법은 없습니다."

"알아. 대위가 이야기하던 그 친구 파일인가?"

이철중이 파일을 펴자 차수연이 얼른 말을 받았다.

"라이언 킴, 36세, 싱글, 한국 이름은 김석훈, 경력은 확인이 어렵습니다."

"경력을 알 수 없다?"

"알려진 것이 별로 없는 인물입니다. 4년 전쯤부터 활동을 시작했는데 당시 서울로 발령 난 우리 서기관님과 막역한 사이였다는 정도입니다. 한국 여권을 사용하지도 않고 해외로 나갈 때는 라이언 킴이라는 이름으로 된 미국 여권을 사용하더군요. 우리 대사관에는 미국교포로 알려져 있는데 미국인 중에도 36세, 라이언 킴이라는 남자의 기록은 없습니다. 혹시나 싶어서 우리 정보기관 데이터베이스도 뒤져봤습니다만 김석훈이라는 이름으로 발급된 여권 19개 중에 동일 인물은 없습니다. 그리고… 여기 사람들은 대부분 심바라고 부릅니다."

"심바?"

"스와힐리어로 사자라는 뜻입니다. 이름이 라이언이라서 그렇게 불리는지도 모르지만 기본적으로 여기 사람들이 심바라는 호칭을 사용하는 건 보통 존경의 의미입니다."

"케냐는 영어가 공용어 아니었나?"

"기본적으로 영연방 국가이고 나이로비에 국제기구가 많이 몰려 있어서 영어를 공용어로 사용하긴 합니다. 그러나 국어는 엄연히 스와힐리어입니다. 스와힐리어를 쓰는 사람들이 더 많고요."

"그렇군. 뭐하는 사람이지?"

"어퍼힐 스테이트에서 작은 스파 겸 사파리 가이드 회사를 운영하는데 실제 영업은 하지 않는 것으로 보입니다. 주업은 케냐 정부에 납품되는 군화나 군복, 텐트 같은 군납 물품들을 수입해서 '아르마텍 케냐'를 비롯한 메이저 납품업체에 공급하는 일입니다. 사파리 가이드는 순전히 눈가림용인 거죠. 최근에는 밀리터리 에이전트까지 사업규모를 확장하고 있답니다."

"밀리터리 에이전트? 무기밀매?"

"예. 어쩌면 무기상보다는 정보장사가 더 정확할지도 모르겠습니다. 어쨌든 본격적으로 활동을 시작한 것이 불과 3년 전인데 벌써 케냐는 물론이고 소말리아, 탄자니아, 우간다 등 주변국까지 상당한 커넥션을 확보한 것으로 보입니다. 특히 케냐의 경우 공공조달감독청에도 선이 닿아 있어서 케냐 정부에 납품을 원하는 우리 기업들이 가끔 도움을 받습니다. 대사관도 마찬가지고요. 동아프리카 정보시장에서는 거의 최고로 인정하는 분위기입니다."

"무기밀매에 정보장사라… 재미있는 친구로군. 사진은 없나?"

"사진 찍는 걸 극도로 싫어합니다. 신장은 187, 8 정도? 건장한 체격에 선이 굵습니다."

"그 친구가 받아들일까? 위험할지도 몰라."

"개인적으로 안면이 좀 있습니다. 미리 운을 띄워놨고요. 원하시면 지금이라도 찾아갈 수 있습니다."

"가능하면 지금 가지."

차수연은 두말없이 전화를 꺼내 통화 버튼을 눌렀다.

"나예요. 차수연."

—아, 수연 씨? 별일 없죠?

"그랬으면 좋겠는데 별일이 있네요. 지금 좀 만날 수 있을까요? 손님 모시고 갑니다."

—그건 별로 반갑지 않은데? 데이트 신청이라면 모를까. 후후.

"장난치지 마세요. 지금 심각해요."

—하하. 미안해요. 스파에서 봅시다. 기다리죠.

"고마워요. 이따 봐요."

전화를 끊은 차수연은 곧바로 이철중을 데리고 대사관을 나섰다. 퇴근시간은 지났지만 나이로비 시내의 교통상황은 도무지 종잡을 수가 없었다. 여차하면 길바닥에서 몇 시간쯤 보내기 십상이었다.

　막히는 시내를 어렵게 빠져나온 두 사람이 김석훈이 경영하는 어퍼힐 스파에 도착한 것은 밤 10시가 훨씬 넘어서였다. 그리 먼 거리가 아닌데도 지독한 교통 체증 때문에 2시간 넘게 고생을 한 셈이었다. 그래도 깨끗하게 정돈된 스파 진입로부터는 가슴이 확 트이는 느낌이었다. 진입로에 들어서면서 가장 먼저 눈에 뜨인 건 연보라색 자카란다 꽃 몇 송이였다. 자카란다는 보통 10월 우기 직전에 만개하는데 최근의 이상기온 탓에 계절을 놓치고 몽우리를 터트린 모양이었다.

　차수연은 하얀 자갈이 깔린 아담한 연못을 돌아 현관 바로 옆에 세워진 신형 스포티지R 2대 옆에다 차를 세웠다.

　"여긴 무장 경호원이 보이지 않는군."

　뒷자리에서 주섬주섬 가방을 챙겨 든 이철중이 차에서 내리며 혼잣말처럼 중얼거렸다. 국경을 맞댄 소말리아의 극단적인 혼란 때문에 케냐의 치안도 대단히 심각한 상황이었다. 특히 나이로비의 경우, 테러나 강도사건이 워낙 많아서 시내의 웬만한 건물에는 입구마다 어김없이 무장 경비원을 두어야 했다. 그런데 이 스파는 비교적 외진 지역인데도 불구하고 무장경호원이 전혀 보이지 않았다.

"저도 그게 궁금해서 물어봤는데 성의 없는 대답으로 얼버무리더군요. 가져갈 것도 별로 없다느니, CCTV 카메라가 여기저기 설치되어 있으면 함부로 달려들지 못한다, 이런 식이죠. 기껏 세워놓은 경비원이 도둑을 불러들일 때도 많다면서요."

"노는 물이 다르다는 뜻인가? 후후. 이래저래 재미있는 친구로군."

"네?"

"아아, 그냥 그렇다는 이야기야. 신경 쓰지 말게. 들어가지."

몇 마디 주고받은 두 사람이 차량 사이를 빠져나오자 정문 현관에 삐딱하게 기대선 제니퍼가 담배에 불을 붙이며 퉁명스럽게 인사말을 건넸다.

"어서 와, 왕가슴."

짧은 탱크탑에 달라붙는 반바지 차림의 혼혈, 날렵한 허리선과 기하학적 문양의 타투가 고스란히 드러나 있었다. 기본적으로 차수연도 몇 번 만나 안면을 튼 사이지만 왠지 모르게 반감을 보여서 가까워지기는 어려운 아가씨였다. NATO 평화유지군 소속 장교였던 아버지와 영국계 케냐인 어머니 사이에서 태어났는데 모계 역시 혼혈이었는지 피부색은 연한 갈색에 가까웠고 이목구비 윤곽도 상당히 뚜렷했다.

체격이 왜소해서 얼핏 연약해 보이는 면은 있지만 전체적인 인상은 마사이 초원처럼 강렬했다. 남자처럼 짧게 자른 머리부터 군더더기 없이 날렵한 몸매, 트레이드 마크나 다름없는 갈색 트래킹화까지 몸 전체가 야성적인 매력을 물씬 풍겼다. 아버지가 사고로 사망한 뒤 행방이 묘연했다가 4년 전쯤 김석훈과 함께 나이로비에 나타났으며 나이는 정확하게 스물, 운동을 좋아하는 괴짜라는 정도가 아는 것의 전부였다. 차수연이 쓰게 웃으며 말을 받았다.

"오랜만이야, 제니. 그런데 그 왕가슴이라는 별명은 빼주면 안 될까?"

"별로. 2층에서 기다려."

제니퍼는 이철중에게는 아예 눈길도 주지 않은 채 툴툴거리며 건물 밖으로 나가 버렸다.

"휴. 저 녀석 성격은 여전하네요."

차수연의 입에서 낮게 한숨이 새나오자 이철중이 쿡쿡 웃으며 물었다.

"남자 뺨치게 터프한 아가씨로군. 왜? 둘이 좋지 않은 일이라도 있었나?"

"아뇨. 특별히 부딪힌 일도 없는데 제게 거부감을 느끼는 모양입니다. 난처할 때가 많네요."

"이유가 있겠지. 하하."

김석훈의 대한 이런저런 이야기를 나누면서 프런트 담당자의 정중한 안내를 따라 2층으로 올라갔다. 벽에 회반죽을 붙여 자연스런 문양을 만들어낸 외부 회랑이 이어졌고 마지막은 커피향이 은은하게 풍기는 응접실이었다.

20평 남짓해 보이는 깔끔한 응접실은 마치 한국에 돌아온 것 같은 분위기였다. 한국에서나 볼 수 있을 것 같은 아담한 등가구와 소파가 절묘하게 분위기를 맞춰서 응접실에 들어서는 것만으로도 저절로 집 생각이 나게 만들었다. 그러나 외부로 개방된 테라스 쪽은 분위기가 완전히 달라졌다. 나직한 야산을 배경으로 깔끔한 노천 온천과 배후지의 울창한 숲이 멋지게 어우러져 여기가 아프리카임을 실감하게 했다.

"사파리 호텔과는 확실히 느낌이 다르군."

테라스 난간에 기대선 이철중이 낮게 감탄사를 터트렸다. 나이로비 인근의 사파리 호텔 급 대형 스파들과 비교하면 턱도 없이 작은 규모로, 한국에서 유행하는 작은 펜션 수준이었다. 소파 테이블 위에 아무렇게나 던져 놓은 45구경 콜트만 아니라면 어느 평온한 시골의 펜션 분위기 그대로였다.

"잠시 기다리십시오."

커피 잔을 가져다 놓은 직원이 자리를 뜨자 이철중이 소파 테이블 위의 권총을 내려다보며 중얼거렸다.

"이게 진짜 이유겠네."

"네?"

"무장 경비원이 없는 이유 말이야. 용병 베이스캠프에 총 들고 뛰어들 미친놈은 없겠지."

"용병 베이스캠프라고 보십니까?"

"다른 해답이 없잖아. 그나저나 김석훈인가 하는 친구 말이야. 범생이 스타일인가?"

"네?"

"관리가 생각보다 깔끔해서 말이야."

"아, 그렇지도 않습니다. 만나면 금방 아시게 되겠지만 그건 아닐 겁니다. 관리에 신경 쓰는 사람이 아니에요. 스파 관리는 50대 중반쯤 보이는 아저씨 한 분하고 조금 전에 나간 마티라는 케냐인 매니저가 전부 도맡아서 합니다. 그 사람 바람둥이에 뺀질이에요."

이철중이 마주 웃으며 고개를 주억거렸다.

"친한 사이인 모양이네?"

"아직 친구라고 하기는 그렇지만 가끔 얼굴을 봅니다. 전에 일 때문에 몇 번 만났고 개인적으로 파티에 초대를 받은 적도 몇 번 있습니다. 친분을 쌓아두는 편이 좋을 것 같아서 따로 식사도 한두 번 했고요."

"흠. 그거 서로 관심 있다는 이야기로 들리는데?"

"예? 이성으로서 말씀입니까?"

"그래."

"소령님, 전 그 사람처럼 자신감만 넘쳐서 제멋대로 사는 사람은 취미 없습니다. 제 기록을 보셨으면 아실 텐데요?"

차수연의 짜증스런 대답에 이철중이 빙긋이 웃었다.

"알아. S급 스파이 뺨치는 자네 인사기록과는 많이 다르지. 자네만 데리고 소말리아에 들어가라는 명령을 받았을 때 별 토를 안 달고 수긍한 것도 자네가 프로라는 걸 인정하기 때문이야. 그런데 그 친구 이름을 입에 올릴 때는 자네 표정이 좀 달라져. 그거 알고 있나?"

"글쎄요. 기본적으로 그 사람 속은 절대 알 수 없습니다. 겉으로야 제게 호의를 보이는 것 같지만 필요에 의해서 접근했을 가능성이 상당히 높습니다. 저도 필요에 의해서 물리치지 않는 정도 선입니다."

"후후. 알았어. 그렇게 알고 있도록 하지. 하지만 명심해 두게. 외모는 가끔 사람을 속여. 자… 그 정도만 하고… 같이 일해본 사람들의 평가는 어때?"

이철중이 주제를 바꾸자 차수연은 억울하다는 표정으로 한참 그의 얼굴을 쳐다보다가 마지못해 입을 열었다.

"일할 때와 아닐 때의 차이가 극과 극이라는 평가가 주를 이룹니다. 제 생각도 마찬가지고요. 자신감이 넘쳐서 문제지만 평소엔 농담도 잘하고 부드럽게 분위기를 주도합니다. 대신 일이라고 전제가 붙은 사안을 접하면 무서울 정도로 냉정해지더군요."

이철중은 가볍게 고개를 끄덕였다. 정황상 충분히 이해가 되는 이야기, 험악한 무기와 정보시장에서 자리를 잡으려면 필수적인 요건일 터였다. 다시 개인적인 질문을 입 밖에 내려는데 계단 쪽에서 발자국 소리가 건너왔다. 안정된 걸음걸이와 훤칠한 키에 비교적 호감 가는 얼굴의 사내였다.

"어서 와요, 수연 씨. 며칠 못 본 사이에 더 섹시해졌네. 후후."

김석훈은 응접실에 들어서자마자 객쩍은 대사를 던졌다. 낡은 반팔 티셔츠 차림이었는데 무슨 작업을 하다가 나왔는지 옷가지는 온통 기름때와 땀에 절어 있었다. 함께 들어온 제니퍼는 그녀의 얼굴을 보자마자 곧바로 자리를 피했다. 평소 같으면 옆자리에 앉아서 TV를 켰을 텐데 자리를 뜨는 걸 보면 들어오면서 미리 이야기를 해둔 것 같았다. 두 사람이 소파로 다가서자 김석훈은 수건에다 대충 손을 닦고 느긋하게 탁자 건너편으로 돌아가더니 오디오에 경쾌한 재즈 음악을 걸어놓고 소파에 털썩 주저앉았다.

"Fly me to the Moon, 요즘 재즈가 입에 착착 감겨서 말이죠. 하하. 자. 앉으십쇼. 기다리게 해서 미안합니다. 갑자기 에어컨에 문제가 생겨서 삽질을 좀 했거든요."

"에어컨도 직접 고쳐요?"

"그럼요. 우린 사장부터 경호원, 사파리 가이드, 마사지사까지 전부 여덟 명이 운영하는 손바닥만 한 스파올시다. 그러니 뒷짐 지고 앉아 있을 수 있는 사람은 하나도 없지요. 하하. 그나저나 그간 잘 지냈어요? 우리 얼굴 본 지 한 열흘 됐죠?"

"잘 지냈어요. 우선 인사부터 하세요. 이쪽은 서울서 오신 이철중 씨, 이쪽은 김석훈 씨입니다."

김석훈은 기름으로 범벅이 된 손을 들어 보이며 어깨를 들썩였다.

"악수는 보류합시다."

이철중은 고개만 까딱해 보이고 상대의 얼굴을 물끄러미 건너다보았다. 이어 상대를 탐색하는 짧은 침묵의 시간이 흐른 뒤, 차수연이 본론을 꺼냈다.

"거두절미하고 말할게요. 아까 통화할 때 대략 예상은 했겠지만 도움이 필요해요."

"말씀하시죠."

대답은 차수연에게 했지만 김석훈의 눈은 이철중의 얼굴에 고정되어 있었다. 이철중 본인이 대답하라는 뜻, 이철중이 가방에서 서류철 하나를 꺼내 권총 옆에다 내려놓았다.

"기본적인 건 뉴스에서 보았으리라고 짐작합니다만, 어제 이스탄불을 출발해서 부산으로 향하던 한국선적 화물선 금성호가 오늘 새벽에 소말리아 해적에게 피랍됐습니다. 3만 5천 톤 급 화물선으로 선장은 56세 안재만, 항해사 47세 장순평, 나머지 선원 9명은 필리핀 사람입니다. 금일 17시 현재 라스하푼 동쪽 해상에서 연안을 따라 에일로 이동 중이라는 보고를 받았습니다. 율곡이이함이 급히 추격을 시작했지만 워낙 멀리 있어서 에일에 도착하기 전에 따라잡는 건 불가능할 겁니다."

"청해함대에 율곡이이가 나와 있나요?"

율곡이이함은 2010년 9월에 취역한 대한민국 최신예 이지스 구축함으로 KD—3급 중에서는 처음으로 해외에 파견된 강력한 전투함이었다. 웬만해서는 해외파견을 피하는 전략자원에 해당되는 강력한 전투함이지만 미국의 끈질긴 요구에 굴복해서 잠시나마 실전훈련을 내보낸 모양이었다.

"최영함이 돌아가면서 잠시 율곡이이가 파견됐어요. 미군의 요청으로 3개월 간 미국해군과의 합동훈련을 겸한 실전 경험을 쌓고 돌아갈 예정입니다. 구축함 레벨에서는 최강이라고 불리는 이지스함이지만 사건 발생 장소가 라스하푼 동쪽 무려 1,800킬로미터 해상이라 손을 쓰기 어려웠어요. 지난 유조선 피랍 때보다 훨씬 더 먼 인도양 해상에서 피랍된 겁니다. 더구나 아덴만에서는 우리 유조선 3척이 한꺼번에 통과하고 있었다더군."

"쩝… 해적들 설치는 영역이 점점 더 확대되는군요. 그런데 구체적으로 뭘 어떻게 도와달라는 겁니까? 보시다시피 전 촌구석에서 겨우 입에 풀칠하고 사는 사파리 가이드올시다."

장난스런 대답, 정색을 한 이철중이 파일로 권총을 툭 건드리며 매섭게 말을 잘랐다.

"괜한 신경전은 치웁시다. 당장 눈앞에 증거가 있으니까. 사전조사도 충분했고 말이오."

김석훈은 짐짓 당황한 표정을 지으며 두 사람의 얼굴을 번갈아 돌아보았다.

"이런, 수연 씨. 무슨 이야기를 했죠? 욕이나 안 했으면 좋으련만. 하하."

그의 어색한 표정에도 불구하고 이철중은 손목시계를 슬쩍 확인하고는 얼굴 표정 하나도 바꾸지 않은 채 재빨리 말을 이었다.

"가능한 빠른 시간 내에 금성호를 납치한 해적들을 만나게 해주었으면 합니다. 오늘 자정부터 72시간 이내 정도면 적당할 것 같군요. 그리고……."

"잠깐, 잠깐만요."

김석훈이 양손을 들어 올리며 말을 잘랐다.

"뭡니까?"

"우선 하나 확인하죠."

"말씀하세요."

"군사작전입니까, 협상입니까? 그것부터 확실하게 하죠."

이철중은 입술을 슬쩍 비틀었다.

"우리가 에일에 도착한 시점이면 금성호도 이미 에일에 도착한 다음입니다. 군사작전은 무리죠. 해적 수백 명이 몰려 있는 에일 해상에서의 군사작전은 누가 봐도 무모한 짓입니다. 솔직히 금성호가 에일에 도착하기 전에 추격에 성공한다고 해도 해적의 모선이 이미 합류한 상태라면 성공 가능성이 희박해요."

"군사작전이 아니라는 뜻으로 이해하겠습니다."

"그렇습니다."

"좋습니다. 다음으로 가죠. 공식적으로 정부나 국가기관은 협상에 개입하지 않아야 합니다. 알고 계시죠?"

"선주 금성해운의 대리인 자격으로 가는 겁니다. 우리도 바보는 아니니까요. 선주 측과 이야기도 마무리됐습니다."

"그럼 기본적인 요건은 충족했군요. 그런데… 글피 자정까지라면 시점이 너무 촉박한데요?"

김석훈은 고개를 갸웃하면서 찻잔을 들어 올렸다.

"너무 서두르는 거 아닙니까? 아닌 말로 내일은 해가 서쪽에서 뜨는 거 아닌가 모르겠네요. 솔직히 우리 외교부와 국정원이 이렇게 빨리 대응할 때도 있었나 싶은데요?"

탁상행정으로 초동대처에 필요한 시간을 모조리 까먹어 버리는 외교통상부에 대한 은근한 비난인 셈, 차수연의 눈매가 눈에 띄게 매서워졌다. 그녀의 신분 자체가 대사관 무관이다 보니 결국 차수연 본인을 매도한 거나 마찬가지였다. 분위기가 싸늘해지자 김석훈이 손사래를 치면서 말을 더했다.

"아아. 일찍 시작하는 게 잘못됐다는 의미는 아닙니다. 하하.

그런데 말입니다. 배를 납치하자마자 협상단이 날아와서 얼마면 인질을 석방하겠느냐고 묻는다? 그럼 저것들 반응은 어떨까요? 표준액이 얼마니까 그거 내고 얼른 데려가라고 할까요? 후후. 아쉽지만 절대 그러지 않을 겁니다. 최소한 며칠 냉각기를 거친 다음, 저쪽이 먼저 피랍을 발표하고 보험 에이전트가 접촉해 오도록 유도하는 편이 협상에 백번 유리하다는 겁니다."

"현지에 들어가려면 어차피 하루 이틀은 그냥 날아가지 않겠습니까? 바로 협상을 시작하는 것도 아니고 말입니다."

"이쪽이 서두른다는 인상을 주면 안 된다는 이야기입니다. 자칫 주도권을 놓치면 협상 자체가 깨져 버립니다."

"시간이 없다고 말씀드렸을 텐데요?"

다소 민감하다 싶은 날카로운 반응이었다. 김석훈은 빙글빙글 웃더니 파일을 도로 밀어놓으며 혼잣말처럼 중얼거렸다.

"총선이 코앞이니 나으리들이 '앗 뜨거라.' 하신 모양인데… 일단 알겠습니다. 그런데 왜 군이 저를 찾아오신 겁니까? 대사관에도 사람이 많을 거 아닙니까. 해적들과 인질석방 협상을 한두 번 한 것도 아니고 말이죠. 대사관 측에 쓸 만한 컨택 포인트 몇 개 넘겨 드렸는데요?"

"압니다. 그런데 그간 이루어진 몇 번의 협상 결과를 놓고 말이 많았어요. 영국인들이 중간에 끼어서 일을 더 어렵게 만들었다는 거죠. 지난번 우리 해군의 구출작전 이후 해적들의 행태도 많이 달라져서 이번엔 직접 손을 대기로 결정했습니다. 그리고 무엇보다 협상을 주도하는 기관이 다릅니다. 그 정도만 알아두세요."

"기관이 다르다?"

"모르는 척하지 마시오. 내가 국정원이나 외교부 소속이 아니라는 것 정도는 진즉에 눈치 챘을 것 같은데 말입니다."

김석훈은 대답 대신 빙긋이 웃었다.

"선장이나 항해사가 군의 높은 양반 친척이라도 되는 모양이군요."

"비슷합니다."

"더 알려고 하지 마라? 하하. 뭐, 좋습니다. 건너뛰죠. 그럼 몇 분이나 건너갈 생각입니까?"

"차수연 씨하고 나, 둘뿐입니다."

"차수연 씨가 갑니까?"

김석훈은 다소 의외라는 표정으로 차수연의 얼굴을 빤히 건너다보았다. 총탄이 난무하는 곳에 어울리지 않는다는 식의 의미, 차수연의 눈매가 다시 사나워졌다.

"라이언, 대사관에서 나만큼 아랍어를 하는 사람은 없어요. 그리고 대사관 무관의 공식적인 신분은 외교관이지만 그 이전에 군인이고 군인이 존재하는 이유는 국민을 보호하기 위한 거예요. 쓸데없는 이야기 꺼내지 말아요."

"아아. 알아 모시겠습니다요, 대위님. 후후. 어쨌든 글피 자정까지 해적 두목과 첫 번째 대면을 하면 되는 겁니까?"

김석훈은 다시 웃으면서 이철중에게로 시선을 돌렸다. 이철중이 말했다.

"인질의 생존은 확인해야겠지. 배의 상태도 마찬가지고."

"좋습니다. 그러면 일단 누굴 만나야 하는지부터 알아보고… 현지에 익숙한 믿을 만한 사람을 붙여서 경호팀 구성하고 괜찮은 영국인 협상전문가를 소개해 드리지요. 그거면 되겠습니까?"

"아니, 그걸로는 부족합니다. 영국인 중에 믿을 만한 사람은 없소. 믿는 건 멍청한 짓이지. 난 당신이 직접 협상테이블에 앉았으면 합니다."

"에? 내가 직접 협상에 나서라? 공무원이 쓰기에는 좀 비쌀 텐데요?"

"돈 값을 하겠지. 영국놈들에게 넘어갈 돈이 당신에게 간다고 생각하면 나도 마음 편하고 또… 효율적인 것과 불법적인 것은 일맥상통하는 점이 많지 않소?"

"차수연 씨를 앞장세우고 쳐들어온 이유가 있군요."

김석훈은 커피 잔을 들어 향을 음미하면서 잠시 침묵을 지킨 뒤, 잔을 내려놓고 빙그레 웃었다.

"뭐, 좋습니다. 그럼 이야기를 간단히 하죠. 비용은 50만 달러, 현금으로 지금 25만, 일이 끝난 뒤 25만, 협상 기간이 한 달을 넘어가면 1개월에 2만 달러씩 추가됩니다. 또 저쪽과 합의를 해야겠지만 협상은 기본적으로 나이로비에서 하게 될 겁니다."

"나이로비?"

"가능할 겁니다. 나이로비에서부터 소말리아까지 가는 이동수단과 식비는 포함이고 현지에서 고용하는 인력에 대한 비용은 별도로 청구하겠습니다."

예상 밖이라는 표정으로 미간을 좁힌 이철중은 능글맞게 웃는 그의 얼굴을 노려보며 말을 덧붙였다.

　"5억은 과하다는 느낌인데? 애당초 우린 보호가 필요한 사람들이 아니질 않습니까. 항공료나 현지 차량 구입은 몇 푼 되지도 않고 안내인 역시 현지에서 몇 명 고용하면 그만입니다. 그리고 본질은 당신이 얼마나 효율적으로 협상에 임하나 하는 쪽인데?"

　"생각하기 나름이겠죠. 보통 영국인들은 협상이 성사되고 인질이 석방되면 그냥 앉아서 몸값의 10퍼센트 이상을 커미션으로 챙깁니다. 지난번 우리 유조선 피랍 때는 무려 160만 달러를 챙겼죠. 총액 950만 달러 중에서 160만이면 대략 17퍼센트 정도 되는 건가요? 쉽게 우리 협상단이 왕창 바가지를 쓴 겁니다. 물론 변호사와 해사기구 브로커들을 끼고 있어서 일처리는 좀 편했지만 확실히 바가지죠. 뒷구멍에서 몸값 더 받아내라고 해적들 옆구리를 찌르는 것도 그놈들이니까요. 그리고 나이로비로 협상 테이블을 옮기는 것도 쉬운 일은 아닙니다. 보통은 제3국인 두바이에서 전화로 협상이 이루어집니다. 때로 몸바사에서도 진행될 때도 있지만 드문 경우죠. 앞마당에 불러다 놓고 요리를 하는 편이 아무래도 유리하지 않겠습니까? 난 그걸 가능하게 할 수 있고요. 하하. 자… 그건 그거고… 어쨌든 난 전후사정 고려해서 꼭 받아야 할 만큼만 제시했습니다. 수연 씨와의 안면 때문에 손해 보는 제안을 하고 있는 겁니다."

　"납득할 만한 대답은 아니군. 소말리아가 위험지역이라는 걸 고려해도 말이야."

정색을 한 이철중의 면전에 그가 다시 미소를 날렸다.

"이렇게 이야기하면 어떨까 싶군요. 거긴 동네 10살짜리 꼬마 아이도 수틀리면 AK를 휘두른다고 보시면 정확합니다. 더구나 지난 주말에 알샤밥과 정부군의 대규모 충돌이 다시 터지면서 모가디슈 일대가 완전히 전쟁터가 돼버렸습니다. 얼마 남지 않은 구호단체들마저 속속 소말리아를 떠나는 판이지요. 지난번 해군의 인질구출작전 때 해적들 수십 명이 사살된 것 때문에 한국인에 대한 감정도 별로 좋지 않습니다."

"그래서?"

말을 삼킨 이철중은 팔짱을 끼면서 물러나 등받이에 기대앉았다. 이제부터는 듣겠다는 뜻일 터였다. 김석훈이 엉뚱한 질문을 꺼냈다.

"총은 뭘 가지고 계시죠?"

"총?"

"가지고 계신 권총 말입니다. 아마 특임대 아이들 쓰는 독일제 USP쯤 될 텐데… 그거 저도 좋아하는 놈입니다. 어쨌든 그 정도는 그냥 들고 국경을 넘으셔도 됩니다. 소말리아 입국심사서류에 소유한 총기의 구경을 기입하는 난이 따로 있을 정도니까요. 물론 미국 돈 300달러면 좌판에 올려놓은 AK를 시장에서 과일 사듯 간단하게 살 수 있습니다. 웬만한 무기들은 현지에서 조달할 수 있다는 이야기죠. 그러나 그걸 사는 순간까지의 비어 있는 몇 시간이 협상팀 전원을 인질로 바꿀 수도 있습니다. 또 해적과 교류가 있는 군벌의 유력인사를 만난 뒤에도 100퍼센트 안전을 보장하지 못합니다. 같이 밥 한 끼 먹고 즐거운 대화를 나눈 것이 당신 뒤통수에 총알을 박아 넣지 않는다는 의미와 같지는 않으니까요. 결국 우린 매사 최악의 상황을 염두에 두고 움직여야 합니다. 무장한 채 진입하고, 유사시 탈출 루트와 방법까지 확보해야 현지에 들어갈 수 있다는 뜻입니다."

잠시 말을 끊은 김석훈이 커피로 입술을 적시자 차수연이 얼른 끼어들었다.

"라이언, 우린 당장 선금을 지불할 예산이 없어요. 몸값은 합의가 되면 보험회사가 지불하는 거고요."

"보험회사에 부대비용까지 청구하라고 하세요. 다들 그렇게 처리합니다. 1년에 수백억을 쓰는 방첩기관 비자금 규모를 생각하면 선금 25만 정도는 아무것도 아닐 텐데요? 안 그런가요?"

"라이언, 이럴 거예요?"

눈매가 더 사나워진 차수연이 아랫입술을 잘근잘근 깨물었다. 당장 25만 달러 정도 되는 거액을 구할 방법 같은 건 절대 없었다. 일단 우겨서라도 지급 시점을 협상 종료 이후로 늦추자는 생각을 떠올리는 순간, 이철중이 완전히 의외의 대답을 꺼내놓았다.

"지불하지. 출발은 언제쯤 가능하겠습니까?"

김석훈은 잠시 말을 끊고 물끄러미 이철중의 얼굴을 건너다보더니 고개를 가로저으며 말을 덧붙였다.

"조건이 하나 더 있습니다."

"이야기하십쇼."

"국경을 넘는 순간부터 되돌아 나오는 순간까지 모든 결정은 내가 합니다. 그 점만 확실히 하면 받아들이겠습니다."

"상황에 따라 다르겠지만 인정하죠. 됐습니까?"

"좋습니다. 그럼 돌아가셔서 준비를 마치시고 내일 오전에 다시 스파로 나오십시오. 사파리 가이드들 타는 경비행기로 라무까지 날아가서 밤에 국경을 넘을 겁니다. 가져오신 장비는 휴대하셔도 됩니다. 입국심사대를 통과할 생각은 없으니까요. 아! 대사관에 돌아가시거든 만일의 사태에 대비해서 율곡이이하고 연락을 취할 방법을 찾아놓으시는 것이 좋을 겁니다. 대사관도 몇 차례 경험이 있어서 응당 준비하고 계시리라 생각합니다만 혹시나 해서 사족을 달았습니다. 그리고……."

김석훈이 일사천리로 관련 사안을 설명하기 시작하자 이철중이 슬쩍 손을 들고 끼어들었다.

"그 정도면 설명은 충분하고… 이제 나도 하나 제안을 합시다."

"말씀하십쇼."

"파일을 보니 연배가 비슷한 것 같은데 일하는 동안은 말 놓읍시다. 내가 영 불편해서 말이오."

김석훈은 히죽 웃으며 선뜻 손을 내밀었다.

"그러지. 나도 그쪽이 편해."

얼결에 손을 맞잡은 이철중은 조금은 어이없다는 듯 피식 웃었다.

"어째 내가 손해 보는 느낌이군. 그럼 내일 보지."

"그래, 내일 보자고. 난 샤워라도 좀 하고 여기저기 전화질을 좀 해야겠어. 수연 씨도 내일 봅시다. 들어가요."

김석훈은 이야기가 끝나기가 무섭게 축객령을 내렸다. 당장 내일 출발하려면 준비해야 할 일이 태산이라는 핑계였다. 그러나 두 사람이 계단을 내려가자 김석훈은 전화기에는 손도 대지 않은 채 오디오 볼륨을 높이고 담배에 불부터 붙였다. 왠지 뒤통수가 서늘해진 느낌, 케냐가 자랑하는 최고급 브랜드 커피 '자바' 임에도 불구하고 개숫물을 입에 넣고 헹구는 기분이었다. 콕 찍어서 이야기할 수는 없지만 분명 감이 좋지 않았다.

"손님은 간 모양이군."

몇 모금 연기를 뿜어내고 꽁초를 재떨이에 던질 무렵, 구레나룻부터 수염이 덥수룩하게 자란 중키의 사내가 위스키 잔을 홀짝거리며 응접실로 들어왔다. 며칠 전에 막 55세 생일을 넘긴 푸근한 인상의 사내 양만호, 술 때문에 잘나가던 직장에서 떨려나고 술 때문에 이혼까지 당했지만 아직도 술에서 손을 떼지 못했다. 그러나 한때 ADD 창원 전체를 쥐고 흔들던 가락이 있어서인지 땅바닥을 기어 다니는 건 자동차가 됐든 무기가 됐든 모두 그의 손끝 하나로 해결이 가능했다. 덕분에 잠시 NSC 사무처가 관리하는 필드팀에 근무하면서 김석훈과 인연이 닿았고 당연히 김석훈이 무기와 정보시장에 자리를 잡는 과정에도 상당 부분 영향을 미칠 수밖에 없었다.

잔에 남은 술을 마저 들이켠 양만호가 탁자 건너편 팔걸이에 걸터앉으며 걱정스런 표정으로 그의 표정을 살폈다.

"정말 직접 갈 생각이냐?"

"그럴 생각입니다."

"너답지 않아. 대사관 일에 커미션을 너무 많이 부른 것도 그렇고, 별일 아닌 작업에 직접 건너가겠다고 하는 것도 그렇고 말이야. 지난번처럼 그냥 사람만 소개해 주고 끝내."

"일이 우습게 되긴 했죠. 서두르는 게 이상해서 혹시나 하고 찔러봤는데 선뜻 낸다고 하는 통에 덜커덕 걸린 꼴입니다."

"지금 소말리아 사정이 좋지 않은 건 네가 더 잘 알잖아. 여자에 정신이 팔리면 항상 일이 꼬여."

"쩝… 너무 그러지 마십쇼. 차수연 씨 때문에 회가 동한 건 사실이지만 솔직히 돈도 좀 급합니다."

"50만 정도는 다른 건으로도 해결할 수 있어."

"글쎄요. 올해 남은 오퍼는 브룬디뿐인데 그 사람 백정 놈들한테 우크라이나 미사일 런처 팔아먹는 건 아무래도 찜찜해서 말이죠. 그거 빼고 연말까지 50만 구할 방법 있으세요?"

"젠장. 말하는 꼬라지가 진짜 갈 모양이군. 너 도대체 생각이라는 게 있는 놈이냐? 오늘 준비해서 내일 들어간다고? 컨택 포인트 찾는 것만 해도 최소 이틀은 필요해."

"미리 전화 몇 통 해두면 컨택 포인트 찾는 건 어렵지 않습니다. 현지에서 방법을 찾아보죠. 브래넌인가 하는 MSF 친구 아직 마르카에 있죠?"

마르카는 모가디슈에서 남쪽으로 50㎞ 정도 떨어진 작은 도시였다. 모가디슈 인근 지역에서 유일하게 국제구호기구 '국경 없는 의사회(MSF)'가 남은 곳, 제대로 된 접안시설이 없어서 일반

선박으로는 상륙이 불가능하지만 방법은 없지 않았다. 양만호가 졌다는 표정으로 욕설을 토해냈다.

"빌어먹을, 도대체 무슨 배짱인지. 블랙샤크를 타고 가겠다는 거냐?"

"본전은 뽑아야죠."

"젠장. 일단 알았다. 연락해 보지. 요즘 그쪽 외부 통신사정이 좋지 않아서 확실치는 않아."

"부탁합니다."

"빌어먹을 자식. 아무래도 너 때문에 내가 제명에 못 죽을 것 같다. 환장하겠네."

양만호가 소파 팔걸이에서 엉덩이를 떼자 김석훈이 다시 씩 웃으면서 손에 든 술잔에다 손가락질을 했다.

"그건 내려놓고 가십쇼. 오래 사셔야죠. 후후."

"제기랄! 또 금주령이냐. 빌어먹을."

술잔을 내려놓은 양만호가 투덜거리며 응접실을 나서자 마치 교대라도 하는 것처럼 제니퍼가 들어와 옆자리에 바짝 다가앉았다.

"왕가슴 어디가 그렇게 좋은 거야?"

"무슨 소리야?"

"나도 신경 좀 써보게. 내가 다 벗고 설쳐도 라이언은 신경 하나도 안 쓰잖아."

"인마, 딸년이 벗는다고 신경 쓰이디? 까불지 말고 짐이나 챙겨."

"응? 나도 가는 거야?"

"그래. 마음 놓고 등 맡길 사람은 너밖에 없잖냐."

"하여간 빠져나가는 건 절묘해요. 호호. 알았어. 준비할게."

금방 화가 풀려 버린 제니퍼가 깔깔거리며 방에서 나가자 그는 TV를 켜서 YTN에 채널을 맞췄다. 화면에서는 30대 중반쯤 보이는 리포터가 여의도 국회의사당을 배경으로 열변을 토하고 있었다.

──…그러나 총선을 정확하게 30일 앞둔 시점에서 시행된 이번 여론조사에서도 집권여당은 여전히 고전을 면치 못하는 것으로 조사되었습니다. 이에 따라 총선이 끝난 직후, 개헌을 단행하겠다는 집권여당의 계획에도 큰 차질이 생기게 되었으며 종국에는 대선 일정도 혼선을 빚을 수밖에 없는 형편입니다. 최근 대선주자로 나설 것을 선언한 국방위원회 위원장 권용철 의원은 당대표자 회의에서 현재 당의 여건이 최악이라는 점을 강조하면서 당직자들의 분발을 촉구하고 곧 대통령에게 탈당을 건의하는 수순을 밟을 것으로 알려졌습니다. 내일 UAE 파견 아크부대를 방문하기 위해 출국하는 권 위원장은 이로서 마지막 공식행사를 마치고 본격적인 대선행보에 들어갈 예정입니다. YTN 이석재입니다.

'휴……'

미간을 잔뜩 좁힌 그는 나직하게 한숨을 토해내고는 TV를 켜 놓은 채 그냥 샤워장으로 직행했다. 제대로 된 생각이라는 걸 하려면 우선 씻어야 할 것 같았다.

КРАСНЫЙ ТРИУМФ 02
절망의 땅

차수연은 막 바다로 입수되는 새카만 고속정을 내려다보며 고개를 절레절레 흔들었다.

"이건 도대체⋯⋯."

"2년 전에 케냐 해군과 협상을 좀 해보려고 샘플로 들여왔는데 일이 꼬여서 그냥 내가 쓰기로 한 물건입니다. 엉뚱한 곳에 쓰게 되는군요."

요트처럼 날렵한 형태지만 함명도 숫자도 없는 손바닥만 한 워터제트 고속정이었다. 길이는 15미터 남짓에 폭은 대략 3.5미터쯤 보였는데 얼핏 보기에도 강력한 힘이 느껴졌다. 일행이 묵직한 장비박스와 보조연료통을 꼼꼼하게 배에 고정하는 사이, 김석훈이 장난스런 몸짓을 하며 보충설명을 했다.

"생겨먹기는 요트처럼 생겼는데 기본은 노르웨이 해군의 CB90H입니다. 알루미늄 선체 고속공격선으로, 중기관총과 헬파이어 미사일이 장착된 놈인데 무장은 제거한 상태로 도입했죠. 나중에 일부는 채웠지만요, 하하. 엉성해 보이는 캐빈은 제거했고 선체에 카본파이버를 덧대서 유선형으로 개조한 뒤, 러시아 아이들 자랑하는 스텔스 페인트 덧칠까지 했습니다. 당연히 웬만한 군사용 레이더에도 잡히지 않죠. 선미갑판에 침대 몇 개 추가했고 엔진도 손을 좀 봐서 최고속도가 58노트까지 올라왔습니다. 그리고 마지막으로 흘수, 이놈의 최대 강점이죠. 만재흘수가 달랑 0.8미터에 워터제트 추진이라 해안까지 자유자재로 드나들 수 있어요. 당연히 내 재산 목록 중 가장 꼭대기에 있는 녀석으로 우린 블랙샤크라고 부릅니다."

"멋져요. 레이더도 군용 같은데요?"

"브리지마스터―II, 배가 수면에 워낙 붙어 다니다 보니 조타수 시계가 별로 좋지 않아서 레이더연동 CRT 항법장치가 필수올시다. 이상! 이거면 이 녀석 소개는 대충 된 것 같고… 일단 탑시다. 참고로 승차감은 엉망이니까 움직이기 시작하면 뭐든 꽉 잡아요."

김석훈은 갑판 난간을 훌쩍 건너뛰더니 곧장 납작한 콘솔 안으로 들어가 자리를 잡았다. 모니터 여러 개를 띄워놓은 항법사 자리에는 양만호가, 제니퍼와 오마르는 가장 뒤로 들어가 고정식 침대 위에 누워 버렸고 차수연과 이철중, 칼리프는 고정된 시트에서 안전벨트를 맸다. 전부 7명, 장거리 원정을 떠나는 인원으로는 단출한 셈이었다.

그르릉!

묵직한 엔진 소리가 들리는가 싶더니 나직한 사이렌 소리가 스피커에서 흘러나왔다. 이어 경쾌한 기타와 드럼 비트가 터졌다. 차수연은 허스키에 가까운 리드보컬의 목소리를 잠시 음미하면서 기억을 더듬었다. 그러나 가수도 곡명도 기억나지 않았다.

이어 부드러운 가속감이 느껴졌다. 상체가 시트에 달라붙는 기분인데도 엔진 소음은 별로 느껴지지 않았다. 대신 바람 가르는 소리만 점점 더 커지고 있었다. 해안선이 점점 멀어져 하나의 선으로 보인다 싶어질 무렵 김석훈이 슬쩍 뒤를 돌아보며 씩 웃었다.

"이제 진짜 갑니다. 꽉 잡아요."

우르릉!

순간적으로 목이 휘청할 만큼 강력한 속도감을 뿜어낸 블랙샤크는 눈앞의 작은 섬을 날카롭게 선회하더니 물보라를 뿌리며 일직선으로 질주하기 시작했다.

숨 막히는 더위와 격렬한 선체진동에 얼마간 익숙해질 때쯤, 차수연은 콘솔을 벗어나 선미 갑판에서 바람으로 더위를 식혔다. 비좁고 시끄러운 콘솔 안에서는 오랜 시간 버티기 어려울 것 같다는 판단이었다. 잠시 시간이 흐르고 뺨에 흐르던 땀방울이 바람에 모두 날아가 버린 뒤, 김석훈이 맥주를 들고 뒤따라 밖으로 나왔다.

"터스커(케냐의 맥주상표)밖에 없네. 이걸로 참아요."

"고마워요."

하나를 건넨 그는 한 모금 마시면서 난간에 나란히 기대앉았다.

"저 친구는 잘 버티는 것 같은데… 거긴 견딜 만해요?"

김석훈의 시선은 출발한 이래 꼼짝도 하지 않은 채 앉아 있는 이철중의 뒤통수에 고정되어 있었다.

"쉽지는 않네요. 목적지까지 얼마나 걸리죠?"

"가능한 조용히 다녀야 하고… 목적지까지 거리가 대략 420킬로미터니까 운이 좋아도 앞으로 최소 10시간은 더 가야 할 겁니다. 아침에나 도착할 거니까 들어가서 좀 자둬요."

"잠이 오겠어요? 그냥 버티는 게 나을 것 같네요."

"그러시든지. 후후."

"운전은 누가 하죠?"

"제니."

간단명료한 대답, 차수연이 의외라는 표정으로 어깨를 들썩여 보였다.

"잘해요?"

"걱정은 안 해도 될 만큼 하죠. 우리 휴가는 여기다 먹을 거 잔뜩 싣고 어디든 훌쩍 떠나는 겁니다. 당연히 다들 많이 몰아봤죠. 올해는 세이셸 제도를 한 바퀴 돌기로 했습니다. 아무도 없는 해변에서 며칠 퍼지면서 술에 수영에, 지겨워질 때까지 낚싯대 던질 생각입니다. 후후."

그는 신나게 자랑을 하다 말고 씁쓸하게 웃었다. 블랙샤크 덕분에 휴가가 즐거워진 건 분명한 사실이지만 반면 머리에 쥐가 날 정도로 애물단지이기도 했다. 따지고 보면 탄자니아 군부에 총기 재고물량을 반값에 털어낸 것도, 이 귀찮은 잡일에 뛰어든 것도 이 애물단지가 남긴 빚을 털어내기 위한 피치 못할 선택이었다.

그런데 그의 복잡한 심중과는 달리 차수연은 눈을 가늘게 뜬 채 새카만 수평선을 한참 노려보더니 한숨을 폭 내쉬었다.

"휴… 솔직히 부럽네요. 군바리한테는 꿈같은 이야기잖아요."

"그럼 같이 갑시다. 숟가락 하나 더 놓는 거 일도 아니거든."

"갈 수만 있다면 가고 싶죠. 하지만 어려울 거예요."

"내가 출장 건수 하나 만들어서 대사님한테 들이대면 어떨까? 아마 허락해 주실 건데?"

"말도 안 되는 소리하지 말아요. 대사님 귀에 그런 이야기 들어가면 다시는 안 볼 거예요. 알아요?"

"넵! 알아 모시겠습니다."

"약속하세요."

"약속해요. 후후."

차수연은 몇 번 더 다짐을 놓고도 못 미더운지 한동안 그를 노려본 뒤에야 화제를 돌렸다.

"그런데 제니는 왜 데려가는 거예요?"

"제니가 왜?"

"스무 살짜리 여자애에겐 너무 위험한 동네 같아서요."

진심으로 걱정하는 표정, 김석훈이 담배를 꺼내 물면서 피식 웃었다.

"그런 걱정은 붙들어 매요. 수연 씨가 이야기하는 그 위험한 동네에서 제니의 별명이 붉은 표범이니까. 레드치타, 줄여서 레드라고 많이들 부르죠. 어쨌든 만에 하나 총격전이라도 벌어지게 되면 제니가 적이 아닌 것에 감사하게 될 겁니다."

"네?"

더 구체적인 대답을 요구했지만 김석훈은 말없이 그녀의 어깨를 쿡 짚은 다음 기묘한 미소를 흘리면서 콘솔 안으로 들어가 담배에 불을 붙였다. 수평선은 아직도 새카만 상태, 그런데 순간적으로 배의 움직임이 달라졌다. 이어 김석훈이 콘솔에서 고개를 내밀고 담배를 밖에다 던지면서 상기된 목소리로 말했다.

"들어와서 안전벨트 매요. 미확인 선박입니다. 파도가 다소 높은 편이라서 우리 레이더에 걸리지 않은 것 같네."

차수연은 급히 콘솔로 들어와 안전벨트를 맸다.

"소말리아 해군인가요?"

"아니, 소말리아 해군에는 군함이 없어요. 그리고 저건 최소 500톤이 넘는 것 같네. 십중팔구 케냐 연안 초계함이나 불법적으로 유해물질 폐기하는 다른 나라 선박이겠지만 재수 없으면 링스 탑재한 다국적 해군 호위함일 수도 있어요."

"다국적 해군이면 괜찮잖아요. 왜 피하죠?"

"우리가 해적으로 오인 받을 수 있으니까. 더구나 요즘 이쪽에서 설쳐대는 우한(중국의 052급 대공구축함) 같은 놈한테 걸리면 상황이 심각해집니다. 알다시피 여기 실려 있는 물건들이 좀 껄쩍지근하거든요. 케냐 국기를 달았지만 어차피 이 해역에서 국기는 아무 소용없습니다. 거리도 20해리밖에 안 돼서 걸렸다 싶으면 무조건 최고속도로 튈 거니까 뭐든 잡아요."

김석훈은 대답도 듣지 않고 곧장 맨 앞자리로 건너가 조타석을 넘겨받더니 안 그래도 어두운 배의 조명을 모조리 꺼버렸다. 남은 건 오로지 CRT 모니터의 푸르스름한 빛이 전부였다. 얼핏 콘솔 윈드쉴드에 떠다니는 김석훈의 창백한 얼굴이 유령처럼 느껴졌다.

"2시 방향, 19해리."

"17해리."

양만호가 고저 없는 목소리로 계속 방향과 거리를 보고했다. 거리는 점점 줄어들더니 15해리에서 마침내 다시 늘어나기 시작했다.

"3시 방향 16해리. 멀어진다."

"19해리, 목표 남쪽으로 선회."

"일단 상황해제. 지금부터는 해안 쪽으로 좀 더 붙여서 속도를 올립니다. 꽉들 잡아요."

조타석에서 허리를 한번 쭉 편 김석훈은 마치 아무 일도 없었던 것처럼 콧노래를 부르면서 느긋하게 방향을 틀기 시작했다.

❖

일행이 말라카 북쪽의 갈색해안에 발을 올린 것은 텅 빈 수평선에 햇살이 번지기 시작할 무렵이었다. 도착하자마자 가장 먼저 배에서 내린 양만호는 허름한 접안시설까지 마중 나온 백발의 독일인과 반갑게 포옹을 했다.

"이여, 브래넌. 아직 살아 있네. 흐흐."

"너도 마찬가지야, 마노."

"하하. 사지 멀쩡한 걸 보니 반갑군. 요즘은 알샤밥 아이들 총질하러 들이닥치지 않나 보지?"

"이 사람아, 여긴 평화유지군 주둔지역이잖아. 모가디슈도 시내 남쪽은 정부군이 장악하고 있어. 그리고 애당초 우린 십자가 앞세운 월드비전이나 디아코니아보다는 입장이 훨씬 편해. 그건 그렇고, 그래 무슨 일인가. 누가 총질이라도 하자던가?"

"이 친구 큰일 날 소리하네. 우린 총질 안 해. 흐흐. 차는?"

"미국인들이 픽업트럭이라고 부르는 회색 깡통이야. 차 이름은 에… 또… 모르겠네. 어쨌든 기름 꽉 채우고 MSF 로고 가려 놨어."

"고맙군. 신세 한번 졌네."

"천만에. 자네가 매년 보내주는 백신 한 박스면 저런 구닥다리 깡통은 10대쯤 사고 남아. 마음에 없는 공치사는 하지 말자고. 후후."

"하하. 좋아, 좋아. 우린 아이들 보내놓고 한잔하세. 98년산 키안티 몇 병 가져왔어."

"오호. 언제부터 이 독일 늙은이 취향까지 챙겨주는 착한 어린이가 됐지?"

"흐흐. 어린이는 네놈이고 난 어르신이지."

한동안 키득거리며 농담을 주고받은 두 사람은 일행이 모두 내려 각자의 배낭을 챙기자 다시 배에 올라타 선미 위장망 아래에 아예 자리를 펴고 앉았다. 일행이 일차 모가디슈에 다녀오는 동안 누군가 배에 남아야 했고 따로 이야기하지 않아도 양만호도 자신이 적임자라는 걸 알고 있었다. 김석훈이 개머리판을 접은 MP—7을 어깨 탄띠에 걸며 말했다.

"취하지 마세요."

"포도주 몇 병으로 취하지 않는다. 너나 조심해. 거긴 전쟁터야."

양만호는 빙긋이 웃으면서 난간에 세워둔 샷건을 툭툭 두들겨 보였다. 김석훈은 손가락 2개를 가볍게 이마에 붙였다 떼고 콘솔에 들어간 칼리프에게 소리를 질렀다.

"칼리프, 배 끌고 저쪽 절벽 밑 그늘 속으로 들어가서 대기해라. 무전기, 위성전화 가까이 두고. 상황이 변하면 연락하겠다."

"카피, 조심해서 다녀오십쇼."

브래넌이 빌려준 회색 깡통은 정신없이 시끄럽고 덜덜거렸지만 그런대로 잘 달렸다. 항구지역의 콘크리트 도로를 빠져나오자 총격으로 숭숭 구멍이 뚫린 후줄근한 건물들 사이에서 깡마른 아이와 여자들이 뛰어나와 무어라 소리를 지르기 시작했다. 박스테이프로 MSF 마크를 가렸음에도 불구하고 아이들은 상관없이 차를 따라 달리며 손을 벌렸다.

"제기랄!"

운전대를 잡은 오마르의 입에서 격한 욕설이 튀어나왔다. 소말리아 출신인 오마르의 입장에서는 차마 눈뜨고 보기 힘든 광경일 터였다. 물론 김석훈의 심정도 크게 다르지 않았다. 마음 같아서는 당장 세우고 뭔가 나눠 주고 싶었지만 여기서 차를 세웠다가는 오도 가도 못한 채 길바닥에 묶여 버릴 것이 뻔했다. 무시하는 수밖에 도리가 없었다.

어렵게 시내를 빠져나온 픽업트럭이 흙먼지를 날리며 해안도로 북쪽으로 방향을 잡자 이철중이 처음으로 입을 열었다. 이철중은 처음 블랙샤크에 탈 때부터 지금까지 단 한마디도 하지 않고 있었다.

"어디로 가는 거지?"

"모가디슈 항 근처에 있는 마디나라는 바야. 모가디슈에서 알콜을 입에 댈 수 있는 몇 안 되는 오아시스다. 영국대사관에서 한 서너 블록 떨어져 있어."

"술집?"

"그래, 정부군 지역이라 치안상태는 괜찮을 거다. 영국식 펍인데 소말리아에 상주하는 보험회사 브로커들 아지트다. 대부분 국제해사기구 IMO 변호사나 보험사를 끼고 있는 끄나풀들이지만 상황은 그것들이 가장 잘 파악하고 있어. 거기서 사람 하나 만나고 바카라 시장으로 건너갈 거야."

단편적인 설명에 불과했지만 이철중은 그걸로 만족했다는 듯 다시 입을 다물어 버렸다.

비포장이나 다름없는 텅 빈 도로를 1시간 남짓 달려 모가디슈 공항 활주로 구간을 벗어나고 나서야 제법 건물 같은 것들이 눈에 들어오기 시작했다. 그러나 차창 밖으로 보이는 풍경은 도시가 아니었다. 무너진 건물의 공터는 카트(흥분제 성분이 함유된 식물의 잎)를 씹으며 주사위를 던지는 젊은이들이 차지했고 아무 데나 쭈그리고 앉아 대마초를 돌려 피우는 아이들의 모습도 심심치 않게 보였다.

불과 10년 전까지만 해도 외국 대사관이나 호텔이었을 대형 건물들은 뼈대만 남았고 한때 금과 향수를 대규모로 거래하던 화려한 시장통은 아예 잔해만 남아 있었다. 수십 년에 걸친 잔혹한 내전이 휩쓸고 간 절망의 땅, 대로 한복판에서 잡초를 뜯는 깡마른 염소 두 마리가 처참한 모가디슈의 현실을 단적으로 보여주고 있었다.

오마르는 표지판도 없는 무채색의 도시를 마치 고향에라도 돌아온 것처럼 자연스럽게 달려 목적지를 찾아냈다.

"저게 마디나입니다. 조금 지나서 세우겠습니다."

손바닥만 한 네온사인이 붙은 나무문, 오마르는 출입구를 그대로 지나쳐서 50미터쯤 지난 골목 초입에다 차를 세웠다. 그가 권총을 허리춤에 챙기며 말했다.

"제니, 이 친구들하고 차에서 기다려라. 문제가 생기면 차는 다음 블록 뒷길로 가져가라."

"쳇. 베이비시터야?"

제니퍼가 투덜거리며 담배를 물었지만 무시해 버렸다.

"드나드는 놈들 얼굴이나 잘 챙겨봐. 느낌 이상한 아이들 보이면 즉시 이야기하고. 오마르, 가자."

귀찮다는 듯 팔을 휘젓는 제니퍼의 어깨를 툭툭 두드린 다음, 오마르를 앞장세우고 곧장 바로 들어갔다.

어둑해 보이는 바는 전형적인 영국식 펍에 아랍풍 소품들을 둘러쳐 놓은 이질적인 분위기였다. 홀 왼쪽은 전체가 높은 의자 10여 개가 놓인 스탠드가 길게 자리 잡았고 반대쪽은 후줄근한 테이블 2줄, 안쪽 화장실로 이어지는 복도의 벽은 싸구려 페르시안 벽걸이가 채우고 있었다.

들어올 때부터 신경을 건드리던 자욱한 담배 연기와 퀴퀴한 알콜 냄새는 곧 익숙해졌다. 어차피 몇 번 와본 적이 있어서 어색할 이유는 없었다. 천천히 어둠에 적응하면서 테이블들을 살폈다. 10여 명은 흑인에 나머지 15명 정도는 백인, 바텐더는 물론이고 손님까지 대부분 거칠어 보이는 인상의 사내들이었다. 그중 백인 두 사람은 언젠가 한 번 만난 적이 있는 영국계 신문기자였다.

손님들의 위치와 통로를 꼼꼼하게 확인한 뒤, 스탠드에 혼자 앉아 있는 흑인에게 다가가 선글라스를 벗고 옆자리에 올라앉았다.

"맥주 둘."

바텐더가 퉁명스럽게 무알콜 맥주 2잔을 올려놓자 흑인이 그의 얼굴을 힐끗 쳐다보면서 술잔을 입으로 가져갔다.

"귀찮게 하는군."

"이름 몇 개만 넘겨, 로웬. 그럼 사라져 주지. 천이야."

김석훈은 테이블 위에다 반으로 접은 달러화 뭉치를 올려놓았다. 로웬은 돈에는 눈길도 주지 않은 채 남은 술을 단숨에 들이켰다.

40대의 깡마른 사내 로웬은 자메이카계 영국인으로 구성된 범죄조직 '야디'의 중간보스였다. 주로 예멘에서 밀수입되는 헤로인을 소말리아 남부에 판매하는 공급책으로 최근 소말리아 내전이 격화되고 푼틀랜드 군부가 적극적으로 독립을 주장하기 시작하면서 판매 여건이 좋지 않아지자 군부에 줄을 댈 인질협상 쪽으로 사업다각화를 시도하고 있었다. 로웬이 뚱한 표정으로 돈뭉치를 바지 주머니에 쑤셔 넣으며 속삭이듯 말했다.

"아시드라는 놈이야. 아브 주하이드가 투자했다더군."

"주하이드? 푼틀랜드 그룹 서부군 사령관?"

"그래, 에일로 바로 가는 게 빠르겠지만 주하이드에게 얼굴을 비치지 않고 아시드를 만나는 건 불가능할 거다."

"부사소로 먼저 가야 할 거라는 생각은 나도 하고 있었어. 어쩔 수 없겠지."

부사소는 소말리아 북동부 아덴만 연안의 푼틀랜드 주 정부 소재지로 이른바 푼틀랜드 그룹이라고 불리는 푼틀랜드의 4개 군부가 장악하고 있었다. 그중 아브 주하이드의 서부군은 러시아, 이란 등 외부와도 선이 닿아 있는 푼틀랜드 군부 중에서 가장 강력한 세력이었다. 특히 GRU(러시아군 정보국)가 깊숙이 관련되어 있다는 설이 유력했다. GRU가 아브 주하이드와 손을 잡고 아프리카에 대한 미국의 세력 확장을 견제한다는 식의 설이었다.

로웬이 손짓으로 술 한 잔을 더 시키면서 말했다.

"조심하는 게 좋아. 주하이드가 얼마나 더러운 놈인지에 대해서는 내가 굳이 이야기할 것도 없겠지?"

"한 번 만난 적 있다. 잘 알지."

"그리고 아시드라는 놈도 해적질에 나선 놈들 중에서 가장 지랄스러운 자식이야. 이 바닥에 한 다리 걸친 작자들도 웬만해서는 만나기를 꺼려하는 악질이다. 너도 알겠지만 에일은 해적들이 지배하는 도시다. 중동과 아프리카의 모든 범죄자들이 모인 곳이기도 하고."

"명심하도록 하지. 한 가지만 더, 아브 주하이드하고 아시드 양쪽 모두에 줄을 댄 변호사는 누가 있지?"

"하여간 당신 여우야. 그 인간들이 손을 댄 일에는 보통 에버트 딘이라는 자가 협상에 나서더군. 러시아계 유대인 변호사다. 그것도 악질이긴 한데 그나마 말이 통할 거야. 사무실은 부사소 항구 근처에 있어. 내가 말할 수 있는 건 거기까지다. 나머지는 알아서 해."

"고맙군. 또 보지. 이제 기자 나부랭이들하고 이야기 좀 해봐야겠어."

김석훈은 20달러짜리 지폐 한 장을 스탠드 위에다 던지고 곧장 자리에서 일어섰다.

점점 뜨거워지는 햇빛을 피하기 위해 제니퍼와 차수연이 골목으로 들어간 사이, 이철중은 자리를 몇 번 옮기면서 위성전화로 서울을 호출했다. 위성과의 각도가 좋지 않아서 몇 번의 시도 끝에 겨우 사령부와 연결됐고 다시 5분여를 기다리고 나서야 정보사령관 장인수 중장의 졸린 듯한 목소리를 들을 수 있었다.

—어딘가?

"1차 목적지에서 첫 번째 컨택을 시도하고 있습니다. 군부 유력인사를 만나 통행증을 발급받으려고 하는 것 같습니다."

—브로커가 쓸 만한 모양이군.

"예."

—시간이 별로 없어. 저쪽이 눈치를 채게 되면 죽도 밥도 안 돼. 팀은 어디 있지?

"아마드(예멘 남쪽 해안도시)에서 대기 중입니다. 명령이 떨어지면 2시간 이내에 현장에 도착합니다."

—뒤처리 깨끗이 하게.

"명심하겠습니다. 아웃."

전화를 끊은 이철중은 트럭으로 돌아와 위성전화를 배낭에다 챙겨 넣고 바 출입구로 시선을 돌렸다. 아직은 조용한 상황, 시간을 확인했다. 11시 52분, 두 사람이 바에 들어간 지 10분이 채 안 됐는데도 느낌은 엄청나게 길었다. 따라 들어갈 걸 그랬다는 생각을 떠올리는 순간, 멀리까지 걸어갔던 제니퍼라는 아이가 돌아와 벌컥 백도어를 열었다.

"무기 챙겨!"

"뭐?"

그의 반문을 무시해 버린 제니퍼는 소음기 달린 MP—7 자동소총을 빼내면서 무전기에다 대고 길길이 악을 썼다. 차수연은 이미 권총을 빼 든 채 골목 어귀 담벼락에 붙어서 있었다.

"라이언! 당장 나오라니까! RPG야!!"

순간, 마디나 건너편의 2층짜리 건물 옥상에서 RPG 발사기가 불쑥 올라왔다. 사람의 얼굴은 보이지 않았다. 보이는 건 검은색 모자가 전부, 제니퍼는 그가 미처 반응을 보이기도 전에 번개같이 RPG를 조준해서 방아쇠를 당겼다.

퍼버벅!

잇달아 10여 발, RPG 바로 아래에서 터져 나간 콘크리트 가루가 솟구치고 RPG는 얼핏 시야에서 사라졌다. 그러나 바로 옆 건물에서 번쩍 섬광이 터졌다. 다른 RPG였다.

'한 놈이 아니라는 거냐!'

희뿌연 꼬리를 끌고 순식간에 마디나 출입구에 틀어박힌 탄두는 귀청을 찢을 듯한 굉음과 함께 시커먼 연기구름을 뿜어냈다. 그리고 다시 섬광, 또 한 발의 탄두가 연기 속으로 파고들었다.

콰쾅!

잇단 폭발의 서슬에 이철중과 차수연은 반사적으로 머리를 감싸고 주저앉았지만 제니퍼는 폭발에는 신경도 쓰지 않은 채 줄기차게 방아쇠를 당기고 있었다. 목표는 건너편 건물 옥상, 그러나 연기 때문에 보이는 건 전혀 없었다.

"제기랄! 라이언! 어디야!"

─귀청 떨어지겠다, 인마. 아슬아슬했지만 괜찮아. 지금 건물

뒤야.

가쁜 호흡을 가다듬는 김석훈의 목소리, 제니퍼는 안도의 한숨을 내쉬었다.

"뒈진 줄 알았잖아! 대답을 해야 할 거 아냐!"

―안 뒈지려고 좀 바빴다. 어떤 개자식이 쏜 거냐?

"모자밖에 못 봤어. 추격할까?"

―아니, 곧 군대가 들이닥칠 거다. 곧장 뜬다.

"로저, 포인트 투 대기. 아웃."

차로 뛰어든 일행은 시동을 걸자마자 골목 안쪽으로 차를 밀어 넣었다. 김석훈과 오마르는 공항 쪽으로 빠져나가는 골목에서 기다리고 있었다. 둘 다 얼굴을 알아보기 힘들 정도로 먼지를 흠뻑 뒤집어썼지만 비교적 멀쩡했다. 두 사람이 재빨리 뒤로 올라타자 제니퍼가 킥킥대며 가속페달을 밟았다.

"오자마자 신나는데?"

"말 함부로 하지 마라. 안에 있던 사람들 절반은 죽었어."

"염병. 연설 집어치우라고, 사람은 누구나 죽어."

내뱉듯 말을 던진 제니퍼는 담배를 꺼내 필터를 신경질적으로 씹기 시작했다. 피식 웃는 김석훈의 시선이 느껴지자 그녀가 슬그머니 말을 돌렸다.

"그런데 이거 우리를 노린 거야? 마디나가 통째로 날아가 버렸다고."

"지금으로선 뭐라고 말할 수가 없지. 다들 뭐 본 거 없어?"

"본 거라고는 모자 꼭대기뿐인데… 느낌상 검은색 베레모였던 것 같아."

자신 없는 제니퍼의 대답에 차수연이 토를 달았다.

"RPG치고는 탄두가 길었어요. 정확하지는 않지만 십자형 날개도 본 것 같고."

"RPG—28 계열?"

"단언은 못해도 1회용인 건 확실해요. 26 아니면 28 시리즈겠죠."

그는 미간을 잔뜩 좁혔다. 탄두 끝에 십자형 날개가 달린 대전차로켓이라면 확실히 RPG—28이나 26이었다. 그런데 RPG—28은 한 번 쏘고 나면 발사기를 폐기해야 하는 일회용이고 가격도 제법 비싸서 알샤밥을 비롯한 이슬람 반군들은 좀처럼 사용하지 않았다. 대신 가격도 저렴하고 발사기 재활용이 가능한 RPG—7을 선호했다.

관통력과 파괴력에서는 분명 차이가 나지만 미군의 M1A1이나 이스라엘군의 메르카바 같은 3세대 전차를 상대하지 않는다는 전제를 놓고 보면 그 차이는 아무것도 아니었다. 결국 RPG—28을 사용했다는 건, 메디나를 공격한 자들이 알샤밥이나 히즈불이슬람이 아니라는 이야기였다. 한술 더 떠서 공격 대상이 서방 기자와 보험사 브로커들이었다. 김석훈이 아는 얼굴만 해도 둘, 자칫하면 과거 모가디슈 전쟁이라고 불렸던 외국군대의 개입이 다시촉발될 수도 있는 위험천만한 상황이었다.

"젠장, 시작부터 헷갈리네."

갑자기 일이 복잡해진 셈, 그의 시선이 자연스럽게 이철중에게 돌아갔다.

"여건이 예상보다 훨씬 더 좋지 않다. 자칫하면 진짜 전쟁에 휘말릴 수도 있는데… 그래도 밀고 갈 거냐?"

"당연히, 놀러 온 건 아니니까."

이철중의 대답은 여전히 무표정하고 간단했다. 그가 고개를 삐딱하게 눕히며 양손을 들어 올렸다.

"될 대로 되라 이거지. 좋아. 그럼 부사소로 간다. 시간상 블랙샤크는 따로 에일로 올라오도록 조치하는 수밖에 없다."

"아니, 네가 차대위하고 같이 부사소로 가서 통행증을 받아와. 난 먼저 에일로 들어가서 돌아가는 상황을 보겠다."

"무슨 소리야?"

"난 아무것도 모르는 상태로 적진에 들어가지 않아."

"이건 전투가 아니야. 협상이다."

"내겐 마찬가지야. 최소한 적을 모르고 싸움에 임할 수는 없지 않나? RPG가 날아다니는 판이라면 더 그래."

"젠장! 내 결정에 따르기로 합의하지 않았어?"

"그러니까 지금 동의를 구하는 거다. 아니면 명령하고 끝냈지."

"빌어먹을, 물주가 죽으면 잔금은 어디 가서 받으라는 이야기냐?"

"위험한 짓은 안 해. 먼저 가서 현장의 상황을 보겠다는 것뿐이다. 무장한 놈들 대가리 수 정도는 알고 들어가자는 거야. 그리고 돈 걱정은 하지 마라. 내게 문제가 생기면 대위가 나머지 잔금을 치를 거니까."

김석훈은 이철중을 빤히 노려보며 잠시 침묵을 지켰다. 어쩌면 나쁘지는 않은 생각일 수도 있다는 판단, 누가 죽거나 다치지 않는다는 전제가 붙어야겠지만 현장을 먼저 확인하는 건 분명 필요했다. 어차피 전원이 부사소에 가는 건 효율적이지 못했다.

"환장하겠네. 네미럴, 오마르가 같이 갈 거다. 네가 무덤 파고 들어가 눕든지 머리에 총을 쏘든지 그건 멋대로 해도 좋은데 오마르가 다치면 너도 죽는 거야. 알아?"

"그럴 일 없을 거다."

"오마르가 하라는 대로 해. 괜히 나대다가 총 맞지 말고."

되는대로 욕설을 토해낸 그는 입맛을 다시며 담배를 꺼내 물었다. 순간, 멀리서 사이렌 소리가 들려왔다. RPG가 만들어낸 검은 연기는 아직도 가까이 보였다. 그가 담배를 신경질적으로 집어 던지며 오마르에게 눈을 돌렸다.

"빌라소말리아(대통령궁)로 빠지는 샛길 있을까?"

오마르는 대답 대신 열린 유리창 너머로 제니퍼의 어깨를 두드렸다.

"핸들 넘겨, 제니."

검문을 피해 북쪽으로 우회하느라 많은 시간을 허비하면서 '와다다'까지 넘어왔지만 문제는 여전했다. 와다다 대로까지가 정부군이 장악한 지역이고 대로 너머는 반군이 장악한 상황, 일단 바카라로 넘어가려면 정부군의 검문소를 거쳐야 했고 거기서

도 다시 알샤밥과 히즈불이슬람 양대 세력의 경계까지 5킬로미터 정도를 더 이동해야 목적지인 바카라였다. 그런데 최근 바카라 시장의 주도권을 놓고 알샤밥과 히즈불이슬람 두 세력이 첨예하게 대치하고 있었다. 덕분에 정부군의 검문소를 무사히 통과한다고 해도 양측의 무장트럭들이 자주 출몰하는 큰길은 이용이 불가능했다. 결국 마지막 6킬로미터 정도는 도보로 이동해야 한다는 뜻이었다.

도시를 대각선으로 가로지르는 대로가 나타나자 오마르가 진입 직전의 좁은 도로에 차를 세우고 파킹 브레이크를 밟았다.

"여기서 차를 버려야 할 것 같습니다, 심바."

비포장처럼 보이지만 도로가 넓어서 정부군과 반군이 경계로 삼은 도로였다. 그가 MP―7 고리를 어깨띠에 걸며 말했다.

"여기선 1시간 이상 걸리겠군."

"그렇겠죠. 뒷골목이나 빈집을 통해서 이동해야 하기 때문에 그 정도는 잡아야 합니다."

"내리자. 배낭 챙겨라."

각자 배낭과 무기를 챙기는 사이에 김석훈은 골목 어귀에 붙어서서 밖으로 고개를 내밀었다. 가장 먼저 보이는 건 멀리 남쪽에 있는 검문소, 근무자는 케냐 군복을 입은 무장군인 대여섯이 전부였고 거리는 대략 300미터였다. 그런데 주변에 신경을 쓰는 자가 하나도 없었다. 정부군 지역에서 대전차 무기에 의한 테러가 벌어졌는데도 아무 일도 없는 것처럼 평온한 모습, 인근 주민인 듯한 사람들 몇몇이 대로를 오갔지만 아예 관심이 없는 듯 서로 이야기를 주고받는데 열중하고 있었다.

"가자."

준비가 끝나자마자 곧장 대로 건너편 골목으로 뛰어들었다. 인적이 없어 허전할 정도, 그러나 이 먼 이국땅에서 줄초상을 치르지 않으려면 긴장해야 했다. 신경을 있는 대로 곤두세운 채 주인이 떠난 빈집과 낡은 건물 사이의 비좁은 골목을 번갈아 통과했다. 어느새 머리 위로 자리를 바꾼 태양이 기온을 턱없이 끌어 올리는 통에 몇 발 내딛지 않았는데도 금방 지치는 기분, 땀은 닦아낼 시간도 없이 흙먼지와 뒤엉켜 그대로 이마와 목에 달라붙었다. 건물들 사이로 가끔 나무도 보였지만 체온을 낮추는 데는 전혀 도움이 되지 않았다.

1시간 남짓 계속된 한낮 열기 속의 달리기는 몸의 수분이 모조리 빠져나간다는 생각을 떠올릴 무렵이 되어서야 겨우 끝이 났다. 어느 순간부터 골목 사이를 가로지르는 전선의 숫자가 많아지기 시작한 것, 오가는 사람들의 숫자도 확연히 늘어났고 사람들의 목소리도 작지 않게 들렸다. 마지막으로 반쯤 허물어진 빈집을 벗어나자 갑자기 붉은 파라솔의 숲이 눈앞에 꽉 들어찼다. 서방 세계에까지 널리 알려진 이른바 바카라 무기시장 '할와디그'였다. 수백 개가 넘는 파라솔 아래는 대부분 무기나 실탄을 올려놓은 좌판이고 그냥 길바닥에 실탄 몇 박스와 수류탄 서너 개만 깔아놓은 노인과 여자들도 적잖게 눈에 띄었다.

"저쪽입니다."

시끌벅적한 소음과 인파에도 불구하고 유연하게 파라솔 숲을 통과한 오마르는 얼마 지나지 않아 전깃줄이 만국기처럼 사방으로 뻗어나간 전봇대 옆 녹슨 철제 대문을 통해 시장통을 벗어났다. 목적지는 화재의 흔적이 고스란히 남아 있는 모스크였다. 오랫동안 사람이 드나들지 않아서 먼지가 문자 그대로 켜켜이 쌓인 장소, 일행이 들어서는 서슬에 떠오른 먼지가 좁은 창문들을 통해 들어온 햇빛에 반사되어 불에 그을린 미흐라브(기도하는 벽) 위를 을씨년스럽게 떠다녔다. 오마르가 먼저 배낭을 내려놓았다.

"아직 안 온 모양입니다, 심바. 잠깐 쉬면서 기다리죠."

"오케이. 휴식."

한숨을 돌리고 아무 데나 자리를 잡고 주저앉아 물 한 모금을 입에 무는 순간, 미흐라브 아래에서 미세한 발자국 소리가 들려왔다. 일행의 총구가 반사적으로 돌아갔지만 오마르가 재빨리 손을 들어 제지했다. 아는 사람이라는 뜻, 이어 미흐라브 바로 옆 연단 일부가 열리면서 살집이 좋은 60대 사내가 머리를 내밀었다. 입에는 747여객기만 한 시거가 물려져 있었다. 사내가 큼직한 목소리로 말했다.

"여. 오마르, 오랜만이야."

"오랜만입니다, 시타."

사내의 목소리가 워낙 커서 모스크 전체가 쿵쿵 울리는 기분이었다. 오마르와 반갑게 포옹을 한 사내는 바로 김석훈에게 시선을 돌려 목을 삐딱하게 한 채 머리를 숙였다.

"이번엔 친히 왕림하셨군, 심바."

김석훈은 발을 슬쩍 뒤로 빼 장단을 맞추면서 양 어깨를 으쓱해 보였다.

"요즘 돈이 좀 궁해서요."

"천하의 심바가 돈이 궁해? 별일이로군. 어디서 사기라도 당했소?"

"사정이 그렇게 됐습니다. 준비는?"

"어느 쪽이오? 양쪽 다 준비하라고 이야기는 했소만."

"부사소, 대신 에일에 몇 사람 먼저 내려놓고 가야 할 것 같습니다."

"흐흐. 내 그럴 줄 알았지. 부사소 동쪽 해안에 15명 대기시켰어. 반투족 전사 열다섯이면 세상없는 놈들도 함부로 달려들지 못할 게요."

"다른 건?"

"낙하산 2개 구할 수 있습니까?"

"돈만 낸다면야 당연하지. 물론 내 누추한 창고에 들렀다가 공항으로 가야 하는 문제가 있지만 말이오."

"부탁드리겠습니다."

"그럽시다. 내 창고가 지저분하긴 해도 모가디슈에서 가장 안전한 곳일 거요. 하하."

시타는 한껏 웃어젖히고는 예의 그렁그렁한 목소리로 일행을 모스크 밖으로 안내했다.

어둠 속의 체스

시타가 내준 비행기는 ICRC(국제적십자회)가 쓰던 의약품 수송기였다. 비교적 낡은 기체지만 대문짝만 하게 ICRC 마크가 찍혀 있어서 최소한 대공미사일에 맞을 염려는 없었다. 김석훈은 수송기가 소말리아 북부를 가로지른 칼마도우 산맥을 넘을 때까지도 입을 굳게 다문 채 생각에 잠겼다. 가장 먼저 머릿속을 괴롭히는 건 누가, 왜 마디나를 공격했느냐 하는 문제였다. 얼핏 생각하기엔 일행과 관련이 없을 가능성이 높았다. 그러나 경험상 이런 사안은 꼭 문제를 달고 다녔다. 확실하게 해둘 필요가 있었다.

일단 타고 갔던 픽업을 그냥 둔 것을 보면 목표는 그의 일행이 아니었다. 목표는 마디나였다. 마디나에 드나드는 기자나 보험사 정보원들일 가능성이 높다는 뜻, 그러면 누가 기자와 정보원을 노렸을까? 답은 애매했다. 기본적으로 마디나에 드나드는 인간들은 소말리아 군부에 도움이 되는 자들이다. 해적들이 납치에 성공해도 마디나에 드나드는 자들의 손을 일부 거쳐야만 현금이 손에 들어온다. 당연히 공격할 이유는 없다.

마디나의 존재에 불만을 가진 세력의 의도적인 공격이라면? 물론 가능성은 있다. 어차피 모가디슈 전체가 전쟁터인 판이니 그에 대한 수사는 보나마나 흐지부지될 터, 기회는 나쁘지 않았다. 모가디슈 북쪽 해안에서 유전시추를 하고 있는 중국 국영석유회사 CNOOC나 해적을 눈엣가시로 여기는 AU(아프리카 평화유지군)의 입장이라면 한번쯤 생각해 볼 수 있는 옵션이다. 그러나 AU나 중국이 외국인 사상자로 인한 역풍을 고려하지 않을 리 없다. 안 그래도 혼란스런 정국을 총체적 재앙으로 끌고 갈 생각은 없을 터였다. 결국 정보 부족, 지금으로서는 그저 하던 일에 집중하는 수밖에 도리가 없었다.

─착륙합니다. 비포장 활주로라 충격이 좀 있을 겁니다. 안전벨트 매십쇼.

스피커에서 조종사의 안내방송이 흘러나왔다. 시간은 막 오후 3시 10분을 넘어서고 있었다. 모가디슈 서쪽 거주구역 아프구예에서 오후 1시 15분에 이륙했으니 비행시간만 무려 2시간이 넘게 걸렸다. 에일 남쪽에 이철중과 오마르를 던져 놓고 오느라 늦어진 셈이었다.

큼직한 능선 하나를 넘으면서 급격하게 고도를 낮춘 수송기는 물이 말라 버린 강변을 따라 절묘하게 방향을 틀어 해안에서 조금 떨어진 개활지에 생각보다 부드럽게 내려앉았다. 수송기가 다시 날아오르기 위해 방향을 돌리는 사이, 계곡 그늘에서 빠져나온 낡은 군용 험비 1대와 무장 트럭 2대가 흙먼지를 뚫고 수송기로 다가왔다. 수송기가 완전히 정지하자 반투족의 지휘관으로 보이는 사내가 재빨리 다가와 손을 내밀었다.

"어서 오시오, 심바. 부사소 공항에서 정식으로 영접을 못해서 미안하군."

"아스팔트 깔린 공항에서 불법입국으로 체포되는 것보다는 비포장이 백번 낫지요. 후후."

몇 번 협상단의 경호를 맡겼고 사진으로 본 적도 있어서 어색하지는 않았다. 손을 내민 지휘관은 소말리아에서는 흔하지 않은 베인이라는 이름의 40대 사내로 거친 인상이지만 비교적 정확한 영국식 영어를 구사하고 있었다. 김석훈은 즉시 험비 뒷자리에 배낭을 던졌다. 오늘 중으로 가시적인 결과를 만들어내려면 아무래도 서두르는 편이 좋을 것이었다. 여자들까지 모두 올라타자 베인이 꿍 소리를 내며 조수석에 올라앉았다.

"부사소까지는 대략 2시간 거리요. 도로가 좋지 않아서 힘이 좀 들겠지만 긴 시간이 아니니까 견뎌보시오."

먼지 풀풀 날리는 비포장도로를 2시간 남짓 달려 도착한 곳은 부사소 외곽의 작은 호텔이었다. '살라다 호텔'이라는 허름한 간판을 내건 2층짜리 가건물로 전체를 빌리는데 400만 실링을 받았다. 달러당 6,500실링으로 계산하면 대략 620달러 정도, 바가지가 분명했지만 푼돈에 신경 쓰고 싶지는 않았다.

　아이러니하게도 소말리아 실링의 대 달러 환율은 5년째 6,500실링 수준으로 고정이었다. 돈을 새로 찍어낼 정부가 없다 보니 인플레이션이 없다는 이야기, 주민들 입에서 독재보다는 차라리 무정부상태가 낫다는 푸념이 나오는 것도 무리가 아니었다. 어쨌든 방은 비교적 깨끗했고 방충망도 제대로 갖춰져 있어서 하룻밤 숙소로 쓰기에는 제법 괜찮았다. 대신 냉방은 없었다. 좀 더워도 물만 있다면 그 정도는 얼마든지 참아줄 수 있었다.

　재미있는 건 호텔의 위치가 강력한 추격팀도 간단하게 따돌릴 수 있을 만큼 비좁은 골목과 도로들 한가운데라는 점이었다. 진입로에는 낡은 택시들이 줄줄이 서 있고 주변은 좌판과 광주리를 깔아놓은 식료품 가게들을 비롯해 후줄근한 식당과 기계수리점으로 온통 뒤덮여 있었다. 쉽게 생각해서 시골 어촌의 시장 한복판, 지독한 악취로 코를 들기가 쉽지 않으나 호텔 안에 들어가면 그래도 견딜 만한 수준이었다. 따지고 보면 애당초 그가 요구했던 숙소에 그런대로 부합하는 자리였다.

　그는 베인에게 호텔 위치에 대해 만족감을 표시한 뒤, 하나밖에 없는 공동샤워장에서 간단하게 샤워를 하고 되짚어 호텔을 나섰다. 단이라는 작자를 만날 생각이었다.

　경호팀 대부분은 호텔에 그대로 대기시키고 베인과 부사소 지리를 잘 아는 젊은 친구 하나만 앞장세운 채 군의 검문을 피해 시내로 들어섰다. 막 저녁 6시가 넘어선 시간인데도 시내는 생각보다 한가했다. 무려 20만 명이 거주하는 푼틀랜드 주의 주도라고는 생각하기 어려울 정도로 인적이 드물었다. 반면 치안 상태는 확실히 나쁘지 않아 보였다. 군부가 도시를 장악해서인지 모가디슈의 지독한 혼란과는 분명 다른 모습, 마약과 라두(주사위 놀음)로 시간을 죽이는 모습이 전혀 없는 건 아니지만 그런대로 사람이 살 수 있는 분위기였다.

단은 항구에서 가장 큰 창고 2층을 개조해서 사무실로 쓰고 있었다. 창고 근처에 있는 시장통에다 베인과 제니퍼를 남겨두고 차수연과 단둘이 단의 사무실을 찾아 올라갔다.

"어떻게 도와드릴까요?"

계단을 올라가 철문을 열자 20대 중반쯤으로 보이는 흑인여자가 서류철을 금고에 넣다 말고 그를 돌아보았다. 김석훈이 사무실 안쪽에 있는 간유리 달린 나무문을 가리키며 말했다.

"미스터 단을 만나야겠는데? 있죠?"

"약속하셨습니까?"

"반가워할 겁니다. 돈 줄 사람이니까요."

"약속 없으면 잠깐 기다리세요. 변호사님께 말씀드려 보겠습니다."

그는 길을 막아서려는 여자를 무시하고 그대로 사무실을 통과해 문을 밀어냈다. 책상 위로 머리를 숙이고 있던 40대 갈색머리가 화들짝 놀라며 자세를 일으켰다.

"뭐야!"

막 코카인을 들이마셨는지 소리를 지르면서도 손등 엄지 부분으로 연신 코를 문지르며 킁킁거렸다. 김석훈이 소파에 털썩 주저앉으며 말했다.

"주하이드 장군을 만났으면 싶은데 전화 좀 넣지?"

"제너럴 주하이드? 당신 누구야?"

"우리 배를 돌려받았으면 싶어서 말이야."

"배?"

눈을 가늘게 뜬 단은 잠시 히잡으로 얼굴을 가린 차수연을 노려보더니 알겠다는 듯 고개를 끄덕였다.

"한국인인가?"

"그런 셈이야. 이쪽은 금성해운에서 나왔어. 그러니 잡소리 치우고 전화하지? 사실 미스터 주하이드와 개인적으로 만난 적은 있는데 연락처를 몰라서 말이야. 어디 있는지 알려주던지 아니면 전화번호를 줘. 어차피 당신하고는 또 얼굴을 봐야 할 거 같은데 쉽게 가자고."

"에일에 들어갈 통행증이 필요한 모양이로군."

"아시드라는 인간 얼굴도 보기 전에 총알 세례를 받고 싶지는 않으니까."

"연락하지. 누구라고 전할까?"

"라이언, 어퍼힐 스파."

"오호. 당신이 그 라이언?"

단은 신기하다는 표정으로 그의 얼굴을 유심히 뜯어보았다. 그러나 벙거지 모자에 알이 큰 선글라스를 껴서 이렇게 봐서는 다음에 만난다고 해도 알아보기 어려울 것이었다.

"신경 건드리지 말고 연락이나 해."

"알아 모시지. 흐흐."

단은 느릿하게 전화기를 들어 어디론가 전화를 하더니 유창한 소말리어를 주워섬겼다. 중간에 '코리아와 라이언'이라는 두 단어가 섞인 것으로 보아 일행의 존재를 알리는 것 같았다. 단은 잠시 침묵을 지키고 몇 마디를 더 주고받더니 전화를 끊었다.

"라이언이라는 이름값이 제법 되는군. 데려오래."

"고맙군. 그럼 갈까?"

단은 두 사람을 사무실에서 얼마 떨어지지 않은 해변으로 안내했다. 저택들이 줄줄이 늘어선 해변, 상점마다 불도 제법 환했고 밤거리에 나선 사람들도 수십쯤은 눈에 띄었다. 해변을 마주 본 상점가 어디에서 강한 비트가 섞인 음악이 흘러나왔다. 단이 동쪽 끝에 있는 2층 건물을 가리키며 말했다.

"해변으로 내려가지. 내가 만든 클럽이야. 원래는 외국인들을 상대하는 클럽인데 요즘은 이 동네 젊은 것들도 부지런히 드나들더군. 후후."

건물은 제법 규모가 컸다. 해변과 마주한 길이만 100m가 넘어 보였고 해변 쪽으로 만든 플로어는 값비싼 목재로 지붕을 씌워 제법 쓸 만한 스탠드바와 춤을 출 수 있는 공간을 만들어놓았다. 아직 이른 시간이고 출입구부터 상당수의 무장병력이 깔려 있는데도 플로어에는 대략 30명쯤 되는 젊은이들이 강렬한 레게 비트에 맞춰 흐느적거리고 있었다. 그중 10여 명은 백인이고 대여섯은 흑인, 대충 봐도 부잣집 자식이라는 걸 알 정도로 티가 나는 고급 브랜드의 옷가지를 걸치고 있었다. 대신 여자는 대부분 10대 후

반으로 보였는데 전부 반라의 비키니 차림이었다.

"신기하지 않나? 부사소에서 비키니에 술이라니, 흐흐. 내가 만들어놓고도 믿기 어려울 지경이야. 인구의 95퍼센트가 이슬람교를 믿고 내전에 20년 넘게 시달린 거친 나라에서도 이런 요지경은 만들어지더군."

킬킬거리는 단의 말에 김석훈은 담담하게 고개를 끄덕였다.

"여기도 사람 사는 곳이니까."

"하하. 맞아, 여기도 사람 사는 곳이지. 사실 엄밀히 말하면 여기 있는 것들은 정통 모슬렘하고는 거리가 멀어. 살라피 같은 정통 모슬렘들은 음주나 흡연, 도박, 춤, 음악을 일체 금하는데 여길 한번 봐. 금방 내가 주워섬긴 것들 중에 하나라도 빠진 게 있냔 말이야? 흐흐. 뭐 어차피 복장이나 외모만으로도 이슬람교하곤 거리가 멀긴 하지."

"여자 아이들은 약을 좀 한 것 같군."

"뭐 그렇다고 봐야지."

"팔면 얼마나 받지?"

"뭘?"

"여자아이들."

"쓸데없는 걸 묻는군. 여긴 소말리아야."

"대답이 아니다."

"쉽게 이야기하면 이래. 필요에 따라서 내보낸다. 팔려서라도 이 지옥을 탈출하고 싶어 하는 아이들이 널렸으니까. 오지랖 넓게 남의 사 참견하지 말고 바부터 가자고. 클럽에 왔으니 맥주 한

잔씩은 해야지."

그는 베인과 제니퍼가 뒤따라 클럽으로 들어서는 것을 곁눈으로 확인하면서 스탠드에서 맥주를 받아 들고 안쪽으로 들어갔다. 클럽과 완전히 분리된 유리문을 들어서자 단이 돌아서면서 손을 벌렸다.

"총."

두 사람은 말없이 허리춤의 권총을 빼서 단의 손에 올려놓았다. 단이 탄창을 빼며 다시 말했다.

"USP로군. 독일놈들 물건치고는 꽤 괜찮지. 백업도 꺼내."

그가 발목에 채운 권총을 빼서 넘기면서 말했다.

"그녀는 없어."

단은 고개를 돌려 경호원들에게 턱짓을 했다. AK를 든 경호원이 재빨리 달려들어 몸수색을 하고 물러섰다. 허벅지를 더듬을 때 차수연이 움찔했지만 저항을 하지는 않았다. 단이 턱을 쓰다듬으며 중얼거렸다.

"흠… 이거 복장이 영 시원치 않은데?"

"복장?"

그는 고개를 갸웃했다. 호텔에서 옷을 갈아입긴 했지만 더운 지방에서 흔히 볼 수 있는 평범한 사파리 점퍼, 그러나 소말리아에서 이 정도면 나쁘지 않은 복장이었다. 단이 차수연을 아래위로 훑어보며 다시 말했다.

"얼굴은 봐야 하지 않겠어? 여기선 히잡 쓰는 사람이 더 이상한 거야. 후후."

그는 차수연을 돌아보고 고개를 까딱해 보였다. 차수연이 히잡을 벗어 어깨에 걸치자 단이 만족했다는 듯 만면에 미소를 머금었다.

"히야! 이거 사방이 극적으로 환해지는데? 이렇게 멋진 미모를 가리고 다녔으니 복장 이야기가 나오잖아. 흐흐. 이쪽 얼굴을 봐서 오늘은 그냥 넘어가 주지. 솔직히 평소 같으면 내가 데이트 신청이라도 해봤을 거 같은데 말이야. 하하. 명함 같은 거 없어?"

차수연은 입술을 꾹 깨물더니 윗주머니에서 차명인이라는 이름으로 된 금성해운 명함을 꺼내 단에게 내밀었다.

"흠, 차… 미엉인? 발음이 좀 어렵군. 어쨌든 나중에 전화하면 받으쇼. 언제 식사라도 대접하지. 흐흐흐."

명함의 전화번호 정도는 조치를 해놨을 테니 걱정할 필요는 없을 터, 김석훈이 목소리를 깔았다.

"함부로 나대다가 머리에 총알구멍 나는 수가 있다. 말조심해."

"헛! 이거 무섭군그래. 흐흐. 미안하다고. 이제 들어가지. 저쪽이야."

단이 가리킨 문을 통과하자 가장 먼저 차르르 하는 굉음이 귀청을 때렸다. 룰렛 돌아가는 소리였다. 이어 자욱한 담배 연기와 왁자지껄한 소음 사이로 슬롯머신의 기계음이 들리고 이따금 노름꾼들의 탄성이 흘러나왔다. 큰 규모는 아니지만 제법 깔끔하게 꾸며진 카지노였다. 대략 20대쯤 되는 슬롯머신 2줄 건너로 룰렛과 주사위 테이블이 보이고 다음은 블랙잭과 바카라 테이블 10여 개가 이어졌다. 재미있는 건 테이블 위에 감시카메라도 몇 개 설치되어 있다는 점이었다. 단이 말했다.

"요즘은 저쪽 소말리랜드는 물론이고 수단과 에티오피아, 예멘에서도 꾼들이 날아오고 있지. 어때? 한판 하겠나?"

"오늘은 됐어. 다음에 들르지."

"당신 같은 부자 돈을 좀 빼먹어야 하는데 아쉽군. 후후. 올라갈까?"

카지노 가장 안쪽 계단을 올라가 다시 유리문을 통과하자 엉뚱하게도 웅장한 교향곡이 귀청을 때렸다. 이어 전면 유리 너머 새카만 바다를 배경으로 대형 버블욕조와 벽걸이 TV가 시선을 잡아당겼다. 단이 차수연의 명함을 내밀며 말했다.

"손님입니다. 제너럴."

50대 중반의 살집 좋은 거한 아브 주하이드는 유행이 지난 파이프 담배를 입에 문 채 욕조 안에서 오페라의 유령 메인테마에 맞춰 오케스트라를 지휘하듯 지휘봉을 휘두르고 있었다. 모델 뺨치는 젊은 여자 둘이 찰싹 달라붙었지만 신경 쓰는 것 같지는 않았다. 푼틀랜드는 물론이고 소말리아 전역에 막강한 영향력을 행사하는 푼틀랜드 그룹 서부군 사령관의 이미지와는 조금 다른 느낌, 군인이라기보다는 닳고 닳은 장사꾼의 냄새가 물씬 풍겼다.

주하이드는 명함은 무시한 채 지휘봉을 내려놓더니 눈을 가늘게 뜨고 두 사람을 번갈아 쳐다보았다. 시선은 곧 그에게 고정되었다.

"이쪽이 라이언이겠지? 안면이 있었던 것 같은데?"

"그렇습니다, 장군."

"저쪽으로 앉지."

주하이드는 여자들의 허벅지를 쓰다듬으면서 욕조 앞에 있는 태닝벤치를 가리켰다.

"감사합니다."

김석훈은 벤치를 돌려놓으며 크게 심호흡부터 했다. 아무래도 신경이 쓰이는 장면, 머릿속에서는 아까부터 붉은 경광등이 깜빡거리고 있었다. 사실 고래고래 악이나 써대는 털복숭이들은 위협적으로 큰 총을 휘둘러도 크게 신경 쓸 필요가 없었다. 그런 치들은 기껏해야 주먹질 몇 번하고 나면 제풀에 주저앉아 이쪽의 이야기를 들었다. 진짜 위험한 인간은 따로 있었다. 이 바닥에서 가장 조심해야 할 부류는 모슬렘이면서도 깔끔하게 수염을 밀고 서양식 담배를 입에 문 채 독한 술을 조금씩 홀짝이는 자들이었다. 그리고 그 대표적인 케이스가 아브 주하이드였다.

두 사람이 벤치를 끌어다 앉는 사이, 단이 바로 본론을 꺼냈다.

"피랍된 한국선적 화물선 때문에 왔답니다."

주하이드는 고개만 끄덕이면서 자리에 앉는 김석훈에게 시선을 고정했다. 김석훈이 말을 받았다.

"알아히드의 아시드가 납치한 인질들을 만나기 위해 장군의 허가를 받고 싶습니다."

"허가라… 단어 선택이 탁월하군."

"오래 살아야지요."

"하하. 좋아, 좋아. 재미있는 대답이야. 그나저나 일이 터진 지

겨우 이틀도 안 돼서 알아히드가 손을 댔다는 걸 알아내고 그것도 모자라서 곧장 날 찾아왔다?"

"생각보다 바닥이 좁습니다."

"아니야. 당신 발이 넓은 거지. 후후. 그래, 몇 명이나 왔나?"

"선사대표 두 사람, 나머지는 저와 경호팀입니다."

"또 합류할 사람은 없고?"

"없습니다. 어차피 협상은 쌍방 합의 하에 제3국에서 해야 할 테니까요."

순식간에 10여 가지 직설적인 질문과 대답이 빠르게 오간 뒤, 주하이드가 입술을 비틀며 웃었다.

"이거 재미있군. 사실 말이야. 아시드는 아직 금성호인가 하는 배를 확보했다는 발표도 하지 않았어. 안 그래?"

"솔직히 서두르는 감이 없지는 않습니다. 금성해운 본사에 복잡한 내부사정이 있고 정부 높은 자리에 있는 인간들에게도 그럴싸한 쇼가 필요한 것 같더군요. 그래서 내가 끌려왔을 겁니다."

"간단명료해서 좋군. 뭐, 대화가 되는 상대를 만나는 건 언제나 즐거운 일이지. 그래서? 당장 아시드를 만나시겠다? 어차피 협상은 여기 에버트하고 해야 할 건데?"

"엄밀히 말해서 만나는 건 아시드가 아니라 인질과 배입니다. 협상을 시작하기 전에 사람과 배가 멀쩡한지부터 확인해 두자는 겁니다. 협상은 그다음입니다."

"그건 그렇군. 좋아. 내가 막을 이유는 없겠지. 대신 각오는 단단히 해야 할 거야. 아시드 그 친구 다른 건 다 좋은데 함부로 총질을 하는 나쁜 버릇이 있거든. 게다가 지난번에 한국해군이 동료들을 살해한 것 때문에 다들 이를 갈고 있어. 조심해야 할 거야."

"윽! 동료요? 그거 재미있군요. 이 바닥에 동료라는 단어가 존재하던가요? 더구나 지난번에 한국 해군에게 몰살당한 '소말리아 마린'은 '알아히드'와는 근거지가 아예 다릅니다. 외람된 이야기입니다만… 겁주는 건 적당히 통할 만한 친구들에게 하시지요."

"하하. 역시! 배포 한번 마음에 드는군. 어이. 에버트, 통행증하나 만들어줘. 아시드 그놈에게도 연락해 두고."

"알겠습니다, 제너럴."

단이 살짝 목례를 하자 주하이드가 귀찮다는 듯 손을 내저었다.

"이제들 나가봐."

"감사합니다."

의례적인 인사말을 건넨 두 사람이 방을 나서자 주하이드는 눈을 가늘게 뜬 채 한참 생각을 정리하더니 천천히 욕조에서 나와 전화기를 집었다. 번호를 몇 개 누르자 곧장 거친 발음의 영어가 흘러나왔다.

—전화는 가급적 삼가자고 약속을 한 것 같은데?

"한국인들이 찾아왔소. 에일로 가겠다더군."

—언제?

"조금 전에, 말로는 선사대표라고 주장하지만 정보기관 요원

일 거요. 경호부대는 대략 열다섯에서 스물 정도더군. 반투족이
오."

　—반투족이라… 유목민에 지독한 싸움꾼들이지. 거기 잡아놓
을 수 있겠소?

　"어려울 거요. 반투족은 둘째 치고 협상에 나선 대리인이 만만
치 않소. 라이언이라고 동아프리카 정보시장에서는 여우라고 소
문난 놈이요. 수하에 실력있는 킬러들을 몇 거느리고 있어서 함
부로 손을 대기도 어렵다고 들었소. 여기 붙잡아둔다고 해도 아
마 내일 오전까지가 최선일 거요. 그러니 늦어도 내일 밤에는 도
착한다고 봐야지. 도로 사정은 썩 좋지 않지만 거리가 400킬로
미터에 불과하니까 말이오. 보통 산맥을 넘는 게 가장 시간이 많
이 걸리는데 최근에 도로를 많이 정비해서 시간이 많이 단축될
거요. 비포장도로라도 포장한 거나 다름없이 단단하거든. 그전에
도 10시간이면 충분했으니 지금은 길어야 8시간이겠지."

　—귀찮게 됐군.

　목소리는 몇 초 전화기에서 사라졌다가 다시 흘러나왔다.

　—이러면 한국정보기관까지 적극적으로 개입했다는 이야기인
데… 당신 생각은 어때? 대놓고 손대는 건 시끄러워지겠지?

　"한국해군이 결사적으로 달려드는 꼴은 보지 맙시다. 당장 주
정부가 추진하는 푼틀랜드 독립에 악영향을 끼칠 수 있소."

　—나도 당신 입장은 십분 이해하고 있소. 지금으로선 어쩔 수
없으니 현장에서 억류하는 방향으로 갑시다.

　"그게 최선일 거요."

—그자들은 바로 보내시오. 어쨌든 당신은 적극적으로 협조하는 것처럼 보여야 하니까 말이오. 대신 일은 내일까지 마무리합시다. 어차피 시간 끌어서 좋을 거 없어요. 만에 하나 내일 오후까지 물건을 찾지 못하면 인질들과 놈들을 잠시 만나게 해주는 것도 괜찮은 옵션이오. 그쯤 되면 놈도 뭔가 행동에 옮기겠지.

"말썽 없이 끝날 수는 있는 거요?"

—상관없지 않소?

"그렇기는 하지."

퉁명스런 대답으로 전화를 끊은 주하이드는 무릎 위로 올라앉은 여자의 풍만한 엉덩이를 만지작거리면서 다시 단축번호를 눌렀다.

"빌어먹을… 귀찮아졌군."

편안한 일상에 때 아닌 불청객이 끼어든 셈, 그래도 거금을 챙겼으니 마무리는 해야 했다.

"US 2,000달러, 아주 저렴하게 하는 거야. 고마워하라고."

전화를 끊은 단은 영어와 소말리어로 작성된 통행증에다 거창하게 사인을 하면서 그를 올려다보았다. 김석훈이 통행증을 집자 단이 한쪽 귀퉁이를 꾹 눌렀다.

"돈은?"

김석훈은 그냥 통행증을 잡아당겼다.

"어차피 또 볼 텐데 푼돈 가지고 장난치지 말지?"

"이봐, 난 변호사야. 시간당 최소 200달러는 받아야 수지가 맞거든? 클럽까지 어려운 걸음을 했고 주정부 사무실에 들러서 수수료 내고 가져와야 할 통행증 양식을 편리하게도 내 사무실에서 얻어가는 거야. 그러니 2,000은 아주 적당한 가격이지."

"내가 알기로 소말리아 법무부에서 발행하는 변호사 자격증은 없어. 그러니 여기선 너도 변호사가 아니야. 헛소리 그만해."

김석훈은 한쪽 귀퉁이를 누르고 있는 단의 손을 툭 쳐내 버렸다. 종이를 놓친 단이 소리 나게 입맛을 다시면서 기지개를 켰다.

"쩝… 거참, 깐깐하네. 본 게임 시작하기 전에 미리 기선부터 제압하자는 건가? 약값 좀 챙기려고 했더니 꽝이로군. 흐흐."

"바가지는 얼빵한 일본인들한테나 씌워. 또 보자고."

그는 통행증을 대충 접어 윗주머니에 쑤셔넣으며 슬쩍 윙크를 했다. 단이 졌다는 표정으로 고개를 가로저었다.

"젠장, 언제 돌아올 거지? 협상은 두바이에서 할 건가?"

"선수끼리 왜 이래? 당신 앞마당에서 놀면 마냥 늘어지지 않겠어? 우린 인질들 상태만 확인만 하고 바로 케냐로 돌아갈 거야. 협상은 나이로비에서 하자고."

"엥? 몸바사도 아니고 나이로비?"

"그래, 나이로비. 스파에서 며칠 푹 쉬다 가라는 내 배려다."

"이거, 이거, 아무래도 쉽지 않겠구만. 생각해 보지. 하하. 그럼 현장 확인하고 연락해. 참! 에일에 도착하면 푼트 호텔을 찾아가라고. 호텔은 그거밖에 없어서 찾기 쉬울 거야. 예약은 필요 없고… 아시드가 사람을 보낸다고 했어. 후후."

"또 보지, 샬롬."

"샬롬."

그는 능글맞게 웃는 단에게 손가락으로 총을 쏘는 시늉을 하면서 사무실을 나섰다.

밖에서 대기하던 제니퍼와 합류해서 호텔로 돌아온 것이 밤 9시 10분, 움직이기에는 너무 늦은 시간이었다. 새벽에 출발하기로 마음을 정하고 호텔로 들어섰다. 그런데 안으로 들어오자마자 왁자지껄한 웃음소리가 들렸다. 호텔 안쪽 공터에 피운 큼직한 모닥불 위에서 양 1마리가 통째로 구워지고 있었다. 남아 있던 반투족 전사들의 저녁식사 거리인 모양이었다. 베인이 그의 어깨를 두드렸다.

"우리도 낍시다. 배 엄청 고프군."

먹음직스런 냄새에 위장이 마구 요동치기 시작했다. 오후쯤 시타가 내놓은 우갈리(옥수수 가루로 만든 동아프리카 전통 음식)에 양고기 몇 점 먹은 것 이외에는 먹은 것이 없으니 당연한 신호였다.

"끼워주면 당연히, 후후."

그는 아주 자연스럽게 차수연의 손을 잡아끌고 둘러앉은 전사들 사이로 끼어들었다.

부사소 시내를 남쪽으로 우회한 일행은 새벽 5시 정각에 칼마도우 산맥을 가로지르는 국도로 진입했다. 반투족 8명이 탄 무장 트럭이 선두에 섰고 100미터쯤 떨어져서 일행이 탄 험비, 그 뒤로 다시 무장트럭이 따라붙었다. 도로변에는 시동도 걸릴 것 같지 않은 낡은 트럭들이 줄지어 서 있었다. 대부분 당장 떨어져 나갈 것같이 녹슨 철판에 트레드가 거의 보이지 않는 낡은 타이어가 달렸지만 철도가 없는 소말리아에서는 없어서는 안 될 귀중한 존재였다. 저 낡은 트럭들이 위험스런 비포장도로를 통해 수송하는 생필품으로 대부분의 주민이 생계를 유지했다.

운전대를 잡은 베인은 걸쭉한 목소리로 대시보드 위에 올려놓은 CD플레이어에서 흘러나오는 오래된 유로 팝을 따라 불렀다. 1시간 남짓 산을 오르자 귀가 먹먹해지기 시작했다. 말이 산과 산 사이의 계곡을 관통하는 도로지 지대가 너무 높아서 멀리 보이는 북쪽 해안과 발밑 사이가 싹둑 잘려 나간 것 같았다.

황량한 산들로 꽉 막힌 계곡을 완전히 빠져나와서도 지대는 바로 낮아지지 않았다. 몇 군데 검문소를 통과하고 서너 시간을 더 달리고 나서야 1미터가 겨우 넘는 키 작은 나무들이 듬성듬성 나타나기 시작했다. 그리고 다시 한참을 달려 길이 평평해지기 시작할 무렵, 연료를 채우기 위해 바위 그늘에 차를 세웠다. 오전 내내 달리면서 본 풍경 중에서 가장 나무가 많은 곳이었다. 물론 몇십 그루에 불과했지만.

일행은 냄새나는 염소고기를 포기하고 나이로비에서 가져온 한국군 전투식량으로 간단하게 요기를 했다. 차에 연료주입을 마친 시간은 오전 11시, 무려 6시간을 쉬지 않고 달린 셈인데 아직도 150㎞ 이상 더 가야 에일이었다. 그나마 험한 구간이 거의 끝나서 앞으로는 엉덩이가 아프지 않을 거라는 점만 위안거리였다.

"마셔요."

먼저 식사를 끝낸 김석훈이 차에서 맥주 몇 캔을 가져와 건너편에 앉으면서 하나를 차수연에게 던졌다. 아이스박스의 얼음이 다 녹아 미지근했지만 그래도 점점 뜨거워지는 바위사막의 탁한 공기보다는 한참 차가웠다. 맥주를 받아 든 차수연이 미소를 보였다.

"고마워요."

"천만의 말씀, 지금처럼 아름다운 미소를 계속 볼 수 있다면 백번이라도 다녀오지요. 후후."

"어휴… 이런 상황에서도 아부 정말 잘하네요."

"생존본능이지. 후후. 전천후 아부."

"하여간 못 말려. 근데 피곤하지 않아요? 어제도 전혀 안 자는 거 같던데."

"잠이야 죽으면 그때 원 없이 길게 잘 수 있는데 뭘 걱정해요. 더구나 이렇게 아름다운 여성을 에스코트할 때는 무엇보다 안전이 최우선이지요. 흐흐."

"풋, 그만해요. 닭살 돋네요. 제니는 어디 갔죠? 아까부터 안 보이는데?"

"망원경 가지고 저쪽 바위산 위로 올라갔어요. 곧 돌아올 겁니다."

"사주경계는 저 사람들이 해야 하는 거 아닌가요?"

"몸에 밴 겁니다. 어차피 저 사람들은 훈련된 군인이 아니라 자체로 신경을 쓰자는 주의죠."

"라이언이 가르친 거예요?"

"어느 정도는 그런 셈이죠. 총질이야 타고났지만 팀플레이는 좀 다르니까."

"그런데 라이언."

"왜요?"

차수연은 잠시 망설이는 듯하더니 조심스럽게 입을 열었다.

"라이언은 이런 일… 왜 하게 됐죠?"

"왜라뇨? 다들 먹고살려고 일을 하잖아요. 나도 마찬가지고. 하하."

"이렇게 험한 일 말고도 많잖아요. 능력이 없는 것도 아니면서."

"사연이 깁니다. 나중에 기회가 되면 일목요연하게 정리해서 보고하죠. 후후."

"또 슬쩍 피해간다. 오늘은 시간 많아요. 아직도 몇 시간은 더 마주 보고 가야 할 거니까."

차수연은 당장 대답을 내놓으라는 눈빛으로 그를 빤히 건네다 보았다. 그가 겸연쩍게 미소를 보였다.

"굳이 변명을 늘어놓자면 관료주의와 싸우기 싫어서? 라고 해두죠."

"공무원이었어요?"

"공무원은 아니고 그냥 비슷한 거였죠. 그러는 수연 씨는 어때요. 군인 노릇 할만 해요?"

"말 돌리지 말아요. 난 내가 잘하는 걸 하는 거예요. 나름대로 사명감도 좀 있고요."

주제를 벗어나지 말라고 경고를 하면서도 대답은 한 셈이었다. 차수연이 정색을 하고 다시 말했다.

"솔직히 대답해요. 이번 일, 왜 하기로 했죠? 당신이 직접 뛰어들 필요까지는 없는 일이잖아요. 위험한 일이기도 하죠. 그런데도 여기까지 날 따라왔어요. 이유가 뭐예요?"

"50만 달러면 결코 적은 돈이 아닙니다. 다른 이유가 필요한가요?"

"당신에겐 큰돈이 아니죠. 다시 물을게요. 왜 왔어요?"

차수연의 눈빛은 집요하게 대답을 요구했다. 쓰게 입맛을 다신 그가 어색하게 웃었다.

"쩝… 이거 도망갈 구멍이 별로 없네. 흐흐. 무턱대고 아니라고 우길 수는 없고… 뭐, 솔직히 수연 씨의 존재가 가장 큰 이유이긴 해. 흐흐."

"좋아요. 첫 단추는 그럭저럭 끼웠네요. 다음으로 가죠. 우리 처음 만난 게 언제였죠?"

"정식으로 인사한 건 7개월쯤 됐죠. 아마 대사관 무슨 파티였을 겁니다."

"그래요. 그런데 그날 이후, 당신은 철부지 10대처럼 '우리 사귀자'는 식의 치기 어린 행동을 시도 때도 없이 해왔어요. 그것도 인정하죠?"

"'치기'라는 단어는 절대 인정 못하지만… 뭐, 대체로 인정합니다."

"거기에다 이 황량하고 위험한 바위사막까지 마다하지 않았으니 성의는 충분히 보였다고 생각해요."

"땡큐. 맴. 이 불쌍한 중생의 노력이 드디어 인정을 받는군요."

그는 과장스런 몸짓을 하면서 머리를 숙였다. 그러나 차수연의 눈매에는 여전히 살얼음이 보였다.

"내 이야기 아직 끝나지 않았어요. 이제 진짜 질문이에요."

"귀를 씻고 듣겠습니다."

"당신 날 장식품으로 쓸 생각인가요?"

"에? 그게 무슨 소리? 아니라는 거 알잖아요."

"그럼 왜 자신에 대한 이야기는 한마디도 안 하는 거죠?"

"다 알잖아요. 이름, 나이, 하는 일, 모르는 거 있어요?"

"아뇨, 난 라이언에 대해서 하나도 몰라요. 누구예요? 케냐에서 무기 장사하는 미국시민권자? 아님 쓸데없이 목에 힘만 들어간 용병? 내가 당신에 대해 아는 게 도대체 뭐죠?"

"헐, 이거 취조당하는 기분인데?"

김석훈은 짐짓 놀라는 척 상체를 뒤로 물리면서 양손을 들어 올렸다. 차수연의 표정이 싸늘해졌다.

"당신은 매사가 이런 식이에요. 그래서 점수를 까먹는다고요."

"아니, 그게 아니라……."

"시끄러워요! 이번 일 끝나면 당신 프로포즈… 아니, 아휴……."

말을 끝맺지 못하고 짜증스럽게 한숨을 내쉰 차수연은 한참 동안 그를 노려본 다음 말을 이었다.

"여행 가는 거 생각해 봤어요."

"여행?"

"같이 가자면서요? 같이 갈 테니까 이제부터 똑바로 하란 말이에요. 다음에 또 이런 성의 없는 대답 나오면 그땐 내 손으로 당신 무릎에다 45구경을 박아줄 거야! 알아들어요!"

전광석화처럼 험악한 단어들을 토해낸 차수연은 반쯤 남은 맥주 캔을 그에게 휙 던져 버리고 상기된 얼굴로 벌떡 일어섰다.

"그리고 난 스키가 더 좋아요."

차수연은 성난 목소리로 한마디 덧붙이고는 곧장 돌아서서 성큼성큼 차로 걸어갔다. 그는 앉은 채 싱글싱글 웃다가 목을 길게 빼면서 차수연의 등 뒤에다 소리를 질렀다.

"나도 스키 좋아해요! 글고 45구경은 너무 심해! 22로 합시다!"

차수연은 뒤도 돌아보지 않은 채 신경질적으로 손을 휘저었다. 그는 입가에 웃음을 매단 채 차수연의 뒷모습에다 시선을 고정했다. 허름한 옷차림에도 불구하고 여전히 매력적인 여자, 어쨌든 턱없이 높기만 하던 담장의 일각이 허물어진 셈이었다. 비록 입 밖으로 나온 단어들은 살벌했지만 그건 아무래도 좋았다.

그는 킥킥거리면서 자신의 캔을 비우고 차수연이 남긴 맥주까지 모두 마셔 버렸다. 식수가 귀한 사막에서 물로 분류되는 맥주를 버리는 건 물에 대한 예의가 아니었다. 캔을 구겨 내려놓고 담배에 불을 붙이려는데 도로 건너편 바위에서 뛰어내리는 제니퍼의 모습이 보였다. 제 키만큼 커 보이는 저격소총을 대각선으로 멘 제니퍼는 따로 MP—7까지 매달고도 날렵한 영양처럼 뛰어서 도로를 건넜다.

"베인!"

길을 건너면서 베인을 부르고 베인이 다가서자 호흡을 가다듬으며 김석훈에게 말을 건넸다.

"남쪽 20킬로미터쯤에 무장병력이야. 네 명인데 트럭으로 도로를 차단했고 복장은 군복 같지가 않아."

"네 명?"

"보이는 건 넷이 전부야. 좌측으로 작은 마을이 하나 있는데 거기 사람들 같아."

"우회할 만한 길은?"

"외길이야, 돌면 서쪽 산지로 다시 올라가야 되고."

"빌어먹을, 주민들은?"

"안 보여."

듣고만 있던 베인이 한마디 거들었다.

"마을에 우물이 있을 겁니다. 식수가 있으면 자경대는 필수니까요."

"재미없군. 혹시 모르니 무장점검 시킵시다."

오전 내내 계곡을 통과하면서 마을을 몇 개 지났지만 도로를 차단할 정도로 적극적인 자경대는 없었다. 하지만 소말리아 북부 전역에서 우물전쟁이 한창인 형편이라 마을마다 자경대가 존재한다는 사실에 대해서는 의문의 여지가 없었다. 그러나 어쨌든 누군가 도로를 차단한 건 분명 좋지 않은 징조였다. 반투족들이 트럭 캐빈 위에 고정한 중기관총까지 안전장치를 해제하고 나자 베인이 선두 트럭으로 올라타며 머리 위에서 손을 돌렸다.

"이동!"

잠시 빠른 속도로 달린 선두 차량이 납작한 고갯마루에서 다시 멈춰 섰다. 베인이 정지를 명령한 모양이었다. 김석훈은 험비가 뒤따라 멈춰 서자 선루프로 상체를 내밀고 망원경을 꺼내 들었다.

"저기로군."

제니퍼의 말대로 도로를 차단한 트럭이 보였다. 거리는 대략 700미터, 복장은 군복이 아니었고 도로에서 100미터쯤 떨어진 마을은 30채 남짓한 단층 건물들이 전부였다. 그저 평범한 마을 자경대의 모양새였다. 상대도 이쪽을 봤는지 총구를 이쪽으로 돌린 채 어수선하게 움직이고 있었다. 베인이 그를 돌아보며 말했다.

"확실히 자경대 같은데?"

"모르죠. 하차시킵시다."

"안전빵이 좋겠지?"

"물론입니다."

"카피. 하차!"

명령에 따라 차에서 내린 반투족들이 도로 좌우로 전개하고 서 넛은 선두 무장트럭 뒤에 달라붙었다. 각자의 배낭을 챙긴 김석 훈 일행은 도로의 우측 사면을 따라 조금 처져서 걸었다. 그림자가 점점 짧아지면서 지면에서 올라오는 열기가 사정없이 안면을 덮쳐 오기 시작했다. 몇 걸음 걷지 않았는데도 숨이 턱턱 막히는 기분, 트럭이 피워 올리는 먼지 때문에 앞이 제대로 보이지 않을 정도인데다 발이 땅에 닿을 때마다 풀썩풀썩 흙먼지가 일었다. 체감온도는 거의 50도에 육박해서 살인적인 더위라는 말이 무얼 의미하는 것인지를 실감하게 했다.

무한정 길게만 느껴진 10여 분이 흐른 뒤, 선두 무장트럭이 다시 멈춰 섰다. 도로를 차단한 차량과 30미터쯤 떨어진 거리였다. 이어 바짝 긴장한 자경대원의 고함 소리가 들려왔다. 그러나 무슨 소리인지는 알 수 없었다. 아마도 신원을 밝히라는 뜻일 터였다. 재빨리 트럭에서 내린 베인이 그중 연장자로 보이는 사내와 말을 섞었지만 목소리는 쉽게 가라앉지 않았다. 몇 마디 더 고성이 오가고 나서야 사내의 말투가 차분해지기 시작했다.

김석훈은 이야기가 오가는 사이, 자경대원들의 무장상태를 일별하고 멀리 마을의 건물들까지 죽 훑어보았다. 만일의 사태에 대비하겠다는 생각이었다. 그런데 인가 옥상 중 하나에서 무언가가 반짝 햇빛을 반사했다. 차수연이 그의 팔을 잡아끌며 뾰족한 고음을 토해냈다.

"숙여!"

쾅!

귀청을 찢을 듯한 무시무시한 폭음이 터지고 육중한 험비가 불쑥 솟아오르더니 도로 밖으로 쭉 밀려 나갔다. 이어 콩 볶는 듯한 매서운 총성이 귀청을 때리고 총탄이 후벼 판 흙먼지가 사방에서 튀어 올랐다. 김석훈은 납작 엎드린 자세에서 고개만 빼 들고 상황을 살폈다. 엉성한 매복에 걸린 꼴, 그래도 반투족의 반격은 일사불란했다. 즉시 선두 무장트럭의 중기관총이 도로를 가로막은 트럭에다 총탄을 쏟아부었고 맨 뒤 트럭은 RPG 궤적 연장선의 마을에다 예광탄 수십 줄기를 줄줄이 날려 보냈다. 몇 초 지나지 않아 도로를 가로막은 적의 트럭에서 불길이 치솟았다. 황급히 몸을 뺀 두 놈이 마을 쪽으로 달아나다가 반투족의 총탄에 피를 뿌리며 나동그라졌다. 트럭 옆에 기대선 베인이 악을 썼다.

"트럭 이쪽으로 빼! 어서!"

가장 뒤에 있던 트럭이 과감하게 비탈을 내려갔다. 그러나 선두에서 총격전을 벌인 트럭은 움직이지 못했다. 운전석에 앉은 사내가 최초의 총격에 당한 것 같았다. 김석훈은 무릎을 꿇은 채 길 위로 머리를 내밀었다. 처음 햇빛이 반사된 자리 바로 옆 건물에서 또다시 누군가 몸을 일으키고 있었다. 나란히 엎드린 제니퍼의 어깨를 슬쩍 짚은 다음, 수신호로 마을을 가리켰다. 총구를 돌린 제니퍼가 가차 없이 방아쇠를 당겼다.

쾅!

묵직한 발사음과 함께 망원경 속에서 짧은 머리 사내의 목이 뒤로 푹 꺾였다. 그러나 탄두는 이미 발사기를 떠난 뒤였다. 흰 꼬리를 매단 채 날아든 탄두는 선두 무장트럭의 뒷바퀴에 틀어박히면서 매서운 섬광을 뿜어냈다. 폭발의 서슬에 길 아래로 처박혔다가 일어선 베인이 그를 돌아보며 소리쳤다.

"라이언! 빠져나갑시다!"

"가자!"

제니퍼의 어깨부터 두드린 그는 지체 없이 차수연에게 수신호를 하고 비탈을 굴렀다. 싸움 자체가 무의미한 일, 이미 사상자가 상당수 생겨서 수습이 더 급했다. 유일하게 살아남은 무장트럭을 따라 RPG의 직사각도에서 벗어난 도로 사면 아래를 정신없이 뛰었다. 잘하면 더 큰 피해를 입지 않고 RPG 사거리를 벗어날 수도 있을 거라는 판단, 그러나 상황은 그의 바람대로 흘러가지 않았다. RPG 사거리에서 거의 빠져나왔다는 생각을 떠올리는 순간, 2시 방향 낮은 구릉에서 느닷없이 한 떼의 기마가 뛰어나왔다. 먼지 때문에 확실한 숫자는 알 수 없지만 최소 20명, 거리도 500미터가 채 안 됐다.

카카캉!

무장트럭의 중기관총이 가장 먼저 먼지구름을 향해 불을 뿜었다. 포물선을 그리고 날아간 예광탄 수십 줄기가 먼지 구름 위로 내리꽂히면서 몇 놈이 말에서 떨어지는 게 보였다. 그러나 숫자는 줄어드는 것 같지 않았다. 거리는 순식간에 줄어들고 어느 순간부터 빗발치듯 총탄이 날아오기 시작했다. 이동하던 대열은 삽시간에 엉망으로 변해 버렸다. 그러나 반투족 전사들은 이런 경험이 없지 않은 듯, 침착하게 김석훈 일행을 감싸듯 자리를 잡고 조준사격을 시작했다. 당황한 기색은 전혀 보이지 않았다. 김석훈도 구덩이처럼 푹 파인 둔덕을 찾아내 뛰어들었다.

"염병! 환장하겠네, 21세기에 뭔 놈의 기병이야."

"쏘기나 해, 라이언."

뒤따라 뛰어든 제니퍼가 툭 쏘아붙이고는 익숙한 동작으로 사격자세를 잡았다. 차수연은 바로 옆 돌무더기에 엎드려 이미 사격을 시작하고 있었다. 예상은 했지만 차수연은 확실히 노련했다. 처음부터 깔끔한 삼점사, 실탄을 아끼면서 적에게 확실한 피해를 입히고 있었다.

쾅!

한 박자 늦게 제니퍼의 총구가 불을 뿜었다. 총구 끝에서 한 놈이 허리를 꺾으며 흙먼지 속으로 처박혔다.

"나이스 샷."

나직이 중얼거린 그는 대충 눈에 들어오는 놈들을 향해서 무조건 방아쇠를 당겼다. 어차피 이 와중에 신경 써서 조준한다고 해도 정확한 사격이 될 리가 만무했다. 그래도 그가 탄창 하나를 모두 비우는 사이에 두 놈이 더 말에서 떨어졌다. 그러나 이미 대열 안으로 들이닥친 말들은 무장트럭 주변을 무서운 속도로 통과했다.

중기관총 사수가 비스듬히 쓰러지고 총구가 하늘을 향해 돌아갔다. 이어 묵직한 말발굽의 땅울림과 날카로운 총성이 마구잡이로 뒤섞이면서 트럭이 거짓말처럼 흙먼지 속으로 사라졌다. 그리고 다음 순간, 구덩이 안으로 시커먼 물체 하나가 날아들었다.

"수류탄!"

그는 번개같이 수류탄을 집어 구덩이 밖으로 던졌다.

쾅!

무시무시한 폭음이 터지고 처박은 머리 위로 흙더미가 우수수 쏟아졌다. 순간적으로 시간이 정지한 느낌, 엎드린 채 고개를 비틀어봤지만 아무것도 보이지 않았다. 멍한 상태로 몇 초 시간이 흐르자 총성이 잦아들었다. 땅울림도 조금씩 멀어져 가는 느낌, 급기야 귀청을 울리던 공명음이 차츰 잦아들고 시야를 뒤덮었던 먼지도 가라앉기 시작했다. 미세하게 떨리는 손으로 탄창을 갈아 끼운 그는 옆에 엎드린 제니퍼의 상태를 확인하고 차수연 쪽으로 시선을 돌렸다.

"차수연!"

"여기! 괜찮아요!"

차수연의 고함 소리가 모기 소리만 하게 들렸다. 억지로 상체를 일으키자 전장의 상황이 조금씩 눈에 들어왔다. 사람과 말의 시체가 사방에 널렸고 부상자들의 신음 소리와 타닥거리는 마른 나무 타는 소리가 자욱한 화약 냄새에 뒤섞여 신경을 긁어댔다. 총에 입술이라도 찧었는지 탁한 쇳가루 맛이 입안에서 맴돌았다.

'네미럴!'

김석훈은 아직도 손이 미세하게 떨린다는 사실을 눈치 채고 진저리를 쳤다. 따지고 보면 그도 포탄과 총탄이 난무하는 진짜 전쟁터를 겪어본 적은 없었다. 빗발치는 총탄 속을 헤매본 경험은 없지 않지만 진짜 전쟁터의 이런 황량한 분위기와는 확실히 달랐다. 아직도 혈관을 쏘다니는 아드레날린이 온몸의 피를 모조리 미간으로 몰아내는 것 같았다. 뒤늦게 손발 끝이 저릿저릿할 정도의 짜릿한 쾌감이 정수리로 치솟았다.

캉!

뜬금없는 총성, 살아남은 반투족 전사 하나가 멀어져 가는 말들을 향해 총을 쏘고 있었다. 그는 쿵쾅거리는 심장을 필사적으로 다잡으면서 어렵게 다리를 끌어당겼다. 일단 위험지역을 벗어나야 했다.

"제니, 트럭 움직일 수 있나 확인해. 빠져나가자."

"로저."

다람쥐처럼 날렵하게 구덩이를 빠져나간 제니퍼가 트럭으로 뛰어가자 뒤따라 구덩이 밖으로 나와 몇 미터 앞에 널브러진 적병을 발로 뒤집었다. 복장은 특별한 것 없는 과거 소말리아 법정 연합 정규군 군복이었다.

"라이언, 여기 봐요."

차수연이 건너편 쓰러진 말에서 소리를 질렀다. 그가 다가가자 차수연이 다시 말했다.

"이 자식 동양인이에요. 중국인 같아요."

"중국?"

동남아시아 사람은 확실히 아니고 일본인보다는 중국인에 가까웠다. 그는 미간을 좁힌 채 죽은 사내의 주머니를 뒤졌다. 그러나 신분을 확인할 만한 서류 같은 건 전혀 없었다.

"젠장. 하다못해 종이쪽지 하나도 없네."

그는 뒤지는 걸 포기하고 다시 흙먼지의 위치를 확인했다. 거리는 점점 더 멀어지고 있었다. 말에서 떨어진 숫자만 열 명이 훨씬 넘으니 당장 되짚어 공격해 오기는 어려울 터였다.

"갑시다. 최대한 빨리 떠야 돼요."

차수연은 대답 대신 고개만 까딱하고 그를 따라 트럭으로 뛰었다. 두 사람이 트럭에 도착하자 제니퍼가 운전석에서 거미줄처럼 산산조각으로 깨져 나간 앞 유리창을 발로 차내며 어깨 너머로 손짓을 했다.

"앞 유리창하고 조수석 문짝은 완전히 날아갔는데 엔진하고 라디에이터는 비교적 멀쩡해. 움직일 수 있어. 그래도 공간이 좁아서 사상자는 문제야. 베인도 부상인 것 같고."

베인은 오만상을 찌푸린 채 반대쪽 타이어에 기대앉아 있었다. 그가 돌아가자 베인이 한쪽 어깨를 부여잡은 채 인상을 쓰며 말했다.

"한 방 맞았소. 다행히 그쪽은 멀쩡하군."

"덕분에, 다시 공격해 올까요?"

"그렇겠지. 얼핏 복장으로 보면 하비야족인데 문제는 하비야 저것들이 진짜 하이에나라는 거요. 아무나 닥치는 대로 공격하고 마구잡이로 약탈하는 것들이거든. 우리와도 몇 번 큰 싸움이 붙어서 이젠 완전히 원수지간이지. 아마 또 따라붙을 거요."

"중국인이 끼어 있는 것 같던데?"

베인은 상체를 추스르며 오만상을 찌푸렸다.

"확실한 거요?"

"직접 봤어요. 당신들은 중국인, 일본인을 구분하지 못하지만 우린 하거든."

"제기랄. 그것도 가능하긴 하겠지. 중국인들이 하비야족 지역에서 유전시추를 하고 있으니까. 혹시 중국인들과 엮인 일 있소?"

"일 때문에 가끔 부딪치긴 했는데 심하진 않았습니다. 여기까지 총 들고 따라와서 설칠 일은 확실히 아니죠."

"그럼 우리 문제일 가능성이 높소."

"그건 알 수 없죠. 제기랄, 뭐가 뭔지 모르겠네. 일단 여길 뜹시다. 생각은 나중에 해야겠어요. 일어날 수 있겠습니까?"

"일어날 수야 있지. 하지만 차를 오래 타는 건 불가능해요. 나와 부상자는 카르도에 내려주고 아이들 둘 데리고 에일로 가시오. 저것들 타는 말로는 하루에 15킬로미터 이상 이동이 어려우니까 카르도까지만 가면 더는 추격하지 못할 거요."

"우리 피해는?"

"다섯이 죽고 부상이 넷이오. 네미럴! 달랑 다섯 명 남은 거요. 최소한 셋은 있어야 부상자 수습을 하니까 당신이 둘을 데려가라는 이야기요."

"아니. 손은 당신이 더 필요합니다. 그냥 길 안내만 부탁하죠. 지리에 익숙하고 영어하는 사람 하나면 됩니다."

"괜찮겠소?"

"여기서 그쪽 일은 끝났습니다. 죽은 사람이 많아 미안하군요."

"싸움터에서 죽었으니 미안할 거 없소. 언젠가는 겪어야 할 전사의 숙명이지."

"사망자 시신은?"

"비좁은 트럭에 시신까지 싣고 갈 수는 없잖소. 나중에 돌아와서 수습하는 수밖에. 나 좀 일으켜 주시오."

유목민족이어서인지 죽음을 받아들이는 베인의 태도는 너무나도 무덤덤했다. 사람 목숨이 돈 몇 푼보다 훨씬 못하다는 생각에 입맛이 썼지만 애도에 시간을 할애할 형편은 아니었다. 부축을 받아 어렵게 일어난 베인은 살아남은 전사들에게 사상자를 수습하고 무기를 챙기도록 명령했다. 출발까지는 몇 분 걸리지 않았다.

인근에서 유일하게 병원이 있는 큰 도시 카르도는 1시간이 채 안 걸리는 가까운 거리에 있었다. 시내 중심가로 직행해서 병원에 약간의 현금과 함께 부상자들을 내려놓은 다음, 근처에서 택시영업을 하는 허름한 밴 운전자와 흥정을 붙여 1,300달러를 주고 아예 차를 사버렸다. 평소 같으면 20년쯤 된 것 같은 낡은 밴에 무려 1,300달러를 지불하는 멍청한 짓은 절대 하지 않았다. 그러나 부상자가 많은 반투족에게 차가 꼭 필요한 형편이고 시간까지 촉박해서 그냥 손해를 감수했다. 대신 식수와 연료를 충분히 얻는 것으로 위안을 삼았다.

곧장 출발, 하비야족의 추격을 우려해 바짝 긴장한 채 시내를 벗어났지만 다행히 더 이상의 추격은 없었다. 밴이 끝없는 황무지 한가운데를 달리기 시작하자 김석훈이 다소 상기된 목소리로 뒷자리에 나란히 앉은 차수연에게 말을 걸었다.

"이제 털어놔 봐, 수연 씨."

"네?"

"이거 도대체 뭐야? 이철중 저 인간 도대체 무슨 일을 벌이고 있는 거야?"

차수연은 입을 꾹 다문 채 크게 심호흡을 했다. 대답이 마땅치 않다는 뜻, 그가 다시 채근했다.

"아는 거 뭐 없어? 첫 번째는 어떻게 우연이라고 우겨볼 수 있겠지만 두 번째부터는 절대 아니야. 더구나 이번에는 가장 먼저 우리가 탔던 험비를 노렸거든. 뭔가 다른 이유가 있다는 뜻이잖아. 수연 씨도 알다시피 요즘은 군부든 해적이든 인질협상과 관련된 사람이나 기자를 공격하는 일은 거의 없어. 납치행위 자체가 이젠 일종의 비즈니스가 되어버렸기 때문이지. 그런데 우린 벌써 두 번째 피격이야. 죽은 사람만 열 명이 넘고 와중에 뛰놈들까지 엉겨 붙었어. 언젠가 저놈들이 우리 해군 구출작전의 와중에 몇 놈 사살된 탓에 한국인 인질을 죽이겠다고 협박을 한 적은 있지만 그건 과감한 구출작전을 실행에 옮겼던 모든 나라에 똑같이 떠들어댄 허풍이거든. 기본적으로 저것들에게 동료의식이 있을 수가 없고 설사 있다 한들 먹고살기 위해 납치를 하는 놈들이 기껏 잡은 일확천금의 기회를 그냥 날려 버릴 리가 없어. 그런데 이 황당한 상황은 뭘까?"

평소 반쯤이라도 남아 있던 존대가 거의 사라져 버렸지만 상황이 상황인 만큼 차수연은 의식하지 못하는 것 같았다. 한동안 침묵을 지킨 차수연이 낮게 한숨을 내쉬었다.

"휴… 솔직히 나도 이상하다는 생각은 하고 있어요. 문제는 나도 아는 게 없다는 거예요."

"아무것도?"

"네. 서울에서 받은 훈령은 이철중 소령을 도와서 신속하게 협상에 임해라. 구체적인 지령은 이철중 소령에게서 받을 것. 그게 전부예요."

"소령이 따로 작전에 대해 거론한 적은 없어?"

"전혀요. 모가디슈에서 위성전화로 사령부와 통화하는 걸 보긴 했지만 내용을 듣지는 못했어요."

"배에 실린 건?"

"서류상으론 그냥 석유화학 제품들이에요. 선박 가격을 빼 가치는 대략 천만 달러 정도라고 보면 된대요."

"미치겠군."

머리를 신경질적으로 긁은 그는 선글라스를 고쳐 쓰면서 미간에 내천 자를 그렸다. 도무지 앞뒤가 맞지 않는 상황, 두 번이나 습격을 받았는데 협상 주체라고 할 수 있는 차수연은 내막을 알기는커녕 막연한 예측도 하지 못했다. 게다가 대표랍시고 서울에서부터 날아온 이철중이란 작자는 안전한 경호를 뿌리치고 에일의 상황을 보겠다면서 단신으로 경호팀을 이탈했다. 인질구출작전이라도 계획한다면 모를까 혼자 다니는 건 누가 봐도 확실히 미친 짓이었다. 아무래도 뭔가 다른 내막이 있다는 뜻인데 대책을 세우려고 해도 아는 것이 너무 없었다.

'제기랄!'

말 그대로 한밤중에 불 꺼놓고 체스를 두는 꼴, 짜증이 있는 대로 솟구쳤다.

해적들의 도시

일행이 이철중과 합류한 건 에일 북쪽의 해발 200미터쯤 되는 납작한 구릉으로 에일까지 이어진 비포장도로 사면에 있는 키 작은 나무 군락 안이었다. 건조한 지역이다 보니 소말리아 북부에서 가장 큰 에일 강이 흐르는데도 불구하고 방풍이 될 만한 숲은 거의 보이지 않았다. 사람 키에도 못 미치는 나무들 50여 그루가 전부, 이래저래 주변의 눈을 피할 수 있을지 의문이었지만 지형 덕분에 도로를 지나가는 차량에서 직접 내려다보이지는 않을 것 같았다.

"날씨 더럽군."

얼굴을 마주한 이철중이 가장 먼저 내뱉은 말이었다. 지난 몇 년간 강수량이 워낙 적어서인지 날씨가 좋지 않은 오늘 같은 날은 인도양에서 불어오는 무시무시한 강풍이 여과 없이 내륙으로 불어닥치면서 쉴 새 없이 모래 먼지를 말아 올렸다. 생수를 몇 모금 들이켠 김석훈이 퉁명스럽게 말을 되받았다.

"발목이라도 부러졌으면 좋았을 텐데 멀쩡하네."

진심이 들어간 악담인데도 이철중은 별다른 반응을 보이지 않았다. 그저 쇳덩어리로 만들어진 사람처럼 정색을 한 채 곧장 본론으로 넘어갔다.

"금성호는 강 하구에 닻을 내려놨다. 경비는 갑판과 조타실에 6명, 안에는 더 있겠지. 인질은 아직 배에 있는 것 같은데 오늘은 한 번도 외부로 나오지 않았다."

김석훈은 고개를 가로저었다.

"정말 재미없는 친구로군. 율곡이이하고는 연락 됐나?"

"아니, 서울하고만 통화했다. 15시 현재 북동쪽 70마일 해상에서 계속 남진 중이라더군. 곧 도착하겠지. 저쪽도 우리 구축함이 남하 중인 사실을 확인했는지 오후부터 긴장하는 것 같더라. 해안 쪽은 경계 서는 무장병력만 수십 명이 넘어. 상대적으로 에일은 조용한 편이다. 너도 알다시피 에일에서 해안까지는 거리가 제법 되니까 에일은 안전하다고 생각하는 거겠지."

고개를 끄덕인 김석훈은 차분하게 시간을 확인한 다음, 담배를 꺼내 불을 붙였다.

"지금 시간이 1550, 아직 시간 여유가 좀 있으니까 이야기 좀 하지."

"무슨 이야기?"

"오는 길에 또 습격당했다는 건 차수연 씨가 보고했지?"

"그런데?"

"길게 이야기하지 말자. 무슨 뜻인지 알잖아. 대답을 들어야겠어. 지금."

앞뒤 자른 단도직입적인 질문에도 이철중은 여전히 표정의 변화가 없었다.

"더도 덜도 아닌 처음에 한 말 그대로다. 인질과 배를 확인하고 돌아간다. 향후 협상은 네가 주관한다. 그게 전부야."

김석훈은 고개를 가로저으면서 담배 연기를 길게 내뿜었다.

"사람 바보 만드는군."

"넌 그냥 인질협상에나 신경 써. 나머지는 내 일이니까."

"놀고 있네, 그럼 넌 네 멋대로 해라. 난 여기서 털고 일어설 테니까. 영문도 모른 채 뒈지고 싶지는 않다. 계약위반은 네가 한 거니까 토 달지 마라."

엉덩이에 붙은 먼지를 툭툭 털어낸 그가 세워둔 소총을 주섬주섬 챙기고 일어서자 이철중이 정색을 하고 말을 더했다.

"허세 부리지 마라. 자존심 때문에라도 혼자 달아나기 어려울걸?"

"연애질도 좋지만 모가지가 더 급해."

"다시 말하지만 지난번에도 이야기했듯이 기본은 인질송환 협상이다. 배를 확인하고 인질을 잠시 만나면 그걸로 여기 일은 끝이다."

"그걸 믿으라는 거냐?"

"그게 사실이니까. 나이로비로 돌아갈 때는 내 말이 사실이라는 걸 알게 될 거다."

"웃기고 있네. 차라리 그냥 해적들 총구에다 머리통 들이대고 해라."

"날 못 믿겠으면 차수연 대위를 믿어라. 내놓고 티는 내지 않지만 내 보기에 대위는 널 좋아한다. 너 같으면 좋아하는 사람을 사지에 몰아넣겠나? 생각해 봐. 그리고 이건 조국을 위해서 하는 일이다."

"엿 같은 소리 치워. 내 머릿속에서 조국이란 단어 없어진 지 꽤 됐으니까."

"조국이 없으면 너도 없다. 그건 불변의 진리야."

"개소리!"

김석훈은 차갑게 말을 자르고는 전광석화처럼 권총을 뽑아 이철중의 이마에 들이댔다.

"이봐, 난 장사꾼이야. 조국? 그런 거 당연히 없어. 좋은 편 나쁜 편 구분도 안 해. 굳이 편을 가르라면 이기는 놈 편이야. 그러니 쉽게 가자. 입 닥치고 있겠다면 그렇게 해. 난 이대로 방아쇠 당기고 이 지겨운 땅 떠나면 그뿐이니까."

이판사판이니 뭐가 됐든 여기서 끝내자는 뜻, 그러나 이철중은 흔들림 없는 눈빛으로 그를 빤히 올려다보았다. 반응은 그것뿐이었다. 등 뒤로 일행의 움직임이 멈춘 게 느껴졌다. 시선은 전부 이쪽으로 돌아와 있을 터, 거리는 좀 있지만 분위기를 감지하는 건 어렵지 않을 것이었다. 뒤꼭지가 사정없이 따끔거렸다.

'네미럴! 환장하겠네.'

그대로 시간이 얼어붙은 것처럼 몇십 초가 흘렀다. 눈싸움하듯 이철중의 눈을 노려보았지만 이철중의 표정은 여전히 얼음처럼 단단했다.

"지독한 인간."

그는 고개를 가로저으며 총을 거뒀다. 더 이상 참다가는 정말 총을 쏘게 될 것 같았다. 눈을 가늘게 뜨고 돌아서서 밴 옆에 서 있는 차수연을 돌아다보았다. 걱정스런 눈빛으로 이쪽을 쳐다보던 차수연은 그와 눈이 마주치자 얼른 시선을 돌려 픽업트럭 뒤에 올라가 있는 오마르에게 MP—7을 넘겨주고 자신의 배낭을 정리하기 시작했다. 하루 종일 흙먼지 속을 뛰어다녔고 허름한 작업복에 벙거지 모자까지 눌러썼건만 존재감은 여전히 사라지지 않고 있었다.

"염병. 내가 미쳤지."

그는 되는대로 욕설을 토해내고는 성큼성큼 픽업트럭으로 다가가 총기를 챙기는 오마르의 등 뒤에다 소리를 질렀다.

"인질과 배를 확인하면 즉시 철수한다. 반투족 두 사람은 우리와 함께 가고 오마르는 남는다! 나머지는 자동화기를 오마르에게 넘겨라! 덩치 큰 장비와 식수, 식량은 남겨두고 권총만 가지고 들어간다!"

오마르가 돌아앉으며 말을 받았다. 표정은 굳어 있었다.

"괜찮겠습니까, 심바?"

"저 인간 뼛속까지 군인이야. 그걸로 됐어."

"그래서 더 위험합니다."

"알아. 그래도 계약은 계약이다. 여기서 발을 빼면 말이 나올 거야."

"타격은 크겠죠."

"일단 강행한다. 24시간만 버텨보자."

"알겠습니다, 심바. 장비는 저쪽 계곡 아래, 차는 계곡 반대쪽에 숨깁니다. 어제오늘 인적이 없었습니다."

"그렇게 해. 어이! 제니, 블랙샤크하고 연락됐어?"

밴 건너에서 담배를 피우던 제니퍼가 위성전화를 그에게 던졌다.

"엉클 마노, 금방 연결됐어."

그는 한손으로 자연스럽게 전화기를 받아 귀로 가져갔다.

"어디쯤입니까?"

—파도가 높아서 생각보다 시간이 많이 걸렸다. 현재 에일 남쪽 30해리야. 지금은 파도를 피해서 일단 해안으로 들어왔다. 파도 덕분에 해적들 타는 자잘한 모터보트들은 없는데 너무 위험하다.

"잘하셨습니다. 우린 지금 에일로 들어갑니다. 기회 봐서 조금만 더 북상하십쇼. 앞으로 6시간은 바로 진입할 수 있어야 합니다. 다시 연락하죠."

—카피. 조심해라.

전화를 끊은 그는 곧장 일행을 닦달해서 장비를 숲 안쪽에 숨겨놓고 이동을 시작했다.

인적 없는 비포장도로를 30여 분 남짓 달리자 멀리 인가가 보이기 시작했다. 말로만 듣던 해적의 도시 에일, 첫인상은 기대와 많이 달랐다. 불과 몇 분 전까지만 해도 악마적 에너지가 넘칠 거라는 막연한 상상을 했지만 눈앞에 보이는 도시는 그저 아프리카에서 흔히 볼 수 있는 작은 시골 도시에 불과했다. 다른 도시들보다 훨씬 더 평화로운 분위기, 건물은 잘해야 500개 남짓에 불과했고 그나마 규모도 대부분 작았다. 그래도 그중 몇 채는 관광지 별장을 방불케 하는 새 건물로, 담장 안쪽의 지붕 있는 주차장에는 케냐에서도 쉽게 볼 수 없는 고급형 메르세데스 SUV가 세워져 있었다.

강변이 내려다보이는 직선도로 초입에 들어서자 자동화기로 무장한 건장한 사내 몇이 차를 세웠다. 잘해야 스물이나 될 것 같은 앳된 얼굴들, 그러나 눈빛만은 엄청나게 매서웠다. 그중 레드삭스 모자를 쓴 녀석이 운전대를 잡은 반투족과 몇 마디 이야기를 주고받더니 김석훈이 앉은 뒷자리 창문을 두드렸다. 김석훈은 말없이 단에게서 받은 통행증 양식을 펴서 창문에다 댔다. 놈은 통행증을 힐끗 보고는 무전기로 누군가에게 보고를 한 뒤, 낡은 오토바이를 타고 앞장을 섰다.

도시의 사정은 모가디슈 인근 아프구예의 빈민촌과 크게 다를 바 없어 보였다. 가옥 대부분이 진흙으로 얽은 담장에 스레트 지붕을 얹은 구조로 겨우 비바람만 막을 수 있는 수준이었다. 에일에 하나밖에 없다는 호텔은 후줄근한 건물들 사이의 비좁은 도로를 곡예 하듯 10여 분 남짓 들어가서 찾을 수 있었다. 그래도 건물은 2층짜리였다. 직사각형으로 단순하게 지어졌지만 남쪽은 제법 녹색이 보이는 강변이었고 출입구가 있는 북쪽은 널찍한 공터로 시내를 마주 보고 있었다. 문짝도 없는 출입구는 벤치 몇 개가 나란히 놓인 엉성한 로비로 이어져 있었다.

오토바이가 돌아가기 무섭게 프런트 직원쯤으로 보이는 여자가 재빨리 다가서서 열쇠 몇 개를 내밀며 어눌한 영어로 말했다.

"102호부터 105호 객실을 비웠습니다. 저녁식사는 6시부터고 조금 기다리면 대령님이 사람을 보낼 겁니다."

그는 목례만 하고 방 열쇠를 받으면서 로비 벤치에 걸터앉았다. 제니퍼가 뒤따라 털썩 주저앉으며 중얼거렸다.

"대령 같은 소리하네. 개나 소나 대령이야? 젠장."

"제니, 여긴 저것들 안방이다. 몸은 좀 사려."

"그래도 짜증나."

제니퍼가 투덜거리는 사이, 이철중이 주머니를 뒤적거리더니 교수들이나 쓸 법한 둔탁한 뿔테안경을 꺼내 썼다.

"그건 또 뭐야?"

"아시드란 놈 얼굴은 확실히 기억해 둬야 할 것 같아서 말이야. 해운회사 간부에게 어울리는 범생이 필 액세서리 아니냐?"

"별짓 다하는군. 카메라?"

이철중은 씩 웃더니 어깨만 으쓱해 보였다. 그가 다시 말했다.

"걸리지나 않게 해."

"서울로 직접 전송될 거다. 인질만 풀려나면 이 자식 죽은 목숨이야."

"그거야 마음대로, 해적을 동경하는 이 동네 아가들에게 해적질은 뒤끝이 좋지 않다는 교훈을 내리는 것도 나름 괜찮겠지."

잠시 후, 군용 트럭 두 대가 공터로 들어와 멈춰 서더니 날카로운 눈매의 사내가 로비 안으로 들어섰다.

"누가 라이언이냐?"

"나."

김석훈은 앉은 채 손가락 하나를 펴 보였다. 사내가 프런트의 여자에게 손짓을 하며 말했다.

"무기는 호텔 프런트에 맡겨라. 총기는 휴대할 수 없다."

고개를 까딱해 보인 그는 말없이 권총을 빼서 다가온 여자에게 넘겼다. 차례로 일행의 총기를 모두 받은 여자가 프런트 안으로 사라지자 사내가 다시 말했다.

"배에 갈 사람은 몇 명이지?"

"나까지 셋."

"나머지는 호텔에 남고 너희들은 트럭에 타라. 배에 잠깐 들렀다 오도록 허락하셨다."

"고맙군."

"감사는 대령께 해라. 파도가 점점 높아져서 특별히 배려해 주신 거다."

그는 배려라는 단어에 픽 웃음을 터트리면서 자리를 털고 일어섰다.

강을 따라 이어진 비포장도로를 3킬로미터쯤 덜덜거리고 내려
가자 해적들이 항구라고 부르는 해안에 도착했다. 말이 항구지
변변한 접안시설조차 없는 시골 어촌, 그러나 해안을 마주 보는
건물들만큼은 벙커를 방불케 하는 튼튼한 콘크리트 구조물로 합
숙을 할 수 있을 만큼 규모가 컸다. 새로 지은 건물들도 상당수
보였고 아프리카의 뿔 해역 전체를 활동영역으로 하는 해적의 본
거지답게 하구 백사장에 올려놓은 수십 척의 배들 중에 고성능
모터보트도 제법 눈에 띄었다. 사내가 물 위에 떠 있는 모터보트
하나를 가리켰다.

"타라."

김석훈은 모터보트에 타면서 해안선을 주의 깊게 둘러보았다.
일단 단조로운 해안선, 건기인데다 간조까지 겹쳐서인지 강이 바
다와 합류하는 지점인데도 백사장에서 강이 사라지고 없었다. 그
리고 비릿한 악취가 코를 찔렀다. 바다냄새라기보다는 쓰레기 냄
새에 가까운 악취였다. 바다는 분명 죽어가고 있었다.

해변을 떠난 모터보트는 해안에서 400미터쯤 떨어진 곳에 닻
을 내린 금성호 현측사다리에 금방 달라붙었다. 해적들은 얼핏
갑판에만 대여섯 넘게 서성거렸고 선미 쪽에는 RPG 발사기까지
2정이나 가로놓여 있었다. 구축함이 코앞까지 추격해 왔으니 바
짝 긴장했을 터였다. 그러나 율곡이이는 아직 보이지 않았다.

그가 갑판에 올라서자 해적 중 한 놈이 AK 개머리판으로 등을
쿡 밀었다.

"저쪽으로 돌아가."

"어이, 우린 손님이야, 손님. 총 치워."

김석훈은 심하게 인상을 긁었다. 알아들을지 못 알아들을지는 알 수 없지만 몇 마디 토를 다는 것도 잊지 않았다. 그러나 놈은 다시 무어라 협박조로 떠들어대며 그의 등을 밀었다.

"이거 꼴통들일세."

그는 연신 밀려나면서도 일행이 모두 올라올 때까지 버틴 다음, 마지막으로 올라온 차수연의 얼굴을 확인하고 나서야 움직이기 시작했다.

어퍼데크 거주구역의 긴 복도를 통과해 도착한 곳은 조타실 바로 밑에 있는 선원 휴게실이었다. 휴게실 입구에 도착하자 호텔부터 따라온 거구가 문을 열어젖히며 퉁명스럽게 말했다.

"5분이다. 영어만 사용해라."

"박하군."

그는 심드렁하게 대답하고는 곧장 휴게실로 들어섰다. 그리고 22개의 눈동자가 일제히 그에게로 돌아왔다. 그가 가볍게 목례를 하면서 말했다.

"누가 선장이십니까?"

"나요. 한국분이십니까?"

초췌한 얼굴의 안재만이 뛸 듯이 자리에서 일어나 덥석 그의 손을 잡았다. 피랍 과정에서 해적들에게 많이 맞았는지 눈두덩이와 관자놀이가 시뻘겋게 부었고 다리도 저는 것 같았다. 그가 이철중을 돌아보며 말했다.

"저쪽이 서울 본사에서 나온 분입니다. 앞으로 여러분이 석방

될 수 있도록 협상을 주관할 겁니다."

"아이고, 감사합니다. 바쁘신 분들인데 죄송합니다."

안재만이 이철중을 향해 90도로 허리를 꺾자 이철중이 재빨리 말을 받았다.

"죄송하다니요. 천만의 말씀을, 애당초 아덴만을 통과하는 배에 무장 경호원을 배치하지 못한 회사 측의 책임이 더 큽니다."

"어쨌거나 면목 없게 됐습니다. 그런데… 이제 어떻게 되는 겁니까?"

"이제 겨우 시작입니다. 최대한 빨리 풀려날 수 있도록 노력하겠습니다만 그래도 이래저래 시간이 좀 걸릴 겁니다. 어쩔 수 없이 한동안은 고생을 하셔야 할 것 같습니다."

"어쩔 수 없죠. 그래도 빨리 와주셔서 감사합니다."

"건강은 괜찮으십니까?"

"예. 저야 괜찮죠. 그런데 그……."

안재만이 무언가 말을 하려다 말고 눈치를 보자 이철중이 얼른 말을 잘랐다.

"한국말로 하세요. 어디죠?"

"저 사람들이 7번 냉동격실에 넣었는데 출항할 때부터 상태가 너무 좋지 않아서……."

순간, 해적 한 놈이 총구로 이철중의 어깨를 쿡 찔렀다. 안재만은 다른 놈이 들어 올리는 개머리판의 서슬에 털썩 주저앉았다.

"한국말 안 돼."

어눌한 영어였지만 의사전달은 비교적 확실했다. 이철중은 손가락을 세워 가슴께로 올렸고 동시에 김석훈의 입에서 불만스런 목소리가 나왔다.

"뭔 소리야? 냉동격실?"

문가에 기대서 있던 거구가 손가락을 까딱거렸다.

"시간 됐어."

놈의 말이 떨어지기가 무섭게 우르르 휴게실 안으로 들이닥친 해적들이 일행을 거칠게 밖으로 밀어냈다. 선교 계단에 서 있던 사내가 총구를 좌우로 흔들며 말했다.

"그만하면 충분해. 보트로 내려가라. 대령께서 기다리신다."

등을 떠밀려 곧장 뭍으로 올라온 일행은 다시 트럭에 실려 왔던 길을 그대로 되짚어 시내로 향했다.

해가 완전히 넘어가 이미 어둑해진 저녁 7시, 트럭이 마지막으로 멈춘 곳은 작은 수영장과 깔끔한 정원이 딸린 2층짜리 현대식 건물이었다. 이런 집에서 살 정도면 이미 성공한 놈인데 왜 또 해적질을 했을까 싶을 정도의 고급 주택에 소말리아에서는 거의 볼 수 없는 정원수와 잔디밭까지 깔아 제법 그럴 듯하게 구색을 맞추고 있었다. 대신 주변은 중무장한 경비병들의 삼엄한 경계가 펼쳐져서 언젠가 할리우드 영화 속에서 본 마피아 두목의 소굴처럼 느껴졌다.

건물 남쪽 정원으로 들어서자 잔디밭 중앙의 비치파라솔 아래에서 시가를 물고 앉아 있는 키 큰 사내가 눈에 들어왔다. 잘해야 30대 중반쯤으로 보였는데 사내는 다리를 꼬고 앉은 채 날카로운 눈매에서 뿜어져 나오는 적의를 감추지 않고 있었다. 아마도 아시드라는 작자일 터였다.

그는 말없이 탁자 건너편에 자리를 잡았다. 시작부터 적의를 보인 상대에게 인사말 같은 걸 건네고 싶지는 않았다. 아시드가 허리춤의 권총을 빼 파라솔 탁자 위에 소리 나게 올려놓은 다음, 깍지 낀 양손을 꺾어 보이며 위협적으로 말했다.

"건방이 하늘을 찌르는 놈이로군. 달랑 여섯 명이 여기까지 온 거냐?"

"오다가 총질을 좀 당했어. 당신이 시킨 거 아니었나?"

"아니, 푼틀랜드에 주하이드 장군의 통행증을 가진 일행을 공격할 만한 배포를 가진 작자들은 없다. 내 경우에는 물주의 의도에 반하는 짓이기도 하고."

"그렇게 믿도록 하지. 이쪽이 선사 대표야."

옆에 앉은 이철중을 소개하자 힐끗 곁눈질만 한 다음, 그를 향해 다시 시선을 돌렸다.

"건방진 놈. 내가 에일에서 선박회사 대표를 만나는 날이 있으리라고는 꿈에도 생각하지 못했다."

"그래?"

"네놈이 여기저기 아는 사람이 많다는 건 인정하지. 그러나 총에 맞으면 너도 죽어."

"돈 줄 사람을 죽일 이유는 없지 않을까?"

"널 죽여도 돈 줄 놈은 또 온다."

"너도 죽겠지."

"건방 떨지 마라. 선원들 얼굴은 봤으니 온 목적은 달성한 건가?"

"그런 셈이다."

"그럼 이야기 끝났군. 호텔로 돌아가라. 오늘은 호텔에서 자고 내일 아침에 출발해라. 아침에 단이 전화를 한다더군."

"그러지. 다음에 또 보는 일은 없었으면 좋겠어."

"피차일반이다."

그는 미련 없이 일어섰다. 짧은 시간에 불과했지만 배와 인질의 안전을 확인한다는 여행의 기본적인 목적은 달성한 상황, 불쾌한 상대와 길게 얼굴을 마주할 이유 같은 건 없었다.

김석훈 일행이 시야에서 사라지자 아시드는 권총을 챙겨 들고 본채 테라스의 미닫이문으로 들어갔다. 블라인드로 외부의 눈을 완전히 가려 버린 거실에는 금발의 백인남녀가 알이 굵은 지중해 청포도를 입안에 던지고 있었다. 남자는 키만 2미터에 가까운 거구에다 왼쪽 눈을 아래위로 가로지르는 큼지막한 흉터가 있어서 보통 사람은 마주 보는 것만으로도 오금이 저릴 만큼 위압적이었다. 그에 반해 여자는 무섭게 요기를 뿜어냈다. 금방 쥐를 잡아먹은 것처럼 붉은 입술과 큼직한 하늘색 눈동자는 물론이고 터질 것같이 풍만한 가슴과 늘씬한 다리까지 모든 것이 '섹시'라는 단어 하나로 압축되는 느낌이었다.

그가 반대편에 걸터앉자 남자가 목을 좌우로 풀며 물었다.

"너무 일찍 끝난 거 아닌가?"

"오래 앉아 있어 봐야 좋을 거 없어."

"시작할까?"

"그러지."

"한국인 인질 두 놈은 지금 농장으로 빼라. 우린 시내로 들어오지 않은 놈을 처리하고 돌아오겠다."

"인질은 나중에 다시 데려와서 협상해도 되는 거지?"

"물론이다. 일단 은밀하게 끌어내고 배와 호텔에 붙인 감시는 적당히 풀어라. 아니, 그냥 놔둬도 상관없겠다. 감시해 봐야 어차피 잡지도 못할 테니까."

"무시하지 마라. 70명 전원이 3주 이상 군사훈련을 받은 정예 군인이다."

아시드가 발끈하자 여자가 비릿하게 웃음을 머금었다.

"해적 따위가 군인? 그럼 우린 신이겠군. 후후."

"이런 건방진!"

권총을 잡은 손에 불끈 힘을 줬지만 차마 들어 올리지는 못했다. 한때 스페츠나츠의 전설이라 불리던 사내를 눈앞에 두고 경거망동하는 건 자살행위나 마찬가지였다. 더구나 별채에는 이틀 전에 합류한 8명의 용병이 대기하고 있었다. 말은 안 하지만 분명 GRU 소속 전투요원이나 구 스페츠나츠 출신일 터였다. 그가 이를 악물자 미하엘이 포도 알을 새로 뜯어내며 너털웃음을 터트렸다.

"하하하. 미안, 미안, 이번엔 릴리가 좀 과했어. 내가 대신 사과하지."

"제기랄! 됐어. 일이나 끝내."

아시드는 바람 소리가 나도록 돌아서서 거실을 나섰다.

김석훈은 호텔로 돌아오는 내내 입을 다문 채 생각에 잠겼다. 안재만이 입에 담은 '출항할 때부터 좋지 않았다'라는 문장이 머릿속을 떠나지 않았다. 중간에 잘려서 의사전달이 확실치 않았지만 이철중은 냉동격실에 들어간 상태가 좋지 않은 무언가의 존재를 그에게 알리고 싶지 않아했다.

'정보사가 즉시 인력을 투입해야 할 만큼 중요한, 그리고 내게도 알리고 싶지 않은 무언가를 이스탄불에서 싣고 출발했다? 그런데 왜 하필 배지? 터키라면 서울까지 직항 항공기 노선도 수두룩하다. 그렇다면 불법적인 밀반출이나 밀항이라는 뜻이다. 그런데 왜 중국인들까지 나서서 설치지? 거기다 소말리아 해적 나부랭이는 또 뭐야?'

그는 슬쩍 눈을 돌려 이철중의 무표정한 얼굴을 노려보았다. 가장 먼저 떠오르는 생각은 주먹다짐이라도 하면서 이철중을 닦달하는 것, 그러나 이내 포기했다. 저 찔러도 피 한 방울 나오지 않을 철면피와 입씨름을 하는 건 보나마나 시간낭비였다. 그렇다면 남은 건 차수연인데 그녀의 얼굴도 지독하게 불만스런 표정이었다. 그녀 역시 아는 것이 없다는 뜻일 터, 덕분에 대책 없이 머릿속만 복잡해서 궁금증과 불안감만 턱없이 폭주하고 있었다.

10분쯤 덜덜거린 트럭이 호텔 공터에 들어서자 건너편에 앉은 제니퍼가 낮게 속삭였다.

"전초전 끝난 거야?"

"아니, 이제 시작이다. 어차피 케냐 국경을 넘기 전에는 전초

전도 끝난 게 아냐. 넌 지금부터 출발하는 순간까지 차수연 대위하고 붙어 다녀라."

"베이비시터는 취미 없는데?"

"50만짜리 일이야. 네 취미 고려해 줄 생각 없다."

그는 씩 웃으면서 제니퍼의 머리를 쓰다듬었다.

"아 이런 젠장! 나도 이제 엄연한 숙녀라고!"

금방 짜증스런 표정으로 변해 버린 제니퍼가 연신 구시렁거렸지만 그는 깨끗이 무시하고 차에서 뛰어내렸다. 제니퍼의 신경질적인 목소리가 뒤꼭지를 따라왔다.

호텔에서 내준 음식으로 간단하게 저녁을 때운 김석훈은 저녁 내내 낡은 식탁에 앉아서 아시드와 단, 그리고 주하이드에 대한 첫인상과 개인적인 성향을 메모하는 데 시간을 보냈다. 별것 아니지만 경험상 협상 과정에서 승패를 좌우하는 결정적인 한 방은 언제나 이런 사소한 자료들에서 나왔다.

생각들을 대충 정리하고 담배를 빼문 시간이 밤 10시, 자리에 누울까도 싶었지만 2시부터 불침번이어서 시간이 애매했다. 잠을 포기하고 창가에 기대섰다. 어차피 호텔 밖으로는 나가지도 못하는 형편이니 강을 내려다보는 것으로 만족이었다. 원유처럼 검은 수면은 달빛을 반사하며 기묘하게 반짝였다.

'물은 어디나 같겠지.'

담배에 불을 붙여 한 모금 빨아들이고 창밖으로 길게 내뿜었다.

똑똑.

누군가 노크를 했다.

"들어와. 열렸어."

문을 반쯤 열고 얼굴을 내민 사람은 차수연이었다.

"물 남은 거 좀 있어요?"

창밖으로 피우던 담배를 던져 버린 그는 한 손으로 배낭을 뒤져 생수 한 병을 차수연에게 던졌다. 가볍게 받아 든 차수연은 바로 뚜껑을 따서 몇 모금 마시더니 침대로 건너와 걸터앉았다. 침대가 삐걱거리며 비명을 질렀다. 그가 어깨를 들썩이며 말했다.

"매트리스가 100년쯤 된 놈이야. 후후."

"그러네요. 근데 어떨 것 같아요?"

"뭐가?"

"협상 말이에요. 상대는 다 만나본 거잖아요."

"하나같이 질이 좋지 않은 것들이라 쉽지 않을 거야. 상황도 심상치 않고."

차수연은 씁쓸한 미소를 머금었다. 그러나 그 미소는 어두운 방이 갑자기 환해지는 느낌이 들 정도로 아름다웠다. 차수연이 창가로 다가와 나란히 기대섰다.

"여기가 소말리아만 아니면 좋았을 걸 그랬어요."

"어디라도 상관없어. 수연 씨가 같이 있잖아."

김석훈은 장난스런 대사를 꺼내놓으며 은근슬쩍 어깨에 손을 올렸다. 차수연도 싫은 눈치는 아니어서 아예 살짝 당겨서 안아 버렸다. 다시 미소를 머금은 차수연은 팔 안에서 자연스럽게 돌아서서 그의 가슴에다 양손을 올렸다.

"또 시작이다. 아부 그만해요. 하고 싶은 이야기가 있어서 건너왔어요."

"흠. 뭔데?"

그는 차수연의 허리에 손을 올렸다. 기분 좋은 포옹, 차수연도 저항 없이 안겨왔다. 차수연이 살짝 얼굴을 붉히며 속삭이듯 말했다.

"조심하세요."

"응? 갑자기 뭔 소리야? 이거 내 걱정을 해주는 것 같은데?"

"맞아요. 그 이야기가 꼭 하고 싶었어요."

흐릿하게 미소를 머금은 그는 한 손으로 허리를 끌어당기고 다른 손으로는 차수연의 날렵한 턱을 들어 올렸다. 그리고 살짝 입을 맞췄다. 무리한 것 아닌가 싶었는데 차수연은 눈을 감고 있었다. 순간적으로 전기가 통하는 기분, 이러면 따귀 맞을 일은 없을 것 같았다. 내친김에 이마와 눈두덩에 부드럽게 입을 맞추고 뺨과 귓불에도 가볍게 입술을 댔다. 차수연의 반응도 조금씩 적극적으로 변해갔다. 마지막으로 아랫입술을 살짝 물어 빨아들였을 때는 차수연의 팔이 목덜미로 스르르 넘어왔다.

그리고 격렬한 키스, 차수연의 호흡은 차츰 거칠어졌다. 그는 키스를 퍼부으면서 차수연의 허리를 끌어올리고 셔츠 안으로 조심스럽게 손을 집어넣었다. 살짝 놀라는 기색, 그러나 저항은 없었다. 부드러운 허리선을 따라 올라가 탄력 넘치는 가슴을 손에 넣었다. 그런데 셔츠를 벗기려 하자 갑자기 차수연이 그의 가슴을 밀어냈다.

"오늘은 안 돼요. 샤워도 못했어."

"안 해도 예뻐."

"땀에 절어서 냄새나요. 다음에 근사하게 분위기 만들어서 안 아줘요. 네?"

합리적인 거부반응, 일단 물러서는 편이 좋을 것 같았다. 그가 짐짓 울상을 지었다.

"나 김칫국 마신 거야?"

"문은 잠기지도 않죠. 벽은 얇아서 옆방 소리 다 들리고 복도 끝에는 해적들까지 서 있잖아요. 여긴 절대 안 돼요."

"좋아. 작전상 후퇴, 다음엔 용서 안 해."

손가락으로 차수연의 코를 튕기자 그녀는 화사하게 웃으면서 그의 뺨을 쓰다듬었다.

"고마워요. 그리고 잘 자요."

차수연은 그의 입술에 다시 키스를 하면서 부드럽게 그의 팔을 풀어내고는 뒷걸음으로 방을 나섰다. 차수연의 모습이 완전히 사라지자 그는 침대로 돌아와 다시 담배에 불을 붙였다.

'젠장!'

허전했다. 그리고 손끝에 남은 여운이 지독했다.

폭풍 속으로

만재배수량 1만 톤급 최신예 이지스구축함 DDG—992 율곡이이의 함장 강태성 대령은 커피 잔을 입에 대면서 멀리 보이는 육지의 흐릿한 윤곽을 노려보았다. 오늘만 벌써 7잔째, 아랫배에서 거북스런 기운이 느껴졌지만 마시지 않고는 버티기가 어려울 것 같았다. 더구나 저녁 시간 이후 부담스러울 정도로 심해진 강풍 때문에 너울까지 신경을 건드리고 있었다.

"늦었습니다. 좀 쉬시지요."

청해부대 수석참모 이치용 소령, 며칠째 교대로 밤을 새서인지 피곤해 보이기는 마찬가지였다. 현재 시간이 새벽 03시, 이치용이 숙소로 들어간 시간이 23시 어름이었으니 잘해야 3시간쯤 잤을 것이었다.

"너무 일찍 나온 거 아닌가?"

"숙면 3시간이면 잠은 충분합니다. 함장님께서도 좀 쉬십쇼."

"성질 뻗쳐서 도통 잠이 안 와. 통제실, 거리는?"

―목표와의 거리 12해리, 선회하면서 연안으로 진행합니다.

"소말리아 영해에 도착하면 보고하게. 이상."

―로저. 이상.

"답답하군."

나직하게 한숨을 토해낸 강태성은 잔에 남은 식은 커피를 마저 들이켜자 이치용이 캄캄한 수평선을 향해 망원경을 올리며 물었다.

"국방위원들은 UAE에 도착했습니까?"

"그래. 알 아인 특수전학교에서 하루 머물고 아부다비로 들어가서 이틀 더 일정이 있다더군. 참! 여기 오겠다고 했다면서?"

"예. 어젯밤에 권 국방위원장께서 승함하겠다는 전통이 날아왔습니다. 헬기편으로 올 것 같습니다."

"쇼를 하는군. 빌어먹을 것들."

"그래도 고생하는 우리 장병들에게 관심을 가져주는 건 나쁘지 않습니다."

"꼭 이런 때만 지랄하니까 문제지. 예정이 언제인가?"

"익일 12시 10분 도착 예정이랍니다."

"내일이라… 점심 건너뛰고 시달리겠군. 이러면 진짜 좀 자둬야겠어."

"그렇게 하십쇼. 어차피 공격도 불가능하지 않습니까."

"그런 셈이지. 도착 전에 잡았어야 하는데 말이야."

"너무 멀리 있었습니다. 유조선들 주변으로 파리 떼도 너무 많았고요."

"빌어먹을, 어쨌든 일출 즈음해서 링스를 띄워보세. 되든 안 되든 일단 긴장은 하게 만들어주자고."

"알겠습니다."

"휴… 함교 인수하게. 현재 시간 03시 38분, 소령 이치용에게 함교를 인계한다."

"현재 시간 03시 38분, 소령 이치용, 함교를 인수합니다."

함교를 인수한 이치용이 거수경례를 하는 순간, 갑자기 통제실에서 다급한 목소리가 흘러나왔다.

—이상 징후 발견! 반복합니다. 해안에 이상 징후 발견!

"무슨 소리야? 이상 징후?"

—강력한 폭발음 발생, 화재나 폭발의 가능성이 높습니다!

"뭐! 폭발? 금성호에서 발생한 거냐?"

—금성호와 동일한 위치입니다!

"제기랄! 배에는 온통 화학약품이야! 화재면 곧장 침몰이다! 당장 링스 띄워! 확인해라!"

그는 악을 쓰면서 망원경을 집어 들었다. 이미 수평선 한쪽이 훤해지는 상황, 기도하는 마음으로 망원경 초점을 조정했음에도 불구하고 눈에 들어오는 건 그의 바람과는 정반대였다. 해안에 정박된 대형선박의 선수에서 시커먼 연기가 치솟고 있었다.

"지랄!"

욕설이 저절로 튀어나왔다. 에일 강 하구 해역에 정박한 배들

중에 대형선은 금성호뿐이니 더 생각할 필요도 없었다. 순간, 연기가 짙어진다 싶더니 좌현 측벽에서 느닷없이 섬뜩한 섬광이 터져 나왔다. 격실들을 채웠을 석유화학 제품에 불이 옮겨 붙은 듯, 순간적으로 선미를 향해 폭발이 이어지고 3만 톤이 넘는 거대한 화물선 좌현 전체가 줄줄이 터져 나가면서 무시무시한 섬광이 밤하늘을 향해 솟구쳤다. 상황은 이미 걷잡을 수 없었다. 강태성이 바락바락 악을 썼다.

"통제실! 사령부에 보고! 소말리아 정부 측에는 상황을 설명하고 구조를 위해 영해로 진입한다고 통보해라! 총원 전투배치! 조타실 우현 반타, 전속전진!"

―총원 전투배치!

―조타실! 우현 반타! 전속전진!

통제실과 조타실의 복창이 이어지고 급박한 경보음이 선내에 울려 퍼졌다.

김석훈은 유리창을 울리는 묵직한 진동에 놀라 선잠에서 깨어났다. 창밖이 훤했다. 바로 침대를 떠나 창가에 붙어 섰다. 잠시 비명을 지른 침대가 조용해지고 어수선한 고함 소리와 발자국 소리가 이어졌다.

"젠장, 좋지 않은데?"

불길한 예감에 주섬주섬 옷을 챙기고 밖으로 나오다가 반대편

방에서 밖으로 나오는 반투족 두 사람과 마주쳤다. 이미 밖에 나와 있던 제니퍼가 그의 얼굴을 보자 소리부터 질렀다.

"이거 무지막지하게 큰 폭발이야!"

직접 보이지는 않지만 능선 너머가 대낮처럼 환하게 느껴질 만큼 큰 폭발이라면 금성호밖에 답이 없었다. 호텔 경비를 서던 해적들 서넛이 어수선하게 호텔 밖으로 달려 나갔다. 뭔가 확실히 잘못됐다는 뜻, 일단 상황파악이 급했다.

"제니, 차대위 깨워라."

"알았어."

제니퍼가 돌아서자 그는 곧바로 복도 안쪽 이철중의 방문을 두드렸다. 대답은 없었다. 무슨 놈의 군인이 이렇게 무신경하냐는 생각을 떠올리며 부실한 손잡이를 그냥 돌렸다. 어차피 잠기지도 않는 문이었다. 그런데 침대 위에 있어야 할 이철중이 없었다. 가지고 다니던 배낭도 마찬가지였다.

"이런 네미럴!"

욕설을 토해내고 급히 되짚어 나왔다. 반대편 방에서 나온 제니퍼의 반응도 예상과 다르지 않았다.

"없어!"

"여기도 없다."

당혹스런 상황, 잠시 갈등했지만 결론은 간단했다. 2시부터 4시까지 깨어 있어야 했는데 깨우는 사람이 없었다. 12부터 2시까지 불침번이 이철중이니 주범은 당연히 그 인간, 차수연이 방까지 찾아와 조심하라는 말을 남긴 이유를 알 것도 같았다.

"이 미친 자식이 결국 일 벌인 것 같다. 짐 챙겨라. 뜨자."

배낭은 언제든 즉시 떠날 수 있도록 문 바로 옆에 놓아둔 상태여서 시간은 걸리지 않았다. 배낭을 챙겨 밴에 던지고 시트 밑에 붙여둔 권총과 MP—7을 뜯어내 권총은 허리춤에 꽂고 MP—7은 제니퍼에게 던졌다. 제니퍼는 소총을 잡자마자 테이프로 고정한 탄창 양쪽을 확인하고 자연스럽게 소음기를 끼웠다. 그가 말했다.

"일단 오마르하고 합류한 뒤에 생각하자. 걸리적거리는 놈은 쏴버려."

"로저."

그는 시동을 걸면서 백미러로 공터 건너편 코너에 있는 해적 두 놈의 눈치를 살폈다. 다행히 놈들은 해안에 정신을 팔고 있었다. 최대한 조용히 기어를 후진에 넣고 권총을 꺼내 왼쪽 허벅지 아래다 끼웠다. 준비 끝, 멀리서 익숙한 AK소총의 소프라노가 들려오기 시작했다.

"가자!"

그릉!

가속페달을 밟는 순간, 두 놈 중 한 놈의 시선이 돌아왔다. 곧바로 총구가 돌아오고 무전기에 대고 무어라 고함을 지르는 것 같았다. 방향을 바꾼 밴이 거칠게 가속을 시작하자 한 놈의 총구에서 섬광이 보였다.

퍼벅!

앞 유리에 구멍이 대여섯 개나 뚫리고 뒤에서 누군가 신음 소리를 냈다. 거의 동시에 옆문으로 머리를 내민 제니퍼의 총이 불을 뿜었다.

투두둑!

한 놈은 그 자리에서 주저앉으면서 하늘을 향해 총탄을 쏟아냈고 다른 하나는 황급히 철문 뒤로 몸을 던졌다. 그는 창밖으로 권총을 내밀고 건물을 통과하면서 남은 실탄을 모조리 쏴버렸다. 놈은 저항은커녕 철문 뒤에 잔뜩 웅크린 채 움직이지 않았다. 일단 호텔을 벗어나는 데는 성공, 그는 총으로 앞 유리창을 쑤셔 구멍을 크게 만들면서 복잡한 샛길을 향해 차를 밀어 넣었다.

그러나 너무 복잡한 길이 문제를 만들었다. 외등 하나 없는 캄캄한 길을 막연히 해안 반대쪽으로 달리다 보니 헤맬 수밖에 없었다. 막다른 골목을 두 번이나 돌아 나와 겨우 낯익은 도로를 찾았지만 이번엔 엉뚱한 상황이 발목을 잡았다. 민가에서 수십 명이 골목으로 쏟아져 나온 것이었다. 그중에는 열두어 살짜리 아이들도 상당수 보였다. 문제는 그 아이들의 손에도 자동소총이 쥐어져 있다는 것이었다.

"네미럴! 그냥 밀어붙인다! 꽉 잡아!"

기어를 3단으로 올리면서 그대로 가속페달을 밟아버렸다. 찢어지는 비명과 고함 소리가 들리고 총 든 몇 놈이 길옆으로 몸을 날리면서 마구잡이로 총질을 했다. 옆 유리창 하나가 터져 나가면서 산산조각 난 유리 조각이 뒷머리를 때렸다. 옆구리가 뜨끔했으나 무시하는 수밖에 도리가 없었다. 그래도 정통으로 차에 받힌 사람 없이 삽시간에 골목을 통과했다. 대부분 알아서 피해 간 셈, 헤드라이트 한쪽이 죽었는데도 하이빔으로 올려놓은 외눈이 힘을 발휘한 모양이었다.

그런데 좌우의 민가가 사라졌다 싶은 순간, 느닷없는 굉음과 함께 차가 휘청하면서 핸들이 멋대로 돌아갔다. 뭔가를 밟고 타이어가 터진 것 같았다.

쾅! 콰직!

잇달아 철판이 통째로 우그러지는 소리가 터지고 동시에 강력한 충격이 온몸을 두들겼다. 차는 순간적으로 길을 벗어나 강변으로 돌진했다.

"제기랄! 꽉 잡아!"

통제를 잃어버린 밴은 위험스럽게 쿵쾅거리며 사면을 내려갔다. 경사는 심하지 않았지만 엉망인 지면에 핸들이 멋대로 돌아가는 통에 당장이라도 뒤집힐 판이었다. 순식간에 100여 미터를 내려온 밴은 급기야 하나 남은 헤드라이트로 큼직한 바윗덩이를 들이받고 뒤집히면서 백사장과 강 경계에 거꾸로 처박혔다.

"크윽……."

몇 초 시간이 흐르고 나서야 정신을 차린 김석훈은 손발부터 움직였다. 어딘가에 부딪혀 깨졌는지 이마에서 흘러내린 피로 뺨과 목이 미끌미끌했고 총알이 스친 옆구리도 피가 흥건했다. 그러나 생각보다 크게 다치지는 않은 것 같았다. 대신 여기저기서 놀란 근육들이 비명을 질렀다. 핸들에 부딪힌 손가락과 시큰거리는 발목이 가장 큰 문제, 그래도 움직이는 데는 크게 지장이 없었다. 제니퍼와 반투족 두 사람의 모습은 보이지 않았다.

"미치겠군."

어렵게 몸을 틀어 깨진 앞 유리창을 밀어내고 밖으로 나왔다. 그러나 워낙 어두워서 아무것도 보이지 않았다. 몇 초 눈을 감았다 뜨자 주변 경물이 조금씩 눈에 들어왔다. 제니퍼는 충돌의 와중에 튕겨져 나갔는지 백도어 뒤에 쓰러져 있었고 반투족 한 명은 차에 깔려 사망, 나머지 한 사람은 아예 보이지도 않았다. 급히 기어가서 제니퍼의 뺨을 툭 때렸다.

"제니!"

제니퍼가 끙 하고 신음 소리를 냈다.

"괜찮아?"

제니퍼는 팔다리를 조금씩 움직여 보더니 힘겹게 고개를 끄덕였다. 그의 상태나 마찬가지로 몇 군데 피가 보였지만 크게 다친 곳은 없는 것 같았다.

"그런 것 같아. 어떻게 된 거야?"

그는 능선 위의 상황을 확인하면서 머리를 부축해 일으켰다.

"진입로에 스파이크를 깔아놓은 모양이다. 덕분에 타이어 없이 강변으로 굴렀고."

"젠장, 되는 일이 없네. 반투족 사람들은?"

"한 사람은 죽었어. 아까 총 맞은 친구는 찾을 수가 없고."

제니퍼는 뒤집혀 뭉개진 밴을 힐끗 보고는 평소의 김석훈과 똑같은 소리를 내며 입맛을 다셨다.

"쩝… 골 때리네. 이러면 제대로 붙어야겠네?"

"붙어? 튀어야 돼, 인마."

"또?"

제니퍼의 불만스런 반문을 무시하고 차에서 배낭을 끌어내 야시경을 찾아냈다. 빛이 거의 없으니 야시경의 존재만으로도 큰 도움이 될 것이었다. 제니퍼가 자신의 배낭과 소총을 챙기는 사이에 무전기를 꺼내 오마르를 호출했다.

"여긴 매드독 하나, 매드독 둘 어디냐? 오버."

대답은 없었다. 다시 한 번 호출, 대답은 여전히 없었다. 죽겠다는 소리가 자연스럽게 튀어나왔다.

"염병, 죽겠네. 오마르 쪽도 문제 생겼다. 일단 튀자."

능선 위는 검은 그림자가 어수선하게 움직이고 있었다. 이어 몇 놈이 사면으로 뛰어내렸다. 두 사람은 재빨리 몸을 일으켜 강 상류로 방향을 잡았다. 그러나 몇 걸음 옮기기도 전에 조명탄이 솟아오르고 곧장 총탄이 날아오기 시작했다.

퍼버벅!

발밑 백사장 모래와 강물이 줄줄이 튀어올랐다. 문자 그대로 총탄이 빗발치는 상황, 이대로 이동은 불가능했다. 일단 가까운 둔덕 뒤쪽으로 몸을 던졌다. 뒤따라 몸을 날려 부드럽게 한 바퀴 구른 제니퍼가 둔덕 끝자락에서 사격자세를 잡더니 곧바로 사면 중턱에 있는 검은 그림자들을 향해 방아쇠를 당기기 시작했다. 즉시 외마디 비명 소리가 들리고 짧게 총성이 잦아들었다.

그러나 능선 위에서 점멸하는 총구섬광의 숫자는 변화가 없었다. 아니, 섬광은 점점 더 상류 쪽으로 움직였고 총탄에 잘려 나간 말라죽은 덤불들이 끊임없이 머리 위로 쏟아졌다. 이대로는 잘 버텨야 몇 분이었다. 그런데 1분 이상 공중에 있어야 할 조명탄이 사라지고 없었다. 해상에서 쓰는 신호용 조명탄인 모양이었다. 다시 조명탄이 날아올랐지만 포물선을 그리면서 천천히 물속으로 떨어졌다. 그가 권총만 둔덕 위로 올려 몇 발 쏜 다음 악을 썼다.

"이대로는 포위된다! 강!"

"이제 겨우 몸 풀었는데 튀는 거야?"

"시끄러! 빨리!"

제니퍼는 혀를 쏙 내밀고는 물로 뛰어들었다. 그런데 갑자기 총성이 잦아들더니 누군가 능선 위에서 확성기로 소리를 질렀다. 아시드의 어눌한 영어였다.

"이봐, 라이언! 들리나? 도망칠 구멍은 없어! 강 건너에는 우리보다 더한 것들이 깔려 있으니까! 그리고 네놈이 데리고 다니던 개새끼 한 마리 데리고 있다! 시 경계에서 얼쩡대는 걸 잡아왔지! 그런데 개새끼답게 다리에 총알을 박아줘도 이름은 불지를 않더군! 넌 누군지 알지? 이 덩치만 큰 도베르만 죽어도 상관없나!"

그는 흠칫 놀라 머리를 빼 강변 능선을 올려다보았다. 거리가 멀어서 확실치는 않지만 분명 누군가를 무릎 꿇려놓고 얼굴에 랜턴을 비추고 있었다. 야시경 배율을 끌어 올리자 상황이 대충 눈에 들어왔다. 분명 오마르의 얼굴, 손은 뒤로 묶였고 여기저기 얻어맞아 피투성이가 됐지만 확실히 오마르였다.

'이런 개 같은!!'

그는 필사적으로 욕설을 참아냈다. 오마르가 해적들에게 잡혔다? 더구나 생포? 아무리 생각해도 말이 되지를 않았다. 애당초 해적 따위가 오마르를 어떻게 할 수 있으리라고는 꿈에도 생각할 수 없었다. 체구가 워낙 커서 다소 둔한 느낌이지만 사격과 은신에 있어서만큼은 수준급의 경지에 들어간 친구였다. 그런 그가 마음먹고 은신한 상황에서 엉성한 해적 패거리의 포위망에 걸려 생포됐다? 그건 말 그대로 꿈에서나 가능한 일이었다. 뭐가 잘못돼도 한참 잘못되어 가고 있었다.

아시드가 확성기에 대고 다시 고함을 질렀다.

"30초 주겠다! 나와라! 아니면 당장 이놈 머리통에다 총탄을 박아주마!"

'제기랄!'

김석훈은 일순 갈등했다. 기본적으로 저 아시드라는 작자는 쏘고도 남을 위인이었다. 아니, 쏘지 않을 이유가 없었다.

'올라가면?'

기본적으로 돈이 목적인 것들이니 돈이 될 김석훈은 살려둘 가능성이 높았다. 물론 지금 상황은 돈 이외의 다른 건이 개입되어 있어서 이야기가 좀 다르지만 일이 커진 만큼 조건은 비슷했다. 외부세력의 개입이라면 더더욱 협상의 가능성이 열려 있다는 판단이었다. 순간, 다시 총성이 터졌다.

쾅!

야시경 속의 오마르는 비명도 지르지 않고 몸부림만 쳤다. 왼쪽 어깨에서 핏물이 울컥울컥 솟구치고 있었다. 놈이 다시 소리쳤다.

"다음엔 머리다!"

"저 개자식이!"

욕설을 토해낸 그가 몸을 일으키려 하자 어느새 돌아온 제니퍼가 그의 팔을 잡아끌었다.

"안 돼, 라이언. 가면 둘 다 죽어."

"어차피 이대로는 우리도 탈출하기 힘들다. 강 건너편을 봐. 날도 곧 밝는다."

제니퍼는 랜턴 십여 개가 돌아다니는 강 건너를 슬쩍 돌아보았다. 그래도 대답은 같았다.

"오마르도 바라지 않을 거야. 우리 둘이면 허접한 해적들 정도는 수백 명이 덤벼도 끄떡없어."

"공격하는 입장이라면 몰라도 이런 상황에선 무리다. 알잖아. 그리고 놈은 날 죽이지 않는다. 죽이는 것보다는 살려두는 게 남는 장사거든. 어떻게든 아저씨하고 합류해라. 내가 시선을 끄는 동안 혼자 빠져나간다면 가능할 거다."

"안 돼!"

다시 똑같은 대답, 김석훈은 야시경을 벗어 제니퍼의 손에 건넸다.

"룰 넘버 원, 가족을 남겨두고 떠나지 않는다. 그건 너나 내가 저기 있어도 마찬가지야. 내 경우엔 죽도록 맞을 수는 있겠지만 절대 죽지는 않을 거다. 운이 좋으면 자력으로 빠져나올 수도 있고. 혼자 죽게 버려둘 수는 없다."

"나도 마찬가지야!"

"냉정하게 생각해라. 버티다 둘 다 잡히는 것보다는 구해줄 놈 하나가 남는 편이 낫다. 이건 명령이야. 가라. 그리고 돌아와."

제니퍼는 불만스런 얼굴로 입술만 잘근잘근 씹었다. 그가 단호

한 목소리로 다시 말했다.

"믿는다. 가라, 제니."

제니퍼의 고개가 툭 떨어졌다.

"지금 가라. 이쪽으로 다시 조명탄 올라오면 죽도 밥도 안 된다. 그리고 강을 건너는 건 좋지 않을 것 같다. 해 뜰 때까지 최대한 상류로 올라가서 은신할 자리를 찾아라. 어서 가."

다시 채근하자 제니퍼가 갑자기 달려들어 그의 머리를 와락 끌어안았다.

"죽지 마. 꼭 찾으러 갈게."

그의 이마에 키스를 하며 물러선 제니퍼는 억지 미소를 지어 보이면서 물속으로 들어갔다. 잠시 후, 수면 위로 눈만 내민 제니퍼가 어둠속으로 사라지자 그는 고함부터 서너 번 지르고 나서 천천히 몸을 일으켰다.

"나간다! 쏘지 마라!"

몇 발의 총성이 더해지고 어수선한 소말리어가 능선을 떠다녔다. 아마도 쏘지 말라는 뜻일 것이었다. 그는 시선을 끌기 위해 몇 번 더 소리를 지른 다음, 소음이 잦아들기 시작하자 둔덕 위에다 권총을 던졌다. 양손을 머리 위에 얹으면서 느릿하게 백사장으로 올라서자 다시 고함 소리가 들렸다. 이어 조명탄이 횡으로 날고 가장 가까이 있던 해적 몇 놈이 총구를 엉거주춤 앞으로 하고 조심스럽게 다가왔다. 그는 씩 웃어 보였다. 그와 눈을 마주친 깡마른 놈이 뭐라고 욕설을 씹어뱉더니 뒤로 돌아가 다짜고짜 소총 개머리판으로 어깻죽지를 후려갈겼다.

"큭!"

털썩 무릎을 꿇고 아예 엎드려 버렸다. 안 그래도 발목이 좋지 않아서 걷기도 힘들었다. 그가 움직이지 않자 다른 두 놈이 달려들어 양쪽에서 잡아끌고는 사면을 올라가 아시드 앞에다 던져 버렸다. 아시드가 그를 내려다보며 낄낄거렸다.

"별것 아닌 놈이 이름만 거창했군."

"후회하게 될 거다."

그는 되는대로 대꾸를 하면서 오마르의 상태부터 살폈다. 무릎과 어깨에 총상, 출혈은 심각해 보였다. 그럼에도 불구하고 오마르는 나무라는 눈빛을 보내고 있었다. 왜 왔냐는 뜻일 터였다. 두 사람을 번갈아 쳐다본 아시드가 오마르의 다리를 툭 걷어차며 말했다.

"네놈이 데려온 군인들이 배에 설치한 부비트랩을 건드렸어. 덕분에 배가 통째로 날아갔지."

"웃기지 마라. 그 사람들은 선사 직원이야."

"잡아뗀다고 될 일이 아니다. 모른다면 왜 도망갔지?"

"이런 상황이 될 게 뻔한데 너 같으면 그냥 있겠냐?"

"우기고 보자는 거냐? 뭐, 아무래도 좋아. 난 본전만 뽑으면 되니까. 한국 해군도 얌전하게 돌려보내야겠고."

"난 한국인이 아니야. 나 때문에 한국 해군이 돌아가지는 않는다."

"상관없어. 네놈의 존재만으로도 한국 군인이 배에 올라와 총질을 했다는 증거가 될 수 있으니까. 그게 아니라도 네가 미국 여권을 들고 다닌다는 사실 하나면 충분해. 한국 해군 지랄하면 널 그것들

면전에다 세워놓고 쏴버릴 거다. 놈들의 입장이 더러워지겠지."

김석훈은 쓰게 웃었다. 소문대로 막무가내였지만 잔머리는 제대로 돌아가는 놈, 그렇다면 당장 총 맞을 걱정은 안 해도 될 것 같았다. 당면한 문제는 오마르의 상태였다. 걱정스런 그의 시선이 오마르에게 돌아가자 오마르가 피를 토해내며 소리를 짜냈다.

"무… 숭구 넷."

스와힐리어로 백인을 뜻하는 무숭구와 한국어 넷의 조합이었다. 여기선 아무도 못 알아듣겠지만 그의 귀에는 확실히 들렸다. 백인 넷의 공격이라는 뜻일 터였다. 오마르가 생포된 이유는 물론이고 막연한 의심뿐이었던 외부세력의 개입까지도 한꺼번에 설명이 되는 셈이었다. 순간, 아시드가 오마르를 힐끗 돌아보더니 히죽 이빨을 보였다. 그리고 느닷없는 총성이 터졌다.

쾅!

"오마르!"

놈이 쏜 총탄은 오마르의 이마 한가운데를 정확하게 관통했다. 그리고 오마르의 검은 눈동자는 이미 초점을 잃어가고 있었다. 그가 일어서려 하자 누군가 등판을 거칠게 걷어찼다. 그가 엎어지면서 바락바락 악을 썼다.

"큭! 개자식아! 약속이 틀리잖아! 오마르!!"

아시드가 음산한 목소리로 말을 받았다.

"저거 어차피 못살아. 여긴 병원도 없거든. 흐흐. 그리고 난 죽이지 않겠다고 말한 적도 없어. 이 자식 데려가!"

우르르 달려든 놈들 중 하나의 소총 개머리판이 눈앞으로 불쑥 튀어나왔다. 기억은 거기까지였다.

❖

"함장님, 영해를 벗어나라는 명령입니다."

함교로 돌아온 이치용의 조심스런 목소리였다. 강태성은 말없이 고개를 뒤로 젖히면서 크게 심호흡을 했다.

먼저 해역에 진입한 링스의 보고는 참혹했다. 한마디로 거대한 화염 덩어리가 단숨에 휩쓸고 지나간 뒷모습, 쉽게 수면 위에 남은 것이 거의 없었다. 첫 번째 폭발이 발생한 지 불과 15분이 지났을 뿐인데 3만 5천 톤의 거대한 선체가 완벽하게 어둠 속으로 사라져 버렸고 수심이 깊지 않은 해안인데도 마스트조차 수면 위에 없었다. 한술 더 떠서 파도는 3미터가 훨씬 넘고 시계까지 제로여서 최소한의 작업조차 불가능하다는 보고였다.

따지고 보면 영해 밖으로 나가라는 사령부의 명령은 합리적인 결정이었다. 해역에 진입해서 할 수 있는 일이 거의 없는데 이대로 접근하면 문제만 확대될 가능성이 높았다. 그러나 그럼에도 불구하고 돌아가자는 명령을 내리는 건 쉽지 않았다. 그가 오랜 시간 침묵을 지키자 이치용이 다시 말했다.

"지금은 한밤중입니다. 파도까지 너무 높아서 부유물을 찾기도 어려울 겁니다."

"생존자가 있을지도 몰라."

"참으십시오, 함장님. 너무 위험합니다."

이치용은 안타까움이 절절하게 묻어 있는 강태성의 얼굴을 물끄러미 건너다보았다. 그의 심중도 전혀 다르지 않지만 명령은 명령이었다.

"저놈들도 우리가 접근한 걸 알았고 밤새 모터보트들도 많이 드나들었으니 인질들은 내륙으로 데려갔을 가능성이 높습니다. 그리고 사고지점에서 해안이 가깝습니다. 인질은 전부 선원이고요. 살아 있다면 자력으로 상륙이 가능합니다. 일단 명령대로 영해 밖으로 물러서서 상황을 지켜보시죠. 자칫 해적들과 교전이라도 발생한다면 국제문제로 비화될 수도 있습니다."

"정치 따위는 신경 안 써. 우리 국민의 생명이 우선이다."

"함장님, 당장 내일이면 매스컴에서 난리가 날 겁니다. 율곡이이가 소말리아 영해를 침범한 것만으로도 일이 심각해졌습니다. 더구나 오후에는 국방위의장이 승함합니다. 지금은 총알 몇 방만 날아다녀도 뒷수습이 안 됩니다."

"알아. 일단 CTF151(청해함대가 소속된 미 해군5함대 예하 다국적군 사령부)에 동 시간대 에일 인근의 위성사진 일체를 전송해 달라고 요청해라. 야간이라 변변한 건 없겠지만 그쪽도 상황을 인지하고 있었으니 몇 장은 건질 수 있을 거다."

"알겠습니다. 항로는……."

이치용이 말꼬리를 늘어트렸다. 명령을 내려달라는 뜻이었다. 그러나 강태성은 수면에만 시선을 고정한 채 계속 침묵을 지켰다. 침몰지점과의 거리는 이제 4해리도 채 남지 않은 상황, 조금만 더 접근하면 해적들이 사용하는 박격포 같은 장거리 무기의 사거리 안이었다.

"함장님."

그의 채근에도 강태성은 대답하지 않았다. 불안한 침묵의 시간, 한없이 긴 10여 초가 더 흐르고 나서야 어렵게 강태성의 명령이 떨어졌다. 지독하게 억눌린 목소리였다.

"선회한다."

불모의 대지는 흙먼지에 가려진 창백한 태양과 흐느끼는 바람 소리 외에는 아무것도 남겨놓지 않았다. 아침 6시가 넘었는데도 하늘은 여전히 희뿌연 파스텔 톤이었다. 제니퍼는 김석훈의 말과는 달리 양만호와 합류하지도, 달아나지도 않았다. 대신 얼마 떨어지지 않은 계곡에서 시내가 내려다보이는 절벽 위로 올라갔다. 상황을 지켜보면서 다시 에일로 들어갈 기회를 잡을 생각이었다.

그런데 자리를 잡은 지 불과 30여 분 만에 김석훈을 태운 트럭이 진입로에 나타났다. 심한 모래바람 때문에 시계는 불분명하지만 거리가 멀지 않아서 가지고 있는 망원경으로도 차에 탄 사람의 인종이나 옷 색깔 정도는 분명히 확인할 수 있었다. 아시드의 별장이나 해적들 숙소에 감금될 거라는 그녀의 예상을 완전히 뒤엎은 상황, 십중팔구 분노한 한국 해군의 공격을 우려해서 내륙으로 보내는 것일 터였다. 눈앞을 통과한 트럭은 무장병력 10여 명이 탄 다른 트럭의 경호를 받으면서 곧장 내륙으로 들어갔다.

"젠장!"

마음이 급했다. 이러면 순식간에 닭 쫓던 개 꼴이 되는 셈, 무슨 짓을 해서든 저 트럭들을 따라가야 했다. 당장 생각나는 건 진입로 초입의 계곡에 숨겨둔 픽업트럭과 장비들이었다. 오마르가 노출됐기 때문에 차와 장비가 무사할 거라는 확신은 없지만 다른 대안도 생각하기 어려웠다. 낮 시간 같으면 급한 대로 지나가는 차라도 강탈할 텐데 외진 지역의 새벽 시간에 차량이 오갈 턱이 없었다.

그나마 다행인 것은 내륙으로 들어가는 도로는 120킬로미터 넘게 외길이고 거기서도 '카르도'를 향해 북으로 가느냐, 아니면 남쪽 '와달'로 가느냐가 옵션의 전부라는 점이었다. 잘하면 도로가 갈라지기 전에 따라붙거나 종적을 찾아낼 수 있을 거라는 판단, 제니퍼는 결론을 내리기가 무섭게 절벽 뒤쪽 사면을 다람쥐처럼 뛰어내려 갔다. 도로가 보이는 능선을 가로지르면 차와 무기를 숨겨둔 계곡까지의 거리가 상당히 줄어들 것 같았다. 도로 자체가 굴곡이 심해서 차로 가면 거리가 상당했지만 능선을 통과하면 1/4도 채 안 됐다.

그러나 산길은 힘에 부쳤다. 젖은 배낭 2개를 메고 있어서 더 그랬다. 금방 도착할 것 같았는데 40분 가까이 숨이 턱에 찰 때까지 뛰고 걷고를 반복해야 했다. 그래도 트럭들이 망원경 시계를 완전히 벗어나기 전에 계곡이 내려다보이는 능선에 도착할 수 있었다. 제니퍼는 도착 즉시 중요한 포인트 몇 군데만 간단히 훑어본 다음, 곧바로 계곡으로 내려갔다. 계곡을 관측할 만한 포인트를 일일이 확인하고 싶었지만 그럴 만한 시간적 여유가 없었다.

다행히 장비나 차에 손을 댄 흔적은 없는 것 같았다. 재빨리 트럭의 위장을 제거하고 장비를 끌어다 뒷자리에 올려놓기 시작했다. 그런데 일을 미처 끝내기도 전에 도로 쪽 둔덕 너머에서 누군가의 발자국 소리가 들렸다. 제니퍼는 장비를 그대로 버려두고 신속하게 가까운 덤불 속으로 뛰어들었다. 소리는 잠시 끊어졌다가 다시 이어지더니 완전히 끊어졌다. 상대도 이쪽의 상황을 살피는 것일 터였다.

다시 몇 초가 흐르고 나자 부스럭거리는 소리와 함께 낯익은 동양인의 얼굴이 고개를 내밀었다. 얼핏 보기에도 차수연이 확실했다. 같이 있어야 할 이철중의 모습은 보이지 않았다.

'빌어먹을 년! 저만 도망치려고?'

눈에서 불똥이 튀었다. 따지고 보면 오마르가 중상을 입은 것도, 김석훈이 자진해서 놈들 손에 들어간 것도 모두 저 여자 때문이었다. 당장 뛰쳐나가고 싶은 걸 꾹 눌러 참고 노리쇠를 소리 나지 않게 아주 천천히 잡아당겼다가 원위치시켰다. 아군이라기보다는 적에 가깝다는 판단, 여차하면 쏴버릴 생각이었다. 그런데 빠르게 픽업 근처까지 내려온 차수연이 그녀가 있는 덤불에서 30여 미터 거리의 납작한 바위 뒤로 들어가 움직이지 않았다. 이러면 무조건 기다려야 했다.

'나와라, 왕가슴. 박살을 내주마.'

심호흡을 하면서 자동소총 손잡이를 고쳐 잡았다. 손잡이에 달라붙은 모래 때문에 손바닥이 껄끄러웠다.

'시간 없어! 나와!'

더 시간을 끌다간 김석훈을 태운 트럭을 아주 놓칠 가능성이 높았다. 당장 승부를 봐야 했다. 제니퍼는 튕기듯 몸을 일으켰다. 순간, 누군가 관자놀이에 총구를 들이댔다. 제니퍼는 반사적으로 몸을 틀면서 총을 잡아챘다. 김석훈에게 지겹도록 얻어맞으면서 배운 전광석화 같은 동작, 그러나 상대도 만만치 않았다.

상대는 순간적으로 그녀를 밀어붙이면서 팔꿈치로 턱을 가격해 왔다. 짧고 감각적인 관절기, 상체를 번개같이 뒤로 젖혀 피하면서 무릎으로 옆구리를 노렸다. 그러나 충격을 주기에는 거리가 너무 가까웠다. 두 사람은 서로의 총기를 잡은 채 삽시간에 몇 번을 치고받으면서 덤불 속 사면을 굴렀다. 구르는 것이 멈추자마자 차수연이 낮게 소리쳤다.

"나야! 제니!"

"씨팔!"

제니퍼는 욕설부터 토해냈다. 하필이면 끝난 자세가 차수연이 위였다. 차수연의 총을 틀어잡고 머리 뒤로 보냈지만 그녀의 총구도 마찬가지였다. 소총이 목 위에 가로놓인 상태여서 손가락 하나 움직이는 것도 쉽지 않았다. 제니퍼가 독기 어린 목소리를 뱉어냈다.

"라이언이 잘못되면 넌 내 손에 죽는다."

"라이언이 잡혔어?"

"그래. 씨팔! 오마르는 죽었을 거야. 너 때문에! 차에 없었어!"

그녀의 욕설에 일순 당혹스런 표정을 지은 차수연은 앓는 소리를 내면서 총을 던져 버리고 옆으로 돌아누웠다. 제니퍼는 재빨리 총구를 돌려 차수연의 눈앞에 들이댔다. 그러나 차수연은 손가락 하나만으로 무덤덤하게 그녀의 총구를 치워 버렸다. 언성을 높인 것이 무색할 정도로 맥 빠진 행동이었다.

"사연이 길어. 결과만 이야기하면 최악이고."

역시나 덤덤한 목소리, 제니퍼는 허탈한 표정으로 차수연을 아래위로 훑어보았다. 차수연의 행색은 별로 좋지 않았다. 지금 구르면서 묻은 흙먼지가 아니라 화염과 연기에 의한 그을음 같았다. 특히 가슴께는 껴입은 방탄복까지 일부 찢어질 정도로 심하게 손상되어 있었다. 상체만 일으킨 차수연이 혼잣말처럼 다시 중얼거렸다.

"내 탓 아니야. 작전에 대해서는 나도 어젯밤에 알았어."

"그걸 변명이라고 하는 거냐?"

"폭발은 분명히 예정되어 있었어. 아니라면 우리 팀을 노린 거겠지. 제기랄! 팀이 배에 발을 디디자마자 줄줄이 터지더군. 소령님을 비롯해 팀 전체가 폭발에 휘말렸고 생존자도 없는 것 같다."

"소령이 죽어? 정말이야?"

차수연은 무겁게 고개를 끄덕이면서 몸을 일으켰다.

"그럴 거야. 난 물속에 있었어. 그것도 침투용 보트 뒤에 매달려 있었기 때문에 구사일생으로 살았다. 보트는 흔적도 없이 날아가 버렸지만 말이야. 전후사정은 소령님의 카메라가 위성송신기에 전송한 화면이 말해줄 거다. 긴 이야기는 나중에 하고 일단 뜨자. 인질들이 있는 곳을 안다. 라이언도 거기로 끌려갔을 거야."

김석훈이 끌려간 장소를 안다는 말에 정신이 번쩍 들었다.

"뭐? 어딘데?"

"돈 없는 제3국이나 중국인 선원들을 데려다 노예로 쓰는 농장이라고 들었다. 규모가 제법 큰 양귀비 농장이라더군. 에일에서 서쪽으로 150킬로미터 정도 떨어진 곳인데 강변 근처야."

"확실해?"

"해안에서 해적 놈 하나를 족쳐서 얻어낸 정보니까 믿을 만할 거야. 물론 확실한 건 가봐야 알겠지, 딜?"

"딜, 대신 하나만 묻자."

"말해."

"이거 처음부터 군사작전이었지?"

"아니, 협상이었어. 그건 확실해. 내가 모르던 사이드잡이 따로 있었다는 사실이 짜증나는 거지. 어쩌면 그게 메인인지도 모르지만. 빌어먹을… 어쨌든 누가 가지고 있던 물건을 찾아야 한다고 했어."

"물건을 찾아?"

"거기부터는 너한테 이야기해 줄 수 없다. 라이언을 본 다음에 이야기하자."

"어차피 나도 널 믿지 않아. 라이언을 구하는 데까지만 동행이다. 허튼짓하면 그 자리에서 머리통을 박살내 버릴 거야. 알아들어?"

서슬 퍼런 목소리로 협박을 했지만 차수연은 그냥 덤덤하게 웃더니 떨어트린 권총을 집어 옆구리에 채웠다.

"기억해 두지. 생각은 나중에 하자. 일어나."

먼저 일어난 차수연이 옷을 툭툭 털어내면서 손을 내밀었다.

탈출

피투성이가 된 오마르의 얼굴이 자꾸만 멀어졌다. 따라 뛰면서
필사적으로 이름을 불렀다. 그러나 목을 통과한 바람은 소리가
되어 밖으로 나오지 않았다. 머리가 깨질 것처럼 아파왔다. 몇 걸
음 뛰지 못하고 머리를 감싸 쥔 채 털썩 무릎을 끓었다. 순간, 오
마르가 갑자기 돌아서더니 불쑥 눈앞으로 다가왔다.

'일어나요, 심바.'

입가로 흘러내린 피가 섬뜩했다. 손을 내밀려 했지만 손은 꼼
짝도 하지 않았다.

'그 자식 살려둘 건 아니죠? 가요.'

'오마르?'

쇳덩어리처럼 무겁던 눈꺼풀이 조금씩 올라갔다. 가늘게 뜬 눈

에 가장 먼저 보인 건 여기저기 구멍이 난 허술한 천장이었다. 어디지? 죽은 건 아니겠지? 혼자서 말도 안 되는 우스꽝스런 질문을 던지고 받다가 꿈틀거리는 수준으로 팔다리를 움직였다. 여기저기서 근육이 비명을 질렀다. 특히 개머리판으로 얻어맞은 어깨와 목덜미는 뭉툭한 송곳으로 쿡쿡 찌르는 것 같았다. 그래도 옆구리 총상의 출혈은 그리 심하지 않았다. 확실히 아직 죽을 운명은 아닌 모양이었다. 상체를 조금 옆으로 돌리는데도 신음이 저절로 나왔다.

"크으……."

그런데 어둠 속에서 누군가 반가운 한국어로 말을 건넸다.

"깨어났구려. 괜찮소?"

고개를 반대로 돌리자 바닥의 먼지가 풀썩 날렸다. 초점이 맞지 않아 잠시 눈을 깜빡였다. 천장의 구멍에서 서너 줄기 햇빛이 흘러들어 오고 그 햇빛 속으로 어디서 본 듯한 초췌한 얼굴이 보였다. 금성호 선장 안재만, 배가 폭파되기 전에 인질을 미리 빼돌렸다는 뜻이었다.

'네미럴! 갈수록 태산이군.'

되는대로 욕설을 퍼부은 김석훈은 뺨과 눈두덩 위에 말라붙은 핏덩어리를 비벼 털어내면서 퉁명스럽게 말을 받았다.

"괜찮지 않네요. 젠장. 어쨌든 두 분도 살아 있군요."

"예?"

덤덤한 반응으로 보아 안재만과 장순평 두 사람은 금성호의 상황에 대해서는 모르는 것 같았다. 그는 말을 바꿨다.

"여긴 어딥니까? 공기가 건조하네요."

"바닷가는 아닌 것 같습니다. 차로 서너 시간 이동했는데 한밤 중에 두건을 뒤집어씌우고 와서 어딘지는 우리도 몰라요. 그런데 그쪽은 어떻게 된 겁니까? 협상이 잘못된 건가요?"

그는 대답을 생략한 채 몸을 일으켰다. 당장 뛰쳐나가 아시드 라는 놈의 목구멍에 총구를 쑤셔넣고 싶었지만 지금은 여기가 어디인지부터 확인하는 게 순서였다.

세 사람이 갇힌 장소는 기본적으로 버려진 창고 분위기였다. 긴 쪽의 폭이 30미터쯤 될 것 같은 직사각형의 흙벽돌 건물로 스레트를 얹은 천장은 여기저기 구멍이 뚫렸고 구석에는 버려진 포장지들이 산같이 쌓여 있었다. 절뚝거리며 문으로 다가가 밀어봤지만 문은 굳게 잠겨 있었다. 그래도 문짝이 여기저기 깨져 나가서 밖을 볼 수는 있었다.

깨진 나무판자를 잡아당겨 좌우 시야를 넓히려는데 밖에서 누군가 문짝을 쾅 차면서 소리를 질렀다. 틈새로 보이는 건 어정쩡한 군복 차림의 보초, 보나마나 해적이었다. 두 놈의 어깨너머는 제법 널찍한 공터였다. 바람이 심한데도 불구하고 하늘이 제법 파란 것으로 보아 벌써 정오에 가까운 시간, 정신을 잃은 시간이 상당히 길었다는 뜻이었다. 상황을 대충 확인한 그는 셔츠의 팔부분을 찢어내면서 원래 있던 포장지 더미로 돌아와 앉았다. 밖으로 나가지 않는 한 주변 상황을 더 확인할 방법은 없었다. 그가 왼쪽 옆구리의 총상을 대충 지혈하며 건성으로 물었다.

"지금 몇 시나 됐을까요? 저것들한테 신발까지 몽땅 털려서 말이죠.”

“아마 오전 11시나 12시쯤 됐을 겁니다. 우리도 다 뺏겨서 아무것도 없어요.”

두 사람도 김석훈과 마찬가지로 맨발이었다.

“빌어먹을 놈들, 더럽게 꼬였네.”

그가 툴툴거리자 두 사람이 걱정스런 표정으로 다가앉았다.

“무슨… 문제가 생겼습니까?”

“그런 셈이죠. 금성호가 가라앉았으니까.”

다시 퉁명스런 대답, 금성호가 침몰했다는 말에 두 사람은 기절할 만큼 놀란 것 같았다. 곧장 두서없는 질문들이 튀어나왔다.

“예? 가라앉아요? 무슨 말입니까?”

“우리 배가요? 정말입니까?”

그는 대답을 건너뛰고 질문을 던졌다.

“여러 곳에 폭탄을 설치하고 계획적으로 폭파한 것 같은데 두 분은 알고 계셨습니까?”

“예? 예.”

얼떨결에 반문과 대답을 같이 한 안재만은 시선을 피하면서 말을 이었다.

“무선으로 작동하는 폭탄을 설치하는 걸 보긴 했는데… 작았습니다. 기껏해야 선교를 무력화하는 정도? 운항만 못하게 하려는 것 같았어요. 침몰할 정도로 많은 양은 절대 아니었습니다.”

“결과는 초대형 폭발로 인한 침몰입니다. 애초부터 배를 폭파할 생각으로 우리를 만난 직후에 두 분을 내륙으로 이송했거나 우연히 그 시점에 사고가 났다고 보아야 되는데… 제 눈에는 전자가 더 설득력이 있어 보입니다."

"어휴… 망했네."

"아이고……."

두 사람의 입에서 거의 동시에 신음이 새나왔다.

"어쨌거나 이제 본론으로 갑시다. 그 7번인가? 그 냉동격실에 뭐가 있죠? 그게 문제의 시발점입니다."

"그… 그게……."

안재만은 바로 대답하지 못하고 주저주저 말꼬리를 끌었다. 이번엔 시선을 피하지 않았다. 뭔가 감추고 싶다는 뜻, 그가 바로 언성을 높였다.

"네미럴! 이거 보쇼! 지금 이것저것 가릴 땝니까? 선사대표로 온 사람도 저놈들 손에 죽었고 내 친구도 죽었어요! 이 판국에 뭘 주저합니까? 당신들 바보요?"

이철중과 차수연의 생사는 확실히 모르지만 그냥 한껏 심하게 밀어붙였다. 상황 파악이 급했다. 한참 더 주저한 안재만은 계속된 그의 채근에 아는 걸 털어놓기 시작했다.

"이스탄불에서 출항할 때는 몰랐는데 수에즈 운하를 통과할 때 우리 선원들이 기관실 창고에서 총상을 입은 젊은 사람 하나를 발견했습니다."

"에? 총상 입은 사람?"

"예. 그때 벌써 위독한 상태였는데… 말하는 품이 분명히 우리나라 사람이었습니다. 범상한 사람 같지 않아서 급한 대로 응급조치를 하고 의무실에서 재웠는데 하루 만에 운명했어요. 보나마나 골치 아파질 것 같아서 시신을 바다에 버릴까도 생각했는데 그래도 한국 사람이다 싶어서 일단 냉동실에 안치하고 인천에 도착하면 경찰에 신고해서 가족을 찾아줄 생각이었습니다."

"빌어먹을, 진짜 요원인 모양이네. 이름이나 소속 그런 건 이야기하지 않았겠죠?"

"예. 여권도 없는 맨몸이었고 자신에 관한 이야기는 전혀 안 했습니다. 권총을 지니고 있었던 것으로 보아 우리 정보기관에 근무하는 사람이 아닌가 하는 막연한 예상뿐이었죠. 몇 개 안 되는 그 사람 소지품도 해적들이 모두 빼앗아갔고… 옷가지까지 전부 벗겨가더군요. 그리고……."

김석훈은 안재만이 설명하는 자질구레한 정황들을 귓등으로 들으면서 부지런히 머릿속을 정리했다. 그가 아는 사실에 안재만의 말을 더해 요약하면, 중상을 입은 요원이 이스탄불을 탈출하기 위해 한국 선적인 금성호에 탔고 총상 때문에 운하 근처에서 사망했다. 그 후 배가 해적들에게 납치되고 그 납치의 배후에는 GRU일 가능성이 높은 백인용병들이 있다는 이야기였다. 이러면 납치도 우연히 이루어졌다고 보기 어려웠다. 그가 말을 자르고 다시 물었다.

"배가 납치된 후에 백인들을 본 적 없습니까?"

"전혀 없어요. 그 사람들이 들락거렸다고 해도 계속 갇혀 있어서 몰랐을 겁니다."

"그럼 죽은 사람과 나눈 이야기는 어때요? 아주 하찮은 거라도 도움이 됩니다."

"글쎄요… 총상 부위가 워낙 좋지 않아서 길게 이야기할 수가 없었습니다."

안재만이 고개를 가로젓자 가만히 듣기만 하던 장순평이 금방 생각났다는 듯 무릎을 쳤다.

"잠깐만요. 그 사람 잠깐 정신을 차렸을 때 제게 고급 볼펜을 하나 줬습니다. 외국 상표였는데 파카였나 그럴 겁니다. 받지 않겠다는데도 계속 가지라더군요. 감사의 표시라면서요."

"지금 가지고 계십니까?"

"아뇨. 그것도 뺏겼죠. 그 키 크고 험상궂게 생긴 해적 두목 놈이 가져갔어요."

"미치겠군. 다른 건요?"

두 사람은 고개를 가로저었다. 그는 질문을 더 하려다가 말고 그냥 포장지 더미에 기대 누워 버렸다. 두 사람에게서는 더 나올 정보가 없다는 판단이었다. 이제 남은 시간은 지난 3년 넘게 등 뒤를 지켰던 동료이자, 가족이자, 친구를 진혼(鎭魂)하는데 할애하고 싶었다.

굳이 지나간 선택이 최선이었나를 따지면서 시간을 허비하고 싶지는 않았다. 어설픈 자책도 하고 싶지 않았다. 엉뚱한 일에 뛰어든 건 사실이지만 이 바닥에 발을 들여놓기로 결정할 때부터 죽음은 그림자처럼 지겹도록 그의 발길을 따라다녔다. 동료를 잃은 것도 처음은 아니었다. 조금 먼저 갔을 뿐 그 이상도 이하도 아니었다. 지금은 그저 그와 함께 보냈던 시간들을 하나씩 떠올리면서 조용히 그를 보내줄 생각이었다.

그리고 그 진혼의 끝에서 해야 할 일은 하나였다. 방아쇠를 당긴 놈은 물론이고 그 뒤에 숨은 것들도 목숨으로 빚을 갚아야 할 것이었다.

강과 고지대가 맞닿는 사면에 들어선 양귀비 농장은 생각보다 규모가 컸다. 얼핏 눈에 보이는 밭의 길이만 2, 3㎞는 간단히 넘어갈 것 같았다. 국경을 넘기 전에 에일 인근의 위성사진을 모두 점검했는데 어떻게 이런 규모의 농장과 창고건물을 보지 못했는지가 궁금할 지경이었다.

경비병들은 공터를 중심으로 들어선 창고 건물 몇 채에 몰려 있었는데 그중 남쪽의 두 채는 수확한 양귀비 열매를 저장하는 창고로 오전 내내 발목에 쇠사슬을 찬 인부들이 드나들고 있었다. 바로 옆 대형건물은 양귀비를 정제하는 공장 같았고 서쪽의 두 개는 경비병력과 인부들의 숙소, 북쪽에 있는 마지막 하나는 창고처럼 보였는데 오전 내내 사람이 드나들지 않았다. 경비병이 둘이나 고정 배치되어 있는 것으로 보아 인질을 가둬놓은 곳일 가능성이 높았다. 제니퍼가 망원경에서 눈을 떼며 중얼거렸다.

"라이언이 여기 있다면 저기가 답이야."

차수연과 제니퍼는 창고가 한눈에 내려다보이는 비교적 지대가 높은 산지에 배를 깔고 있었다. 차수연이 말을 받았다.

"동의, 그래도 확인이 먼저다. 어차피 움직이는 건 밤이야."

얼핏 보기에도 인부만 50명이 넘었고 상주하는 자동소총으로 무장한 경비병력도 15명은 넘는 것 같았다. 이래저래 셋이나 되는 인질을 안전하게 빼내려면 정면승부는 확실히 곤란했다. 그러나 제니퍼의 생각은 정반대였다.

"총 들었다고 다 군인은 아냐. 동네 건달 열다섯 상대하는데 낮밤 가리는 건 괜한 짓이지. 처음부터 끝까지 저격으로 끝낼 수도 있어. 곧 기도 시간이니까 그때 두들기자. 쉽게 끝날 거야."

"넌 모슬렘 아니야?"

"총이라면 모를까 신 같은 건 몰라. 할 거야 말 거야."

"어시스트 없어도 멀티타깃 저격이 가능해?"

"농담해? 여기서 쏜다고 해도 기껏해야 700에서 800미터야. 이 거리에선 탄도매뉴얼도 필요 없어."

차수연은 어깨를 으쓱했다. 곧이곧대로 믿기는 어렵지만 김석훈이 한 이야기가 있으니 총기에 대해서만큼은 믿어도 될 것 같았다.

"탈출 방법은?"

"공터에 트럭 몇 대 있잖아. 싹 쓸어내고 저걸로 픽업 있는 데까지 간다. 끝."

차수연은 피식 웃음을 터트렸다.

"안 돼. 무식하면 용감하다더니 딱 그거잖아. 정제공장에 폭약 몇 개 터트려서 정신을 빼고 해도 인질을 데리고 나오는 일이 만만치 않아. 폭약도 내가 갖고 있는 샘택스 세 개로는 어림도 없어."

"그럼 니네 해군에 지원 요청해. 인질이 여기 있는 거 알면 당장 날아오지 않겠어?"

"아니, 심각한 상황이 아니라면 구조를 요청해도 소용없어. 웬만해서는 군대가 내륙으로 들어오지 못하거든. 영해 침범 정도가 아니라 침공이 되어버리니까."

"쳇, 웃기고 있네. 이런 게 심각한 상황이 아니면 뭐가 심각한 거냐?"

"대량 살상이 일어나는 상황이라면 고려해 볼 수 있겠지. 그전에는 어림도 없어."

"빌어먹을, 그럼 결론 났잖아. 기도 시작하는 시점에 공격한다는 전제로 첫 1분에 일곱까지 책임질게. 그래도 싫으면 나 혼자 들어간다."

무대포라는 단어가 아주 잘 어울리는 단순무식한 작전, 라이언의 위치만 확인되면 무조건 들어갈 기세였다. 차수연은 길게 한숨을 내쉬었다. 골치가 아파왔다. 그런데 동쪽 능선 너머에서 부옇게 흙먼지가 피어올랐다.

"뭐지?"

얼른 망원경 초점을 맞추는 사이, 제니퍼가 먼저 차종을 확인했다.

"랜드로버, 한 대."

잠시 침묵이 흘렀다. 차가 가까워지면서 차에 탄 놈들의 윤곽이 보였다. 모두 3명, 조수석에 앉은 놈은 아시드였다. 어제 봤던 깔끔한 평상복 대신 허름한 군복을 입고 있어서 더 험악한 인상이었다. 상황이 나빠졌다는 생각을 떠올리는 순간, 제니퍼가 이빨을 모두 내보이며 히죽 웃더니 음산한 목소리로 중얼거렸다.

"웰컴 홈 베이비, 언니가 예뻐해 줄게."

❖

김석훈은 어수선하게 다가오는 발자국 소리에 몸을 일으켰다. 1시간 전쯤에 덜덜거리는 디젤엔진 소리가 들렸으니 손님, 물론 달가운 얼굴은 아닐 터였다. 아니나 다를까 잠시 후 문이 벌컥 열리면서 시커먼 실루엣 몇 개가 창고 안으로 들이닥쳤다.

"이야기할 시간이다."

아시드의 카랑카랑한 목소리, 뒤따라 들어온 해적들이 의자 몇 개와 탁자를 가져와 입구 근처의 밝은 곳에 내려놓고는 안재만과 장순평을 데려다 앉혔다. 이어 그 정면에 카메라를 설치하더니 아시드가 종이 한 장을 탁자에 올려놓으며 입을 열었다.

"다들 영화배우 노릇을 한번 해야겠는데… 너도 하겠나?"

시선이 돌아왔지만 김석훈은 대답을 삼켜 버렸다. 지금 말을 섞으면 당연히 험악한 말이 튀어나올 것이고 자칫하면 머리통에 구멍이 나는 불상사가 생길 수도 있었다. 그가 침묵을 지키자 아시드는 썩은 미소를 날리고 돌아서면서 안재만의 뒤통수를 툭 쳤다. 협박조의 뻔한 대사가 이어졌다.

"최대한 불쌍한 표정을 지어라. 한국 해군을 돌려보내야 네놈들이 목숨을 부지한다. 끝나고 나면 물하고 먹을 걸 좀 주지."

그러고 보니 아직 물 한 방울 입에 대지 못한 것 같았다. 김석훈이 앉은 자세를 고치면서 낮게 중얼거렸다.

"겁은 더럽게 많은 놈이로군."

"뭐라고?"

갑작스럽게 돌아선 아시드의 표정이 험하게 일그러졌다. 들으라고 한 소리는 아니지만 들린 모양이었다. 아시드가 성큼 다가섰다.

"아직도 정신을 못 차렸군."

놈은 쩔걱 소리가 나도록 거칠게 그의 따귀를 올려붙였다. 가뜩이나 갈라진 입술이 금방 터져 버렸다. 김석훈은 피 섞인 침을 몇 번 뱉고 나서 놈을 올려다보았다.

"퉤, 이거 지랄 같네. 너 말이야. 누구를 상대하고 있는지 전혀 감이 없는 거 같은데⋯ 후회하게 될 거야."

"건방진!"

다시 따귀가 날아왔다. 눈에서 불이 번쩍하는 기분, 그러나 그의 입가에는 또 미소가 걸렸다.

"젠장, 꼭 한 번 해보고 싶은 대사였는데⋯ 별로 효과가 없네."

"미친놈. 할리우드 영화를 너무 많이 봤군."

그는 입술을 핥으며 계속 이죽거렸다.

"오호, 촌놈이 영화도 보는 모양이지?"

"죽여 달라고 떠드는 거냐?"

"그럴 리가. 아직은 살고 싶어."

"그럼 까불지 마라. 당장 머리에 구멍이 날 수도 있어."

"뭐, 그럴 수도 있겠지. 그런데 머리에 구멍 난 시체에 돈을 낼 바보는 없을 거야."

"머리에 구멍 난 시체에 돈 낼 놈은 없겠지만 팔다리 하나쯤 없는 건 문제 되지 않아."

"아아, 그건 미처 생각하지 못했군. 그건 좀 곤란하네."

그는 손바닥이 보이게 양손을 들어 졌다는 표시를 했다.

"오후 기도가 끝나는 대로 병력이 증강될 거다. 탈출은 불가능하니까 평생 불구로 살고 싶지 않으면 얌전히 굴어라."

그는 고개를 삐딱하게 꼬면서 끄덕여 보였다.

"생각해 보지. 그런데 말이야. 얼마나 받았어?"

"뭐?"

"러시아 아이들이 얼마나 줬냐고. 가만있자… 이쪽저쪽에서 떼어먹을 테니 많이 받지는 못했을 거고… 잘해야 한 10만? 20만?"

일단 옆구리부터 찔러보자는 생각, 반응은 생각보다 훨씬 더 직설적이었다. 놈은 권총부터 뽑아 들었다.

"정말 죽고 싶나?"

"미안, 그만하지. 오늘 죽는 건 사양이야."

그는 바로 꼬리를 내렸다. 이미 얻을 건 다 얻었으니 무리할 필요는 없었다. 어이없다는 표정으로 한참 동안 그를 노려본 아시드는 부하 한 놈이 다가와 귓속말을 하자 시간을 확인하면서 돌아섰다.

"타이밍이 안 좋군. 카메라 잠깐 치워라. 끝나고 다시하자."

"네! 대령!"

카메라를 챙겨 든 해적들은 놈을 따라 우르르 밖으로 몰려 나갔다. 매일 4번 있다는 이슬람의 기도 시간이었다. 서둘러 문을 잠근 해적들이 시야에서 사라지자 경비를 서던 두 놈이 문 바로 앞의 흙바닥에 담요를 깔고 북쪽을 향해 머리를 숙이기 시작했다.

재빨리 일어선 그는 문에 기대서서 깨진 부분을 잡아당겼다. 제니퍼의 급한 성정을 고려하면 일행과 합류하자마자 칼리프와 함께 되짚어 에일로 들어왔을 것이고 아시드란 놈이 한 발 늦게 농장으로 넘어왔으니 놈을 따라왔을 가능성이 높았다. 그리고 제니퍼가 와 있다면 절대 밤까지 기다릴 리가 없었다. 어차피 하루 중 가장 경비가 허술한 시간을 꼽으라면 바로 지금, 움직일 준비를 해두는 것도 나쁘지 않았다.

그는 웃옷을 벗어 반으로 찢은 다음 가능한 두껍게 발을 감싸 묶었다. 인질 두 사람의 불안한 시선이 돌아왔다. 그가 씩 웃었다.

"맨발로 뛰기는 어려울 겁니다."

차수연은 마지막 샘텍스를 정제공장에 인접한 연료저장탱크 아래에다 붙이고 저장탱크 다리에 기대서서 MP—7에 소음기를 끼웠다. 나머지 2개는 정제공장 환기창 안쪽 벽에 붙어 있었다.

시간이 없어서 폭발의 규모가 가장 커질 자리에다 가지고 있는 폭약 전부를 몰아버린 셈, 이제부터는 제니퍼의 저격능력이 성패를 가름했다.

"타임 첵, 3분 전, 이동한다."

—로저. 매드독 셋 정위치. 동선 내 타깃 없음.

차수연은 대답 대신 무전기를 툭 친 다음 곧바로 건물 외곽을 돌아 양귀비 밭으로 뛰어들었다. 남은 시간 2분 50초에 거리는 150미터 안쪽, 시간은 충분했다. 그러나 이동은 쉽지 않았다. 양귀비 밭 중간 중간에 주저앉아 휴식을 취하는 인부들의 시선을 피하는데 너무 많은 시간을 허비해야 했고 최대한 자세를 낮춘 채 이동하다 보니 체력적인 부담도 컸다. 크지 않은 발자국 소리도 상당히 귀에 거슬렸다.

거기에 돌발 상황도 더해졌다. 어렵게 창고에 뒤로 돌아와 안도의 한숨을 내쉬는 순간, 양귀비 밭 속에 앉아 있는 인부 하나와 마주친 것이었다. 20살도 채 안 될 것 같은 앳된 얼굴, 화들짝 놀라 얼어붙은 녀석을 진정시키면서 손가락을 입으로 가져갔다. 다행히도 녀석은 바로 움직이지 못했다. 그녀는 손가락을 한 번 더 입에 댔다 떼고는 밭 안쪽으로 들어가라고 손짓을 했다. 선선히 손을 흔든 녀석은 허겁지겁 사면 위쪽으로 뛰어갔다.

차수연은 그 자리에 무릎을 꿇고 다시 주변을 살폈다. 엉뚱하게도 창고 바로 뒤에 쌓인 박스들 아래로 해적 한 명이 보였다. 창고와 박스에 가려 제니퍼도 미처 보지 못한 모양이었다. 시간은 벌써 2분이 가까운 상황, 이대로는 시간에 대기 어려웠다. 더구나 그녀를 본 사람이 생긴 이상 언제 문제가 터질지 알 수 없었다. 차수연은 즉시 마음을 결정하고 권총에 소음기를 끼웠다. 놈과의 거리는 불과 20미터, 처리는 어렵지 않을 것 같았다.

'이러면 속전속결이다!'

차수연은 아예 일어나서 뛰기 시작했다. 아직은 머리를 숙인 상태, 거리는 순식간에 줄어들었다. 15미터, 10미터, 놈의 머리가 들리고 휘둥그레진 눈동자가 그녀에게 돌아왔다. 놈은 황급히 소총에 손을 가져갔다.

'늦어, 멍청한 놈!'

속도를 유지한 채 놈의 목과 미간에다 가차 없이 두 발을 쏘아붙였다.

퍼벅!

"헉!"

놈의 목이 덜컥 바닥에 떨어지고 목에서 솟구친 핏줄기가 순식간에 마른 담요를 흥건히 적셨다. 재빨리 담에 달라붙어 권총을 등 뒤에 채웠다. 큰 소리는 나지 않았지만 신경이 쓰였다.

미간이 저릿할 정도로 치솟은 흥분을 가라앉히면서 시간을 확인했다. 35초 전, 겨우 150미터를 이동하는데 2분이 넘게 걸린 셈이었다. 이젠 시간이 부족했다. 창고 건물을 따라 걸으면서 호흡을 가다듬은 다음, 건물 끝에 기대 눈만 공터 쪽으로 내밀었다. 봐두었던 경비 두 놈은 아직도 담요 위에 무릎을 꿇은 상태였다. 손바닥에 밴 땀을 바지에 닦아낸 뒤, 무전기를 개방했다.

"오픈 파이어."

—로저.

제니퍼의 대답에서 정확하게 반 박자 늦게 담요에 엎드린 놈의 등판에서 북 두드리는 소리가 나면서 사방으로 핏줄기가 비산했다. 바로 옆에서 몸을 일으키던 놈은 얼굴로 피가 튀자 헛바람을 삼키며 얼굴을 다급하게 닦아냈다.

"헛!"

다음 순간, 머리에 쓴 터번에서 퍽 하고 먼지가 피어올랐다. 놈은 그대로 죽은 놈 위로 쓰러졌다. 정확하게 원샷 원킬, 제니퍼의 저격은 무시무시하게 정확했다. 정확도를 높이기 위해 거리를 600미터까지 당기기는 했지만 풍향이 자주 바뀌는 강변에서 이 정도면 정말 혀를 내두를 만큼 대단한 솜씨였다. 제니퍼의 목소리에 힘이 들어갔다.

—투 다운.

"나이스 샷."

흐릿하게 웃은 차수연은 솔직하게 칭찬을 해주고 창고로 뛰었다. 문 옆에 도착하자 일단 벽에 기대앉아 공터의 상황을 훑어보았다. 해적들은 아직도 여기저기 흩어져 북쪽을 향해 머리를 숙이고 있었다. 공장 앞에 다섯 명, 양귀비 밭 기슭에 넷, 트럭이 세워진 진입로 쪽에도 둘이 보였다. 나머지는 숙소 근처에 흩어져 있었다. 아직은 조용한 상황, 이대로 인질을 빼내도 괜찮을 것 같았다.

순간, 트럭 바로 옆에서 기도하던 해적 한 놈이 상체를 일으키다 말고 풀썩 가라앉았다. 반대쪽 해적의 목덜미도 거짓말처럼 순간적으로 터져 나갔다.

—포 다운, 매거진 체인지.

"로저. 진입한다."

자물쇠로 눈을 돌렸다. 자물쇠는 생각보다 허접한 물건이어서 개머리판 타격 두 번으로 간단하게 떨어져 나갔다.

"라이언."

나직하게 소리치면서 문을 밀어냈다. 김석훈은 문 바로 앞에 한쪽 무릎을 꿇고 있다가 곧장 튀어나왔다. 마치 사전에 약속이라도 잡아놓은 것 같은 자연스런 행동이었다. 김석훈은 나오자마자 죽은 해적의 AK를 집어 들었다.

"수연 씨네?"

"왜요, 실망했어요?"

장난스런 질문에 정색을 한 대답, 김석훈은 그냥 웃기만 하면서 해적의 몸을 뒤져 탄창들을 챙기고 나머지 소총 하나는 뒤따라 나온 장순평에게 던졌다. 장순평이 소총의 안전장치를 확인하는 사이 김석훈은 재빨리 차수연의 뺨에 키스를 했다. 눈을 흘긴 차수연이 그의 어깨를 밀어냈다.

"장난 그만해요. 진입로로 내려가서 트럭을 타야 돼."

"아이아이, 맴. 두 분은 바짝 붙으세요. 뒤돌아보지 말고 내 등만 보고 뛰는 겁니다. 알았죠?"

바짝 긴장한 안재만과 장순평은 대답도 못하고 고개만 끄덕였다. 순간, 귀청을 찢을 것 같은 굉음이 강변 전체를 한꺼번에 들었다 놓았다.

꽈꽈꽝!

김석훈은 반사적으로 자세를 낮췄다가 인질들을 일으켜 세우면서 건물 뒤로 뛰기 시작했다.

"지금!"

공터는 삽시간에 아수라장으로 변해가고 있었다. 공장 가까이에서 폭발에 휘말린 놈들은 이미 제정신이 아니었고 숙소 근처의 해적들도 은폐물을 찾느라 다른 건 신경을 쓸 겨를이 없었다. 제니퍼의 총탄은 문자 그대로 일격필살, 정확하게 4초에 한 놈씩 저승행 티켓을 끊어주고 있었다. 와중에 인부들까지 놀란 메뚜기떼처럼 사방으로 달아나는 형편이어서 혼란은 극으로 치달았다.

카캉!

엉뚱하게 앞에서 매서운 총성이 터졌다. 선두에서 뛰던 김석훈이 옆 건물에서 튀어나온 놈과 부딪히면서 개머리판으로 턱을 갈기고 쓰러진 놈을 그냥 쏴버린 것이었다. 총성 때문인지 얼마 지나지 않아 공터 건너편에서 총탄이 날아오기 시작했다. 기대보다 일찍 작전이 노출된 꼴, 거리가 멀어서 아직은 크게 위협적이지 않지만 하늘에서 날아온 눈먼 총탄에 맞아도 죽기는 마찬가지였다. 삽시간에 총격이 집중되고 머리 위로 총탄 스치는 소닉붐이 난무했다. 재빨리 무릎을 꿇고 짧은 3점사 몇 번으로 공터를 가로질러 뛰어오는 두 놈을 쓰러트렸다. 일순 사격이 뜸해지는 느낌, 다시 김석훈을 따라 뛰었다.

손가락 하나로 빈 탄창을 떨어트린 제니퍼는 나란히 세워놓은 탄창 중 하나를 자연스럽게 집어 들었다. 미군이 새로 채용한 저격소총 M2010은 항상 탄창이 불만이었다. M24를 개조해 사거리를 1.2㎞까지 연장하고 85㎜짜리 윈체스터 탄피로 파괴력을 올렸지만 탄창은 여전히 다섯 발이 전부였다. 이런 연속사격 상황에서는 당연히 불만스러울 수밖에 없었다.

탄창을 끼우고 다시 조준경에 눈을 가져갔다. 무사히 트럭에 도착한 김석훈은 첫 번째 트럭에 올라탔다가 두 번째 트럭 운전석으로 옮겨 타는 중이었고 차수연은 트럭 타이어 뒤에 무릎을 꿇고 앉아 접근하는 해적들을 향해 견제사격에 열중하고 있었다. 간간이 해적들의 응사가 이어졌지만 크게 위험해 보이지는 않았다. 초전에 멋모르고 튀어나온 몇 놈의 가슴팍에 구멍을 내준 것이 제법 효과를 본 셈, 지금도 만용을 부리면서 공터를 가로지르는 놈은 없었다. 일단 한숨은 돌린 모양새였다.

그러나 아시드란 놈을 놓친 건 못내 아쉬웠다. 폭발 직후까지만 해도 숙소 건물 바로 앞에 있는 모래주머니 더미 뒤에서 무전기에다 고래고래 악을 쓰는 놈의 모습을 볼 수 있었다. 당장 머리통에 구멍을 내주겠다는 심산으로 어렵게 총구를 돌려 조준선에 올렸는데 방아쇠를 당기려는 순간, 몇십 미터 앞에서 RPG가 터지는 바람에 포기하고 말았다. 지금은 공장에서 피어오르는 연기가 시야를 가려 아예 보이지도 않았다.

그래도 기대 이상으로 노련한 차수연의 전투능력 덕분에 작전은 나름 성공적이었다. 지독한 혼전 중인데도 불구하고 차수연의 움직임은 감탄사가 저절로 나왔다. 자세나 보폭은 물론이고 사격

솜씨까지 군더더기 없이 간결하고 깔끔해서 근접전에서 적으로 만나는 건 사양하고 싶을 정도였다. 하나부터 열까지 전부 마음에 안 드는 여자지만 그거 하나는 칭찬할 만했다.

내심 감탄사를 터트리는 사이, 차수연이 갑자기 총구를 돌려 남쪽을 향해 총을 쏘기 시작했다. 총구의 연장선으로 조준경을 돌렸다. 강변 쪽에서 올라온 해적 두 놈이 어느새 가까이 접근해서 트럭을 향해 소총을 난사하고 있었다.

조준과 동시에 자연스럽게 호흡 정지, 부드럽게 방아쇠를 당겼다.

퉁!

완충기를 통과한 공기압이 묵직하게 어깨를 두들겼다.

'원 미시시피. 투⋯⋯.'

둘을 채 세기도 전에 연신 총질을 하던 놈의 머리가 조준경 안에서 횡으로 픽 움직였다. 터번이 터져 나가면서 먼지가 기묘하게 비산했다. 나란히 엎드려 있던 다른 놈은 기겁을 하면서 튕겨져 일어서더니 지그재그로 뛰기 시작했다.

"텐 다운. 멍청한 놈."

나직하게 중얼거리고 나머지 한 놈의 등판을 노렸다.

퉁!

총탄은 짧은 비행을 끝내고 놈의 요추 중간쯤에 틀어박혔다. 놈은 마치 땅속으로 가라앉은 것처럼 갑자기 조준경 안에서 사라졌다.

"일레븐 다운."

열하나를 입에 담는 순간, 능선 아래서 누군가의 고함 소리가 들려왔다. 연기에 가려 미처 보지 못한 사이, 몇 놈이 결사적으로 사면을 기어오르고 있었다. 거리도 200미터 안쪽, 이미 자동소총 사거리 안이었다.

"젠장."

번개같이 자세를 일으켜 소리를 지른 놈을 조준했다.

퉁!

방아쇠를 당기는 것과 동시에 다른 놈을 노렸다. 그러나 장애물이 많아서 사각을 잡기가 쉽지 않았다. 다시 총구를 돌리는 순간, 막 발사된 RPG 탄두가 보였다. 탄두 크기가 더럽게 커 보였다.

"씨팔!"

본능적으로 머리를 감싸고 주저앉았다.

쾅!

RPG는 바로 몇 미터 앞에서 폭발했다. VL 계열의 표준 열탄두인지 탄두가 퍼올린 흙더미가 엄청나게 머리 위로 쏟아졌다. 가만히 있으면 이대로 흙속에 파묻힐 것 같은 느낌이 들 정도였다. 먼지 때문에 몇 번 기침을 하고 저격소총에 뒤덮인 흙을 털어냈다. 더 버티기는 어려운 상황, 발등에 불이 떨어졌으니 일행에 대한 엄호도 물 건너간 이야기였다. 제니퍼는 미련 없이 자리를 털고 일어나 비탈을 미끄러져 내려갔다.

"매드독 셋, 위치노출, 2선에서 상황 확인하고 집결지로 이동한다."

—카피, 수고했어. 아웃.

　두 번째 트럭에 올라탄 김석훈은 점화 스위치를 찾아 누르고 가속페달을 밟았다. 이번엔 연료가 좀 있는지 엔진이 몇 번 털털거리더니 어렵게 시동이 걸렸다. 나란히 주차된 트럭 3대 중 그나마 상태가 가장 나아 보이는 트럭인데도 엔진은 형편없었다. 곧장 2단에 기어를 넣고 창밖에다 소리를 질렀다.

　"일단 튀자! 기름은 좀 있는데 얼마나 갈지는 나도 몰라!"

　차수연과 인질들이 박스로 올라타기가 무섭게 차를 출발시켰다. 백미러로 차수연이 바로 옆에 주차된 트럭 아래다 수류탄을 던져 넣는 것이 보였다. 5초 안에 최대한 멀리 가야 한다는 뜻, 그는 가속페달을 끝까지 밟았다.

　그릉!

　트럭은 곧이라도 멈출 것처럼 덜덜대면서도 제법 속도를 올리기 시작했다. 그리고 20미터쯤 떨어진 진입로 초입에 들어서는 순간, AK의 뾰족한 소프라노 사이로 트럭 두 대가 한꺼번에 폭발하는 묵직한 드럼이 작렬했다. 그는 본능적으로 어깨를 움츠리면서 방향을 틀었다. 트럭 위로 파편이 떨어지면서 신경을 긁어 댔지만 재수 없는 창고를 빠져나왔다는 것 하나만으로도 기분은 훨씬 나아졌다.

　그러나 좋은 기분도 잠시, 어느새 따라붙었는지 못 보던 랜드로버가 백미러에 나타났다. 선루프로 상체를 내민 놈이 마구잡이로 자동화기를 난사했고 창문으로도 한 놈이 머리를 내밀고 있었다. 뒤통수로 총탄 박히는 진동이 느껴졌다.

"차수연! 뒤!"

그가 대응을 주문하기도 전에 차수연의 총구가 불을 뿜기 시작했다. 순식간에 랜드로버 앞 유리창에 십여 개의 구멍이 뚫렸고 선루프로 상체를 내밀었던 놈은 소총을 떨어트리면서 안으로 주저앉았다. 랜드로버는 순식간에 방향을 틀면서 도로 옆 사면으로 내려갔다.

방법이야 어쨌든 탈출에는 성공한 모습, 그런데 경사로를 줄기차게 올라가 고개를 하나 넘었다 싶은 순간, 외길뿐인 진입로 끝자락에 트럭 몇 대가 보였다. 그는 아차 싶었다. 아시드가 이야기했던 지원병력인 것 같았다. 차수연이 캐빈 천장을 두드리며 소리쳤다.

"무장트럭 4대! 최소한 30명 이상이야! 선두 차량엔 중기관총까지 거치된 것 같아요!"

"젠장! 저것들 왜 벌써 와!"

짜증이 솟구쳤다. 진입로는 강변과 맞닿은 야산 사면을 잘라낸 외길이었다. 이러면 차로는 빠져나갈 구멍이 없었다. 김석훈은 곧장 차를 세우고 열린 창밖으로 머리를 내밀었다.

"수연 씨! 원래 계획이 뭐였어?"

"우리 차가 이 산 너머에 있어요. 저길 뚫고 가야 한다는 이야기죠."

"환장하겠네. 제니가 하자는 대로 한 거야?"

"죄지은 게 좀 있잖아요."

"아무리 그래도 그렇지!"

"제니 몰라서 그래요? 누구하고 똑같잖아요. 지독한 고집불통."

김석훈은 쓰게 입맛을 다셨다. 대낮에 공격을 시작한 것부터 단순무식한 계획까지, 모든 것이 제니퍼의 불같은 성격과 고스란히 일치했다. 물론 예상치 못한 지원병력만 아니라면 성공한 셈이어서 무턱대고 시비를 걸기는 곤란했다.

"일단 물 좀 줘."

차수연은 방탄복에 붙어 있는 보조 탄띠에서 생수 한 병을 뜯어내 그에게 넘겼다. 그는 급히 몇 모금을 마신 다음, 차수연 바로 옆에서 침으로 입술을 적시는 안재만에게 넘겨주었다. 안재만과 장순평이 물을 나눠 마시기 시작하자 김석훈은 문을 열고 일어서서 주변을 둘러보기 시작했다.

"어쨌든 이제 좀 살 것 같네. 제니는 어디 있어?"

"4시 방향 산 중턱에 있을 거예요."

"칼리프는?"

"연락은 됐는데 여기까지 오려면 시간이 좀 걸릴 거래요. 아까 보니까 따로 만날 장소를 정하는 것 같던데요?"

"염병하네, 그럼 우리뿐이라는 이야기인데… 올라가야겠지?"

김석훈은 지원병력이 탄 트럭의 위치를 다시 확인했다. 직선거리로 대략 3㎞ 남짓한 거리, 포장도로라면 몇 분이면 도착할 가까운 거리지만 도로의 굴곡이 심하고 노면 상태도 좋지 않아서 도착하려면 최소한 15분은 걸릴 것 같았다. 일단 가능성은 없지

않지만 관건은 인질들의 체력이 받쳐주느냐 하는 것, 그렇다고
마땅히 다른 방법도 없었다. 차수연의 의견도 다르지 않았다.

"강변으로 내려가는 건 자살행위예요."

김석훈은 바로 차에서 뛰어내려 차수연에게 손을 벌렸다.

"수류탄 있어?"

"두 개 남았어요."

"하나만 줘."

차수연에게서 수류탄을 넘겨받은 그는 안전핀을 뽑아 트럭 도
어를 닫으면서 시트 사이에다 조심스럽게 끼웠다. 해적들이 도착
하면 가장 먼저 운전석을 확인할 터, 잘하면 시간을 좀 벌 수 있
을 것이었다.

"제니가 이쪽 상황을 볼 수 있을까?"

"그럴 거예요. 물어보죠."

차수연은 이어폰 무전기 하나를 김석훈에게 건네면서 다시 말
했다.

"매드독 셋, 들었어?"

─카피. 현 위치 포인트 3, 이쪽에도 거머리들이 달라붙었다.
먼저 처리하겠다. 이상.

김석훈이 귀에 이어폰을 꽂으며 말을 받았다.

"에라, 이 성질 급한 놈아. 어쨌든 반갑다."

─괜찮아?

"그래. 괜찮다."

─정말? 총 맞은 데는? 괜찮은 거야?

제니퍼는 그의 목소리를 듣자마자 다급하게 안부부터 물었다. 걱정스런 목소리였다. 거기다 대고 나무라는 말을 할 수는 없는 노릇, 그는 말을 돌렸다.

"길이 막혔다. 너 있는 데로 가야 할 것 같은데 끝나면 이쪽 좀 챙겨라. 견제사격 정도면 고맙겠는데?"

—로저. 자리 잡으려면 시간이 좀 걸릴 거야.

"여유는 좀 있어."

—오케이, 그럼 움직여.

"좋아. 그럼 이따 보지. 아웃."

무전을 끝낸 그는 소총을 거꾸로 메면서 야산의 지형을 다시 둘러보았다. 바위가 많은 제법 험한 산지지만 올라가는 건 크게 어렵지 않을 것 같았다. 그가 안재만을 돌아보며 억지로 웃었다.

"등산 좀 합시다. 괜찮겠죠?"

제니퍼는 푸석하게 부서지는 바위 몇 개를 더 뛰어올라 추격해 오는 해적들의 위치를 다시 확인했다. 따라오는 놈은 전부 넷, 끈질기게 따라오고는 있지만 아직도 400미터쯤 아래의 바위틈에서 허덕대고 있었다. 잠깐 사이에 200미터 이상 거리를 벌린 셈, 이 정도 거리면 RPG가 날아올 걱정은 할 필요 없었다. 그녀가 아는 RPG—7의 원거리 요격능력은 엉망이었다. 사거리가 200미터만 넘어가도 정확도가 급격히 떨어져서 정확하게 목표물을 맞히는 건 거의 불가능했고 곡사포처럼 하늘로 쏘지 않는 한 가까이 날아오지도 못할 것이었다.

큼직한 바위 2개 사이에 자리를 잡은 제니퍼는 우선 이마와 목에 맺힌 땀방울을 닦아내며 차분하게 호흡을 가다듬었다. 오래 뛰었으니 신속하게 상황을 정리하려면 휴식이 필요했다. 한쪽에 등을 기대고 앞에 있는 바위에 왼쪽 발을 고정한 뒤, 위에다 저격 소총 거치대를 올렸다. 지형은 지저분하지만 제법 안정된 자세가 나왔다.

"더 따라오면 곤란해. 그냥 거기서 놀아."

한쪽 입술을 살짝 깨물면서 가장 앞 선 놈을 조준했다. 놈은 돌더미 위에서 어렵게 중심을 잡고 있었다. 바람 때문에 오조준이 필요했지만 문제가 될 정도는 아니었다. 놈의 가슴 정중앙에서 1/3쯤 오른쪽을 조준하고 숨 쉬듯 편안하게 방아쇠를 당겼다.

퉁!

어깨를 치는 반동을 받아들이면서 조준경에 시선을 집중했다. 총탄은 눈 깜짝할 사이에 놈의 가슴 한복판을 뚫고 지나갔다. 놈은 순간적으로 그 자리에 얼어붙더니 슬로우비디오처럼 천천히 뒤로 넘어갔다. 탄착 확인과 동시에 총구를 틀어 몇 미터 뒤에 있는 RPG를 어깨에 멘 놈을 조준해서 곧장 방아쇠를 당겼다. 반동이 다시 어깨를 두드렸다. 이번엔 비명이 그녀의 귀에까지 들려왔다. 왼쪽 목에서 분수처럼 피를 뿌린 놈은 핑그르르 돌면서 키 작은 나무에 머리를 처박았다. 나머지 두 놈은 납작 엎드려 아무 데나 소총을 난사하기 시작했다.

제니퍼는 조금 더 상체를 들어 올렸다. 내민 총구 너머로 한 놈의 머리가 보였다. 얼굴을 극단적으로 숙이고 있어서 노출된 넓이는 잘해야 15㎝가 될까 말까였다.

'작으면 더 맞추고 싶어, 친구.'

깊게 숨을 들이쉬고 세 번에 나눠 뱉어냈다. 그리고 정지, 방아쇠를 당겼다. 어깨에 묵직한 여운을 남긴 총탄은 조준경 안에다 비산하는 시뻘건 뇌수를 남기고 눈 깜짝할 사이에 사라졌다. 놈의 총은 하늘을 향해 탄창을 전부 비우고 나서야 능선 아래로 가라앉았다. 나머지 하나가 엎드린 자리로 총구를 틀었다. 마저 처리할 심산, 그러나 놈은 그 자리에 없었다. 한참 아래에서 꽁지가 빠지게 산을 내려가고 있었다.

'잘 생각했어. 꼬마.'

그녀는 바위 사이에서 내려와 던져놓은 배낭을 챙겨 들었다. 동쪽 사면에서 날카로운 폭음이 들려왔다.

"이런 밥버러지 같은 병신 새끼들!!"

한참을 길길이 뛴 아시드는 조장들의 머리에 돌아가면서 총구를 들이댔다. 값비싼 양귀비 정제공장 설비들이 고스란히 날아갔고 노예로 쓰던 인부 대부분이 달아나 버렸다. 짭짤한 수입을 보장할 인질들은 손가락 사이로 빠져나가고 6개월 넘게 돈을 처들인 부하들까지 수십 명이 목숨을 잃었다. 노예들이야 멀리 가지 못했을 테니 다시 잡아오면 그만이겠지만 인질은 달랐다. 만에 하나 놓쳤다는 사실이 한국 해군에게 알려지면 당장 함대지 미사일이 날아올 수도 있었다. 그가 다시 악을 썼다.

"이 개새끼들아! 쫓아가! 당장 잡아오란 말이야! 잡지 못하면 네놈들 대가리에 총알을 박아주겠다! 알아들어!"

"네! 대령!"

사색이 된 조장들은 황급히 부하들을 데리고 산을 올라가기 시작했다. 아시드는 한참 더 씩씩거리다가 전화를 꺼내 들었다. 번호 몇 개를 누르자 짜증스럽게 갈라지는 목소리가 흘러나왔다.

—왜 그러시나, 아시드 대령.

똑같이 주하이드가 투자한 그룹이지만 경쟁관계라고 할 수 있는 '에일 수비대' 대장 아힘이었다. 신병들을 받아들여 훈련하는 것부터 납치할 배를 결정하는 것까지 항상 신경을 써야 하는 상대였다. 조심스러웠지만 어쩔 수 없었다.

"손 좀 빌리자. 이익금 나눠 주마."

—5대5라면 생각해 보지.

"말도 안 되는 소리 하지 마. 내 지분에서 20퍼센트, 더 이상은 안 돼."

—30.

"25로 하지. 완전무장한 아이들 서른 명만 보내라. 농장 뒷산 북쪽을 차단해 줘."

—막기만 하면 되는 건가?

"인질들만 죽지 않으면 돼."

—이런, 인질들이 달아난 모양이로군.

"라이언이란 놈 수하에 있는 킬러들이 빼갔어. 셋쯤 되는 거 같은데 실력이 만만치 않아."

—겨우 셋한테 당했다는 거냐? 한심한 놈, 흐흐.

"없던 일로 할까?"

—아아, 미안. 입조심하지. 마침 부식 조달하러 카르도에 갔다 오는 아이들이 있으니 그 아이들부터 보내마.

"몇 명이야?"

—12명, 그 아이들은 가까이 있어. 3, 40분이면 도착한다.

"나머지는?"

—지금부터 준비하면 2시간 정도?

"좋아. 서둘러. 빠져나가면 문제가 심각해진다."

—알았다.

아시드는 전화를 끊고 망원경으로 능선 위쪽을 다시 훑어보았다. 보이는 건 전부 4명, 거리는 적게 잡아도 1킬로미터에 가까웠다. 제법 멀리까지 달아난 셈이지만 늙은이들을 데리고 맨발로 산을 넘으려면 한두 시간 가지고는 턱도 없었다. 아힘의 부하들이 제시간에 도착하기만 하면 놈들은 독 안에 든 쥐였다.

김석훈은 미끄러져 손을 짚는 안재만을 부축하면서 뒤를 돌아보았다. 산 아래에는 폭발이 밀어올린 시커먼 연기 기둥이 바람에 비스듬하게 누워 있었다. 이미 해적들의 본격적인 추격이 시작된 상황, 마음은 급했지만 걸음은 한없이 더뎌서 이제야 산허리의 능선 정상을 앞에 두고 있었다. 그는 안재만과 장순평을 먼저 올라가게 하고 근처에서 가장 커 보이는 바위 위로 올라가서 아래를 내려다보았다. 바위 옆으로 다가선 차수연이 그의 시선을 따라가며 말했다.

"빠른데요?"

해적들과의 거리는 눈에 띄게 가까워져 있었다. 물에서 노는 해적들이 땅 위에서도 제법 괜찮은 움직임을 보이는 셈이었다.

"잘해야 500미터야. 이대로는 따라잡힌다. 속도를 높여야 돼."

"두 분 다 발 상태가 안 좋아요. 무리야."

"알아. 좋지 않기는 나도 마찬가지다. 지금은 어쩔 수 없잖아. 그냥 밀어붙이자. 이 능선만 넘으면 내리막이니까 그때부터는 좀 쉬울 거야."

"그래야죠. 일단 가요."

"더럽게 덥네. 젠장."

김석훈은 목에 달라붙은 흙먼지 덩어리를 떼어내면서 돌에서 내려왔다. 순간, '핑' 하는 소닉붐이 머리 위를 훑고 지나갔다. 반사적으로 자세를 낮추자 제니퍼의 밝은 목소리가 귓전을 때렸다.

—식스틴 다운. 안녕, 친구들.

"나이스 샷, 제니. 드디어 나타나셨군. 한시름 덜었다. 어디야?"

—1시 방향, 250미터.

다시 소닉붐이 머리 위를 스쳤다.

─세븐틴 다운, 저것들 겁먹었어. 빨리 올라와.

"카피, 올라간다."

뒤를 신경 쓸 필요가 없어지자 중천에 떠오른 태양이 온몸의 신경세포를 괴롭히기 시작했다. 김석훈 본인도 여기저기 고장 난 곳이 많아 힘이 부쳤지만 지난 며칠간 먹은 것이 부실했던 안재만과 장순평은 완전히 기진맥진이었다. 마지막 힘을 짜내 10여 분을 더 올라가고 나서야 능선 너머로 비죽이 튀어나온 저격소총 총구가 보였다. 능선 위에서 제니퍼가 손을 흔들었다.

"먼저 가. 조금 더 시간을 벌어볼게."

그러나 그는 능선 위로 올라서서 털썩 주저앉아 버렸다.

"야, 더 움직일 힘도 없다. 우선은 좀 쉬어야겠어. 얼마나 따라 왔니?"

"별로, 아까 그 자리야."

"수고했다. 수연 씨, 망원경 줘봐."

차수연은 소총 조준경을 풀어 그에게 던졌다. 제니퍼가 다시 방아쇠를 당기면서 묵직한 포구 소음이 귀청을 두들겼다. 그가 조준경을 눈으로 가져가며 물었다.

"픽업은 어디 있어?"

"동쪽 산기슭에 비포장도로 보이죠? 거기 숲하고 만나는 자리 예요."

그는 비포장도로를 찾아내 따라가면서 숲 근처를 차근차근 훑어보았다. 비교적 넓은 개활지와 산기슭 사이를 비포장도로가 가로질렀고 일부에 키 작은 나무들이 길게 들어서 있었다. 얼핏 진퇴는 그런대로 용이한 장소 같았다. 물론 거리는 만만치 않았다. 그가 나직하게 중얼거렸다.

"휴… 내려가는 것도 2시간은 걸리겠네."

"그렇겠죠."

순간, 숲 너머에서 흐릿하게 흙먼지가 보였다. 흙먼지가 피어오르는 자리에 조준경 초점을 맞춘 채 잠시 시간을 보낸 김석훈은 다시 한숨을 내쉬면서 조준경을 차수연에게 던졌다.

"돌겠군."

흙먼지를 확인한 차수연의 입에서도 걱정스런 목소리가 흘러나왔다.

"10명은 넘는 것 같죠?"

그는 발을 감싼 천을 풀면서 고개를 끄덕였다. 흙먼지의 원인은 낡은 러시아제 트럭 2대였다. 얼핏 중기관총까지 보여서 이대로 내려가면 장거리 저격의 이점까지 사라질 판이었다.

"대책이 없어졌다. 실탄은 얼마나 있어?"

"난 MP—7 30발 탄창 3개, 권총 탄창 넷, 수류탄 하나, 연막탄 둘, 나머지는 차에 있어요."

"제니는?"

—2010 탄창 다섯, 총에 세 발, MP—7 넷, 권총 넷, 수류탄 둘, 끝이야.

그는 자신의 AK 탄창을 빼 무게를 가늠한 다음 끼웠다.

"항해사님 가지고 있는 게 하나, 난 두 개가 전부다. 젠장, 제대로 붙으면 5분 버티겠네.”

—어떻게 할 거야? 이대로 칼리프 올 때까지 버텨?

“여기서 만나기로 했니?”

—아니, 금방 다시 통화했어. 오라고 했는데 빨라도 3시간이래. 젠장, 저것들 대가리 수는 왜 저렇게 많은 거야.

“원래 그런 거다. 후후. 적만 빼고 다 모자란 게 전쟁이야. 어떻게든 해봐야지. 흐흐.”

그가 킥킥거리자 차수연이 조심스럽게 말을 받았다.

“우리 해군에 연락해 볼까?”

“오겠어?”

“밑져야 본전이잖아요. 여기서 버틸 수는 없으니 더 올라가야 할 것 같은데 올라간다고 빠져나갈 구멍이 생기는 것도 아니잖아.”

그는 어깨를 으쓱해 보였다.

“인정, 자존심은 상하지만 어쩔 수 없겠지. 우리끼리라면 몰라도 저 두 양반을 보호하면서는 힘들어. 연락해 봐.”

“지금 해볼게.”

차수연은 급히 배낭을 뒤져 위성전화기를 꺼내 들었다.

반전

권용철은 왠지 모르게 거부감이 드는 인물이었다. 광대뼈가 두드러진데다 하관이 빠르고 눈매가 날카로워서 웃고 있는데도 편한 인상이 아니었다. 그래도 조직 장악력이 남다르다는 평가에 나름 부합하는 전형적인 관료의 이미지였다.

"고생들 많아요. 일이 좋지 않게 풀렸지만 우리 해군이 최선을 다했다는 건 모두들 압니다. 수고했어요, 함장."

함교에 올라온 권용철이 꺼내놓은 첫 번째 대사였다.

"감사합니다."

강태성은 건성으로 대답하면서 열중쉬어 자세에서 손짓으로 이치용을 통제실로 내려보냈다. 그나마 다행인 것이 헬기 좌석이 부족한 탓에 수행 보좌관이 두 명밖에 따라오지 못했다. 권용철을 빼면 보좌관 둘과 기자 하나, 입과 눈이 줄었으니 승조원들의 부담도 그만큼 줄어든 셈이었다. 권용철이 다시 말했다.

"대충 둘러봤으니 차라도 한 잔 마십시다, 함장. 어디 조용한 장소가 없을까요? 기자가 따라다니니 영 불편하군."

"제 방으로 가시지요. 작지만 조용합니다."

비좁은 선내 복도를 몇 바퀴 돌아 함장실로 들어가 자리를 잡자 당번병이 재빨리 커피를 타다가 잔을 내려놓고 사라졌다. 문이 닫히기가 무섭게 권용철이 본론을 꺼냈다.

"도대체 어떻게 된 거요? 기자들 입을 막는 것도 한계가 있어요."

처음부터 예상했던 질문, 대답이 막막했지만 어쩔 수 없었다.

"폭발을 확인하고 소말리아 영해에 진입했다가 사령부로부터 퇴각명령을 받고 되돌아 나왔습니다. 아시다시피 지금은 많이 나아졌지만 지난밤에는 파도가 엄청나게 높았습니다. 야간인데다 폭발의 규모도 컸고 파도까지 높아서 생존자 수색은 불가능했습니다. 오전에 찍은 현장의 위성사진에도 잔해들뿐이었습니다."

"그건 나도 알아요. 문제는 저것들 협상대리인이라는 영국인 변호사가 '한국 해군 특수부대가 금성호에 난입해서 배에 설치된 부비트랩을 건드렸고 그래서 금성호가 폭파, 침몰됐으며 인질들은 어제 내륙으로 이동된 뒤여서 안전하다'는 성명서를 냈다는 거요. 오면서 국방장관에게서 보고는 받았는데… 현장 지휘관에게서 직접 들어야겠소. 씰팀을 투입했소?"

"아닙니다. 교전은 물론이고 접촉도 없었습니다. 폭파정황을 확인한 뒤에 영해로 진입했습니다."

"확실한 거죠?"

"그렇습니다. 씰팀은 지금도 만일의 사태에 대비해 완전무장한 채 링스격납고에서 대기 중입니다."

"그나마 다행이로군. 그래도 영해를 침범했다는 문제는 남아있어요. 내가 왕년에 겪어봐서 아는데 국제법 위반은 여러모로 골치가 아파요. 또 이런 문제는 만들지 맙시다."

강태성은 대답을 삼켰다. 누가 뭐래도 같은 상황이라면 또다시 영해진입을 명령할 것 같았다. 권용철이 다시 말했다.

"크게 보면 배 한 척 가라앉은 건 아무것도 아니에요. 선사의 보험료야 좀 올라가겠지. 그래도 실질적인 피해는 없지 않소. 괜한 일로 남의 나라 영해 침범해서 정부 입장을 난처하게 하지 말라는 뜻이오. 소말리아가 아무리 엉망인 나라라고 해도 엄연한 독립국가지 않소. 함장도 잘 알겠지만 정치도, 외교도, 전쟁도, 전부 명분싸움이오. 그런데 우리 군대가 남의 나라 영해에 침범했다? 이건 벌써 지고 들어갔어요. 당장 대함미사일이 날아와도 할 말이 없는 거요. 알죠?"

"명심하겠습니다."

강태성은 어딘가 떨떠름한 표정으로 고개를 끄덕였다. 그러나 권용철은 기분 좋게 웃었다.

"하하. 좋아요, 좋아. 이제 식사나 하러 갑시다. 헬기를 오래 타서 그런지 출출하군. 한 끼 신세져도 괜찮겠지?"

"물론입니다. 가시죠."

두 사람은 곧장 식당으로 향했다. 그런데 거의 식당에 도착할 무렵, 선내 방송이 급히 강태성을 찾았다.

—함장님, 통제실로 오십시오. 함장님, 즉시 통제실로 오십시오.

그는 재빨리 무시하고 가까운 인터폰을 집어 올라가겠다는 통보를 하고 권용철에게 최대한 정중하게 말했다.

"가능하면 호출하지 말라고 했는데… 아무래도 급한 일인 모양입니다. 같이 가시겠습니까?"

"그럽시다. 밥이야 좀 늦어도 그만이지."

두 사람은 서둘러 통제실로 들어갔다. 도착과 동시에 이치용이 보안전문 용지 한 장을 건네면서 빠르게 속삭였다.

"코드네임과 패스워드는 정보사가 확인했습니다."

그는 고개만 끄덕여 보이고 재빨리 전문을 훑어보았다.

'코드네임 블루로즈, 패스워드 달그림자, 인질 2명과 한국인 포함 5명 고립, 해적들로부터 공격받고 있음. 위급상황, 에일 강 상류 125킬로미터, GPS 데이터 송부.'

강태성은 내용을 확인하자마자 전문을 주머니에 구겨넣으며 차갑게 말했다.

"위성사진."

이치용이 재빨리 손가락을 튕겼다. 미리 준비를 해두었는지 중앙 화면에 에일 강변의 내륙 근접촬영 사진 몇 장이 연속해서 올라왔다. 이치용이 말했다.

"9분 전 상황입니다. 다행히 우리 위성이 지나가고 있었습니다."

첫 번째 사진은 검은 연기를 뿜어내는 건물과 트럭들에 초점이 맞춰져 있었고 나머지 3장은 산악지역의 소규모 군사작전을 촬영한 것처럼 보였다. 해상도가 높지 않아서 피아 구분은 확실치 않지만 산 중턱 능선에 있는 몇 명을 나머지가 포위하고 있는 형국이어서 상황파악은 어렵지 않았다.

그는 사진을 매섭게 노려보면서 복잡해진 머릿속을 정리했다. 상황을 해군 사령부에 보고할 경우, 돌아올 대답은 뻔했다. 국방부는 절대 소말리아 내륙으로 병력을 투입하는 명령을 내릴 수 없을 것이었다. 그렇다면 남은 선택은 두 가지였다. 하나는 사령부에 보고하고 주저앉아 술잔이나 기울이면서 쓰린 속을 달래는 것, 두 번째는 선조치 후보고로 구출작전을 밀어붙이는 것이었다.

그런데 첫 번째 옵션은 죽어도 싫었다. 300명이 넘는 대한민국 젊은이들이 이 머나먼 이국의 바다에서 목숨을 거는 이유는 하나였다. 대한민국 국민을 보호하는 것, 정치 같은 건 신경 쓰고 싶지도 않았다. 어차피 선조치 후보고로 가는 편이 정부와 사령부의 입장을 편하게 해주는 방편이고 핑계거리도 충분했다. 기본적으로 선원들에게 남은 시간적 여유가 거의 없었다.

만에 하나 실패하거나 인명피해가 생긴다면 한국 해군의 자존심은 물론이고 자신의 경력까지 한꺼번에 쓰레기 더미에 파묻히겠지만 성공한다면 씰팀은 다시 영웅이 되고 영토침범 문제도 어찌어찌 뒷수습을 시도해 볼 수 있었다. 결론을 내리는 건 어렵지 않았다. 씰팀의 전력은 확실히 믿을 만했고 여차하면 천룡(현무3,

함대지미사일)을 쏟아부어 버리면 그만이었다. 그가 차가운 목소리로 말했다.

"씰팀은?"

"전원 격납고에 대기 중입니다. 상황은 최 소령에게 먼저 브리핑했습니다."

"내려가겠다. 수퍼링스 대기시켜라."

"예! 함장님!"

"위원장님께서는 잠시 함교로 올라가시겠습니까?"

위성사진을 유심히 들여다보던 권용철이 의아한 표정으로 되물었다.

"무슨 일이오? 긴급한 일이오?"

"별일 아닙니다. 곧 올라오겠습니다. 함교까지는 이 소령이 안내해 드릴 겁니다."

"어… 그럽시다."

권용철은 뭔가 미진한 표정을 지었지만 더 토를 달지는 않았다. 그는 재빨리 통제실을 벗어나 격납교로 내려갔다. 격납고에는 완전무장한 씰팀 12명과 링스 조종사 4명이 2열로 정렬해 있었다.

"부대 차렷!"

강태성이 대열 앞에 서자 씰팀장 최일국이 거수경례를 했다.

"쉬어."

"쉬어."

명령을 복창한 최일국이 돌아서자 그가 상기된 목소리로 입을 열었다.

"오늘은, 내 생애에서 가장 치욕스런 날이다. 바로 눈앞에서 대한민국 선적의 화물선을 잃었다. 그것도 같잖은 해적 따위에게 말이다. 동급 최강이라고 자부하는 구축함 율곡이이의 명성에도 누를 끼쳤다. 황당하고 어이없는 일이지. 한 술 더 떠서 해적놈들은 우리 씰팀이, 귀관들이 금성호를 탈환하려다가 부비트랩을 건드려서 배를 폭파했다는 황당한 성명을 냈다."

대원들의 표정이 험악하게 굳어지는 게 느껴졌다. 그는 잠시 시간을 두고 다시 말을 이었다.

"그런데 조금 전에 금성호 선원 두 사람과 아군 요원들이 내륙 산지에 고립된 채 해적들에게 공격당하고 있다는 정보를 입수했다. 기본적으로 우린 군인이다. 우리가 존재하는 이유는 오로지 우리 국민을 보호하기 위해서다. 따라서 난 지금 귀관들에게 소말리아 영토 진입을 명령할 것이다. 외국영토 진입으로 인해 발생하는 제반 문제에 대해서는 모두 내가 책임을 진다. 적의 병력은 60명 수준이며 중화기로 무장하고 있다. 중기관총 몇 정과 RPG—7, AK—47 수준의 무장이라고 보면 정확할 것이다. 작전 개시와 동시에 수퍼링스 2기의 무장을 포함한 모든 화력의 사용을 승인한다. 레이더를 피해 저공비행으로 진입하되 중기관총이 부착된 차량을 먼저 제압하고 충분히 제압사격을 실시한 뒤 진입하도록. 이상이다. 질문 있나?"

"없습니다!"

대원들의 발이 일제히 모였다가 쉬어자세로 돌아갔다.

"가라, 가서 대한민국 최강 씰팀의 능력을 보여라. 그리고 어려움에 처한 우리 국민과 전우들을 데리고 돌아와라! 탑승!"

"탑승!"

일제히 복창한 대원들이 비행갑판으로 뛰어나가자 그는 몇 걸음 따라가면서 크게 심호흡을 했다. 비행갑판에는 살을 태워 버릴 것 같은 인도양의 뜨거운 햇살이 여과 없이 쏟아지고 있었다. 너무 흥분해서 잘못된 선택을 한 건 아닌지를 자문하면서 링스에 탑승하는 대원들의 등을 물끄러미 건네다 보았다. 이미 선택은 했고 물러설 생각은 없었다.

"함장님!"

"무슨 일이냐?"

심각한 표정으로 격납고에서 뛰어온 이치용은 다짜고짜 위성 전화기를 내밀었다.

"사령부입니다."

좋지 않은 예감, 곤혹스러웠지만 어쩔 수 없었다. 목소리가 갈라져 나왔다.

"함장입니다."

─수고 많아. 씰팀을 출격시켰나?

강태성은 목소리를 확인하자마자 급히 부동자세부터 취했다. 전화기 건너편은 해군사령관 안철식이었다.

"준비 중입니다. 선조치 후보고 예정이었습니다."

─국방부가 부대투입을 반대했다. 현위치에서 대기해라.

"각하, 인질들의 상황이 아주 좋지 않은 반면 기습작전은 용이

합니다. 안전하게 빼올 수 있습니다."

—충분히 시끄러워졌어. 윗선의 의중은 무조건 조용히 처리하라는 거다.

"각하!"

—참아. 나도 자네 생각과 다르지 않아. 하지만 윗선의 생각은 다르다. 외교분쟁을 만들 수는 없다는 거야. 미국이 소말리아 북동부에서 유전 시추권리를 따냈는데 우리 업체가 컨소시엄에 참여하고 있어서 후폭풍을 우려하는 사람들이 많다. 자칫 인질이나 아군의 피해가 발생하면 더 곤란하고 말이야. 일단 상황을 지켜보라는 명령이다. 돈이 목적인 것들이니 사람은 죽이지 않을 거다. 다시 통화하지.

안철식이 전화를 내려놓았는지 신호는 바로 끊어져 버렸다. 강태성은 전화기를 바닥에 집어던져 버렸다. 박살이 난 전화기가 사방으로 비산하자 이치용이 어깨를 움츠리면서 눈을 가늘게 떴다. 그가 씩씩거리며 말했다.

"보고했나?"

"아닙니다. 함장님 의도가 선조치 후보고 같아서 투입보고는 차단했습니다. 확실치는 않지만… 저 사람이 위성전화를 썼습니다."

이치용의 시선은 함교를 향해 있었다. 가능성은 하나였다.

"제기랄, 되는 일이 없군."

"씰팀은 어떻게 할까요?"

"어쩔 수 없겠지. 일단 중지한다. 대신 즉시 출발할 수 있도록 탑승상태에서 대기시켜라. 저 인간은 자네 부관이라도 붙여서 식당에 데려다 주고 어디를 가든 따라다니도록 조치해. 기자와 보좌관은 아예 숙소에 묶어놓고 통제실은 폐쇄한다."

"알겠습니다."

"그리고 CTF에 현장 위성영상을 요구해라. 서두르자."

"예. 함장님."

이치용이 격납고로 뛰어가자 강태성은 미간을 잔뜩 좁힌 채 권용철이 남아 있을 함교를 올려다보았다.

"환장할 노릇이로군."

확실히 정치인이란 족속과 엮이는 건 세상에서 가장 짜증스러운 일 중 하나였다.

"사실 그쪽 입장도 더러울 거야. 우리끼리 놀아야 될 거라고 생각은 하고 있었어."

갈라진 입술에 침을 적신 김석훈은 바로 옆에 망연자실한 표정으로 앉아 있는 차수연의 어깨를 짚었다. 율곡이이가 보내온 문자 전문은 예상과 다르지 않았다. 처음에는 구조팀이 1시간 이내 도착한다는 통보가 왔다가 40분쯤 지난 다음에 구조팀 투입이 불가능하니 해안지대로 자력 탈출을 시도하라는 내용, 차수연은 말을 잇지 못하고 입술만 잘근잘근 씹고 있었다. 조금 아래쪽 바위 위에 엎드린 제니퍼가 사격자세를 풀며 말했다.

"이러면 서쪽으로 산을 완전히 넘어야 돼. 괜찮겠어?"

"난 견딜 만해. 저쪽 두 사람이 문제지. 발은 둘째 치고 체력이 너무 떨어진 거 같다."

그는 10여 미터 떨어진 사면에 누워 거친 호흡을 몰아쉬고 있는 안재만과 장순평에게 시선을 돌렸다. 하루 종일 일행을 괴롭히던 강풍은 많이 잦아들었지만 산이 점점 더 험해져서 두 사람이 더 올라가는 건 쉽지 않아 보였다. 반면 추격해 오는 해적들의 숫자는 점점 더 늘어나서 이제는 거의 40명에 육박했다. 벌써 20명 넘게 죽거나 심각한 부상을 입었는데도 포기는커녕 숫자가 늘어난 셈이었다. 다만 거리가 제법 벌어져서 심리적으로 여유를 가질 수는 있었다. 제니퍼가 저격소총 개머리판 윗부분을 가볍게 두드리며 말했다.

"이제 실탄 바닥이야. 겨우 7발 남았어."

"칼리프는?"

"북동쪽으로 접근을 시도하고 있는데 해적들 숫자가 점점 많아져서 쉽지가 않은 모양이야."

"씁… 그렇겠지."

그는 입맛을 다시면서 산 아래를 차근차근 둘러보았다. 기본적으로 일행이 쉬는 자리는 산 정상을 기준으로 3/4 정도 되는 위치였다. 따라붙은 해적들과의 거리는 대략 1㎞미터 안쪽, 제니퍼 덕에 시간은 좀 벌었지만 여유는 잘해야 앞으로 한두 시간이었다. 해적들은 머리를 들기도 힘든 무시무시한 저격에도 불구하고 줄기차게 접근을 시도하고 있었다.

"독한 것들, 지금 몇 시냐?"

제니퍼가 손목시계를 돌려 보여주는 시늉을 했다.

"1624. 산악지역이라 곧 해가 떨어질 거야."

그는 힐끗 손목시계를 보고는 산 정상으로 시선을 돌렸다. 태양은 벌써 정상 능선 한쪽에 걸쳐 있었다. 곧 어두워질 테니 잘하면 밤을 넘기면서 휴식을 취할 수도 있을 것 같았다. 다만 급격하게 떨어지는 기온이 문제였다. 인질 두 사람의 상태를 봐서는 어디든 추위를 피할 장소가 필요했다. 내일이 된다고 마땅한 타개책이 생기는 건 아니지만 두 사람이 기력을 회복해야 달아날 궁리라도 할 수 있었다.

"가자. 해지기 전에 조금이라도 거리를 더 벌려야지."

"먼저 가. 한두 놈 더 잡고 따라갈게."

제니퍼는 와중에도 느긋하게 조준경으로 눈을 가져갔다.

퉁!

그는 고개를 가로저었다. 볼 때마다 느끼는 거지만 정말 총질을 좋아하는 녀석, 총을 들고 있을 때의 제니퍼는 활력이 넘치다 못해 폭발할 지경이었다. 소음기에 막힌 묵직한 총성을 뒤로한 그는 자꾸만 가라앉는 몸을 억지로 일으켜 일행을 닦달하기 시작했다.

"갑시다!"

나름 기세 좋게 움직이기 시작했지만 경사는 점점 더 심해져서 급기야 기다시피 손발을 다 써야 했다. 1시간 가까이 필사적으로 손발을 놀리고 나서야 조금 평탄해진 능선 하나를 만날 수 있었다. 그런데 능선 위로 머리를 내밀자마자 거의 다 허물어진 건물 터가 눈에 들어왔다. 곳곳이 무너진 담장은 가슴 높이도 채 남아 있지 않았고 반쯤 남은 지붕은 비스듬히 주저앉아 떨어져 나간 송판 사이로 내부가 훤히 들여다보였다. 그는 재빨리 손을 들어 일행의 이동을 중단시키고 맨 뒤에 처진 차수연을 불러올렸다. 오랫동안 사람의 손이 닿지 않았다는 건 확실해 보였지만 확인은 필요했다. 나란히 엎드린 차수연이 폐가를 살피면서 물었다.

"사람은 없을 것 같은데요?"

"모르지. 어차피 저길 지나가야 돼."

얼핏 능선과 능선이 만나는 지형인데 묘하게 사면들이 집중되어서 산을 넘으려면 건물 터를 지나가야 하는 형태로 한때 고지 요새나 관측초소로 사용했을 법한 위치였다. 그가 노리쇠를 당겼다 놓으며 말했다.

"수연 씨는 오른쪽, 난 반대쪽, 항해사님께서는 여기서 근처를 주시하다가 뭔가 보이는 게 있으면 쏴버리세요."

"알겠습니다."

장순평이 대답을 하기도 전에 차수연은 사면을 타고 오른쪽으로 돌아가기 시작했다. 그는 능선을 타 넘어 반대쪽으로 이동했다. 예상대로 한동안 사람의 손을 탄 흔적은 없었다. 워낙 건조하다 보니 잡초 같은 건 없지만 켜켜이 쌓인 흙먼지의 두께가 건물의 상태를 대변하고 있었다. 그는 무너진 담장부터 지붕 아래를 일일이 확인하고 주변까지 둘러본 뒤에야 일행을 불러올렸다. 상황을 지켜봐야겠지만 이미 어두워지고 있으니 여기서 밤을 보내는 것도 괜찮을 것 같았다.

그런데 뒤따라 올라온 제니퍼가 담장 사이로 들어오는 순간, 어깨너머로 무언가 움직이는 것이 보였다. 그는 재빨리 차수연에게 수신호로 은폐를 명령하고 침착하게 돌아나가면서 자연스럽게 제니퍼의 어깨를 눌러 담장 아래로 주저앉혔다.

"뭔가 움직였다. 은폐하고 대기."

—로저.

움직임은 올라온 길의 반대쪽이라고 할 수 있는 북서 능선 끝자락에서 보였다. 중간에 확인한 트럭 2대에서 내린 놈들이 벌써 올라왔을 리는 없으니 이건 또 다른 놈들일 것이었다. 가슴 높이까지 무너진 담장 뒤에 자리를 잡고 눈만 내밀어 북서 능선을 차근차근 확인했다. 조금 전에는 보이지 않던 군복들이 하나둘씩 나타나 이쪽을 향해 총구를 내밀고 있었다. 대략 열에서 열다섯 정도, 거리도 150미터에 불과했다.

"미치겠군."

도망치는데 급급해서 상대가 인근 지리에 익숙하다는 점을 간과한 탓, 더 올라가는 것도 현재로서는 무리였다. 건물 터 뒤는 얼핏 보기에도 급한 경사여서 움직이기 시작하면 장시간 조준사격에 노출될 것 같았다. 그가 담장 밑으로 돌아앉자 차수연이 바로 옆으로 다가앉으며 말했다.

"빠져나갈 수 있을까요?"

"어두워진 다음이라면 모르지. 그때도 쉽지는 않을 거야. 젠장."

"그런데 저 자식들 왜 안 쐈죠?"

차수연의 말대로 의도적으로 몰아넣었다는 느낌이 강했다. 가까운 거리인데도 불구하고 놈들은 일행이 모두 건물터 안으로 들어올 때까지 단 한 발도 총을 쏘지 않았다. 십중팔구 막다른 골목에 몰아놓고 항복을 받겠다는 의도일 터였다. 제니퍼가 싱글거리며 말을 받았다.

"뭘 어렵게 생각해. 물건이 상하는 건 싫다는 뜻이겠지. 어떻게 할 거야?"

"아래 있는 놈들까지 올라오면 빠져나가는 건 불가능하다. 지금 저것들 치워 버리고 올라가든 내려가든 결판을 내자. 무거운 건 다 내려놔. 먹을 거 있으면 좀 주고."

"나이스, 맘에 들어. 호호."

제니퍼는 환하게 웃으면서 배낭을 풀더니 은색 힙플라스크를 꺼내 김석훈에게 슬쩍 들어 보이고는 기분 좋게 한 모금 마셨다. 마치 생일 케이크를 앞에 둔 어린아이처럼 밝은 얼굴, 제니퍼는 다시 배낭을 뒤져 육포 봉지를 꺼내 술병과 함께 김석훈에게 던졌다. 김석훈은 플라스크를 받아 들자마자 뚜껑을 열어 한 모금 마시고는 차수연에게 넘겼다.

"술?"

"소주야. 빈속에 들어가니까 속에서 불나네. 한 모금 마시고 선장님 드려."

플라스크를 살짝 입에만 댄 차수연은 안재만에게 술병을 돌리고는 신기한 듯 그를 빤히 건너다보았다.

"뭐가 그렇게 재밌어요?"

"재미?"

차수연은 열심히 육포를 씹는 제니퍼에게 시선을 주며 말을 이었다.

"살벌한 전쟁터 한복판인데 두 사람 다 웃고 있잖아요. 이건 억지로 웃는 게 아니라 즐거워서 웃는 거예요. 봐요, 제니는 지금 맘에 드는 장난감을 손에 쥔 어린아이 같잖아요."

틀린 이야기는 아니었다. 제니퍼는 누가 봐도 지금 이 시간을 즐기고 있었다. 그리고 그건 총이 좋아서만은 결코 아니었다. 그가 희미하게 미소를 지으면서 육포를 입에 물었다.

"혼자가 아니잖아."

"네?"

"동료가 세상의 전부인 녀석이야. 혼자가 싫어서 내게 왔고 함께인 이상 여기서 목숨이 끝난대도 후회 같은 건 없을 거야."

김석훈은 평소와 달리 정색을 하고 있었다. 이 남자에게 이런 면이 있나 싶을 정도의 진지한 표정, 차수연은 그의 얼굴을 물끄러미 쳐다보면서 고개를 갸우뚱했다. 얼핏 이해가 가지 않는 이야기들이었다. 그러나 한 가지만은 분명했다. 김석훈과 그의 동료들은 차수연이 알 수 없는 완전히 다른 종류의 동료애로 끈끈하게 연결되어 있었다.

"거기 내 자리는 있어요?"

그와 그의 동료들 사이에 그녀가 비집고 들어갈 공간이 있냐는 뜻, 김석훈은 대답 대신 씩 웃고는 제니퍼에게 AK소총을 던졌다.

"제니."

제니퍼는 AK를 받자마자 MP—7과 탄창이 걸린 탄띠를 연속해서 그에게 던졌다. 미리 약속이라도 한 것 같은 자연스런 행동, 두 사람의 호흡은 굳이 말을 주고받을 필요가 없을 정도로 환상적이었다. 그가 탄띠를 채우고 소총을 집어 들자 제니퍼가 돌아누워 배를 깔면서 저격소총 총구를 담장 옆으로 내밀었다.

　"준비 됐어."

　"좋아. 수연 씨는 나하고 내려갑시다."

　차수연이 고개를 까딱하자 제니퍼가 한마디 덧붙였다.

　"실탄 떨어지면 나도 나갈 거야."

　"알아, 인마."

　씩 웃은 그는 불안한 눈빛으로 그의 얼굴만 쳐다보고 있는 안재만과 장순평에게 시선을 돌렸다.

　"두 분은 총격이 시작되면 먼저 올라가세요. 두 분을 쏘지는 않을 겁니다. 최대한 멀리 가시되 완전히 어두워지면 밤을 보낼 곳을 찾아보세요. 따라가겠습니다."

　"알겠습니다."

　"가세요. 건물 뒤쪽에 있다가 총성이 들리면 바로 출발하십쇼."

　"조심들 하시오."

　두 사람이 건물 뒤쪽으로 달려가자 그는 다짜고짜 차수연의 턱을 끌어당기고는 이마에 부드럽게 입을 맞췄다.

　"비워뒀어. 됐지?"

　그는 오래전 그녀의 머릿속에 각인됐던 매력적인 웃음을 다시 머금었다. 그리고 대답을 떠올리기도 전에 유령처럼 담장을 타 넘었다.

❖

"으아아!"

묵직한 총성과 비명이 한꺼번에 터졌다. 바로 코앞에서 벌어진 일, 해적 한 놈이 절반밖에 남지 않은 손목으로 얼굴을 감싸 쥔 채 발악적으로 비명을 쏟아냈다. 손에 쥐고 있던 총이 박살나면서 파편이 안면을 타격한 것 같았다. 손과 얼굴은 온통 피투성이였다.

—포 다운.

제니퍼의 음산한 카운트를 뒤로한 김석훈은 단숨에 비탈을 뛰어내리면서 놀라 총구를 돌리는 놈의 가슴에 연속해서 3발을 틀어박았다. 바로 옆에 무릎을 꿇고 있던 놈은 머리와 목에서 피를 뿌리면서 횡으로 넘어갔다. 따라붙은 차수연의 솜씨였다. 세 사람의 호흡이 그런대로 맞아 돌아가는 느낌, 그러나 위치가 노출되면서 해적들의 사격이 집중되는 통에 운신의 폭은 턱없이 줄어들어 버렸다.

제니퍼의 저격에 눌려 총구만 내놓고 쏘는 마구잡이 난사지만 숫자가 워낙 많아서 이쪽도 운신은 쉽지 않다. 건물터 오른쪽 사면을 통해 해적들이 배치된 지역까지 문제없이 접근했고 처음 둘을 처리하는 데까지는 은밀한 처리가 가능했다. 그러나 세 번째 놈의 손에 들린 소총이 문제였다. 쓰러지면서 허공을 향해 소총을 난사해 버린 것이었다. 결국 순식간에 총탄이 난무했고 그 중 두 놈은 제니퍼의 헤드샷에 머리가 날아갔다. 이후 몇 걸음 더 전진하기는 했지만 거의 고착된 상태에서 총탄만 낭비하는 형편이었다. 아직도 남은 숫자만 10명이 넘어 보였다.

카카캉!

가까운 거리에서 한 놈이 벌떡 일어나 소총을 난사하고는 바위 뒤로 주저앉았다. 그 자리에만 서넛은 웅크린 것 같았다. 머리 위로 총탄이 파낸 흙먼지가 쏟아졌다.

"빌어먹을 자식들, 몇 초만 더 대가리 처박고 있어."

그는 수류탄 안전핀을 빼고 둘을 센 다음, 토스하듯 가볍게 바위 너머로 던졌다. 쇳덩어리가 돌에 부딪히는 투박한 소리와 기겁을 한 고함 소리가 한꺼번에 뒤섞이고 곧장 귀청을 찢어낼 것 같은 살벌한 폭음이 이어졌다.

콰쾅!

그는 번개같이 일어나 폭발이 일으킨 흙먼지 속으로 뛰어들었다. 눈에 보이는 건 모조리 쏴버리면서 일직선으로 흙먼지를 통과했다. 삽시간에 서넛의 가슴팍에 총탄을 박아 넣고 사면의 움푹 파인 구덩이로 몸을 날렸다. 뒤따라온 차수연은 구덩이를 지나치면서 몇 번 더 방아쇠를 당긴 다음에야 미끄러지듯 경사를 내려가 비교적 안전해 보이는 바위 뒤에 자리를 잡았다. 해적들의 저항은 거의 사라져 버려서 이대로 밀어붙이면 금방 끝을 볼 수 있을 것 같았다.

"수연 씨, 보여?"

—넷 남은 거 같아! 2시 방향 20미터!

"끝내자. 우회해. 엄호한다."

—카피.

그는 머리를 살짝 내밀어 해적들의 위치를 확인했다. 순간, 제니퍼의 다급한 목소리가 발목을 잡았다.

—라이언! 11시 방향 200미터에 적! 돌아와! 20명 넘어!

"젠장! 퇴각한다, 엄호해!"

그는 막 머리를 내미는 놈을 향해 조준사격을 했다. 맞지 않은 거 같은데도 놈은 다시 머리를 들지 않았다.

"수연 씨! 가!"

차수연은 곧장 사면을 뛰기 시작했다. 두 사람은 서로를 엄호하면서 앞서거니 뒤서거니 무너진 담장 밑으로 돌아왔다. 계획이 틀어졌으니 지금 올라가던지 다른 방법을 찾아야 했다. 순간, 바람을 가르는 날카로운 소음이 귀청을 때렸다.

"RPG!"

제니퍼의 비명 같은 고함 소리와 폭음이 거의 동시에 집터 일대를 뒤흔들었다.

콰쾅!

RPG는 불과 10여 미터 뒤에 있는 담장을 통째로 날려 버렸다. 머리를 감싸 쥐고 잔뜩 웅크린 채 쏟아지는 흙먼지와 파편을 견뎠지만 귀는 거의 들리지 않았다. 멍한 상태에서도 필사적으로 몸을 일으켰다. 어떻게든 시간을 벌 생각, 그러나 총을 집는 것마저도 쉽지 않았다. 잇달아 RPG가 날아들고 있었다. 누군가 모기 소리만 하게 악을 썼다.

"물러서! 라이언! 어서!"

그는 본능적으로 소총을 집어 들고 무너진 남장 뒤편으로 기었다. 다시 날아든 RPG는 가장 뒤쪽 무너진 지붕을 덮쳤다. 화염과 파편이 폭죽처럼 솟구쳤고 바짝 마른 지붕은 이내 불길을 내뿜었다. 급기야 기관총탄이 담장과 모래바닥을 후벼 파기 시작했다.

"차수연!"

—여기!

"제니!"

—괜찮아!

차수연은 가까운 담장 뒤에 기대앉았지만 제니퍼의 모습은 보이지 않았다. 몇 초 시간이 흐르고 나서야 담장에서 담장으로 건너뛰는 제니퍼가 보였다. 제니퍼는 서너 칸 떨어진 담장 안쪽에 자리를 잡으면서 다시 악을 썼다.

—먼저 올라가! 시간 벌어볼게!

"안 돼! 어두워질 때까지 버틴다!!"

—화력 차이가 너무 커! 못 버틸 거야!

그는 결정을 내리지 못하고 망설였다. 어차피 이쪽이든 저쪽이든 성공의 가능성은 별로 없었다. 해가 떨어질 때까지 버티는 건 물론이고 올라가는 것도 이제는 물 건너간 이야기였다. 그렇다고 손 놓고 앉아 있을 수는 없는 노릇, 무슨 짓이든 해야 했다. 일단 해적들의 위치를 확인하겠다는 생각에 고개를 담장 사이로 내밀었다.

그러나 RPG가 만들어낸 연기와 흙먼지가 시야를 가리는 통에 보이는 건 별로 없었다. 연기가 어느 정도 바람에 날려가고 나서야 총구화염이 보이기 시작했다. 총구화염은 일행이 올라온 사면 끝단에 집중된 상황, 거리가 100미터도 안 되는 형편이라 총격 자체만으로도 엄청나게 위협적이었다.

"염병, 일단 막자! 사격!"

그는 옆으로 굴러 담장 오른쪽으로 총구를 내밀고 먼저 눈에 들어온 놈을 향해 방아쇠를 당겼다. 겁 없이 공터로 올라온 두 놈이 비명을 내지르며 꼬꾸라졌다. 한 놈은 가슴에 직격탄을 맞았고 다른 한 놈은 다리에서 분수처럼 피를 뿜어내고 있었다. 놀란 몇 놈이 엎드리면서 일순 움직임이 둔해지는 것 같았다. 그러나 화력의 열세는 불가항력이었다. 사격이 일행에게 집중되면서 담장 너머로 머리를 내미는 것조차 쉽지 않아서 이제는 총구만 담장 옆으로 내밀어 접근을 견제하는 게 전부였다. 어느새 비어버린 탄창을 바꿔 끼우며 악을 썼다.

"후퇴! 지붕 뒤로 간다!"

지붕 잔해가 뿜어내는 불길과 연기가 잠시라도 접근을 막아줄 거라는 판단, 그는 과감하게 머리를 내밀고 탄창을 완전히 비워버렸다. 탄창을 빼면서 돌아앉는 순간 담벼락에 무지막지한 진동이 느껴졌다. 그에게 총격이 집중된 것, 덕분에 여유가 생긴 제니퍼가 먼저 뒤로 빠지고 잇달아 차수연이 물러섰다. 총격은 이제 제니퍼와 차수연을 따라가기 시작했다. 그는 포복으로 담장을 벗어나 불붙은 지붕 속으로 뛰어들었다.

무너진 지붕을 떠받치는 뒤쪽의 벽 역시 거의 다 무너져 있었다. 문짝이 떨어져 나간 문을 통해 어렵게 밖으로 나오자 건물 끝 바위틈에 들어간 제니퍼가 손을 들어 보였다. 그는 차수연의 위치를 확인하고 중간쯤에 자리를 잡았다.

"지붕 좌우로 들어오는 놈들만 잡으면 돼! 제니, 실탄은?"

—AK 탄창 하나!

"차수연!"

—탄창에 반쯤 남았어! 이제 권총뿐이야!

"나도 탄창 하나, 수류탄 하나."

그는 하나밖에 남지 않은 탄창을 끼우면서 터진 입술을 핥았다. 대책 없이 머리를 처박고 있는 상황, 이대로는 곤란했다.

"둘 다 올라가! 내가 시간을 번다!"

—싫어!

제니퍼의 거부반응이 곧장 튀어나왔다. 차수연의 의사도 다르지 않았다.

—안 돼요!

"다시 이야기하지만 난 잡혀도 죽지 않을 확률이 더 높아! 가!"

—씨팔! 엿 같은 소리 하지 마! 혼자 잘난 척하지 말란 말이야! 죽어도 같이 죽어!

—한 표 추가.

제니퍼의 욕설 끝에다 차수연이 장난스럽게 토를 달았다.

"이 미친 여자들이 사람 잡는군. 잔소리 말고 가!"

—토론 끝, 닥치고 총질이나 하라고. 흐흐.

카캉!

제니퍼의 AK가 불을 뿜었다. 불길 옆으로 접근하던 놈 하나가 괴상한 비명을 지르며 뒤로 넘어갔다. 불길 덕분에 방어해야 할 범위는 확실히 줄어든 셈, 좌우로 10미터 남짓한 좁은 공간이 배후지로 진입할 수 있는 유일한 통로였다. 그러나 해적들이 무너진 벽채에 자리를 잡고나자 그마저도 힘에 부쳤다. 그는 가장 총질이 심한 벽채 너머로 길게 수류탄을 던져 버렸다.

쾅!

매서운 폭음이 터지고 잠시 총질이 멈췄다. 그런데 이번에는 차수연 쪽에서 콩 볶듯 총성이 난무했다.

"환장하겠네."

차수연 쪽으로 넘어오는 해적들을 향해 마지막 탄창을 비워 버렸다. 마구잡이로 뛰어나오던 세 놈이 피를 뿌리며 자빠졌다. 그리고 느닷없는 침묵, 묵직한 중기관총의 총성이 아득하게 귓전을 두들겼다.

'응?'

이제까지 들었던 총성과는 확연히 다른 소리, 이건 K─6였다.

─당신 미쳤어! 이거 도대체 뭐야! 옷 벗고 싶어!

헤드셋에서 권용철의 고함 소리가 웅웅거렸지만 강태성은 입가에 웃음을 매달았다.

"너무 걱정 마십쇼. 잘될 겁니다."

—이런 제기랄! 잘될 리가 없잖아! 당신 돌아오는 즉시 본국 소환이야! 군법회의라고!

　함을 지휘해야 할 함장이라는 작자가 직접 링스에 타고 씰팀을 따라나섰으니 무책임한 짓인 것만은 분명했다. 그러나 함교에 남아 권용철과 사령부의 닦달에 시달리는 것도 멍청한 짓이었다. 어차피 군법회의에 회부될 거라면 차라리 직접 현장에서 부하들을 지휘하는 편이 마음 편했다. 실패라면 모를까 작전이 성공하면 가장 먼저 '내가 명령했다'고 입에 거품을 물 작자들이니 깔끔하게 성공시키는 것이 그가 할 수 있는 최선이었다. 권용철의 신경질적인 목소리는 끝이 없었다.

　—당장 돌아와! 하필 내가 여기 있는데 이게 무슨 개지랄이야! 대통령께는 뭐라고 보고하느냐 말이야! 기자들이 벌 떼처럼 달려들 텐데 어쩌라는 거야! 이게 말이 되는 짓이야?!

　그는 잠시 헤드셋을 벗어 권용철의 괴성을 피한 다음 목소리를 깔았다.

　"그만합시다, 의원님. 나야 옷 벗으면 그만이고 당신은 당신들 밥 먹듯 쓰는 단어 있잖아. '유감이다.' 그거면 충분할 거요. 아웃."

　그는 말을 자르고 무선 채널을 돌려 버렸다. 이 와중에 짜증스런 인간의 목소리를 듣고 싶지 않았다. 지금은 그저 발밑을 휩쓸고 지나가는 K6 예광탄의 아름다운 궤적을 기억하는데 시간을 할애하고 싶었다. 문자 그대로 아름답지만 치명적인 포물선, 해적들은 사방으로 흩어져 산을 내려가고 있었다.

　—폭스 투, 시스쿠아 런치.

오렌지색 섬광을 매단 대함미사일 시스쿠아가 사면에 세워진 트럭을 향해 일직선으로 날았다. 가장 먼저, 그리고 확실하게 처리해야 할 물건들이 무시무시한 화염과 함께 허공으로 떠올랐다.

육중한 폭음을 토해내며 머리 위를 통과하는 헬기 동체에서 선명한 태극마크를 확인한 김석훈은 곧장 실탄이 떨어진 MP—7을 던져 버리고 바위틈에서 뛰어나왔다.

"제니! 나간다! 밀어내!"

차수연이 먼저 뛰어나가면서 엉거주춤 서 있는 해적 두 놈의 가슴에 총탄을 박아 넣었다. 그는 차수연의 뒤를 따라 뛰면서 죽은 놈의 AK를 집어 들었다. 해적들을 건물터 앞 공터에서 밀어내겠다는 생각, 공간을 만들어야 특수부대 요원들의 하강이 가능했다. 세 사람은 나란히 전진하면서 달아나는 놈들의 등 뒤에다 남은 실탄을 모조리 소모했다.

가장 처져 있던 해적 두 놈이 엎어져 반대쪽 사면으로 구른 뒤에도 권총까지 꺼내 한참 방아쇠를 당긴 뒤에야 해적들이 떨어트린 무기를 주워 들고 주변을 돌아보았다. 해적들의 저항은 완전히 사라진 상황, 해군의 링스들은 붉게 타오르는 노을을 가로지르면서 오렌지색 예광탄을 줄기줄기 토해내고 있었다.

일단 위험한 상황은 벗어난 모양새였다. 공터 곳곳에 널린 사체들 사이에서 신음 소리가 흘러나왔고 나무 타는 타닥거리는 소리가 간간히 신경을 건드렸다. 생존자는 거의 없고 부상자들도 대부분 중상이어서 총을 들기는 어려울 것 같았다. 살아남은 30여 명의 해적들은 죽어라 산 아래로 달아나고 있었다. 차수연이 죽은 해적의 소총을 챙기며 말했다.

"타이밍 절묘하네요."

"아슬아슬했어."

말을 받은 김석훈은 제니퍼를 돌아보며 손가락 두 개를 입에 가져갔다. 제니퍼가 뒷주머니를 뒤져 납작하게 눌린 담뱃갑을 꺼내 그에게 던졌다. 필터가 반쪽이 될 정도로 심하게 눌렸지만 터지지는 않아서 피울 수는 있을 것 같았다. 어렵게 하나를 꺼내 입에 물고 라이터까지 달라고 손짓을 하는 순간, 등 뒤에서 강력한 로터 소음과 함께 흙바람이 몰아쳤다.

고개를 돌리자 바퀴가 거의 지면에 닿을 정도로 낮게 호버링하는 수퍼링스가 눈에 들어왔다. 사면 쪽으로 거치된 K—6 중기관총이 연신 불을 뿜는 사이 새카만 전투복 차림의 대원들이 줄줄이 뛰어내려 신속하게 공터 사면으로 전개했다. 발길에 차이는 해적들은 무조건 확인사살, 공터 끝에서 무릎을 꿇은 대원들이 조준사격을 시작하자 마지막으로 나이가 좀 들어 보이는 장교 한 사람이 공터에 발을 내딛었다. 링스는 곧바로 육중한 동체를 들어 올렸다.

성큼성큼 일행에게 다가온 장교가 라이터를 김석훈에게 던지면서 물었다.

"누가 블루로즈인가?"

"접니다."

차수연이 제자리에서 거수경례를 했다. 장교가 답례를 하면서 말을 받았다.

"청해함대 사령관 강태성 대령이다. 수고했어."

"관등성명을 말씀드릴 수는 없습니다. 죄송합니다."

"알아. 그렇겠지. 어쨌거나 여자일 거라고 생각은 했는데 이런 미인일 줄은 몰랐군. 하하하."

사람 좋게 껄껄 웃은 강태성은 주변을 죽 둘러본 다음 말을 이었다.

"여기 두 젊은이가 인질은 아닌 것 같고… 인질들은 어디 있나?"

"저쪽 사면에 있을 겁니다. 먼저 보냈는데 시간상 멀리 못 갔을 테니 곧 내려올 겁니다. 헬기에서 내려오라고 방송을 하시는 것도 좋을 것 같습니다."

"굳이 방송을 할 필요는 없겠군."

아직도 불길이 가라앉지 않은 건물터 쪽을 힐끗 쳐다본 강태성이 미소를 보였다. 시커먼 연기를 뒤로하고 조심스럽게 밖으로 나오는 인질 두 사람의 모습이 보였다. 씰 대원들이 재빨리 다가가 두 사람을 부축하자 강태성이 하늘을 올려다보며 무전기를 입에 댔다.

"인질 확보했다. 2호기 먼저 착륙시켜. 돌아간다."

—로저. 2호기 착륙합니다.

"자, 이제 갈까? 빈자리 몇 개 남겨뒀네. 여기 이 젊은이는 치료도 좀 받아야겠어."

김석훈의 다친 옆구리를 쳐다보는 강태성의 시선을 따라간 차수연이 차분하게 말을 받았다.

"우린 남겠습니다."

"응?"

강태성의 의아한 눈빛이 그녀에게 돌아왔다. 차수연이 담배에 불을 붙이는 김석훈을 돌아보면서 다시 말했다.

"아직 일이 끝나지 않았습니다. 갚아야 할 빚도 좀 남았고요."

"그런가? 말리지 않겠네. 필요한 건 없나?"

"실탄하고 물 약간, 총기용 랜턴 몇 개, 응급키트 하나만 나눠 주십쇼. 쫓겨 다녔더니 없는 게 많습니다."

강태성은 선선히 고개를 끄덕이고 가까이 있는 씰팀 대원 둘에게 손짓을 했다.

"자네들 탄창하고 장비 전부 넘겨주게. 보고서에는 현장요원에게 지급했다고 써."

"네. 함장님."

대원들이 각각의 탄띠에 꽂힌 장비를 넘겨주는 사이에 링스가 묵직한 굉음을 토해내며 공터로 내려앉아 인질들을 태우고 곧장 날아올랐다. 강태성이 자신의 해군 점퍼를 벗어 김석훈에게 넘겨주며 말했다.

"자네는 이게 필요할 것 같군. 수고들 했어! 돌아가면서 저것들 겁 좀 더 주고 가겠네. 무운을 빈다."

"감사합니다."

"조심들 해."

강태성은 차수연의 어깨를 가볍게 짚은 다음 다시 내려앉는 링스를 향해 돌아섰다. 주변을 경계하던 대원들이 차례차례 올라타고 마지막으로 강태성이 앞자리로 올라타면서 손가락 두 개를 모자에 붙였다 떼었다. 링스는 지체 없이 기수를 들어 올렸다.

링스가 아득하게 멀어지자 김석훈은 해적들의 사체 중에서 발 크기가 비슷해 보이는 놈의 운동화를 벗겨내면서 털썩 주저앉았다.

"내가 안 탈 줄 어떻게 알았어?"

"그냥 갈 사람이 아니잖아."

김석훈은 씩 웃으면서 신어본 운동화를 집어 던졌다. 크기가 맞지 않았다.

"젠장. 무좀이나 옮지 않았으면 좋겠네."

다른 놈의 신발을 벗겨 신어보고는 흡족한 표정으로 자리에서 일어났다. 제니퍼는 건물터로 뛰어가고 있었다. 배낭하고 총기를 챙기려는 것일 터였다. 차수연이 응급키트를 돌려놓으며 그를 눌러 앉혔다.

"앉아요. 응급조치부터 해야겠어."

차수연은 노련한 솜씨로 상처를 닦아내고 붕대를 감기 시작했다. 그가 옆구리를 움찔하면서 말했다.

"나한테 해명해야 할 장면들이 좀 있지?"

"차에 내려가서 영상 보면서 이야기해요."

"영상?"

"소령님 고글에서 전송된 영상 데이터가 있을 거야."

"좋아. 그럼, 일단 내려가자. 잘못하면 이 추운 산동네에서 얼어 죽는 불상사가 생길 거야."

일어나려 했지만 차수연은 그를 다시 눌러 앉히고 주사기를 빼

들었다.

"얼어 죽기 전에 감염으로 죽을 수 있어요. 우선 맞아요."

"윽! 바늘은 무서운데."

"헛소리하지 말아요."

차수연은 그의 옆구리에다 가차 없이 주삿바늘을 꽂았다. 그가 옆구리를 틀며 툴툴거렸다.

"젠장. 제니, 어디냐?"

—여기.

배낭과 총기를 챙겨 든 제니퍼가 건물터 한쪽에서 전화기를 들어 보였다. 칼리프에게 전화를 하는 것 같았다. 제니퍼는 씩씩하게 다가와 그가 던져 버린 MP—7을 내밀었다.

"픽업에서 만나기로 했어. 그쪽 사면은 적당히 청소해 놓겠대."

"부탁한다고 전해줘. 내려가자."

일행은 배낭과 장비를 나눠 들고 올라온 길 반대편으로 산을 내려가기 시작했다. 링스가 철수하면서 한 번 더 총탄을 쏟아부어서인지 서슬 퍼렇게 추격해 오던 해적들의 모습은 온데간데없었다. 대신 곳곳에 시체만 즐비한 상황, 얼핏 큰 위험은 없어 보였다. 그러나 어디든 해적들이 남아 있을 수 있다 보니 이동 속도는 형편없이 늘어졌다. 결국 산 중턱에도 못 미친 시점에 해가 완전히 져 버렸고 이후에는 달빛과 랜턴에 의지해서 어렵게 산을 내려갔다. 픽업이 있는 숲 언저리에 도착한 건 밤 9시가 훨씬 지나서였다.

"고생하셨습니다, 심바."

일행이 픽업 근처로 다가서자 새카만 어둠 속에서 칼리프의 목소리가 흘러나왔다. 김석훈이 담배에 불을 붙이면서 말을 받았다.

"사람 놀래키지 말고 나와."

어둠을 벗어난 칼리프는 온몸에서 흙먼지를 풀풀 날리고 있었다. 거의 땅속에 파묻혀 얼굴만 내놓고 있었는지 옷 색깔이 전혀 보이지 않았다. 칼리프는 먼저 제니퍼와 가볍게 포옹을 한 다음, 그에게 목례를 했다.

"바로 움직이시겠습니까?"

"그게 최선이겠지. 저것들 움직임은 좀 봐뒀어?"

"상당수가 농장으로 집결하는 것 같았습니다. 멀쩡한 차량이 없더군요."

"숫자는?"

"부상자를 포함해도 잘해야 열에서 열다섯입니다. 나머지는 뿔뿔이 흩어졌습니다."

"너 좋아하는 물건들은 얼마나 챙겼어?"

"양이 중요한 게 아니잖습니까? 저런 농장 정도는 지도에서 없애 버릴 수도 있습니다."

막 서른 중반을 넘긴 칼리프는 작은 키에 단단한 체형을 지닌 튀니지인으로 자타공인 폭파전문가였다. 폭약을 다루는 것은 물론이고 구조물의 취약지점을 파악하는 감각도 달인의 경지에 올라서 고향인 튀니지 북부에서는 한때 철거전문가로 불리던 친구였다. 사고로 손가락 2개를 날리고 면허증까지 잃어버렸지만 그가 전문가라는 사실에 대해 토를 다는 사람은 아무도 없었다. 농장을 지도에서 없앤다는 말은 절대 허세가 아니었다. 음울하게 웃은 김석훈이 말을 돌렸다.

"아시드란 놈을 찾아야 돼."

"압니다."

"우린 조금 쉰 다음에 출발하겠다. 먼저 건너가라."

"그러죠."

"지금이 2135니까… 상황이 허락하면 자정을 전후해서 친다."

"알겠습니다."

칼리프가 자리를 뜨자 픽업 뒤에서 장비를 뒤지던 차수연이 군용 태블릿 PC 하나를 들고 뛰어내렸다.

"전송된 자료예요."

몇 번 화면을 두들기자 초록에 가까운 흑백 동영상이 떠올랐다. 동영상의 시작은 강풍에 흔들리는 침투용 보트와 검은색 전투복의 사내들이었다. 워낙 심하게 흔들려서 모든 게 정확하지 않았지만 서너 명의 대원이 규모가 큰 선박에 올라타는 정황은 확실히 느껴졌다. 그러나 가장 중요한 순간은 오로지 섬광뿐이었다. 시간도 짧았고 볼만한 장면도 거의 없었다.

5분 남짓한 동영상이 모두 끝나자 차수연은 처음 제니퍼에게 했던 이야기를 간단하게 요약해서 다시 설명했다.

"생각보다 영상 상태가 좋지 않은데… 이게 전부예요. 이철중 소령이 예멘에서 날아온 특수부대 요원 4명과 합류해서 배에 탔는데 중요한 물건을 가지고 나와야 한다는 이야기뿐이었어요."

김석훈은 담배를 깊이 빨아들이면서 담뱃불을 반사하는 차수연의 얼굴을 물끄러미 건너다보았다. 잠깐의 어색한 침묵이 흐른 뒤, 길게 연기를 뿜어내며 입을 열었다.

"믿어야 할 이유가 있을까?"

"네?"

"쉽게 이야기하지. 그쪽은 우리 일행이 해적들에게 잡히거나 말거나 상관하지 않았어."

"아뇨. 상관 안 한 건 절대 아니에요. 변명 같지만 이철중 소령님의 계획은 금성호에서 물건을 찾아내면 물건은 팀원들에게 들려 보내고 우린 호텔로 돌아오는 것이었어요. 폭발이 일어나면서 일이 엉망이 되어버린 거죠."

김석훈은 목소리를 깔며 다시 담배 연기를 빨아들였다.

"물건은 뭐지?"

"중요한 군사기밀이란 말만 했어요."

"군사기밀이라… 그럼 그 군사기밀도 날아간 건가?"

"그거야 모르죠. 라이언에게 빚을 갚고 난 뒤에 사령부와 접촉해 볼 생각이에요."

"빚을 갚아? 우리가 무슨 짓을 해도 죽은 오마르가 돌아오지는 않아. 반투족도 두 사람이나 죽었어."

오마르의 이름을 입에 올린 김석훈의 목소리는 눈에 띄게 가라앉았다. 차수연이 머리를 푹 숙이며 말을 이었다.

"죽은 분들에 대해서는 정말 미안하게 생각해요. 그러니 해적들 정리하는 거 돕게 해줘요. 이대로는 못 돌아가요."

"다른 이유가 있는 건 아니고?"

"없지는 않아요. 난 금성호의 폭발이 함정이었다고 확신하고 있어요. 아시드가 됐든 주하이드가 됐든 그 인간들의 배후를 파악해야겠어요."

그는 담배꽁초를 바닥에 비벼 끄면서 차수연의 눈을 뚫어져라 노려보았다. 느낌상 어느 정도 솔직한 대답을 내놓은 것 같다는 판단, 여자에다 스파이라는 사실을 고려하면 양파껍질처럼 한참 더 벗겨야 진실이 나올 수도 있겠지만 지금으로서는 그런대로 설득력이 있었다. 이 난장판에 배후가 있으며 폭발 역시 함정일 거라는 이야기는 확실히 그의 판단과 일치했다. 그는 육포를 입에 물고 아예 누워 버렸다.

"좋아. 그럼 이 개자식부터 저승으로 보내놓고 생각하지. 분명히 이야기해 두지만 내가 개인적으로 수연 씨를 좋아하는 것과 이 일은 엄연히 다른 이야기야. 아니라고 판단되면 언제든 제니가 파란불을 받게 될 거야."

"이해해요."

"그럼 됐어. 잠깐만 쉬었다가 저것들 손금 보러 가자."

김석훈은 그대로 눈을 감았다. 다만 10분이라도 눈을 붙여야 움직일 수 있을 것 같았다.

단서

아시드는 주체할 수 없이 떨리는 손을 다른 손으로 죽어라 찍어 눌렀다. 그래도 떨리는 건 도대체 가라앉지 않았다. 사실 생전처음 느껴보는 엄청난 공포였다. 나이 서른이 넘도록 숱한 총질을 했고 사람을 죽인 경험도 적지 않았다. 하지만 오늘은 느낌이 완전히 달랐다. 중기관 총탄에 터져 나간 부하의 뇌수가 아랫배를 뒤덮을 때만 해도 이렇다 할 느낌이 없었는데 뒤늦게 감당할 수 없을 만큼 지독한 죽음의 공포가 사지를 짓눌렀다.

'제기랄!'

숙소 앞에 모여 앉은 10명 남짓한 부하들은 아무것도 없는 진입로에서 눈을 떼지 못하고 있었다. 에일에 차량을 보내라고 연락해 놓고 막연히 기다리는 상황, 벌써 2시간 가까이 흘렀는데 차량은 어디에도 보이지 않았다. 폭격이 두려워 모닥불조차 피우지 못하는 판이라 시간은 턱없이 길게 느껴졌다.

"그 병신 새끼들 지금 어디라는 거야!?"

부하들은 대답하지 못했다. 대부분 생전 처음 겪는 대규모 전투여서 그런지 잔뜩 주눅이 들어 입도 제대로 열지 못하는 형편이었다. 나름 강도 높은 훈련을 소화했고 실전도 겪었지만 하늘에서 쏟아지는 무지막지한 유탄과 총탄의 소나기에는 완전히 속수무책이었다. 70명이 넘던 부하들의 숫자는 달랑 13명으로 줄어들었고 그나마도 대부분 겁에 질려 손발을 떨고 있었다. 토할 것 같은 속을 억지로 가라앉히면서 숙소 앞에 놓인 흔들의자에 엉덩이를 붙였다. 순간, 부하 중 하나가 소리를 질렀다.

"옵니다! 저기요!"

아시드는 벌떡 자리에서 일어섰다. 산허리를 감싸고도는 진입로에 전조등 불빛 4개가 보였다. 일단 활로가 생긴 셈, 자신도 모르게 안도의 한숨이 새어 나왔다. 전조등은 산허리 안으로 사라졌다가 나오기를 반복했다. 그런데 다섯 번쯤 나타난 전조등이 사라질 무렵, 무언가 번쩍하면서 섬뜩한 굉음을 뿜어냈다. 거리가 상당히 먼데도 모두가 움찔할 정도로 큰 소리가 강변을 뒤흔들었다. 놀란 부하들이 어수선하게 자리에서 일어났다.

"뭐야? 어떻게 된 거야?"

"포… 폭발이 일어난 것 같습니다. 없어졌어요."

아시드는 반사적으로 자세를 낮추면서 하늘을 올려다보았다. 하늘에는 아무것도 보이지 않았다. 그런데 부하들이 모인 숙소

바로 앞에서 느닷없는 폭음이 작렬했다.

콰쾅!

잇달아 두 번, 폭발의 서슬에 의자와 함께 뒤로 자빠진 아시드는 허겁지겁 뒤로 기었다. 귀가 멍멍해서 아무것도 들리지 않았다. 그러나 시커먼 연기 속을 관통하면서 흙무더기를 퍼내는 예광탄의 궤적은 확연히 보였다. 전의를 상실한 몇 놈이 싸울 생각도 하지 않고 뿔뿔이 흩어져 양귀비 밭으로 달아나기 시작했다. 아시드는 벽에 가로막힐 때까지 뒤로 물러나 기대놓은 소총을 집어 들었다. 어차피 한국군 특수부대일 가능성이 높은 판이니 저항은 별 의미가 없었다. 하지만 최소한 총은 쏘면서 죽을 생각이었다.

아득하게 들려오는 짧은 비명과 총성이 몇 번 더 이어지더니 갑자기 침묵이 찾아왔다. 그는 어둠 속에다 마구잡이로 소총을 긁어대면서 악을 썼다.

"이 개새끼들아! 나와! 나와봐!"

총탄이 떨어진 소총을 집어 던지고 권총을 빼 들었다.

"나오란 말이야! 이 비겁한 겁쟁이들아!"

퍽!

다시 악을 쓰는 순간 가슴팍에서 불로 지지는 것 같은 통증이 솟구쳤다. 머리가 뒤로 젖혀지고 힘이 빠져나간 손이 권총과 함께 허벅지 위로 떨어졌다.

"제기랄, 비겁하게 숨어 있지 말고 나와. 개새끼들아. 난 알 아히드의 사령관이야……."

아시드는 이를 악문 채 계속 중얼거렸다. 전부 의미 없는 단어
들이지만 뭐라도 입 밖에 내지 않으면 이대로 미쳐 버릴 것만 같
았다. 순간, 시커면 그림자가 눈앞으로 불쑥 솟아올랐다. 손에서
권총을 빼가는 걸 봤지만 할 수 있는 일은 없었다.

"살고 싶은가?"

다시는 듣고 싶지 않은 음산한 목소리가 귓전을 때렸다. 그는
눈을 들었다. 그림자의 얼굴을 확인하고 싶었다. 그러나 어두운
데다 얼굴의 반은 이상한 카메라 같은 것으로 가려져 있어서 누
군지 알 수는 없었다. 그림자가 다시 말했다.

"살고 싶으냐고 물었다."

아시드는 픽 웃었다. 누군지 알 것 같았다.

"라이언, 여기까지 쫓아왔나? 흐흐흐. 지독한 새끼, 그냥 죽여
라. 살려줄 것도 아니면서 시간 끌지 마."

"아는 걸 털어놓으면 고통 없이 죽여주지."

"웃기는군. 우린 그냥 소모품이야. 쏘라면 쏘고 납치하라면 납
치하는 심부름꾼이다. 아는 게 있을 리가 없잖아?"

"아닐 수도 있어. 금성호는 왜 폭파했지?"

"러시아인들이 시키는 대로 하라더군. 그게 전부야."

"금성호에서 빼낸 물건은 뭐냐?"

"냉동실에 있던 시체, 러시아인들이 가져갔다."

"시체? 러시아 놈들은 뭐하는 것들이냐?"

"너도 아는 모양이군. 더러운 제국주의자 새끼들. 너희들은 다
똑같은 놈들이야. 우리 땅에서 자원을 훔치고 사람을 훔쳐 가지.

총질은 너희들 땅에 가서 해. 더러운 놈들."

김석훈은 피를 튀기면서도 기를 쓰고 욕설을 내뱉는 아시드를 내려다보면서 씁쓸하게 웃었다. 어쩌면 소말리아인들의 입장에서는 한국이든 미국이든 러시아든 다 똑같은 약탈자일 수 있었다. 살기 위해서 시작한 해적질이 변질되고 기업화되면서 군부가 개입하고 외세까지 숟가락을 얹어놓으면서 생겨난 부작용의 정점이 오늘의 에일이었다. 개인적으로야 안됐다는 생각을 떨쳐 버릴 수 없지만 그렇다고 내 사람을 죽여도 된다는 건 절대 아니었다. 그는 서둘러 잡념을 털어냈다.

"몇 놈이고 어디 있나?"

"10명, 스페츠나츠 같더군. 부사소로 갔을 거다."

"스페츠나츠라… 러시안 마피아나 용병이라는 이야기로군. 아는 이름은 없었나?"

"보스는 미하엘이라는 거구였다. 다른 하나는 릴리라고 부르더군. 여자야. 내가 아는 건 거기까지다."

"그 정도면 도움이 됐어. 더 이야기를 나누고 싶지만 시간이 없어서 이만 가야겠다. 네놈이 내 친구를 죽이지 않았다면 살려 줄 수도 있었어."

그가 권총 슬라이드를 당겼다 놓자 아시드가 입에 고인 피를 주르륵 흘리며 말을 받았다.

"그놈은 내가 쏘지 않아도 어차피 죽을 운명이었어. 흐흐. 그때 이미 죽기 직전이었으니까. 그러니 네가 복수를 해야 할 대상은 내가 아니라 러시아인들이지. 찾아가서 피 터지게 싸우다 같이 뒈지라고. 흐흐흐."

"내 친구 시체는?"

"죽은 우리 전사들하고 같이 바다로 보냈다. 죽은 자들을 모독하지는 않아."

"제기랄, 내 손으로 묻어주지도 못한다? 일 더럽게 꼬이는군."

"너무 서운해하지 말라고. 너도 곧 뒈질 거니까 말이야, 흐흐흐. 지옥에서 보자. 빌어먹을 놈아."

"지옥에서 만나자는 말에는 동의하지. 너나 나나 천국 가기는 틀렸으니까."

그는 한 발 물러서 놈의 이마를 조준하고 가차 없이 방아쇠를 당겼다.

퍽!

이마 한복판에 구멍이 뚫린 놈은 벽에다 붉은 반원을 그리면서 옆으로 넘어갔다. 놈이 완전히 쓰러지자 차수연이 재빨리 다가가서 놈의 윗주머니에 꽂힌 볼펜을 빼 들었다. 그가 물었다.

"그게 항해사가 뺏겼다는 볼펜이야?"

"그런 거 같아. 지급품이라 알아요."

"지급품?"

"나중에 설명할게요. 일단 여길 벗어나죠. 여긴 위험해요."

"철수한다, 제니. 포인트 3에서 대기."

—카피. 포인트 3 대기.

두 사람은 즉시 어둠 속으로 스며들었다. 양만호가 기다리는 해안까지는 제법 먼 거리였다.

❖

선실의 분위기는 무거웠다. 평소 존재감을 거의 느끼지 못할 정도로 과묵한 오마르였지만 그가 떠난 빈자리는 컸다. 거기에다 이철중의 부재도 있는 대로 신경을 긁었다. 이유야 어쨌건 출발할 때의 인원에서 둘이 줄어들었는데 둘 다 죽었으니 분위기가 좋다면 그게 비정상일 것이었다. 의도적으로 웃고 말을 많이 했는데도 기분은 도무지 나아질 기미가 보이질 않았다.

새벽 5시가 넘어가면서 태양은 수평선에 막 머리를 내밀었고 블랙샤크는 소말리아 반도 끝에서 떨어져 나간 소코트라를 비롯한 몇 개의 섬들 사이를 막 벗어나 서쪽으로 방향을 잡고 있었다. 김석훈은 조타를 양만호에게 맡기고 뒤쪽 선실로 빠져나왔다. 위험지역을 벗어났으니 조금이라도 잠을 자둘 생각이었다. 그런데 그가 침대에 누우려고 하자 차수연이 다가와 나란히 걸터앉았다. 손에는 아시드에게서 빼앗은 볼펜이 들려 있었다.

"열어보죠. 메모지 좀 줘봐요."

"식당 칸 서랍 뒤져 봐. 있을 거야."

그는 기다렸다는 듯, 자연스럽게 식당 칸을 가리켰다. 차수연은 서랍을 뒤져 메모지를 가져다가 다시 그의 옆에 앉아서 볼펜의 뒤 뚜껑을 열었다. 이어 볼펜심을 꺼내 볼펜심 끝의 플라스틱 부분을 조심스럽게 부러트렸다.

"구닥다리라고 놀릴지도 모르지만 최악의 상황에서는 구식이

효율적이에요."

부러진 볼펜심을 거꾸로 들고 톡톡 치자 돌돌말린 작은 종이 한 장이 떨어졌다.

"이게 우리 요원이 목숨을 건 이유예요."

얼핏 피로 보이는 붉은색으로 물든 종이는 손가락만 한 크기였는데 깨알만 한 숫자 100여 개가 4줄로 빽빽하게 채워져 있었다. 차수연은 숫자를 큰 종이에 옮겨 적고 일정 방식에 따라 순서를 바꾼 다음, 다시 2줄로 나열하고는 한참 들여다보다가 그에게 내밀었다.

"변환된 결과인데 나도 뭔지 모르겠어요."

첫 줄은 4102090181335136, 둘째 줄은 29004013538360595로 둘째 줄이 첫째 줄 숫자의 개수보다 하나가 많았다. 그러나 숫자만 잔뜩 들어간 조합이어서 그냥은 의미를 알아낼 방법이 없을 것 같았다. 그가 종이를 돌려주며 물었다.

"감이 전혀 없어?"

"분명히 의미가 있을 건데 지금으로선 생각나는 게 없어요. 서울에 보낼까 싶어."

"기다려 봐. 생각 좀 해보자고."

"왜요?"

"죽은 요원이 굳이 민간인인 항해사에게 볼펜을 준 이유가 뭐겠어?"

"좀 이상하긴 한데… 이유가 있겠죠."

"확실히 이상해. 생각해 봐. 부상은 당했지만 선장에게 부탁하면 전화나 전문 정도는 언제든지 날릴 수 있었어. 그런데 그 사람은 전화를 거는 대신 막연히 누군가가 찾기를 바라면서 항해장에게 슬쩍 볼펜을 넘겼잖아. 잃어버릴 수도 있고 남의 손에 들어갈 수 있는데 말이야. 그런 위험부담을 감수했다는 건 지휘계통을 믿지 못했다는 이야기가 돼."

"말도 안 돼요. 군인이 지휘체계를 부인하는 건 있을 수 없는 이야기고 어차피 볼펜을 알아보고 찾아낼 수 있는 것도 정보사 요원들뿐이에요."

"그 요원 입장이 한번 돼보자고. 혼자 작전에 임했을 리는 없을 테고 최소 필드요원 둘에 백업요원 하나나 둘 정도는 있었을 거야. 그런데 혼자 심한 부상을 당한 채 배에 탔어. 나머지는 어떻게 됐을까?"

"현장에 남았겠죠."

"맞아. 그 요원의 탈출을 돕다가 죽었다고 보는 게 맞겠지. 아니라면 그 요원을 팔아넘긴 거고. 어쨌든 작전 중에 동료들이 전부 죽거나 헤어졌고 자신은 심각한 부상을 당했어. 아마 순식간에 모든 게 엉망이 됐겠지. 그래서 아무 배나 집어타고 현장을 벗어났을 거야. 그런데 말이야. 그 장소가 이스탄불이야. 기본적으로 터키 정부는 한국에 호의적이고 무기 수출 관련해서 우리 군의 파견대도 존재하는 나라야. 당연히 현지 주재 대사관도 활동의 폭이 대단히 넓지. 그런데 왜 대사관에 도움을 요청하지 않았을까?"

김석훈은 잠시 말을 끊고 담배에 불을 붙이면서 차수연의 반응을 살폈다. 차수연의 표정은 조금씩 일그러져 가고 있었다. 정보사 지휘계통을 의심하는 건 그녀 자신을 의심하는 거나 마찬가지일 테니 당연히 기분이 좋지 않을 터였다. 그는 길게 한 모금 빨아들인 다음 말을 이었다.

"물론 현장에서는 여건이 허락하지 않았을 수도 있고, 배에 타서는 전화나 전문이 위험하다고 판단했을 수도 있어, 이유는 여러 가지가 있을 수 있겠지. 하지만 말이야. 그 요원은 자기가 금성호에 탔다는 보고는 하면서 이 숫자들은 숨겼어."

"금성호에 탔다는 보고는 다른 사람이 했을 수도 있어요."

"그건 막연한 추측이야. 우리가 아는 사실만 놓고 보자고. 솔직히 말해서 보고를 다른 사람이 했다면 그놈이 배신자일 가능성이 가장 높아."

"설마요."

"일단 같이 투입됐던 요원들은 다 죽었다고 보는 게 합리적인 생각이야. 어쨌든 요원은 직속 명령계통을 믿지 못했고 다른 팀이나 부서에서 이 숫자들을 발견하길 기대한 것으로 보여. 그렇다면 그 요원은 우리 쪽, 즉 자신의 명령계통 어디에선가 정보가 샜다는 판단을 한 거야. 아니면 설명이 되지를 않아."

"말도 안 돼요."

"생각해 봐, 그 사람은 군인이기 이전에 스파이야. 스파이는 아무도 믿지 않는 게 철칙이고, 그건 등을 맞댄 동료건 명령을 내린 직속상관이건 마찬가지야. 이 바닥 만고불변의 진리니까."

"그래서요? 서울에 보내지 말자는 거예요?"

"아니, 수연 씨 입장이 있으니 아예 안 할 수는 없지. 며칠 보류하고 생각을 좀 해보자는 거야. 48시간 어때? 딱 이틀만 돌아가는 상황을 보자고. 그 정도는 합의가 되겠지?"

차수연은 입을 굳게 다문 채 한동안 갈등하더니 숫자를 적은 종이를 접어 주머니에 넣고는 건너편 침대로 넘어가 누워 버렸다.

"48시간이에요."

"잘 생각했어. 이제 잠이나 좀 자두자고. 오늘도 긴 하루가 될 거야."

그는 길게 하품을 한 다음, 침대 옆에 매달린 재떨이에 담배를 비벼 끄고 돌아누웠다. 사실 진짜 싸움은 이제부터였다. 해적들 따위를 상대하는 건 장난 수준에 불과하지만 스페츠나츠 출신 러시아 용병들이나 주하이드는 이야기가 완전히 달랐다. 러시아 용병들은 당연히 프로고 주하이드의 주력부대는 진짜 군대였다. 지금은 Xe(지)서비스로 이름을 바꾼 미국의 군사기업 블랙워터 인터내셔널의 중동지부가 한때 훈련을 맡았던 부대여서 방심하다간 쥐도 새도 모르게 지옥행이었다. 상대가 상대니만큼 몸 상태는 무조건 최상으로 유지해야 했다.

그러나 그의 휴식은 겨우 30여 분 만에 끝이 났다. 양만호가 갑자기 가속하면서 소리를 질렀기 때문이었다.

─라이언! 해적인 것 같다!

그가 앓는 소리를 내면서 상체를 일으켰다.

"끙, 만고에 도움 안 되는 것들. 거리는요?"

—10시 방향, 3해리. 우회해서 조용히 지나가려고 했는데 본 모양이다. 겉보기엔 요트 같으니까 달려든 것 같은데 속도가 제법 빠르다. 현재 속도 35노트, 우린 15노트다.

"젠장. 우리도 가속하면 다국적 해군들 시선을 끌겠죠?"

—그럴 거야. 떼어내려면 시간이 걸릴 테니까.

"성질나게 하네. 제니, 더 가까이 오면 처리해라. 올라가."

—그거 쓸까?

"그래."

—로저, 라이언 요즘 점점 더 맘에 들어. 크크.

제니퍼는 키득거리면서 컨트롤 박스에서 스위치 몇 개를 누르고 갑판으로 올라갔다. 차수연도 호기심 가득한 얼굴로 이어폰 하나를 집어 들고 제니퍼를 따라 갑판으로 올라갔다. 먼저 올라간 제니퍼는 막 열리고 있는 좌현 갑판 해치 아래서 천천히 올라오는 은색 중기관총을 보면서 낮게 휘파람을 불었다. 차수연이 감탄사를 토해냈다.

"어라? 그거 KPV 아냐?"

"맞아. 왕가슴. 눈썰미가 있네."

제니퍼는 거치대의 어깨벨트를 몸에 걸치면서 자랑스럽게 KPV의 총신 부분을 쓰다듬었다. 1950년부터 정식 양산에 들어간 14.5㎜ 블라디미로프 중기관총은 주로 대공화기로 사용되는 총기로 현재 실전 배치된 기관총 중에서는 가장 파괴력이 뛰어난 화기였다. 서방에서 사용하는 일반적인 12.7㎜짜리 중기관총과 과 비교하면 관통력, 사거리 등 파괴력이 거의 두 배에 가까웠다.

1㎞ 거리에서 20㎜ 장갑을 단숨에 관통하는 무시무시한 괴력을 보이는 KPV는 총신 길이만 2미터에 무게도 50㎏이나 돼서 대부분 바퀴 달린 거치대에 장착해서 운용했으며 모든 전장에서 미군의 저공침투 공격기나 무장헬기에 가장 치명적인 화기였다. 제니퍼가 묵직한 40발짜리 급탄띠를 끼우면서 다시 말했다.

"엉클 마노가 배럴하고 조준경을 개조해서 사거리와 정확도가 30퍼센트 이상 올라갔어. 해적들 쓰는 고속정에는 사신이지. 흐흐. 레이더 연동으로 자동조준도 되는데 보정기능이 좀 부실해서 오늘처럼 바람이 심한 날은 명중률이 떨어지더라고. 뭐 평소에도 근거리에서는 내가 더 정확하지만 말이야. 잘 봐둬."

―거리 1해리, 7시 방향, 2척이다. 계속 접근한다.

"미친놈들, 진짜 겁 없네. 여긴 준비됐어. 400 이내로 들어오면 처리할게."

모자에 걸린 망원경을 끌어내린 제니퍼는 한껏 자신감을 내보이며 노리쇠를 당겼다 놓았다. 나이다운 치기 어린 모습이라는 생각에 차수연은 씩 웃으면서 난간을 단단히 잡았다. 그래도 붉게 떠오르는 태양 속에서 짧은 머리를 휘날리는 제니퍼의 모습은 제법 그림이 나왔다. 짧은 반바지와 소매 없는 탱크탑은 물론이고 허리와 어깨의 문신까지 태양빛을 반사하면서 기묘한 분위기를 연출하고 있었다.

―거리 600, 6시 방향.

해적선과의 거리는 순식간에 줄어들어 육안으로도 고속정의 궤적이 보였다.

―거리 400.

제니퍼는 거리 400에서 총구를 들어 올렸지만 곧장 쏘지는 않았다. 잠시 더 기다렸다가 먼저 예광탄 한 발을 쏘아 올렸다.

퉁!

부드러운 포물선을 그린 예광탄은 해적선 바로 앞에서 수면을 갈랐다.

"오케이! 간다!"

투두두둥!

연속해서 20여 발, 대포알이나 다름없는 14.5㎜ 총탄은 부실한 해적선을 종잇장 찢듯 갈가리 찢어발겼다. 삽시간에 선수가 깨져 나가고 잇달아 시커먼 연기가 솟구쳤다. 제니퍼가 한쪽 어금니를 내보이며 나직하게 중얼거렸다.

"원 다운."

남은 한 척은 느닷없는 놀랐는지 급격하게 속도를 줄이면서 선회하기 시작했다. 총구 방향을 살짝 튼 제니퍼는 탄띠를 모두 털어내겠다는 듯 매섭게 방아쇠를 잡아당겼다.

투두둥!

탄피와 핀들이 우수수 발밑으로 떨어지고 날카로운 예광탄의 궤적이 보였다. 그리고 선회하는 고속정에서 흐릿하게 연기가 피어올랐다. 수평선에서 횡으로 움직이는 핀포인트 목표물이다 보니 직격탄은 잘해야 한두 발일 터였다. 그러나 맞춘 것만으로도 감탄스러웠다. 제니퍼가 망원경을 들어 올리며 투덜거렸다.

"쳇, 뻑사리야. 가라앉지는 않을 거 같네."

─나이스 샷, 제니. 그만하면 됐어. 엔진 없이 망망대해에 떠 있는 것도 고문이야.

이어폰에서 김석훈의 칭찬이 흘러나오자 제니퍼의 표정은 금방 환하게 밝아졌다.

"아이아이, 담배 한 대 빨고 내려갈게."

─그래. 수고했어.

제니퍼는 귀마개와 어깨 벨트를 벗고 탄피와 핀들을 발로 툭툭 차서 한쪽으로 모은 다음 해치 뒤로 웅크리면서 담배에 불을 붙였다. 이어 해치 한쪽에 걸터앉으며 차수연에게 시선을 돌렸다.

"이봐, 왕가슴."

"응?"

"솔직히 이야기해 봐."

"뭘?"

"라이언을 좋아하기는 하는 거냐?"

차수연은 희미하게 웃으면서 손을 내밀었다. 제니퍼가 의아한 표정으로 다시 물었다.

"뭐, 어쩌라고?"

"나도 하나 줘봐. 피워보게."

제니퍼는 어깨를 으쓱해 보이고는 담배 하나와 라이터를 건넸다. 담배를 입에 문 차수연은 난간에 기대 몇 번 불을 붙이려다 포기했다. 강한 바닷바람 속에서 라이터를 켜는 건 요령이 좀 필요한 모양이었다. 차수연은 담배를 바다에 던져 버렸다.

"마음을 여는데 시간이 좀 필요했어. 아픈 기억이 많거든."

"남자 때문에?"

차수연은 라이터를 돌려주며 고개를 끄덕였다. 제니퍼가 다시 고개를 갸웃했다.

"너처럼 키 크고 가슴 빵빵한 여자가? 농담하지 마."

"잘나지도 않았지만 잘났다고 연애가 마음대로 되는 것도 아니야."

"그거 좋아하기는 한다는 이야기야?"

"솔직히 나도 잘 모르겠어. 나중에 이야기하자. 지금은 두 목숨에 대한 생각만으로도 벅차."

"까고 있네. 넌 잘못을 인정하는 것부터 시작해야 돼."

"잘못이라… 그럴까? 내 입장에서 굳이 핑계를 대자면 난 명령을 받는 군인의 입장이었다는 것, 그리고… 까놓고 이야기해서 라이언과 너는 문제가 생겨도 충분히 빠져나갈 수 있을 거라고 판단했어. 네가 눈앞에 있다는 것으로 내 판단이 틀리지 않았다는 건 증명이 돼. 진짜 문제는 예상치 못한 러시아인들의 개입이었지. 따라서 공식적으로는 미안하다거나 잘못한 거 없어. 그렇지만 라이언이나 네 입장에서 보면 별도의 작전이 진행된다는 걸 몇 시간 먼저 알았는데 말해주지 않은 건 배신에 해당되는 사안일 거야. 개인적으로는 잘못을 인정하는 게 아니라 용서를 빌어야지."

정색을 한 진지한 대답, 시종일관 시비조였던 제니퍼의 목소리가 한결 부드러워졌다.

"쳇, 그렇게 나오면 나도 할 말 없네. 사과 받아들이지. 그렇다고 동료로 받아들인 건 아니야. 알겠지만 내겐 동료가 아니면 다 적이야."

차수연은 무겁게 고개만 끄덕였다. 제니퍼가 다시 말했다.

"그리고 오마르에 대해서는 미안할 필요 없어. 냉정하다고 생각할지도 모르지만 우린 원래 그래. 우린 베개 밑에다 권총 한 자루하고 죽음을 깔고 자니까. 나도 언젠가 내가 죽었을 때 라이언과 내 동료들이 잠깐 애도해 주는 것으로 만족해. 한잔할래?"

제니퍼가 뒷주머니에서 소주가 든 플라스크를 꺼내 한 모금 마시고 차수연에게 넘겼다. 플라스크를 받아 든 차수연은 의외로 덤덤한 제니퍼의 반응에 고개를 갸웃했다.

"선뜻 이해는 안 되지만 뭐 알았어. 나 죽으면 라이언에게 애도해 달라고 해야겠네. 후후."

"죽어?"

차수연은 단숨에 몇 모금을 마시고 플라스크를 다시 제니퍼에게 건넸다.

"생각해 봐. 지금부터 우리가 상대해야 할 것들은 정식으로 훈련받은 정규군에다 구 러시아 스페츠나츠를 더한 잡것들이야. 솔직히 말해서 이건 완전히 계란으로 바위치기거든. 사지 멀쩡하게 집으로 돌아갈 확률은 제로에 가까워."

"어이어이. 칙칙한 소리 하지 말라고. 길고 짧은 건 대봐야 아는 거고 라이언도 그렇게 무모한 사람이 아니야. 따로 생각이 있을 거야."

"생각? 별로 생각하고 사는 사람 같지 않던데? 후후."

"크크. 뭐, 좀 어수룩해 보이는 면은 있지, 얼핏 카리스마도 좀 부족해 보이고 말이야. 하지만 생사가 정해지는 결정적인 순간에는 무조건 라이언의 판단에 따라갈 거야. 그건 동료들도 다 인정하는 부분이고 너도 곧 그렇게 될 거야."

"그래?"

"그런데 말이야. 화끈하게 싸우다 죽으면 그것도 그것대로 폼 나지 않아? 흐흐. 난 그편이 더 매력 있는데?"

"하여간 생각하는 것들 하고는… 근데 넌 어쩌다가 이 바닥에 뛰어들었냐? 용병은 스무 살짜리 여자애가 좋아할 일은 아닌 거 같은데?"

"어이, 엄밀히 말하면 우린 용병이 아니야. 그 점은 확실히 하고 가자고. 굳이 직종을 따지자면 우린 장사꾼이지. 그 대상이 정보나 무기라는 점만 다른 거야."

"넌 그 장사에 부수적으로 필요한 무력을 갖춘 보디가드고?"

"후후. 비슷해."

"무기 다루는 건 언제 배운 거야?"

"따로 배우지는 않았어. 확실치는 않은데… 아마 내가 12살 때 처음 권총을 만졌을 걸? 처음 손에 쥔 총이 토카레프였을 거야. 그걸로 나보다 한 살 많은 내 친구를 강간한 개새끼 아랫도리를 깨끗이 날려 버렸지. 그냥 마구잡이로 방아쇠를 당겼는데 정신을 차리고 보니까 그 새끼 사타구니가 아예 없어졌더라고. 그날 그 친구 삼촌이라는 작자한테 정말 죽도록 얻어맞아서 일주일 있다가 깨어났는데 친구는 팔려가서 옆에 없었어. 흐흐."

"괜한 걸 물었네. 미안."

차수연은 움찔 놀라 낯빛을 굳혔다. 아무리 생각해도 부모 없이 빈민가에 사는 13살짜리 여자아이가 강간당하고 팔려가는 상황은 언뜻 상상이 가지를 않았다. 소설 속에서 본다고 해도 책을 덮어버리고 싶을 것 같은 최악의 설정이었다. 그러나 제니퍼는 별것 아니라는 듯, 플라스크를 다시 건네며 덤덤한 표정으로 말을 이었다.

"아니, 신경 쓸 필요 없어. 어차피 내가 자란 키베라(나이로비의 빈민가)는 총을 쥐지 않고는 살아갈 수 없는 지독한 동네였어. 총이 친구가 될 수밖에 없었지. 참, 그건 왕가슴 너도 비슷한 입장 아닌가? 네 직업도 만만치 않잖아. 왜 하필 군인이지? 모델을 해도 좋을 몸매 아냐?"

"나도 이래저래 사연이 긴데… 간단히 요약하면 치 떨리는 가난과 알바에 지쳐서 ROTC를 택했는데 때마침 악명 높으신 정보사가 마수를 뻗친 거야. 스카우트라고 해야 되나? 당장 방세를 걱정을 하는 처지여서 덥석 정보사가 주는 장학금을 받았고 그게 군에 묶여 버린 이유야."

"ROTC가 뭐야?"

"학사장교, 대학에 다니면서 장교가 될 준비를 하는 거지."

"잠깐, 잠깐, 공부하기 위해서 군인이 되는 게 아니라 군인이 되기 위해서 공부를 해? 그게 무슨 귀신 씨나락 까먹는 소리야?"

"그냥 그런 게 있어. 어쨌든 그때는 군대가 유일한 탈출구였어."

"젠장, 한국도 가난한 사람은 가난한 모양이네?"

"굶어죽는 사람은 거의 없는데 미래를 생각하기 어려운 사람은 많아. 그게 자본주의니까."

"자본주의? 그따위 괴상한 소리는 치워. 배부른 소리로밖에 안 들리니까."

따지고 보면 먹을 것을 찾기 위해 매일 쓰레기 더미를 뒤지는 키베라나 카리오방기의 아이들에게 자본주의 같은 희한한 단어는 확실히 헛소리일 터였다. 씁쓸하게 웃은 차수연이 크게 기지개를 켰다.

"하긴 그렇다. 배부른 헛소리지. 자! 이제 같잖은 소리는 그만하자. 내일 명이 다할지도 모르는데 말이야. 후후."

"네미럴, 죽는다는 소리도 그만해. 옛날에 내가 그런 칙칙한 소리하면 라이언이 입버릇처럼 하던 이야기가 있는데 들어볼래?"

"뭔데?"

"내일 당장 죽는다고 해도 아침 해를 함께 볼 수 있는 친구가 있으면 그 시간을 즐겨라. 서로를 위해 목숨을 걸 친구가 있으면 세상은 그걸로 충분히 아름답다."

"젠장, 하여간 말은 잘해요."

"맞아. 내가 저 인간 혓바닥에 녹아서 여태 따라다니고 있잖아. 흐흐."

"후후. 들어가자. 저 인간 말대로 좀 쉬어야 싸움도 한다. 젠장."

마주 보고 한참을 킥킥댄 두 사람은 남은 술을 마지막 한 방울까지 목구멍에 탁탁 털어넣으면서 선실을 향해 걸음을 옮겼다.

쉬어야 할 시간이었다.

❖

　오전 내내 다르사(소말리아 반도 끝에 있는 황무지 무인도 중 하나)의 바위 그늘로 들어가 휴식을 취한 일행은 점심까지 든든하게 챙겨먹고 다시 출발해서 해가 떨어진 직후에 부사소에서 동쪽으로 10㎞쯤 떨어진 모래사막으로 상륙했다. 아덴만을 향해 불쑥 튀어나온 지형의 동쪽이어서 부사소의 해적들에게 관측될 비교적 위험은 적은 곳이었다. 대신 곶의 지형이 상대적으로 높아서 혹시나 배치되어 있을지도 모르는 관측병에 신경을 써야 했다. 결국 블랙샤크에 장착된 고성능 레이더와 소나를 총동원해서 조명 없이 해안에 접근하고 허리까지 물에 적셔야 했다.

　해안으로 들어와 이동 준비까지 마친 시간이 19시 10분, 도시가 가까운데도 바다는 거의 완벽한 어둠 속에 숨어 있었다. 내륙으로 들어가 서쪽으로 방향을 잡고 1시간 가까이 걷는 동안 처음 만난 불빛이 버려진 건물에서 새어 나오는 모닥불의 흐릿한 주황색일 정도로 빛은 거의 존재하지 않았다. 다시 30여 분을 걸어 말라붙은 강바닥 몇 개를 통과하자 드디어 도시의 불빛이 보이기 시작했다. 물론 한국에서 흔히 볼 수 있는 도시의 화려한 불빛과는 비교할 수도 없지만 새카만 하늘로 은은하게 번져 나오는 파스텔 톤은 확실히 반가웠다.

　―정지, 부대 숙영지 같아.

선두로 빠져 있던 제니퍼가 손을 들어 보였다. 제니퍼가 가리킨 곳은 바다를 등진 상당한 규모의 숙영지였다. 소말리아에 흔치 않은 유류저장고 5개와 제법 큰 콘크리트 건물들 10여 개가 나란히 붙어 있었다. 항만으로 이어지는 비포장도로는 숙영지 바로 앞을 통과하고 있었다.

"우회한다. 단 그 자식은 조용히 잡아야 돼."

그는 미련 없이 우회를 선택했다. 중요한 시설이니만큼 주둔부대는 보나마나 잘 훈련된 정예 병력일 터였다. 그러나 부대 앞이 워낙 넓은 지역이 평지여서 부대를 우회하려면 시간을 꽤나 잡아먹을 것 같았다. 결국 남쪽 강변을 도느라 30여 분 이상 시간을 허비하고 다시 흙먼지 날리는 낡은 주택가를 30분 이상 걷고 나서야 부사소 항구의 창고 거리에 도착할 수 있었다.

항구에 도착하자마자 제니퍼를 골목 초입에 남겨두고 단의 사무실이 있는 창고를 찾았다. 이미 한번 찾아간 적이 있어서 창고를 다시 찾는 건 어렵지 않았다. 그러나 2층에 있는 단의 사무실은 불이 꺼져 있었다. 차수연이 권총을 꺼내 재빨리 소음기를 끼웠다.

"있을까?"

"확인은 해야지. 여기 아니면 카지노에 있을 거야. 올라가자."

두 사람은 야시경까지 쓰고 준비를 단단히 한 다음 캄캄한 계단을 조심스럽게 올라갔다. 최대한 천천히 발을 내려놓았지만 낡은 계단은 계속 삐걱거리면서 비명을 토해냈다. 신경을 곤두세우다 보니 2층 계단을 돌아 사무실 앞에 도착할 때까지의 짧은 시간이 30분 넘게 걸린 기분이었다. 일단 벽에 달라붙어 살짝 손잡이를 돌렸다.

'응?'

손잡이가 그냥 돌아갔다. 눈길을 주고받은 두 사람은 벽에 기대선 채 손가락으로 셋을 센 다음 천천히 문을 밀어냈다. 야시경 속으로 보이는 사무실은 불길한 예감을 고스란히 현실로 옮겨다 놓고 있었다. 얼핏 보기에도 무언가 찾기 위해 뒤진 것 같은 모습, 책상과 사무집기들이 쓰러진 것은 물론이고 서류들까지 사방에 널브러져 있었다. 재빨리 사무실을 돌아본 차수연이 낮게 속삭였다.

"클리어."

그는 곧장 단의 개인 사무실 문을 열었다. 상황은 마찬가지, 단의 방도 엉망이 된 집기와 서류들이 난장을 이루고 있었다. 다른 건 책상 뒤 창문 아래로 시커먼 실루엣이 앉아 있다는 점뿐이었다. 그는 그림자를 보자마자 본능적으로 자세를 낮추면서 총구를 돌렸다. 그러나 움직임은 없었다.

실루엣은 박스테이프로 단단하게 의자에 묶여 있었다. 이마는 한가운데 구멍이 뚫렸고 손끝에서는 아직도 방울방울 피가 떨어지고 있었다. 의자 밑에 고인 흥건한 피가 죽은 자의 마지막 상황을 고스란히 대변하고 있었다. 그는 조용히 다가가 경동맥에 손을 짚었다. 맥은 당연히 없고 죽은 지 오래됐는지 팔다리도 이미 뻣뻣하게 굳어 있었다. 그런데 손에 고문의 흔적이 있었다. 손톱이 4개나 없었다.

"이 자식 죽어도 더럽게 죽었네."

되는대로 욕설을 뱉으며 단의 주머니를 뒤지려다가 움찔 손을 멈췄다. 재킷 옷자락 아래로 책상 밑으로 연결된 반짝이는 인계철선이 보였다. 더럽게 비싼 야시경 덕에 목숨을 구한 셈이었다. 그는 조심스럽게 물러서면서 책상 밑을 확인했다. 책상 아래 고정된 건 소말리아에서 생각할 수 있는 최악의 물건 중 하나였다. 크레모어, 만에 하나 인계철선을 건드렸다면 밖에 있는 차수연까지 줄초상이었다.

"부비트랩. 반복한다. 부비트랩. 아무것도 건드리지 말고 발자국 밟으면서 나간다."

—로저.

몇 발 물러서려는데 쓰러진 책꽂이에 깔린 서류들 사이에서 뭔가 반짝였다. 조심스럽게 서류를 걷어내자 낯익은 디자인의 국산 전화기 하나가 나왔다. 분명히 엊그제 단이 쓰던 그 전화기였다. 그는 전화기 주변에 부비트랩이 없나 일일이 확인한 다음에야 전화기를 주머니에 쑤셔 넣고 천천히 물러섰다.

"제니, 엄호해라. 단 이 자식 고문당하다 죽었다."

—카피.

두 사람은 서둘러 단의 사무실을 빠져나와 지체 없이 계단을 내려뛰었다. 순간, 뒷문 쪽 복도 끝에서 무언가 움직이는 소리가 들려왔다. 그가 움찔 걸음을 멈추자 유령처럼 옆으로 빠져나간 차수연이 자세를 낮추면서 소리 난 곳으로 총구를 돌렸다.

—나야, 제니.

새카만 흑백화면 속에서 무릎을 꿇은 제니퍼가 손을 흔들고 있었다.

—도로 올라가. 밖에 잔뜩이야.

"소말리아 군이냐?"

—아니, 동양인이야. 최소 6명, 무장했고 위험해 보여. 우리가 오는 걸 기다리고 있었어.

"제기랄, 건너와. 올라가자."

—로저.

제니퍼는 날렵하게 복도를 가로질러 그가 있는 곳으로 뛰어왔다. 순간, 처음 들어왔던 나무문이 움직였다. 그는 재빨리 계단을 올라갔다. 놈들은 조심스럽게 건물 안으로 발을 들여놓고 있었다. 제법 깔끔한 움직임, 훈련된 자들이었다.

"제니, 너 먼저."

제니퍼는 잔뜩 구부린 자세로 마지막 계단을 차고 올라갔다. 그는 차수연을 뒤따라 올려보내고 탄띠에 매달린 MP—7에다 소음기를 끼웠다. 적진 한복판에서 일을 시끄럽게 만들어서 좋을 일은 전혀 없다는 판단, 조용히 빠져나가는 게 상책이었다. 앞문에 신경을 쓰면서 뒷걸음으로 중간 계단실까지 올라가 자리를 잡았다.

계단에 발을 올리는 소리가 들렸다. 그는 벽에 기대앉은 채 복도 아래를 슬쩍 확인했다. 놈들은 선뜻 위로 올라오지 못하고 있었다. 먼저 간 제니퍼가 나직하게 말했다.

—2층 복도 끝, 뒷골목으로 뛰어내리면 될 것 같아.

"오케이, 가."

그는 재빨리 몸을 일으켜 복도 초입에 있는 차수연와 순서를 바꾸면서 단의 사무실 복도 끝까지 뛰었다. 제니퍼는 복도 끝 창문 앞에 서 있었다. 그가 나타나자 제니퍼는 한 발 물러서더니 단숨에 창문을 타 넘었다. 창문 너머는 비스듬한 스레트 지붕, 무릎을 꿇은 채 지붕을 미끄러져 내려간 제니퍼는 순식간에 시야에서 사라졌다.

"차수연."

고개를 까딱해 보인 차수연은 계단참에서부터 20여 미터를 순식간에 뛰어와 그대로 창틀을 뛰어넘더니 지붕 위를 서서 뛰어 내려가 점프로 시야에서 사라졌다. 어디서 무술이라도 배웠나 싶을 정도의 날렵한 움직임이었다. 어깨를 들썩해 보인 그는 낮게 휘파람을 불면서 뒤따라 창틀을 넘었다. 엉덩이를 바닥에 끌면서 지붕을 미끄러져 내려가 지붕 끝에서 일단 멈췄다가 2미터가 조금 넘는 높이를 가볍게 뛰어내렸다. 착지하면서 한 바퀴 굴러 자세를 잡자 골목 끝에 기대선 제니퍼가 수신호를 했다.

―이쪽 둘, 반대로 가야 돼.

"카피, 반대로 간다."

차례차례 몸을 빼는 두 사람의 모습을 확인하고 뒤따라 뛰었다. 골목 끝까지 거리는 잘해야 50미터밖에 안 됐는데도 느낌은 더럽게 멀었다. 일단 전력질주로 골목 끝에 도착해서 벽에 기대 가쁜 호흡을 가다듬었다. 자신이 놈들의 입장이라면 당연히 이쪽에도 사람을 배치했을 터, 무턱대고 뛰어나갈 수는 없었다. 크게 세 번 심호흡을 한 다음, 골목 바깥으로 머리를 내밀었다. 순간, 시커먼 그림자가 불쑥 튀어나왔다. 그는 반사적으로 놈에게 달라붙으면서 손에 쥔 권총을 잡아채고 동시에 발목을 차올렸다.

"큭!"

놈은 순간적으로 허공에 붕 떴다가 등부터 바닥에 처박혔고 뒤따르던 차수연이 턱을 걸어찼다. 놈은 곧바로 정신을 잃어버렸다.

"고, 고!"

골목을 빠져나오자마자 낡은 집들이 다닥다닥 붙어 있는 남쪽으로 방향을 잡았다. 위험지역은 무조건 벗어나야 한다는 판단, 10분 넘게 전력으로 달려 빈민가 남쪽 오래된 판자촌 골목에서 걸음을 멈췄다. 뒤따라오는 차수연과 제니퍼를 차례차례 트럭 뒤로 들어가게 하고 잠시 지나온 길을 주시했다. 예상과 달리 추격해 오는 놈들은 보이지 않았다. 처음 몇 분은 따라오는 불규칙한 발자국 소리가 들렸는데 지금은 의외로 조용했다.

"저것들도 홈그라운드가 아니란 이야기야."

그는 가쁜 호흡을 가다듬으면서 트럭 문짝에다 뒷머리를 쿵 찧었다. 아무리 생각해도 말이 되지를 않았다. 제니퍼가 본 것도 동양인, 그와 마주친 놈도 동양인이었다. 어두운데다 워낙 짧은 시간이어서 단언할 수는 없지만 비명 사이에 낀 뭉개진 욕설들이 한국어나 일본어가 아닌 건 확실했다.

"MSS일까요?"

밑도 끝도 없는 차수연의 질문에 고개를 끄덕였다. 동양인이라면 가능성은 가장 높았다.

"중국인들이 여기서 뭘 하는 걸까?"

"원하는 건 우리나 같겠죠."

"젠장, 러시아, 중국, 또 누가 뛰어들까? 코앞에서 난리가 났으니 모사드도 달려들겠지?"

"지역적 특성을 고려하면 안 달려드는 게 이상한 거죠. 내일쯤이면 CIA까지 달려들 걸요?"

"오늘 결판을 내야 돼."

"뭘요?"

"숫자들 말고 뭔가 건져야 다음 수순을 생각할 수 있잖아. 하다못해 러시아 놈들이 뭐하는 것들인지, 우리 요원 시체를 가져다가 무슨 해괴한 짓을 했는지 같은 거 말이야. CIA까지 달려들어서 지랄 떨면 러시아고 중국이고 몽땅 숨어버릴 거다. 그런 의미에서… 싸움구경 어때?"

"싸움구경?"

의아한 표정을 한 차수연의 반문에 대답 대신 씩 웃어 보인 그는 단의 사무실에서 집어온 전화기를 꺼내 통화기록을 확인했다. 오늘 6번 전화를 걸었는데 그중 4개가 같은 번호였다. 한국 매스컴은 물론이고 전 세계 매스컴이 지난밤부터 하루 종일 에일에서 벌어진 한국 해군의 구출작전에 대해 떠들어댔을 테니 단이라는 놈 입장에서는 무조건 주하이드와 관련된 이야기를 주고받았을 것이었다.

"일단 자리부터 좀 옮기자고. 싸움구경을 하려면 자리를 잘 잡아야지. 흐흐."

잠깐 혼자 키득거리다가 다시 일행을 닦달해서 움직이기 시작했다. 이번엔 빈민가를 멀리 남쪽으로 우회해서 서쪽에서부터 해안으로 접근했다. 목적지는 주하이드의 카지노가 보이는 해안, 카지노 주변에는 경계가 삼엄했지만 800미터 넘게 떨어진 백사장에 올려놓은 보트들은 경비를 걱정할 필요가 없었다.

그는 도착하자마자 야시경 배율을 올려 카지노 주변을 훑어본 뒤 통화버튼을 눌렀다. 몇 번 신호가 간 다음 전화기에서 흘러나온 건 엉뚱한 여자의 목소리였다.

―자기야? 오늘은 웬일로 일찍 전화…….

콧소리가 잔뜩 섞인 품이 단의 여자 친구쯤 되는 것 같았다. 그는 전화를 끊어버리고 두 번째 번호를 눌렀다. 이번엔 10번 넘게 신호가 가는데도 전화를 받지 않았다. 마지막 남은 번호를 누르고 나서야 기대했던 쿵쿵거리는 오케스트라의 굉음을 들을 수 있었다.

―또 무슨 일이야?

음악과 함께 짜증스런 기색이 역력한 주하이드의 목소리가 수화기를 건너왔다. 그는 몇 초 시간을 둔 다음 최대한 거들먹거리는 목소리로 말을 받았다.

"여! 제너럴 주하이드! 오늘도 엉덩이 빵빵한 계집들 끼고 오케스트라 지휘하시나?"

―누구냐?

"여기 부사소의 주인이 당신이라고 들었는데… 그것도 아닌가

봐? 어떻게 중국인들이 마구잡이로 총질을 하고 다니는데도 그냥 두고만 보나?"

—당신 뭐야? 중국인이 총질을 해?

"이 전화 주인이 당신네 집 강아지 아닌가? 아까 보니까 이놈 지독하게 고문을 당하더라고. 한 번 가보는 게 좋을 것 같아서 말이야. 고문하던 놈들은 중국인 스파이 조직인 것 같던데… 그 자식들 죽은 놈 엉덩이에다 부비트랩을 설치했어. 아이들에게 조심하라고 전해줘. 그럼 수고하라고. 하하하."

그는 껄껄 웃어준 다음, 대답을 기다리지 않고 그냥 전화를 끊었다. 쇼는 지금부터였다. 그는 제니퍼의 어깨를 짚으며 자리에서 일어났다.

"자리 잡고 엄호해 줘. 여차하면 깡그리 부셔 버린다."

"카피. 명령만 내리십시오, 보스. 기쁜 마음으로 시행하겠나이다. 흐흐."

히죽 웃은 제니퍼는 곧장 보트 위로 올라가 저격소총을 조립하기 시작했다. 그는 배낭을 풀어 던져 놓고 양만호에게 전화를 걸었다.

—잘 돼가?

"전혀요. 지금 어딥니까?"

—내려준 곳에서 북서쪽 12해리 공해상이다. 지금 너 있는 데서는 8해리 좀 넘을 거야.

"진입하십쇼. 제 위치 확인되죠?"

—물론이야. 30분이면 충분할 거다.

"KPV 사거리 안으로 들어와서 무전기 개방하십쇼. 내가 타깃 지정하거나 제니가 레이저로 고정할 겁니다. 여차하면 박살내고 곧장 바다로 나갑니다. 현재 시간이 2144이니까 2220에 시작하겠습니다."

—카피, 타임 첵.

"제니는 카지노 근처 병력배치에 변동이 있으면 바로 연락해줘."

"로저."

그가 전화를 끊자 거의 동시에 저격소총 조립을 끝낸 제니퍼는 신난다는 표정으로 보트 난간에다 레이저 조준기와 총구를 올려놓았다.

두 사람은 먼지 묻은 옷을 대충 털어낸 다음 무기만 챙겨 들고 해변을 벗어났다. 꽤 먼 거리여서 시간에 대려면 빠른 걸음으로 이동해야 했다. 늘어선 상점가 초입 골목에 도착한 시간이 22시 05분, 우선 골목에 기대서서 잠시 상황을 살폈다. 부사소에 하나밖에 없는 번화가답게 여전히 불 켜진 상점엔 가끔 손님들이 드나들었고 음악도 여기저기서 흘러나왔다. 그런데 주변을 둘러본 차수연이 그에게 자신의 MP—7을 맡겨놓고 가까운 가게로 들어갔다.

"잠깐 기다려요."

차수연은 거의 아바야(보수적인 아랍 여성들이 덮어쓰는 길고 검은 천)라고 해야 할 만큼 큼직한 히잡을 쓰고 나왔다. 얼굴은 물론이고 MP—7까지 한꺼번에 가릴 수 있는 크기여서 제법 쓸모가 있을 것 같았다.

"어때요?"

그의 MP—7까지 히잡 속에 감춘 차수연은 패션쇼 하듯 한 바퀴 돌아보였다.

"좋은 아이디어야. 멋져. 가자."

나란히 골목을 나선 두 사람은 천천히 상점가를 지나 카지노가 보이는 해변으로 들어섰다. 환하게 불이 켜진 카지노 건물 초입에 들어서서 경비병의 위치부터 확인했다. 보이는 건 확실히 둘이 전부였다. 순간, 항구 쪽에서 굉음과 함께 시커먼 연기가 솟구쳤다. 그가 나직하게 중얼거렸다.

"멍청한 놈들, 가르쳐 줘도 터트리냐?"

단의 사무실에 간 놈들이 부비트랩을 잘못 건드린 모양이었다. 크레모어를 터트렸으니 보나마나 그쪽은 엉망이 되었을 터였다. 폭음이 들리자 경비병 일부가 황급히 북쪽 공터에 주차한 트럭에 올라타고 이동을 시작했다. 대략 10여 명, 카지노 남쪽의 주둔지도 어수선해지더니 곧 군용트럭 2대가 빠져나와 항구 쪽으로 달렸다. 일단 부담은 좀 덜어낸 모양새, 그러나 기대했던 주하이드나 러시아인의 움직임은 볼 수가 없었다.

"젠장, 안 움직이면 그냥 밀고 들어가야겠지. 매드독 셋, 보고."

—후문에 둘, 동초 둘. 배치된 숫자는 늘지 않았어.

"좋아. 정면 돌파다. 정문을 통해 클럽으로 들어간다. 대기."

—매드독 셋, 카피.

"수연 씨, 주머니에 현금 얼마나 있어?"

"3,000달러 정도 있어요."

"그거면 됐네. 빌려줘."

차수연이 뒷주머니에서 반으로 접은 현금 뭉치를 꺼내 건네자 그는 자신의 지폐를 합쳐 한꺼번에 묶어 들고 던졌다 받기를 하면서 클럽으로 걸음을 옮겼다. 입구에 있는 경비병은 그의 얼굴과 달러 뭉치를 힐끗 보고는 무신경한 얼굴로 담배를 빨았다.

일단 무사통과, 클럽 안으로 들어서자마자 시끄러운 흑인 음악이 귀청을 두들겼다. 그는 차수연에게 팔짱을 끼게 하고 스탠드로 다가가 20달러짜리 한 장을 내려놓으며 맥주 2병을 시켰다.

"잔돈은 챙겨."

"감사합니다, 선생님."

두 사람은 그 자리에 서서 맥주를 반쯤 마신 뒤, 느긋하게 카지노로 이어지는 통로로 건너갔다. 유리문을 열고 들어가자 문 뒤에 서 있던 무장 경호원 둘 중 하나가 앞을 가로막으며 정중하게 말했다. 제법 유창한 영어였다.

"무기 가진 것 있습니까?"

그는 양손을 슬쩍 들어 보였다. 경호원은 자연스럽게 다가서면서 그의 허리춤에 손을 대려 했다. 그는 내민 손의 새끼손가락을 벼락같이 잡아채 부러트리고 동시에 오른 팔꿈치로 턱을 가격하면서 그대로 뒤에 있는 놈에게 밀어붙였다.

"크어어."

기절한 동료에게 부딪혀 물러서면서 벽에 끼어버린 놈이 급히 총을 들어 올리려 했지만 이미 차수연의 발등이 놈의 사타구니에 틀어박힌 뒤였다. 사타구니를 정통으로 채인 놈은 숨도 내쉬지 못하고 엉거주춤 무릎을 꿇다가 재차 날아간 차수연의 발길질에 정신을 놓아버렸다.

"저쪽으로."

쓰러지는 놈들을 끌어다 카지노 출입구 옆에 있는 비상구 안에다 던져 놓고 유리문을 안에서 잠근 다음, 곧장 카지노 문을 열었다.

"5분이다. 5분 이내에 철수한다."

―매드독 셋 카피, 대기.

―매드독 넷 정위치.

자연스럽게 슬롯머신 사이를 통과해 카지노 끝에 있는 계단으로 직행했다. 계단 밑에 있는 두 놈이 마지막 고비였다. 몇 개 안 되는 감시카메라는 대부분 도박 테이블에 집중되어 있고 계단 입구가 슬롯머신에 가려져 있어서 딜러들에 신경을 곤두세운 테이블 매니저들이나 보안실의 눈에서 비교적 자유로웠다.

나란히 슬롯머신들을 돌아 계단으로 다가가자 제법 키가 큰 경호원이 손을 들어 두 사람을 제지했다.

"여긴 관계자만 들어갈 수 있습니다."

"제너럴 주하이드와 약속이 있다."

그는 가능한 고압적인 목소리를 내면서 경호원을 아래위로 훑어보았다. 그의 기세에 기가 죽은 경호원이 움찔하는 사이, 차수연이 번개같이 권총을 빼 들고 둘의 아랫배를 쿡 찔렀다. 그가 다시 말했다.

"돌아서서 올라가라, 조용히."

두 놈이 엉거주춤 계단에 발을 올리자 그는 둘의 허리에서 권총을 빼면서 2층으로 밀어붙였다. 차수연은 눈치 빠르게 한쪽에 세워진 출입금지 표지판을 계단참에 가로질러 세워놓고 뒤따라 올라왔다.

그는 2층으로 올라오자마자 두 놈의 목덜미에 총구를 대고 연속해서 방아쇠를 당겨 버렸다. 히잡을 벗어 내려놓는 차수연의 표정이 일순 굳어지는 게 느껴졌다. 왜 죽였냐는 힐난일 터, 그러나 무시해 버렸다. 인정사정 볼 형편이 아니었다.

"시간 끄는 거 질색이야."

나직하게 중얼거린 그는 수신호로 복도 끝에 있는 보안실 명패가 붙은 철문을 가리켰다. 카지노 테이블 위에 달린 10여 개 감시카메라의 화상데이터가 모이는 곳일 터, 우선 손을 봐두고 움직이는 편이 안전했다. 날렵하게 문 옆에 달라붙은 그는 지체 없이 철문 손잡이를 돌렸다. 하다못해 기본적인 전자자물쇠도 없는 형편이니 십중팔구 문이 열려 있을 거라는 판단이었다. 예상대로 문은 그냥 열렸다. 그대로 문을 밀어내면서 가차 없이 MP—7을 긁어버렸다.

투두둑!

소음기에 막힌 탁한 총성, 모니터에 시선을 뺏기고 있던 두 놈이 의자와 함께 뒤로 넘어갔다. 총탄에 모니터 몇 개가 터져 나가면서 불꽃이 튀었지만 소음은 생각보다 크지 않았다. 곧장 돌아나와 지난번 주하이드를 만날 때 통과했던 유리문을 밀고 들어갔다. 주하이드는 욕조에 없었다. 뭐가 됐든 불쾌한 일이 벌어진 상황이니 어디든 전화를 받을 수 있는 곳에 있을 것이었다.

두 사람은 빈 욕조를 돌아 대형 스피커 옆에 있는 출입문을 아주 조금 열었다. 문틈으로 보이는 방은 제법 호화롭게 꾸며진 개인 집무실이었다. 문 바로 옆에는 무장한 군복 차림의 사내 둘이 열중쉬어 자세로 서 있었고 주하이드는 거창한 소파 너머에 있는 마호가니 책상에 발을 올린 채 시가를 입에 물고 있었다. 그는 손가락으로 셋을 센 다음, 동시에 문을 박차고 들어갔다.

투둑!

들어서자마자 불문곡직 돌아서는 군복들의 머리와 가슴에 총탄을 박아버렸다. 비명을 토해낸 두 놈이 비싼 카펫에 피를 뿌리며 나뒹굴자 주하이드가 기겁을 하면서 자리에서 일어났다.

"누구냐!"

"손가락 하나도 움직이지 마. 아니면 당장 머리에 바람구멍이 날 거니까."

그는 빠른 걸음으로 방을 가로질러 주하이드의 미간에다 총구를 들이댔다. 그런데 주하이드는 총구를 마주 보고도 별로 긴장하는 기색이 아니었다. 잠시 동안 그의 얼굴을 빤히 쳐다보더니 다시 의자에 앉아 책상 위에 있는 시가박스를 여유롭게 열었다.

"하나 태우겠나?"

"나중에."

그는 왼손으로 주하이드가 내미는 시가를 받아 케이스째로 윗

주머니에 찔러 넣었다. 주하이드가 들고 있던 시가 끝을 잘라내며 다시 말했다.

"겁을 상실한 놈이로군. 원하는 게 뭐냐?"

역시나 두둑한 배짱을 가진 작자, 이 난장판인 나라에서 이만한 세력을 유지하려면 아마 필수적인 요건일 것이었다. 그가 물었다.

"러시아인들은 어디 있지?"

"겨우 그게 알고 싶어서 내게 달려든 건가? 어이없는 놈이로군."

"빚지고는 못 사는 성격이라서 말이야."

"무기장사 따위가 끼어들 자리가 아니다. 더 까불면 쥐도 새도 모르게 시멘트 덩어리 달고 아덴만에 가라앉게 될 거야."

"그건 당신이 신경 쓸 필요 없어. 당신도 오래 살긴 틀린 거 같으니까."

"난 오래 살 거야. 최소한 오늘은 죽지 않겠지. 지금은 네놈이 원하는 걸 줄 거니까."

"현명한 선택이야. 그럼 러시아인들부터 시작하지. 어디 있나?"

"부르가스로 간다더군."

"부르가스? 불가리아 부르가스?"

"그래. 오전에 예멘으로 날아갔어."

"금성호에서 가져온 시체는?"

"시체는 우리 부대에서 태웠을 거다. 뱃속에서 무슨 열쇠를 꺼냈다던데?"

"열쇠?"

"그래, 죽기 전에 삼켰는지 위에서 찾아냈는데 시체를 절개했던 우리 군의관에게서 십자형으로 희한하게 생긴 열쇠라는 보고를 받았다. 나도 더는 몰라."

"러시아인들 정체가 뭐야? GRU인가?"

"GRU도 개입은 됐지. 하지만 여기 나타난 놈들은 그것들보다 더 악질이다. 마피아 뺨치는 전직들이야."

"전직이라… 그럼 당신도 콩고물 좀 얻어먹겠군."

"그랬지."

주하이드는 시가에 불을 붙이면서 책상 옆에 세워놓은 얄팍한 서류가방을 발로 툭 찼다.

"500짜리 뭉치 20개, 정확하게 100만 유로, 그것들이 놓고 간 거다. 내 목숨 값은 될 거야."

그는 코웃음을 치면서 웃었다. 이만한 세력을 가진 자가 고작 100만 유로를 받자고 한국 해군과의 전쟁을 각오했을 리는 없었다.

"당신 미친 거 아냐? 겨우 100만 유로 받고 다국적 해군에게 싸움을 건 거야?"

"소말리아 북부에서 GRU를 무시할 수 있는 사람은 아무도 없다. 반면 한국 해군은 아무것도 아니지. 따지고 보면 네놈이 끼어들지 않았으면 일이 이렇게 커지지도 않았다. 해적 놈들은 납치하고 단은 협상해서 풀어주면 그만이었어. 멍청한 해적 놈들 때문에 일이 꼬여 버렸지. 제기랄, 어쨌든 한국 해군이 내륙까지 들어와서 총질을 했으니 우리 정부의 강력한 항의를 받게 될 거다. 이미 그렇게 지시해 뒀어."

"지랄하고 자빠졌네. 한국도 니네 정부가 떠드는 소리는 전혀 신경 안 쓸 거다. 병신들, 어쨌든 돈은 고맙게 쓰마."

그는 서류가방을 집어 안에 덧입은 방탄복에다 쑤셔넣으면서 다시 물었다.

"그런데 중국인들이 어떻게 부사소에서 설치지? 중국인들 하고도 거래가 있나?"

"당연히 거래는 있지."

"그것들이 당신을 무시하고 단을 고문했다면 그것들도 그만큼 급하다는 이야기가 되나?"

"그렇겠지. 나도 잘못 끼어들었다는 생각을 하는 중이야."

"너무 늦었어."

그는 눈 깜짝할 사이에 총구를 들어 주하이드의 이마 한가운데에다 대고 방아쇠를 당겨 버렸다. 순간적으로 주하이드의 눈이 휘둥그레졌다. 왜냐고 묻는 듯한 눈빛이었다. 그는 등받이 뒤로 넘어간 놈의 귓전에 대고 나직하게 속삭였다.

"네가 죽어야 하는 이유는 딱 하나야. 내 친구에게 손 댄 것들을 살려두면 내가 이 바닥에서 살아남지 못하거든. 기억해 두라고."

총구를 주하이드의 옷으로 닦아낸 그는 놈의 허벅지 밑에다 안전핀을 뺀 수류탄 하나를 받쳐 놓고 빠져나와 통제실로 다시 들어갔다. 가장 먼저 감시카메라 데이터가 저장되는 하드디스크 세트에다 시한폭탄을 붙였다. 시간은 5분, 작은 사이즈지만 그의 얼굴이 기록에 남는 것 정도는 충분히 막아줄 것이었다. 그는 키보드를 몇 번 두드려 보고는 포기하고 자리에서 일어났다.

"여기서 전원 끌 수 없을 것 같다. 철수한다. 4분 전."

—매드독 셋, 카피.

—넷, 카피.

그가 일어서자 문 옆에 기대서 있던 차수연이 잡지들이 꽂혀 있는 책꽂이를 가리켰다. 그는 고개만 끄덕였다. 불을 질러놓고 혼란을 이용해 자연스럽게 빠져나가자는 뜻일 것이었다. 차수연은 즉시 책 몇 권을 끌어내려 모은 다음, 4분에 맞춘 시한폭탄 하나를 책 더미 속에 던지고 서너 군데에다 불을 붙였다. 바짝 마른 책들을 삽시간에 삼킨 불길은 곧바로 시커먼 연기를 뿜어내며 방전체로 번지기 시작했다.

"나간다."

—카피.

방을 빠져나온 두 사람은 신속하게 복도를 가로질러 계단으로 향했다. 생각보다 쉽게 일을 마무리한 셈, 너무 쉬워서 이상할 정도였다. 그런데 엉뚱한 상황이 발목을 잡았다. 먼저 계단참에 도착한 차수연이 바닥의 히잡을 집어 드는 순간, 그의 눈길이 계단 아래에서 이쪽을 노려보는 험악한 인상의 사내와 정통으로 마주쳤다. 어깨에 화려한 계급장을 단 군인, 놈의 뒤에는 무장한 군인들이 서 있었다. 일순 임기응변을 생각했지만 대책은 없었다. 사내의 입에서 곧장 고함 소리가 튀어나왔다.

"중국놈이다! 잡아!"

그가 돌아서기도 전에 총성이 쏟아졌다. 바로 뒤에 서 있던 놈들이 무작정 AK를 긁어버린 것이었다.

카카캉!

"이런 썅, 무식한 것들."

그는 반사적으로 자세를 낮추면서 수류탄 하나를 계단 아래로 굴렸다. 2번째 계단에서 튀어오른 수류탄은 계단 중간쯤에서 무지막지한 굉음을 토해냈다.

쾅!

"뛰어!"

급히 복도를 되짚어 뛰었다. 그러나 나갈 길은 막막했다. 더구나 불까지 질러놨으니 잘못하면 여기서 엉덩이 고스란히 태워먹을 수도 있었다. 보안실 옆 복도에 기대선 차수연이 히잡을 던지며 소리쳤다.

"욕실! 유리잖아."

그는 두말없이 유리문을 차고 들어가 바다 쪽으로 난 전면유리에다 자동소총을 긁었다. 그러나 총탄은 유리에 겨우 흠집만 남긴 채 욕조 타일을 파먹었다.

"제기랄, 방탄이야! 수류탄 남았어?"

"여기!"

뒤따라 들어온 차수연이 수류탄 하나를 던지고 욕조 뒤로 들어가 주저앉았다. 한 손으로 수류탄을 받아 든 그는 안전핀을 뽑아 유리 바로 아래에다 굴려놓고 번개같이 욕조 뒤로 들어갔다. 그가 욕조에 기대 귀를 막기가 무섭게 귀청을 찢을 것 같은 지독한 폭음이 욕실을 뒤흔들었다.

꽈쾅!

"콜록!"

밀폐된 공간에서 엄청난 폭음을 듣는 통에 심하게 어지러웠지만 필사적으로 욕조를 잡고 일어섰다. 차수연을 부축해 일으켜 세운 다음, 자욱한 연기를 뚫고 무조건 유리가 있던 방향으로 움직였다. 바람이 불면서 흐릿하게 수평선이 보였다. 유리창 너머는 나무로 만든 클럽 지붕, 제법 튼튼해서 두 사람의 체중이 실려도 무너지지는 않을 것 같았다. 어차피 지체할 시간 같은 건 없었다. 잘각거리는 깨진 유리 조각을 밟으면서 나란히 백사장으로 뛰어내렸다. 순간, 등 뒤에서 다시 폭음이 터져 나왔다.

꽈쾅!

착지와 동시에 한 바퀴 굴러 자세를 잡은 뒤 주변부터 살폈다. 건물 주변은 이미 난장판이었다. 클럽과 카지노의 손님들이 한꺼번에 뛰어나와 사방으로 흩어지고 있었다.

"철수한다. 포인트 2 접선대기."

나직하게 중얼거리고 돌아서는 순간, 군인 하나가 건물 뒤에서 뛰어나오다가 가슴에서 피를 뿌리며 쓰러졌다. 제니퍼의 목소리가 아득하게 귀청을 간지럽혔다.

―원 다운.

그림자들

"우린 빠지라고? 그 살벌한 놈들을 따라가면서?"

"블랙샤크로 수에즈운하를 통과하는 건 시간이 너무 오래 걸립니다."

양만호의 걱정스런 목소리를 김석훈이 덤덤하게 받았다. 양만호는 조타석에서 뒤를 돌아보고 있었다.

"생각해 보세요. 수에즈까지 최소 하루, 운하 통과하는데 보통 15시간, 포트사이드에서 다시 이틀을 가야 보스포루스해협을 통과하고 거기서 또 대여섯 시간은 가야 부르가스입니다. 더구나 운하를 통과하려면 운하파일럿을 배에 태워야 하는데 우린 무장을 전부 달고 나왔습니다. 이래저래 운하통과는 물리적으로 불가능합니다."

"그래서?"

"우릴 아덴에 내려주고 일단 집으로 돌아가세요. 이걸로 블랙샤크 잔금부터 털어내고 정비 좀 한 다음에 르보우 녀석 부려 먹죠. 그 인간 요즘 조지아에 드나들더군요."

그는 빼앗은 돈 가방에서 몇 묶음을 꺼낸 다음, 가방을 칼리프에게 던졌다. 칼리프가 가방을 받아 들며 말했다.

"얼마나 되죠?"

"20만 뺐으니까 주하이드 그놈 말이 맞다면 80만이겠지. 잔금털어내고 나머지는 연말정산에 포함시키자."

"카피. 올해는 살림 좀 피겠네. 금고에 넣어둡니다."

히죽 웃은 칼리프가 콘솔 바닥을 열고 가방을 던져 넣자 양만호가 말을 받았다.

"남는 거 별로 없어, 이놈아. 그리고 조지아라면 얼마 전에 내전 터졌던 나라 말이냐?"

"예. 차크바라고 터키 국경에 가까운 흑해 연안마을인데 주로거기서 거래를 하는 모양입니다. 거기서 바로 흑해로 배를 띄우십쇼. 르보우도 그렇고 그쪽 컨택 포인트가 제 신세를 몇 번 졌으니까 문제를 만들지는 않을 겁니다. 제가 연락해 놓죠."

"르보우 그놈이야 돈만 주면 어디든 데려다 줄 놈이니까 그렇다 치고… 그놈 구닥다리 수송기에 블랙샤크가 들어가느냐가 문제지."

"앙골라 해군이 DOCKSTA90 구매의사를 꺼냈을 때 가져가려고 검토한 적이 있습니다. 트레일러째로 들어갑니다."

"그래? 그럼 그건 됐고… 대신 조심한다고 약속해라."

"예. 아덴에서 하루 쉬면서 생각 좀 정리하고 이놈저놈 만나서 간을 본 다음에 움직일 겁니다. 위험해 보이면 바로 포기할게요."

"끙… 알았다. 고집불통 같으니라고."

양만호가 앓는 소리를 내면서 돌아앉자 선실에서 눈치를 보던 제니퍼가 콘솔로 건너와 바닥에 털썩 주저앉아 불퉁스런 목소리를 냈다.

"왕가슴만 가는 거야?"

"너도 간단하게 장비 챙겨라. 필요한 옷가지는 아덴에서 사자."

동행하자는 말에 제니퍼의 얼굴이 금방 환해졌다.

"나도 가는 거야?"

"대신 조건이 있어."

"뭔데?"

"거긴 예멘이야. 튀지 않게 옷 한 겹 더 입어. 내일 수연 씨가 시키는 대로 옷가지 사고 미용실 가서 머리도 해라. 그렇지 않으면 같이 못 간다."

"쳇, 모슬렘 동네니 어쩔 수 없지. 인정."

"후후. 그럼 됐어. 아저씨, 얼마나 더 가야 되죠?"

양만호가 GPS 모니터의 지도를 확대하면서 말을 받았다.

"현재 속도로 대충 7시간쯤 가면 될 것 같다. 아침에 도착할 거다. 눈 좀 붙여둬."

"그러죠. 건너갑니다."

양만호의 말대로 아덴은 멀지 않았다. 일행이 잠시 휴식을 취하는 사이, 북서진을 계속한 블랙샤크는 아침 햇살이 조금씩 뜨거워지는 9시에 아덴 동쪽 퀸빅토리아 가든의 요트마리나로 입항했다. 배에 연료를 채우는 동안 몇 군데 전화를 하고 다시 출항하는 걸 확인한 다음, 마리나 입국심사장에서 임시 비자를 신청했다. 그러나 시간이 너무 오래 걸려서 결국 뇌물로 해결해야 했다. 당연히 불만스러웠지만 나라꼴이 거의 내전상태인 만큼 감수하는 수밖에 도리가 없었다.

당장 쓸 만큼만 환전을 하고 마리나 안에서 가장 고급스러운 리조트에 방을 잡았다. 외국인이 많이 투숙하는 리조트여서 상대적으로 비싸기는 했지만 3명이 스위트 급 방을 쓰면서 70유로면 케냐에 비해서도 괜찮은 가격이었다. 어차피 활동비를 아낄 이유 같은 건 없었다. 방에 가방을 던져 놓자마자 차수연이 손을 벌렸다.

"줘요."

"뭘?"

"쇼핑할 돈이요."

"엥? 물주는 원래 수연 씨 아니었어?"

"됐거든? 아무것도 가져오지 않은 아름다운 여자 둘의 옷과 장신구를 전부 마련하려면 한두 푼으로는 어림도 없어요. 대신 한 묶음 정도로 참을게. 됐죠?"

어깨를 으쓱해 보인 그는 500유로짜리 한 뭉치를 차수연의 손에 올려놓으면서 작은 방의 침대를 가리켰다. 침대 위에는 벌써 큰대 자로 널브러진 제니퍼가 보였다.

"시간이 좀 걸리더라도 제니 저 녀석 여자 만들어봐. 저녁때 만날 사람들이 좀 있으니까 옷은 쓸 만한 거로 사라. 나도 필요한 거 좀 사고 리조트 로비에서 본 헤어샵으로 갈게. 못 만나면 그냥 방으로 돌아와."

"알았어요."

제니퍼를 깨워 차수연과 함께 리조트 쇼핑몰로 내려보내고 자신은 정문과 현관 근무자들 중에서 가장 나이가 들어 보이는 벨 보이를 찾아갔다. 50대 후반의 사내로 20명이 넘는 근무자들 중에서 가장 나이가 많았다.

"무얼 도와드릴까요, 손님."

김석훈은 곧바로 1,000리알 지폐 몇 장을 꺼내 들고 말했다.

"총을 구해야겠소. 밤에 시내에 나가야 되는데 그거라도 있어야 안심이 될 것 같아서 말이오."

남북이 극심한 내전을 치르고 어렵게 통일이 된 정통 이슬람국가 예멘은 최근 친정부와 반정부로 나뉘어 거의 전쟁 직전까지 치닫는 형편이었다. 덕분에 성인 1인당 평균 3정의 총기를 소유하고 있을 만큼 총기가 보편화되어 있었다. 구입이 손쉬운 것은 물론이고 가격도 아주 저렴해서 가장 흔한 중국산 AK소총은 150달러면 길바닥에서도 구입이 가능했다. 물론 그만큼 위험하다는 의미이기도 했다. 벨보이가 잽싸게 지폐를 채가며 말했다.

"총을 구입하시는 것보다는 경호원을 고용하시는 편이 나을 것 같습니다. 정복경찰관도 시간당 10달러면 고용할 수 있거든요."

"예스, 오어 노우."

그는 거두절미하고 말을 잘랐다.

"당연히 예스입죠. 어떤 종류가 필요하시죠? 권총은 가격이 좀 비쌉니다."

"글록이나 월터 새것으로 3정, 소음기 3개, 탄창 6개, 실탄 200발."

그는 다시 앞뒤 자르고 필요한 단어만 간결하게 말했다. 벨보이가 한 발 다가섰다.

"새 물건은 500달러 정도 달라고 합니다. 3자루면 할인해도 1,200달러는 내셔야 합죠."

"유로화로 800, 3시간 후, 여기."

월터도 300달러 선이면 충분하고 글록은 더 싸지만 길게 이야기하고 싶지 않았다. 횡재했다는 표정이 된 벨보이가 현관으로 들어간 뒤, 곧장 쇼핑몰로 건너가 옷가지들을 사서 아예 매장에서 갈아입었다. 이어 여행가방을 하나 새로 사서 운동화나 선글라스 등 당장 필요한 잡동사니들을 구입해 알맹이만 던져 넣기 시작했다. 그러나 필요한 목록의 반도 사지 못했는데 3시간이 훌쩍 지나가 버려서 중간에 리조트로 돌아와야 했다.

벨보이는 그가 나타나자마자 정문 구석에 숨겨두었던 종이봉투를 들고 나왔다.

"글록인데 물건은 확실합니다."

그는 봉투를 들고 길 건너편 나무그늘로 들어가 3정 모두에 소음기를 끼우고 한 발씩 쏴보고 나와서 돈을 건넸다.

"감사합니다, 선생님."

돈을 받아 든 벨보이가 연신 허리를 굽혔다.

"이제 우리 본 적 없는 거죠?"

"물론입니다."

벨보이는 약삭빠르게 입에 지퍼를 잠그는 흉내를 내고 얼른 제자리로 돌아갔다. 그는 다시 쇼핑몰로 돌아가 목록에 있는 몇 가지를 더 산 다음 미용실로 갔다. 그러나 두 사람은 보이지 않았다. 여자들이다 보니 아무래도 시간이 걸리는 모양이었다. 내친김에 머리까지 깎고 방으로 돌아가 룸서비스로 점심을 때우고 다시 잠까지 한잠 자고 일어났는데도 소식은 없었다. 급기야 해가 떨어지고 슬슬 걱정이 되기 시작할 무렵이 되어서야 두 사람이 방으로 돌아왔다.

양손에 종이가방을 잔뜩 든 차수연이 먼저 들어와서 따라오는 제니퍼를 가리키며 웃었다.

"어때요?"

제니퍼의 변신은 눈부셨다. 조금은 어색한 표정으로 들어선 제니퍼는 검은색으로 코디한 하늘하늘한 원피스에 하이힐을 신었는데 얼핏 흑진주라는 단어가 생각날 정도로 매력적인 모습이었다. 남자처럼 짧은 머리지만 작은 에메랄드 귀걸이로 목선을 강조하고 핑크톤의 립스틱과 눈 화장을 더해 여성의 느낌을 물씬 풍겼다.

차수연은 더 말할 것도 없었다. 화장기 없는 얼굴에 립스틱만 살짝 바르고 액세서리도 없이 연한 수박색 블라우스와 하얀 반바지만 입었는데도 부담스러울 정도로 섹시했다. 특히 볼륨감 넘치는 가슴에서부터 늘씬한 다리까지 이어지는 부드러운 곡선은 숨이 턱턱 막힐 지경이었다.

그는 억지로 차수연을 외면하고 제니퍼만 아래위로 훑어보면서 살짝 감탄사를 토했다.

"오호, 남자 여럿 울리겠는데?"

"예뻐?"

"그래. 예쁘다."

예쁘다는 말에 어정쩡하던 제니퍼의 표정이 눈에 띄게 환해졌다. 평생 남자들 틈바구니에서 총질과 싸움질로 시간을 보내는 통에 기회가 없었을 뿐이지 자신이 여자라는 자각은 하고 있었던 모양이었다. 어쨌거나 거금을 물 쓰듯 뿌리고 다닌 덕에 두 사람 모두 기분전환은 확실히 된 것 같았다. 예멘에서야 어쩔 수 없이 히잡과 차도르로 발끝까지 가리고 다녀야겠지만 기분은 한결 나아졌을 것이었다. 차수연이 말을 받았다.

"몸매가 워낙 좋아서 웬만한 옷은 다 어울려. 한국 같으면 정신 쏙 빼놓을 정도로 멋지게 꾸며줄 수 있을 거 같은데 여긴 화장품도 그렇고 옷도 영 마땅치가 않더라고요. 나중에 서울 한 번 데려와요. 그때 확실하게 보여줄게. 호호."

대답 대신 씩 웃은 김석훈은 탁자위에 올려놓은 권총으로 시선을 가져가며 자리를 털고 일어섰다.

"나가자. 이 동네 꾼들 만나야 할 시간이다."

❖

　밤이 되면서 조금이나마 선선해졌지만 더위는 여전히 맹위를 떨쳤다. 몇 걸음 옮기지 않았는데도 땀으로 목욕을 하는 기분이었다. 그래도 아라비아반도 최대의 수출항이자 소설 아라비안나이트의 배경이 되었던 도시답게 항구는 제법 화려했다. 가장 먼저 눈에 띄는 건 재래시장 입구의 뾰족한 첨탑에 올라앉은 어선이었다. 다음은 국립박물관과 아덴에서 가장 큰 쇼핑몰인 루루몰 사이로 혼재한 현대식 상점과 오래된 노점상들, 이어 광장을 꽉 채운 노점과 인파를 빠져나가면 막 배에서 내린 물고기를 파는 항구 어시장이 나타났다.

　김석훈은 몰 근처의 서양식 피자집에서 간단하게 저녁을 때우고 제방을 따라 들어선 노점과 어시장을 구경하며 천천히 시라요새(Fortress Sira, 시라섬의 요새 유적지)로 건너갔다. 차수연을 따라 한답시고 제니퍼까지 그의 팔짱을 끼고 있어서 좀 어색했지만 밤 나들이를 나온 인파와 뒤섞여 걷는 것만으로도 기분은 한결 나아지고 있었다.

　제방 끝에 멈춰 서자 어디선가 쿵쾅거리는 음악 소리가 들려왔다. 십중팔구 이집트 음악, 그러나 지나가는 사람들의 어깨춤을 끌어낼 만큼 제법 경쾌한 리듬이었다. 팔짱을 풀고 제방 위로 올라간 차수연이 바다 건너편 시장의 휘황한 조명을 건너다보며 물었다.

　"예멘에도 나이트클럽이 있나 봐요?"

"여기가 예멘에 하나밖에 없는 나이트클럽일걸? 술 한잔 할래?"

"술도 팔아?"

"그럴 거야."

차수연이 제방에서 뛰어내리자 김석훈은 쿡쿡 웃으면서 나름 화려한 조명이 점멸하는 클럽 정문으로 발길을 돌렸다. 재빨리 따라붙은 차수연이 다시 팔짱을 꼈다.

"누구 만난다면서요. 누구죠?"

"제프리 플린이라고 CIA 특수활동국 소속인데 사실 이쪽저쪽 다 발 담근 더블에이전트야. 그래도 서방 아이들이 사우디, 오만, 예멘 이쪽 동네에서 뭘 하려고 하면 그 인간에게 조언을 구하는 게 불문율처럼 되어 있더군. 나도 작년에 한 번 거래가 있었어. 좋게 끝나지는 않았지만 말이야. 후후."

제니퍼가 차도르 안에서 권총에 소음기를 끼우며 나직하게 중얼거렸다.

"말만 해."

"어이어이, 웬만하면 조용히 갈 거니까 함부로 쏘진 말자고. 그놈 배경도 만만치 않아."

"알았어. 주의해야 할 점은?"

"아덴만 북부 해안에서 시추하는 쉘 직원들하고 자주 어울리는데… 클럽에서 술판 벌이지 않았으면 요트에서 포커판 벌였을 거다. 이놈이나 저놈이나 다 지저분한 것들이지만 민간인들이니까 죽이면 시끄러워져."

"카피."

클럽으로 들어가면서 플린에 대한 정보를 몇 가지 더 전달하려 했지만 곧 포기했다. 귀청을 찢을 듯한 굉음이 홀 전체를 뒤흔들고 있었다. 홀로 들어서자마자 웨이터에게 1,000리알 지폐 몇 장을 쥐어주고 그냥 홀을 돌았다. 웨이터는 몇 발 따라오다가 누군가 부르는 소리에 시야에서 사라져 버렸다. 그런데 플린이라는 작자가 클럽에 없었다. 30명쯤 되는 백인남자들의 얼굴을 하나하나 확인하고 화장실까지 들어가 봤지만 놈의 얼굴은 보이지 않았다.

제니퍼가 호기심 가득한 눈빛으로 그의 팔을 잡아당기더니 귀에다 대고 소리를 질렀다.

"여긴 춤추는 여자들도 얼굴 가려야 되는 거야?!"

"그래, 하다못해 클럽에서 고용한 창녀들도 히잡은 쓰고 춤을 춘다더라!"

"젠장! 지랄들 하고 자빠졌네!"

"일단 나가자! 여긴 없는 거 같다!"

클럽을 나온 세 사람은 곧바로 섬 뒤편의 요트들이 묶여 있는 선착장으로 넘어갔다. 선착장에 정박한 요트는 대충 30여 척이 전부였다. 그가 찾는 화이트오팔은 제법 크기가 큰 흰색 요트였는데 100미터 이상 떨어진 곳에서 닻을 내리고 있었다. 선착장에 앉아 있는 선원들과 흥정을 붙여 모터보트로 요트까지 건너갔다. 테일 게이트에 발을 올리자 선원 한 사람이 급히 뒤쪽으로 내려왔다.

"무슨 일입니까, 선생님. 이 배는 개인에게 대여된 선박입니다."

"제프리를 만나러 왔소. 한 판 벌인 걸로 알고 있는데?"

"성함이……."

"라이언이라고 전해주시오."

"잠깐 기다리십쇼."

선원은 정중하게 목례를 한 다음 안으로 들어갔다가 금방 돌아나왔다.

"승선을 환영합니다, 선생님."

"고맙소."

선원의 안내를 따라 선실로 들어가자 시원한 바람과 옅은 시가 냄새가 일행을 맞이했다. 선실은 제법 커서 무려 9명이 모여 있는데도 좁다는 느낌이 없었다. 출입구 바로 옆의 스탠드바에 서 있는 여성 바텐더를 빼고는 전원이 남자, 그중 5명은 중앙의 라운드테이블에 둘러앉아 있었다. 딜러는 젊은 흑인 여성, 출입구에 근처에 근엄한 표정으로 서 있는 나머지 둘은 누군가의 경호원인 것 같았다. 그가 들어서자 잔주름이 자글자글한 50대 중반의 사내가 손에 쥔 카드를 던지며 말했다.

"한 자리 끼겠나?"

"뭐지?"

"텍사스 홀덤. 베팅 제한 없고, 테이블 머니 2만 달러."

"그럼 돌려."

"이봐, 여기 의자 하나 갖다드리지."

경호원이 의자를 가져다가 자리를 만들고 칩을 바꿔주는 사이에 플린이 나머지 네 사람을 소개했다. 그는 일일이 목례를 하면서도 기억하는 데 신경을 곤두세우지는 않았다. 셋은 쉘 시추선

선장과 현장 감독들이고 나머지 하나는 영국이나 미국 공관직원 쯤 되는 것 같았다. 그가 자리를 잡자 딜러가 카드를 두 장씩 돌리고 바닥에 석장을 깔았다. 플린이 다시 말했다.

"오늘 수입이 좀 늘겠군. 후후. 플롭은 하트 10, 클로버 자니, 스페이드 4. 자, 베팅들 하지?"

플린 건너편에 앉은 금발이 테이블을 두드렸다.

"체크."

"100."

다음 사람이 100달러를 베팅하고 다음 둘은 카드를 덮었다. 플린이 콜을 하자 그는 카드를 덮으면서 차수연과 제니퍼를 돌아보았다. 두 사람은 히잡을 풀지 않은 채 스탠드바에 기대 술잔을 받아놓고 있었다. 턴카드와 리버카드가 깔리자 플린도 카드를 덮었다.

"그래 이 촌구석에는 뭐 먹을 거 있다고 쫓아오셨나?"

"돌아가는 꼴이 하도 이상해서 말이야. 요즘 뭐 쓸 만한 이야기 없나?"

"자네가 사고 친 거 빼고는 별거 없어. 자네 작품이지?"

"생각하기 나름이야. 난 조용히 살려고 노력하는 중이야."

다시 기본 베팅이 들어가고 카드가 돌자 플린이 100달러 칩 2개를 테이블에 던지며 말했다.

"후후. 시비는 저쪽이 먼저 걸었으니 자네 탓할 것도 없겠지. 자넨 어떻게 할 거야?"

그는 자신의 핸드카드를 확인했다. 퀸 2장, 괜찮은 패지만 바닥에는 스페이드 에이스와 5, 하트 7이 깔려 있었다. 그래도 높은 페어를 쥐고 있으니 가능성은 높은 편이었다. 칩 2개를 던졌다.

"콜."

"콜."

6명 전원이 콜을 들어온 상태에서 턴카드로 스페이드 퀸이 떨어졌다. 플린이 흐릿하게 웃으면서 이번엔 천 달러 칩을 던졌다.

"천. 심각한 일에 말려들었어. 당분간 잠수하는 게 좋을 거야."

"콜. 헛소리 그만하고 러시아 아이들 어디 있는지나 털어놔."

김석훈은 무표정한 얼굴로 천 달러 칩을 던졌다. 잇달아 콜이 들어왔다. 전부 최소 스트레이트나 플러시 비전이라는 이야기였다. 그가 풀하우스를 띄우지 못한다면 스페이드 킹을 들고 있는 사람이 먹는 판이었다. 다행히 마지막 리버카드는 다이아몬드 9였다. 플린이 앞에 남아 있는 칩 전부를 판돈에다 밀어 넣었다.

"올인, 어디 보자… 4천 300인가?"

그는 잠시 갈등하다가 액수를 맞춰 칩을 던졌다. 애매하지만 바닥에 페어가 깔리지 않았는데 트리플로 죽는 건 멍청한 짓이었다.

"콜."

뒤로는 줄줄이 카드를 덮었다. 이러면 플러시와 트리플의 싸움이라는 뜻, 그런데 플린이 자신만만한 표정으로 내려놓은 카드는 엉뚱하게도 7 두 장이었다. 플린이 껄껄 웃으며 칩으로 손을 가져갔다.

"럭키세븐, 트리플. 이만하면 괜찮지?"

"미안, 이쪽은 마담 석 장이야."

김석훈은 퀸 두 장을 내려놓고 칩들을 끌어모았다. 플린이 고개를 삐딱하게 꼬며 중얼거렸다.

"젠장, 시작부터 꼬이는군."

딜러가 카드를 걷어 섞기 시작하자 플린이 자리를 털고 일어서며 그의 어깨를 두드렸다.

"잠깐 쉬지. 이야기 좀 하자고."

그는 플린을 따라 밖으로 나가 해안의 불빛을 마주했다. 플린이 시가를 권하며 말했다.

"넌 이렇게 돌아다니면 안 돼. 쥐도 새도 모르게 물고기 밥이 되는 수가 있다."

"별로 겁은 안 나는군."

"너 때문에 나까지 위험해졌어. 빚만 없었어도 내 배에 타지 못하게 했다."

"너 때문에 200만이나 날렸잖아. 갚은 걸로 해주지."

"인간아, 주하이드는 거물이야. 그래 놓고 멀쩡하기를 바라는 거냐?"

"내가 죽였다는 증거 없어."

"너 빼고 그럴 만한 배짱을 가진 놈도 없지."

"GRU가 직접 개입할 만큼 큰 건이냐?"

"그럴 거야. 그 폭파된 배 있지? 금성호인가? 그 배가 출항한 날 밤 이스탄불 제4부두에서 출항한 상선 5척이 모두 지중해 해상에서 GRU에 의해 검문을 당했어. 헬기까지 동원해서 특수부대를 투입했다더군. 검문하지 못했던 유일한 배가 금성호였어. 이해가 되냐? 넌 지금 이 지역에서 활동하는 모든 스파이들의 넘버원 타깃이야."

김석훈은 미간을 잔뜩 좁혔다. 주하이드의 말을 확인해 준 셈, 주하이드는 전직 GRU 요원이나 용병이라고 했지만 이러면 직접 개입한 것이나 다름없었다. 플린이 시가에 불을 붙이고 라이터를 그에게 넘겼다.

"왜? 누가 내 목에 현상금이라도 걸었나?"

"네 모가지가 아니라 물건이야. 수십억 달러는 간단히 넘어갈 거라더군."

그가 불을 붙이다 말고 반문했다.

"수십억? 달러?"

"그래. 그런데 러시아 아이들 말고는 실체를 아는 놈이 아무도 없어. 그래서 네놈이 첫 번째 목표가 된 거야."

"그래서 MSS까지 설치는 건가?"

"MSS뿐만이 아니야. 모사드, MI6, 전부 달려들었어."

"미치겠군. 후후. 그건 그렇고 GRU 아이들 말이야. 어제 예멘으로 들어왔다던데 어디로 간 거냐?"

"리틀에이든 북쪽 공군비행장에 내렸다가 예멘 공군기로 다시 떴어."

"예멘 군부도 GRU하고 어울리나?"

"딱히 그렇지는 않은데 리틀에이든 주둔 공군 소장이 살레 대통령 아들내미 최측근이야. GRU가 살레 큰아들하고 유난히 친하게 지내는 건 너도 알 거고."

"알지. 그래서 CIA가 예멘 반군을 지원하는 거잖아?"

"뭐? 이봐, 그런 유언비어 퍼트리지 말라고. 미국은 예멘 반군하고 관계없어."

"살레가 러시아 군부와 친밀한 아들에게 권력을 넘겨주려고 하니까 반군 들쑤신 것으로 알고 있는데? 사회주의 북예멘이 남예멘을 병합한 것부터 불만 아니었나?"

"젠장, 입 좀 조심하고 다녀. 장수하고 싶으면 말이야."

"후후. 그러지. 그나저나 그것들 목적지가 어디야?"

"맨입으로? 그건 곤란해."

"자네 다 털렸잖아. 안에 두고 온 2만 5천이면 오늘 노는데 충분하다고 보는데?"

"제기랄, 싸게도 부르는군. 이스탄불."

"이스탄불? 부르가스가 아니고?"

"잘못 짚었어. 부르가스는 GRU 예하 해외조직 베이스캠프야. 자네도 알겠지만 부르가스는 걔네들 용병 훈련장이지 물건이 있는 곳은 아니야."

"물건은 아직 이스탄불에 있다는 이야기로군."

"그래. 따라가서 뒈지든 말든 네놈 마음이지만 조심하는 게 좋을 거야. 전쟁터가 따로 없을 테니까."

"후후. 진짜 전쟁터에서 막 빠져나왔는데 총질 좀 하는 게 겁나겠나?"

"염병, 그만 가라. 내가 통제할 수 없는 위험은 질색이니까. 웨인이 데려다 줄 거다."

확실한 축객령, 희미하게 웃은 그는 시가를 입에 물면서 플린의 어깨를 두드렸다.

"시가 고맙게 피우지. 다음에 또 보자고."

선착장으로 돌아온 일행은 시내를 돌면서 몇 번 택시를 바꿔 탄 다음, 에이든 공항 개인화물 터미널을 찾았다. 주로 사우디아라비아와 오만, 동아프리카 등 근거리 화물을 다루는 작은 수송회사들의 사무실이 모인 별도의 활주로인데 그가 예멘을 오갈 때 가끔 이용한 적이 있어서 찾는 건 어렵지 않았다. 그러나 워낙 늦은 시간이어서 불이 켜진 사무실은 별로 없었다. 도착하자마자 활주로와 터미널 건물을 한 바퀴 돌아보고 아직 불이 켜진 사무실 하나를 찾아 들어갔다.

"이스트에이든 항공입니다. 어떻게 오셨습니까?"

60은 훌쩍 넘었을 것 같은 왜소한 사내가 의자를 권하며 제법 그럴싸하게 인사말을 건네 왔다. 그가 자리에 앉으며 말을 받았다.

"운용하는 항공기는 뭐가 있죠?"

"화물에 맞춰 드릴 수 있습죠. 웬만한 장거리는 우리 최신기종인 AN—74로 소화가 가능하니까요."

"내일 그리스나 알바니아로 나갔으면 좋겠는데… 가능할까요?"

"화물은 뭡니까?"

"화물이 아니라 사람입니다. 셋, 조용히 나갈 수 있으면 연료비는 넉넉하게 쳐 드리죠."

사내는 뒤에 서 있는 차수연과 제니퍼를 유심히 훑어보더니 의미심장하게 웃었다.

"모슬렘 아가씨를 데려가는군요."

제니퍼를 예멘 사람으로 본 모양이었다. 보통 외국인이 모슬렘 처녀와 밤을 보내게 되면 무조건 결혼을 해야 하고 결혼하고도 최소한 1년 이상 현지에 거주해야만 형벌을 면할 수 있었다. 형편이 그렇다 보니 외국인이 젊은 여자를 데리고 은밀하게 해외로 떠나는 건 장기간 현지에 거주할 수 없는 사람들이 선택할 수 있는 마지막 방법이었다. 엉뚱한 해석이지만 사내의 의미심장한 웃음은 확실히 도움이 될 것 같았다. 그가 길게 한숨을 내쉬며 말했다.

"휴… 사정이 그렇게 됐습니다. 먹고는 살아야 하지 않겠습니까. 내일 아침 비행기로 부탁드립니다."

"사정은 이해가 되는데… 내일은 이집트로 가는 화물기 하나뿐이올시다."

"이집트라… 거기서 방법을 찾아야겠네요. 그거라도 좋습니다. 기종은 뭐죠?"

"그게… 안트노프 32라 좀 불편할 겁니다."

그는 내심 쓰게 웃었다. AN—32라면 최소한 25년은 된 쌍발 프로펠러 기종일 터, 진동소음은 둘째 치고 공중에 뜰 수 있을까도 의문인 물건이었다. 그러나 흔적 없이 예멘을 뜰 수 있다면 아주 밑지는 장사는 아니었다. 그가 고개를 끄덕이자 사내가 실실 웃으며 말을 더했다.

"왕복 연료비는 주셔야 합니다. 세 분이니 현금으로 1만 달러만 받겠습니다."

약점을 잡았다는 생각으로 걸프스트림 같은 고급 에어택시들보다도 훨씬 비싼 가격을 부른 셈, 그러나 이대로 속아주는 편이 낫다는 생각에 가타부타 토를 달지 않았다. 대신 아쉬운 소리를 했다.

"좀 비싼데… 제가 당장 쓸 수 있는 돈이 6,000유로밖에 없습니다."

6,000유로면 거의 8,500달러나 되는 거금이었다. 하지만 사내는 인심이라도 쓰는 것처럼 계약금을 요구했다.

"6,000유로라… 까짓것 그렇게 합시다. 대신 계약금이라도 좀 내쇼."

그는 짐짓 달갑지 않은 표정을 만들어내며 500유로짜리 지폐 두 장을 내밀었다.

"떠나는 시간은 언제죠?"

"새벽 06시요. 30분 전까지는 저 앞에 활주로로 나오쇼."

"예. 그런데… 아무도 몰라야 합니다. 기장에게도 우리가 탈 때까지 이야기하지 마십시오."

"물론입지요."

"그럼 내일 일찍 나오겠습니다. 택시 좀 불러주시겠습니까?"

"아니, 내가 모셔다 드리지. 나도 퇴근해야 되니까 말이오. 숙소가 어디쇼?"

"시내까지만 데려다 주십시오. 택시 타고 들어가겠습니다."

"그럽시다. 1분만 기다리쇼. 갑시다."

사내가 운전하는 구닥다리 포드를 타고 시내로 나온 일행은 다시 택시를 갈아타면서 미행을 확인하고 리조트로 돌아왔다. 방에 발을 들여놓은 건 이미 밤 11시가 훌쩍 넘어간 시간, 하루 종일 살인적인 무더위에 시달린 뒤끝이어서 온몸이 가라앉는 느낌이었다. 곧장 샤워기에 머리를 박은 채 20분 넘게 시간을 보내고 나서야 정신이 돌아오는 것 같았다.

그는 속옷만 대충 걸치고 머리의 물기를 털어내면서 TV에서 CNN을 찾아냈다. 북아프리카 특파원을 통해 한정 없이 길어지는 일부 국가의 내전 상황을 보도한 CNN은 바로 이어서 최근 금융위기에 직면한 남부유럽 국가들의 현황을 빠르게 요약했다. 이어 화면이 바뀌고 헐렁한 군복을 입은 여자 리포터가 또다시 소말리아 해적들을 상대로 구출작전을 성공시킨 한국 해군 특수부대 전력에 대한 기획기사를 내보냈다. 딱히 새로울 것 없는 기사들, 참고할 만한 내용은 거의 없었다.

그는 냉장고에 비치된 생수를 꺼내 한 모금 마신 다음, 노트북과 위성전화를 연결해서 인터넷 뉴스를 뒤졌다. 느려터졌지만 뉴스검색 정도는 어디서든 그런대로 속도가 나왔다. 예상대로 한국 매스컴들은 전부 인질구출작전으로 도배가 되어 있었다. 별도로 총선에 대한 기사들을 모아놓기는 했지만 엄청난 스타가 되어버린 씰팀과 인질들 때문에 정치인들의 행보는 단 하나도 톱뉴스로 올라오지 못하는 형편이었다. 역시 도움이 될 만한 내용은 전무했다.

기사 검색을 포기한 그는 곧장 검색창에다 이스탄불을 때려 넣었다. 처음 가는 건 아니지만 이스탄불은 오래전에 여행 삼아 방문한 것이 전부여서 하다못해 한국공관의 위치라도 다시 확인하고 싶었다.

그러나 인터넷으로 이스탄불 정도 되는 대도시의 정보를 검색하는 건 한계가 있었다. 기본적으로 인구만 천만이 넘는 중동 최대의 도시, 터키 전체 수출입 물동량의 60% 이상을 감당하는 거대도시이자 긴 역사만큼이나 유적지도 많은 금융과 교통의 중심지였다. 설사 원하는 정보가 나온다고 해도 그건 그냥 수박 겉핥기에 불과했다.

특별한 목적 의식도 없이 이런저런 정보를 대충 훑어보던 그는 백과사전에 나온 이스탄불의 개요를 올려놓고는 그대로 굳어버렸다. 그의 눈은 위치정보에 고정되어 있었다.

북위 41.01224
동경 29.0018

41과 29, 분명히 낯익은 숫자였다. 게다가 위도보다 경도의 숫자가 하나 많았다. 그는 번개같이 거실로 뛰쳐나와 차수연의 방을 노크했다.

"들어오세요."

"그거 어디 있어? 숫자 말이야."

그는 벌컥 문을 열고 들어가 숫자들을 적어놓은 종이부터 찾았다. 그런데 차수연의 표정이 왠지 이상했다. 샤워가운 차림으로 화장대 앞에 앉아 있다가 벌떡 일어났는데 그와 눈을 마주치지 못하고 있었다. 그는 아차 싶어 황급히 밖으로 나와 문을 닫았다. 달랑 팬티만 입었으니 당연히 놀랐을 것이었다.

"미안, 생각을 못했네. 잠깐 이야기 좀 할 수 있을까?"

"괜찮아요. 들어와요."

"아냐, 내 방에서 이야기하자. 짚이는 게 있어서 그래. 그 종이 가지고 건너와."

얼른 방으로 돌아와 샤워가운부터 걸치고 잠시 기다리자 차수연이 들어와 노트북 옆에다 비상약 케이스와 숫자를 기록한 종이를 올려놓았다. 그는 숫자부터 확인했다.

북위 41.01224

동경 29.0018

4102090181335136

29004013538360595

가장 앞에 있는 숫자 3개가 완전히 일치하고 한쪽의 숫자가 하나 많았다. 그리고 금성호는 해적에게 납치되기 직전에 이스탄불에서 출항했다. 정황상 분명히 연관이 있었다. 만일 41과 29 뒤에 있어야 할 점이 의도적으로 생략됐다면? 심각한 부상을 당한 상태에서 어렵게 열쇠는 삼켰지만 의식 자체가 흐릿해서 점까지 암호화할 여유가 없었다면? 다소 억지스럽지만 어느 쪽이든 절박한 상황에서는 얼마든지 벌어질 수 있는 일이었다.

그는 서둘러 GPS 제네레이터 사이트를 띄워 점을 포함한 숫자를 때려 넣고 지도상에서 위치를 확인했다. 그런데 위치가 좀 의외였다. 지도에 마킹된 곳은 보스포루스 해협 오른쪽 초입의 방파제 근처에 있는 아주 작은 섬이었다. 그가 지도에 시선을 고정한 채 혼잣말처럼 물었다.

"생각나는 거 없어?"

"별로요. 점이 빠졌다고 생각하는 거예요?"

"가능성은 있잖아."

"숫자 암호에 점을 넣는 건 어렵지 않아요. 변환과정을 한 번 더 거쳐야 되지만 30개가 넘는 숫자를 정확하게 변환하면서 점을 놓치는 건 있을 수 없어요. 이게 진짜 경위도라면 의도적으로 뺐다는 이야기예요."

"뭐가 됐든 정황상 경위도가 답이야. 바다 한가운데나 도시 안쪽이라면 몰라도 섬을 정확하게 찍었다는 건 섬에 답이 있다는 이야기야."

대화는 거기서 자연스럽게 중단되어 버렸고 두 사람은 입을 굳게 다문 채 한참 동안 모니터에 올라온 섬의 위성사진을 노려보았다. 그러나 마땅히 생각나는 건 없었다. 잠시 후 그가 기지개를 켜면서 입맛을 다셨다.

"쩝… 직접 가서 확인해야겠다."

"그래야 할 것 같네요."

"젠장. 애매하네. 이거 서울로 보내면 무슨 뜻인지 바로 알까?"

"글쎄요. 보내지 말았으면 좋겠어요?"

"아니, 하루 이틀 더 늦추자는 이야기야. 만에 하나 우리한테 문제가 생겼을 경우에 서울로 전달될 수 있는 방법을 찾아봤으면 싶은데… 그래도 될까?"

차수연은 잠시 생각하다가 고개를 끄덕였다.

"방법을 생각해 볼게요. 일단 지금은 가운 벗고 옆구리 들이대요. 상처 소독하고 항생제도 한 대 더 맞아야 돼."

"윽, 또 주사냐?"

"엄살 그만 떨고 얼른 가운 벗어요."

밍기적거리는 그의 가운 한쪽을 억지로 벗긴 차수연은 한쪽 무릎을 꿇으면서 능숙한 손놀림으로 상처를 소독하고 거즈를 새로 붙였다. 마지막으로 항생제 주사까지 놓고 그의 무릎에 기대앉았다.

"빨리 아무는 편이에요. 이젠 먹는 약만 먹어도 될 거야."

"후후. 고마워. 의사해도 되겠어."

흐릿하게 웃은 그는 차수연의 이마에 흘러내린 젖은 머리카락을 쓸어 올린 다음 손등으로 뺨을 쓰다듬었다. 가만히 있으면 이대로 숨이 멈춰 버릴 것 같아서 참을 수가 없었다. 그런데 차수연은 한 술 더 떠서 그의 무릎 위에 양손을 올려 턱을 괴면서 빤히 그를 올려다보았다.

'젠장.'

막 샤워를 끝내서인지 차수연의 모습은 너무나 싱그러웠다. 문자 그대로 한여름 바닷가에서 불어오는 한줄기 시원한 바람 같았다. 흔히들 말하는 앵두 같은 입술이네, 호수 같은 눈동자네 하는 진부한 표현은 눈앞의 아름다움에 대한 심각한 모독이었다. 화장기 없는 눈매와 살짝 상기된 뺨부터 샤워가운 사이로 드러난 풍만한 가슴선과 가지런히 모은 늘씬한 다리, 아득하게 전해지는 샴푸 냄새까지, 모든 것이 감당하기 힘든 지독한 고문이었다. 그는 에라 모르겠다 싶어져 과감하게 그녀의 어깨를 끌어당겼다.

"오늘은 도망 못 가."

"옆방에 제니 있어요."

"한 번 잠들면 누가 업어 가도 모르는 녀석이야. 신경 꺼."

"칫, 하여간 응큼해."

"죽으러 가기 전에 서로를 추억할 만한 멋진 일을 만들어놓는 것도 괜찮잖아?"

"바람둥이, 변태."

"헐, 이젠 변태야?"

"여자 방에 속옷만 입고 뛰어드는 사람이 변태 아니면 누가 변태예요?"

곱게 눈을 흘긴 차수연은 자연스럽게 무릎 위로 올라앉으면서 허리를 틀어 그의 어깨에 팔을 걸쳤다. 평소와는 완전히 다른 도발적인 모습, 샴푸 냄새와 비누 냄새가 섞인 것 같은 연한 장미향이 이렇게 자극적으로 느껴진 적은 한 번도 없는 것 같았다. 한줌밖에 안 되는 허리를 끌어당기고 다른 손으로는 상체를 받쳐주면서 볼에 가볍게 입을 맞췄다.

"생각보다 무거운데?"

"칫, 이럴 거예요?"

짓궂은 농담에 샐쭉한 표정을 지어 보였지만 입술은 눈에 띄게 떨리고 있었다. 많이 긴장했다는 뜻, 첫 잠자리에 긴장한 연인의 모습은 깨물어주고 싶을 만큼 귀여웠다.

그는 손가락 끝으로 차수연의 목에 감긴 머리카락을 조심스럽게 쓸어 올린 다음, 반쯤 풀어진 샤워가운의 끈을 천천히 잡아당겼다. 가운이 한쪽으로 흘러내려 가면서 탐스러운 가슴이 불쑥 고개를 내밀었다. 차수연은 얼른 그의 머리를 끌어안았다.

그는 하얀 목덜미에 부드럽게 입술을 대면서 생고무처럼 탄력 있는 젖무덤을 손바닥으로 떠받치듯 감싸 들어 올리고 핑크색 유두에 엄지손가락을 살짝 댔다. 유두는 금방 단단해졌다. 그는 장난스럽게 유두 주변을 만지작거리면서 붉게 달아오른 입술을 탐욕스럽게 빨아들였다.

"하아······."

차수연의 입에서 달뜬 신음 소리가 흘러나왔다. 가슴골을 따라 올라가 귀찮은 가운을 손등으로 밀어내 어깨너머로 떨어트렸다. 가운 안에는 아무것도 입지 않아서 눈부신 나신의 절반이 고스란히 눈에 들어왔다. 잔뜩 긴장한 유두를 살짝 깨물고 손가락 끝으로 날렵한 허리에서부터 군더더기 없이 깨끗한 허벅지까지 차근차근 훑어 내렸다. 마지막으로 엉덩이를 강하게 움켜쥐자 서슬에 한쪽 다리가 힘없이 바닥으로 떨어졌다. 그리고 많지 않은 치모가 수줍게 모습을 드러냈다.

완전한 무장해제, 그러나 서두르지는 않았다. 누가 뭐래도 체력에는 자신이 있지만 우악스럽게 힘으로 덤벼서 첫날의 로맨틱

한 분위기를 망치는 건 멍청한 짓이었다. 혈관을 타고 멋대로 날뛰는 온갖 호르몬을 통제하는 건 언제나 쉽지 않은 일, 결승점까지 가지 못하는 불상사는 무조건 피해야 했다.

일단 깊숙한 가슴골에 얼굴을 파묻고 손은 날씬한 종아리를 부드럽게 애무하면서 차츰 범위를 넓혀갔다. 무릎과 허벅지를 지나 아랫배로 가면서 치모를 살짝 쓰다듬자 차수연의 팔에서 가느다란 떨림이 전해졌다. 그리고 마침내, 허벅지 사이로 침입한 불청객을 감지한 차수연이 허리를 활처럼 젖히면서 그의 머리를 끌어안았다.

"아!"

꽉 막힌 탄성, 클리토리스를 살짝 자극하는 것만으로 차수연은 심하게 몸을 떨고 있었다. 그녀의 숲은 이미 뜨겁게 젖어 있었다. 그는 차수연을 살며시 들어 침대 모서리에 앉히고 천천히 일어섰다.

차수연은 그가 가운을 벗자마자 팬티를 끌어내리고 그의 남성을 움켜쥐었다. 더 참을 수가 없었다. 언젠가 높은 곳에서 떨어져 정신을 잃었을 때처럼 아무것도 생각나지 않았다. 심장은 당장이라도 몸 밖으로 튀어나올 것처럼 쿵쾅거렸고 미간으로 온몸의 뜨거운 피가 몽땅 몰려드는 것 같았다. 근육질의 가슴을 쓰다듬으면서 무의식적으로 그의 남성에 입을 댔다가 화들짝 놀라 탄탄한 복근에다 얼굴을 묻었다. 얼굴이 홍당무가 됐을 거라는 생각에 눈을 들 수가 없었다.

그의 남성을 손에 쥔 채 움직이지 못하자 그는 천천히 무릎을 꿇더니 그녀를 침대 모서리까지 끌어당기면서 가슴에 얼굴을 파묻었다. 쿵쾅거리는 심장 소리를 다 들을 것 같아서 떼어내고 싶었다. 그러나 통제를 벗어나 버린 몸은 뜻대로 움직이지 않았다. 떼어내기는커녕 점점 앞으로 나가고 있었다.

그런데 조심스럽게 가슴을 애무하던 그가 갑자기 그녀를 툭 밀쳐 침대에 눕혔다. 치부가 고스란히 드러나는 자세, 급히 다리를 오므리려 했지만 그의 쇳덩이 같은 겨드랑이 근육에 막혀 꼼짝도 할 수 없었다. 손을 뻗어봤지만 이번엔 그의 손이 가로막았다. 그리고 숲 안쪽에 그의 입술이 느껴졌다.

"아… 안 돼……."

생전 처음 느껴보는 뜨거운 열기가 그곳을 휘감고 온몸의 뼈가 녹아내렸다. 마치 수천 도의 쇳물이 끓는 용광로에 던져진 것 같은 느낌, 불길을 머금은 칼로 뼈마디 하나하나를 몸에서 분리해내는 것 같았다. 이미 경련이 일어난 다리는 덜덜 떨려왔고 그의 머리칼을 움켜쥔 손가락은 부러진 것처럼 감각이 없었다.

다음 순간, 그의 상체가 묵직하게 덮쳐 왔다. 젖무덤을 훑고 올라온 그의 혀가 타는 듯한 유두에 닿았고 동시에 불기둥처럼 뜨거운 그의 남성이 와락 아래를 채우며 들어왔다. 순간적으로 정신을 잃은 것 같았다. 그런데 몸은 여전히 제멋대로 움직이고 있었다. 다리는 까치발을 세우면서 필사적으로 하체를 밀어 올렸고 감각을 잃어버릴 정도로 힘이 들어간 손가락은 강인한 그의 어깨에 깊이 박혀 있었다.

"사… 랑… 라… 이언."

차수연은 돌처럼 단단한 그의 어깨를 힘껏 끌어안으며 첫 번째 절정으로 올라갔다. 너무 흥분해서 사랑한다는 말을 먼저 꺼냈고 그가 들어오자마자 사정까지 해버렸지만 창피하다는 생각 같은 건 없었다. 이미 정신이 혼미해져서 나중을 생각할 여유 같은 건 설 자리가 없었다. 이윽고 아랫배를 꽉 채운 그의 움직임이 느껴졌다. 조심스러운, 그러나 거침없는 진퇴였다.

너무나 뜨거웠다. 어떻게든 움직이지 못하게 막고 싶었다. 그러나 필사적으로 하체를 들어 올려 그에게 달라붙어도, 쥐가 날 정도로 다리를 모아 그를 잡으려 해도 숲을 유린하는 사내의 거친 움직임은 멈추지 않았다. 가슴을 움켜쥔 그의 손길에 숨이 막혔고 입술을 덮친 혀가 입안까지 마비시켜 버렸다. 그래도 허리는 제멋대로 활처럼 휘어 조금이라도 더 그에게 밀착하기 위해 끊임없이 움직이고 있었다.

문득 다리가 들리는 느낌이 들었다. 가슴을 짓누른 묵직한 압력이 사라지지 않았는데도 그녀의 몸은 거침없이 침대 가운데로 밀려 올라갔다. 잇달아 산 같은 사내의 몸이 가슴을 덮쳐오고 불기둥처럼 뜨거워진 그의 남성은 그녀를 한계까지 몰아붙이고 있었다.

"하아……."

정수리를 관통하는 강력한 쾌감에 자신도 모르게 몸을 비틀며 신음을 토해냈다. 숲 안쪽의 민감한 근육이 또다시 경련을 일으키고 있었다. 이미 감각이 사라져 버린 손으로 그의 탄탄하다 못해 딱딱한 엉덩이를 끌어당기면서 몸 안에 들어온 그의 일부를 결사적으로 조였다. 그리고 다시 한 번 지독한 쾌감에 몸을 떨었다.

그러나 사내의 질주는 끝없이 펼쳐진 케냐의 대초원을 달리는 흑표범처럼 멈출 생각을 하지 않았다. 팔다리가 모두 허공에 떠오르고 점점 더 깊은 쾌락의 늪으로 빠져 들어가 숨도 쉴 수 없었지만 그는 한순간도 멈추지 않고 계속해서 그녀의 숲을 유린했다. 또다시 발끝부터 정수리까지 차례차례 경련이 일어나고 그녀는 침대시트를 움켜쥔 채 머리를 뒤로 젖히면서 필사적으로 몸부림을 쳤다.

그리고 마침내, 몸속 깊은 곳에서 그의 격렬한 폭발이 느껴졌다. 쾌락의 정점에서 맞이한 사내의 폭발, 그녀의 몸은 다시 한 번 파르르 떨면서 더 높은 절정을 향해 치달았다.

시간이 얼마나 흘렀을까? 그녀는 누군가 이마에 입을 맞추는 서슬에 선잠에서 깨어났다. 언제 이 남자의 팔베개를 하고 누웠는지는 잘 기억나지 않았다. 생각나는 건 오로지 폭풍처럼 격렬했던 섹스뿐이었다. 아직도 몸속 깊은 곳에는 뜨거운 여운이 남아 있었다.

차수연은 들큰한 사내의 땀 냄새를 음미하면서 그의 가슴을 부드럽게 쓰다듬었다. 따뜻했다. 70년대 삼류영화에서나 나왔을 법한 '이 대로 시간이 멈춰 버렸으면 좋겠다'는 우스꽝스런 대사가 새삼스럽게 가슴에 와 닿았다. 혼자 웃으며 꼼지락거리자 김석훈이 그녀의 머리카락을 쓸어 올리며 물었다.

"무슨 생각해?"

차수연은 다시 웃었다.

"내가 왜 이 노인네한테 이렇게 꼼짝 못하는지 원인을 분석하고 있어요."

"노인네?"

"그렇잖아요. 내 친구나 동료들이 알면 무조건 다시 생각하라고 할 거야."

김석훈의 나이가 서른여섯이고 자신은 스물여덟, 무려 8년 차이이니 확실히 틀린 이야기는 아니었다. 하얗게 웃은 차수연이 다시 결정타를 날렸다.

"채이지 않으려면 체력관리 열심히 하세요. 담배도 끊고."

"어쭈? 아주 관을 짜서 집어넣네?"

"후훗. 그거 알아요? 우리 처음 만났을 때 말이야. 솔직히 다른 건 전부 별로였는데 목소리 하나는 정말 좋았어요."

"목소리?"

"네. 목소리가 꼭 커피 광고에 나오는 목소리 같았거든. 나중에 실망 많이 했지 뭐. 크크."

"뭐야? 보자 보자 하니까 정말!"

그는 헤드록 하듯 관자놀이를 조이면서 옆구리를 마구 간지럽혔다. 차수연은 단단하게 조여진 그의 팔을 조막손으로 두드리면서 얼른 꼬리를 내렸다. 팔뚝이 완전히 쇳덩이 같아서 빠져나갈 엄두가 나질 않았다.

"아아! 잘못했어! 농담이야, 농담!"

"흐흐. 거봐. 아직 쓸 만하잖아."

금방 팔을 푼 김석훈은 그녀의 어깨를 부드럽게 끌어당기면서 입술을 살짝 빨아들였다. 차수연은 눌렸던 관자놀이를 문지르며 콧소리를 냈다.

"힝… 아파."

"휴… 정말 기분 좋다. 솔직히 난 아까부터 내가 운이 좋은 놈이라는 생각을 하고 있었어."

"운 좋은 거 맞아요. 감사하게 생각하세요."

"인정, 이런 미인을 내 여자로 만들었다는 건 확실히 감사할 일이지. 흐흐흐."

"칫, 겨우 섹스 한 번으로 나를 소유했다고 생각하면 착각이에요. 노인네하고 같이 사는 건 진짜 심각하게 재고해 봐야 할 문제거든요."

"아, 그러셔?"

"으흥."

차수연은 다시 콧소리를 내며 말꼬리를 끌어올렸다. 흐릿하게 미소를 머금은 김석훈은 아직도 발그레하게 열기가 남아 있는 그녀의 얼굴을 잠시 내려다보더니 갑자기 자세를 바꿔 위로 올라와 그녀의 양팔을 머리 위로 모아 잡고는 장난스럽게 웃었다.

"한 번으로 안 되면 한 번 더 하지 뭐. 흐흐흐."

흑해의 몽마(夢魔)

보스포루스 해협을 통과하는 배들의 하얀 궤적과 이스탄불 유
럽지구의 신시가지가 항공기 창문 너머를 장식하자 차츰 귀가 멍
해지기 시작했다. 비행기가 고도를 낮추는 모양이었다. 김석훈은
가능한 크게 하품을 해서 다시 귀를 뚫었다.

─우리 항공기는 곧 이스탄불 아타투르그 국제공항에 착륙합
니다. 현지시간은 오전 10시 23분, 기온은 섭씨 28도, 날씨는 맑
으며……

현지의 정보를 전하는 기내방송, 시계를 현지시간으로 돌리려
다 그리스와 터키의 시간대가 같다는 사실만 새삼 확인하고 그만
두었다. 아테네 공항에서 비행기를 갈아타면서 시간을 맞췄으니
시계를 돌릴 이유가 없었다. 한국과 일본의 시간이 같은 것처럼

터키도 지독한 앙숙인 그리스와 시간대가 같았다.

빠른 감속이 느껴지자 다리를 통로로 빼면서 가능한 크게 기지개를 켰다. 불과 3,500km밖에 안 되는 거리임에도 불구하고 먼저 후루가다(이집트 중부 홍해연안 도시)로 날아갔다가 아테네를 거쳐 터키로 들어오다 보니 무려 28시간을 공항과 비행기 안에서 보낸 셈이었다. 피곤할 수밖에 없었다. 대신 입국심사는 비교적 쉽게 통과했다. 후루가다에서 출발할 때부터 아예 위조된 영국 여권과 다른 이름의 한국 여권을 사용했기 때문에 신분노출에 신경을 곤두세울 필요도 없었다.

전철로 시내에 들어와 택시로 갈아타고 곧장 유럽지구 신도시에 있는 탁심 광장으로 직행했다. 다양한 호텔과 상점이 즐비하고 유럽과 아시아의 모든 음식점들이 모인 유명관광지로 평소 내국인 관광객은 물론 외국인도 즐겨 찾는 지역이었다. 조금은 튀는 조합인 동양인 둘과 흑백혼혈 일행이 돌아다녀도 그리 눈에 띄지 않을 거라는 판단이었다. 탁심 광장 인근에 있는 번화가 카데시에서 크지 않은 호텔을 잡아 짐을 풀고 곧장 되짚어 나왔다. 최대한 빨리, 최소한의 무장을 갖출 필요가 있었다.

일단 카데시 일대의 가전제품 매장 몇 군데를 돌면서 선불 전화기 6대를 사고 허름한 진열장을 걸어놓은 뒷골목 총기매장을 택해 흥정을 붙였다. 약삭빠른 점원과 1시간 넘게 밀고 당기기를 한 뒤, 베레타 92 2정과 월터 PPK 1정, 그리고 던지기용 단검 한 세트를 1만 유로에 구입했다.

일반인의 총기보유가 자유로운 터키는 하다못해 도로변 가전제품 가게나 지하철 가판대에서조차 구매가 가능하지만 세금이 워낙 세서 통상 700달러 선에 거래되는 베레타의 기본 가격이 무려 2,000달러에 가까웠다. 거기에 암시장 총기를 구입하기 위해 치러야 할 어쩔 수 없는 출혈이 더해져 엄청난 바가지를 쓴 셈이었다.

이어 인근 쇼핑몰에서 몇 가지 필요한 물건을 구입한 뒤, 공중전화로 유일하게 아는 터키의 무기상에게 전화를 했다. 서너 번 신호가 가자 걸죽한 터키어가 흘러나왔다.

—누구요?

"나요. 아비오."

40대 중반인 아비오는 터키에서 생산되는 잉여 총포류를 해외로 빼돌리는 대규모 도매상으로 주로 '사피르암즈'가 생산한 T—14 자동소총을 거래했다. 2년 전 아비오가 재고처리에 골머리를 앓는 시점에 케냐까지 날아와 거래를 텄는데 당시에 케냐 공공조달감독청에 선을 대준 것이 크게 도움이 됐는지 그에게는 항상 호의적인 편이었다. 그의 목소리를 알아들었는지 금방 영어로 바뀌면서 어조가 밝아졌다.

—응? 이게 누구야? 라이언?

"오랜만이야. 잘 지냈나?"

"물론이지. 지역번호가 여기 같은데 이스탄불에 온 건가?

"그래. 신세를 좀 져야 할 것 같아서. 시간 괜찮은가?"

—비즈니스 파트너가 왔는데 없어도 내야지. 당연한 걸 왜 물어. 지금 어딘가?

"탁심."

―멀지 않군. 베벡 집으로 와. 택시기사에게 베벡로드 47번지에 데려다 달라고 해.

"어딘지 알 것 같군."

―좋아, 좋아. 자네가 터키까지 날아왔으니 식사 한 끼는 같이 해야지. 얼른 건너와.

"고맙군. 지금 출발하지."

전화기를 내려놓은 그가 전화박스를 나오자 제니퍼가 고개를 갸웃하며 투덜거렸다.

"아비오 만날 거면 거기서 달라고 하지 왜 여기서 산 거야? 완전히 바가지잖아."

"맨손으로 사람 만나지 않는다. 알잖아."

"그거야 그렇지만 아비오는……."

"마찬가지야. 난 나도 안 믿어. 가자."

"쳇, 하여간 병이야 병, 알았어. 택시나 잡을게."

입을 삐죽 내밀어보인 제니퍼는 앞장서서 골목을 빠져나가 지나가는 택시를 향해 손을 흔들었다.

이스탄불 최고의 부촌이라고 할 수 있는 베벡 동쪽해안의 언덕 중간쯤에 있는 2층짜리 아비오의 저택은 앞마당과 응접실에서 보스포루스 해협이 고스란히 내려다보일 정도로 위치가 좋았다. 선착장의 요트들은 물론이고 해변을 나는 갈매기들의 모습도 확연히 눈에 들어왔다.

"경치 하나는 정말 끝내주는군."

"돈이 좋은 거지. 후후."

그의 나직한 감탄사를 객쩍은 웃음으로 받은 아비오는 곧장 차수연과 제니퍼에게 시선을 돌려 손등에 차례로 키스를 했다.

"이까짓 거야 아무것도 아니지. 난 자네가 훨씬 부러워. 이런 미인들하고 함께 여행을 하잖아? 후후. 자네는 확실히 행운아야. 반갑습니다. 두 분, 아비오라고 부르십시오. 제니퍼 양은 구면인 것 같고… 이쪽은 성함이?"

"멜하바, 바이. 차명인입니다."

"이런, 터키어도 하시네. 멜하바. 바이얏. 한국인이신 모양이군요. 한국인은 언제나 환영입니다. 자자. 저쪽으로 앉읍시다. 담배도 한 모금씩 하시고."

아비오는 신이 난 표정으로 소파를 가리키며 물담배를 권했다. 미리 준비를 해두었는지 물담배 위에 올려놓은 숯은 이미 붉게 달아오른 상태였다. 일행이 모두 소파에 앉자 그가 물담배 파이프를 집으며 물었다.

"여전하군. 사업은 잘 되고?"

"요즘은 괜찮지. 북아프리카 정정이 불안한 덕분에 좀 회복했어."

"다행이로군."

"자네는 어때?"

"재미없는 일에 엮인 것 같다. 자네 도움이 좀 필요해."

물담배를 빨아들이면서 잠시 그의 얼굴을 건너다본 아비오가 길게 연기를 내뿜고는 고개를 끄덕였다.

"헛소문이 좀 돌아서 전화를 한 번 해보려고 했었는데… 진짜로군."

"뭐 들은 게 좀 있나?"

"여기저기서 마구잡이 총질이 일어나고 있어. 특히 중국, 러시아 아이들이 지랄 맞게 설치대고 MI6, CIA도 반응이 평소와 달리 험악해서 아이들을 좀 풀어봤는데… 자네 이름이 거론된다더군. 도대체 무슨 일이야?"

"나도 정확히는 몰라. 무슨 물건을 찾는 모양인데 그것 때문에 내 친구 하나가 죽었어. 여긴 친구에게 총질한 놈을 따라온 거야."

"누군데?"

"러시아인이야. GRU가 고용한 전직 스페츠나츠쯤 되는 용병인 것 같은데… 미하엘이라는 놈, 그리고 같이 다니는 여자 하나야. 릴리라고 불렀다는데 러시아인이니까 릴리안이나 릴리아쯤 될 것 같다. 부르가스가 베이스캠프 같고."

"미하엘이라… 골치 아픈 이름이로군."

"아는 이름인가?"

"몰랐어?"

"처음 듣는 이름이야."

"의외로군. 아마 올해는 인터폴 수배리스트 탑에 있을 거야."

"젠장, 방만했군."

그는 미간을 잔뜩 좁혔다. 한동안 바쁘긴 했지만 자칭 정보장사꾼이라는 놈이 인터폴 수배리스트 꼭대기에 있는 이름을 몰랐으니 당장 은퇴하라고 해도 할 말이 없었다. 아비오가 다시 말했다.

"어쨌든 부르가스가 베이스캠프에 이름이 미하엘과 릴리라면 뻔하다. 흑해의 몽마(夢魔), 남자는 미하엘 키릴로프, 여자는 릴리안 키릴로프일 거야. 동유럽과 흑해연안의 전쟁터는 모조리 섭렵한 악명 높은 킬러 커플이다. 작년부터 본격적으로 활동을 시작했는데 벌써 최소 9건의 암살과 5건 이상의 민간인 학살사건에 개입한 걸로 알려져 있어. 그것들이 널 쫓는다면 모르긴 몰라도 네놈 인생 최악의 악몽이 될 거다."

"쫓는 사람은 나야. 놈이 아니다."

"뭐가 다른데? 그리고 상대가 몽마라면 이스탄불은 안전지대가 아니야."

"왜?"

"여기 자주 드나드는 걸로 알고 있어. GRU 아이들도 여기저기 생각보다 많이 깔려 있다."

"숙소는? 자주 드나들면 별장 같은 거라도 있을 거 아냐."

"나도 몰라. 내가 알 정도면 벌써 인터폴이 들이닥쳤겠지. 느낌상 해안 어디일 거 같은데 아무도 몰라. 대신 자주 나타나는 장소는 안다. 레이나라고 이스탄불에서 가장 유명한 나이트클럽인데 이스탄불에 오면 거의 매일 밤 출근한다고 들었다."

"웃기는 작자로군. 스파이 노릇하는 것들은 하다못해 출근길까지 매일 바꾸던데 말이야."

"자신감이 넘치는 거지. 정계와 군부에 연줄이 많아서 경찰도 함부로 달려들지 못하는 놈이야."

"돌아가시겠군. 거긴 어디야?"

"여기서 가까워. 내 창고가 있는 선착장 근처 해안도로에 있다. 건물에 따로 간판은 없고 큰 글씨로 1453이라는 숫자가 붙어 있을 거야."

"혹시 그것들 사진 있나?"

"있긴 있는데 밤에 찍은 스냅사진이라 시원치 않아. 그래도 키가 2미터쯤 되는 거구에다 왼쪽 눈에 큼직한 흉터가 있어서 알아보기 쉬울 거다. 여자는 대단한 미인인데 창녀처럼 화장을 짙게 한다. 항상 같이 다니니까 나타나면 금방 알아볼 거야. 사진은 사무실에 이야기해 둘 테니 가져가. 장비도 필요한 것 있으면 좀 가져가고. 일단 저녁식사나 같이 하자. 그 자식은 밤 10시 넘어야 나타날 거야."

"고맙군. 이번엔 내가 빚 한 번 졌다."

"빚은 무슨, 비즈니스는 주고받는 거야. 후후. 사무실부터 가자."

자리를 털고 일어난 일행은 선착장 근처에 있는 아비오의 사무실에 들러 소음기와 이어폰 무전기를 비롯한 필요한 장비 몇 가지를 챙기고 멀리서 나이트클럽의 위치를 확인했다. 이어 아비오가 좋아한다는 고급 식당에서 식사를 하면서 최근 벌어진 외국 정보기관들의 활동에 대한 정보를 가능한 많이 얻어냈다.

식사를 끝낸 뒤에는 클럽까지 같이 가겠다는 아비오를 떼어놓았다. 어떤 상황이든 보는 눈이 많아지는 건 사양하고 싶었다. 호텔로 돌아와 근처 옷가게에서 클럽에 어울리는 파티 드레스를 구입하고 나니 시간은 9시를 훌쩍 넘어가 있었다. 마지막으로 호텔의 밝은 조명 아래에서 두 사람이 갈아입은 매력적인 파티 드레스를 잠시 감상한 뒤, 곧장 클럽으로 출발했다.

1453년은 비잔틴 제국이 오스만트루크에 의해 멸망당한 해였다. 트루크인(돌궐족)이 유럽인을 몰아내고 새로운 제국을 세운 시점으로 터키인에게는 상당히 의미가 있는 숫자였다. 그래서인지 터키 최고의 클럽이라는 명성답게 크고 화려한 클럽 레이나의 간판은 1453 하나였다. 대신 목재로 둘러싼 외벽과 스폿 조명들은 깔끔하고 품위가 있었다.

안으로 들어가면 홀 중앙에서 해협을 가로지르는 보스포루스 대교의 아름다운 조명이 한눈에 올려다보였고 중앙 플로어 좌우의 계단식으로 꾸민 테이블에서는 하늘과 바다와 숲을 한꺼번에 보면서 즐길 수 있도록 개방식으로 테이블들을 배치해서 제법 운치도 있어 보였다.

그러나 들어가는 건 쉽지 않았다. 택시가 정문 바로 건너편에 내려주었음에도 불구하고 들어가는 데는 시간이 제법 걸렸다. 비교적 사람이 없는 평일인데도 입장하려는 사람들의 줄이 건물 중간까지 길게 이어져 있었다. 결국 출입구의 대머리 거구들을 통과하는 데까지만 15분이 넘게 지루한 시간을 보내야 했고 입구에 들어선 뒤에도 웨이터의 안내를 받아 적당한 자리를 잡는데 다시

10분 이상을 허비해야 했다.

그래도 차수연과 제니퍼의 세련된 파티 드레스와 웨이터에게 쥐어준 100리라짜리 지폐 덕분에 홀 전체가 한눈에 들어오는 2층의 간이 테이블에 자리를 잡을 수 있었다. 하지만 워낙 넓은데다 사람도 많고 화려한 조명까지 작렬하고 있어서 미하엘이란 놈이 나타나도 찾아낼 수 있다고 장담하기가 어려웠다.

"젠장, 너무 넓다. 찾기 어렵겠어. 뭘 좀 시켜서 마시고 있어라. 한 바퀴 돌고 올게."

그는 두 사람에게 주문을 맡기고 곧장 자리를 떴다. 일단 중앙 플로어부터 차근차근 사람들의 얼굴을 훑어보면서 홀 전체를 돌고 마지막에는 화장실까지 돌아보았지만 미하엘의 거구는 보이지 않았다.

그가 자리로 돌아오자 칵테일에 간단한 안주거리를 시켜놓은 차수연이 혀를 내두르며 말했다.

"여기 맥주 한 병에 한국 돈 3만 원이 넘어요. 기도 안 차네."

그는 두 사람 사이에 끼어들어 메뉴판을 슬쩍 훑어본 뒤, 홀을 다시 돌아보았다. 전체적인 분위기는 나이트클럽과 고급 바의 중간쯤 되는 것 같았다. 그런데 가격은 엄청나게 비싸서 한 끼 식사와 술 몇 잔을 마시려면 셋이서 7, 800유로는 간단히 넘길 판이었다. 그는 그게 뭐가 이상하냐는 표정으로 잔을 들어 올렸다.

"신경 쓰지 말고 마시자고. 두 숙녀분의 아름다운 이브닝드레스에 건배."

제니퍼는 목을 묶고 등은 거의 다 드러낸 짙은 아이보리색 홀

터 이브닝드레스를 입었고 차수연은 어깨를 모두 드러낸 가슴골 깊은 연핑크 슬래시 드레스였다. 물론 두 사람 다 손에 쥔 클러치 백에는 소음기 달린 베레타가 얌전히 들어가 있고 허벅지에도 월 터가 채워져 있지만 겉으로 보기에는 누가 봐도 파티를 즐기러 나온 부잣집 아가씨였다. 피식 웃은 차수연이 잔을 부딪치자 제 니퍼의 입가에도 웃음이 번졌다. 그가 다시 말했다.

"여기 복장들을 좀 봐. 남자는 대부분 정장에 여자는 젊고 예 쁘거나 옷장에 파티드레스 한 벌 정도는 가지고 있는 상류층이 야. 입구에서 어깨들이 물 관리까지 하잖아. 한국 강남의 졸부용 나이트클럽이나 그게 그거 아닐까? 후후."

슬며시 고개를 가로저은 제니퍼가 투덜거렸다.

"완전 돈지랄이야. 맥주 한 병 값이면 한 가족이 일주일은 먹 고살겠네. 젠장, 그것들은 안 보여?"

"없어. 지금부터는 입구 쪽 지켜보면서 기다리는 게 일이다. 한 곡 추실까요, 아가씨들?"

그는 장난스럽게 두 사람의 손을 끌어당겨 테이블 옆에서 가볍 게 몸을 흔들었다. 처음엔 어색해하던 두 사람도 음악이 바뀌면 서 빠른 템포의 노래가 흘러나오자 곧 리듬을 타기 시작했다. 간 간이 춤을 추면서 칵테일 서너 잔을 더 마셨지만 기대했던 미하 엘은 끝내 나타나지 않았다. 시간은 벌써 12시 20분을 가리키고 있었다. 그는 마음을 결정하지 못하고 잠시 갈등했다. 더 기다리 기도 애매했고 내일 다시 오는 것도 썩 내키지 않았다.

그런데 예상치 못한 불상사가 상황을 결정해 버렸다. 새파랗게 어린 터키인 하나가 건들거리면서 다가와 제니퍼에게 말을 건 것이었다. 'R' 발음이 심했지만 제법 유창한 영어였다.

"이봐, 파트너 없는 것 같은데 나랑 어울리자고. 노란 애들 재미없잖아. 술 공짜에 터키 사내의 힘도 제대로 느끼게 될 거야. 어때?"

10분 전쯤 2층으로 올라왔는데 줄곧 제니퍼에게서 눈을 떼지 못하더니 급기야 추파를 던진 것, 더구나 놈은 마주선 김석훈과 차수연을 완전히 무시하고 있었다. 제니퍼의 반응은 예상대로였다. 떠들거나 말거나 신경도 쓰지 않고 술잔을 집어 들었다. 놈은 무시당했다고 생각했는지 다짜고짜 제니퍼의 팔을 잡아당기려 했다.

'젠장, 사고 쳤군.'

그의 머릿속에서 사고라는 생각이 스치는 순간, 어찌 말려볼 엄두를 내기도 전에 제니퍼가 우려했던 반응을 보였다. 제니퍼는 손목을 잡은 놈의 손가락 하나를 번개같이 잡아채 꺾더니 눈 깜짝할 사이에 놈의 머리를 테이블에다 처박아 버렸다.

와장창!

테이블에 머리를 박고 튕겨져 나온 놈은 비명도 지르지 못한 채 테이블과 함께 스르르 주저앉았다. 경호원으로 보이는 사내 둘이 황급히 뛰어왔지만 상황은 이미 끝난 뒤였다. 놈의 머리는 발밑을 뒹굴고 있었다. 앞선 경호원이 고함을 지르면서 제니퍼에게 손을 뻗었다.

"이런 쌍년이! 이분이 누군 줄 알고!!"

제니퍼는 귀신같이 손을 쳐내고 돌아서면서 안으로 파고들어 놈의 명치에다 팔꿈치를 틀어박았다.

"켁!"

놈은 바람 빠지는 소리를 내면서 털썩 무릎을 꿇었고 뒤따라 그녀의 등을 노리고 달려든 놈은 차수연의 역수도가 목에 꽂히면서 두 다리를 번쩍 들고 허공에 완전히 떴다가 바닥에 처박혔다. 삽시간에 벌어진 일, 주변에서 춤을 추던 사람들은 순간적으로 동작을 멈췄다가 제니퍼가 손을 탁탁 털어내자 웃음을 터트리면서 박수를 쳐대기 시작했다. 뭐라고 떠드는지 말은 한마디도 못 알아들었지만 느낌상 바닥에 쓰러진 놈들을 비웃는 분위기였다. 그의 입에서도 허탈한 웃음이 새어 나왔다.

"참나, 어느 동네나 돈벼락 맞은 놈들은 다 같이 자식농사 망치는 모양이다. 젠장, 가자."

그는 테이블 아래로 떨어진 클러치를 집어 두 사람의 손에 쥐어주고 곧장 돌아섰다. 너무 시선을 끌어버린 형편이라 더 있어 봐야 어차피 시간낭비였다.

"호텔로 돌아갈 거야?"

클럽 앞 해안도로를 건너자 제니퍼가 얼른 바닷가로 뛰어가 난간에 기대 바다를 내려다보며 물었다. 그가 손가락을 튕기며 선착장을 가리켰다.

"아니. 요트 유람이나 좀 하자."

"거기 가보려고?"

"그래. 오늘은 기본적인 상황 파악만 해두고 돌아가자."

"응."

세 사람은 산책하듯 나란히 해안도로를 걸어서 보스포루스 대교 밑에 있는 선착장까지 이동했다. 유명한 관광지답게 선착장에는 관광객을 위해 늦게까지 대기하는 요트들이 제법 있어서 배를 빌리는 건 어렵지 않았다. 그는 가장 가까이 있는 배를 몇 시간 빌리기로 하고 곧바로 올라탔다.

배의 선장은 새카만 얼굴의 왜소한 체격의 남자였는데 영어가 제법 유창해서 배가 움직이는 동안에도 부지런히 유적이나 명소들에 대해 입을 놀렸다. 배가 해협의 남쪽 끝을 돌아 북쪽으로 방향을 잡자 선장이 방파제 옆에 있는 손바닥만 한 섬을 가리키며 말했다.

"저건 '크즈 쿨레시'라고 불리는 등대입니다. 영어로는 '처녀의 탑'인데 뱀에 물려 죽은 공주에 대한 슬픈 전설이 있는 곳입니다. 10년 전쯤에 007 영화의 마지막 장면에 나오면서 유명세를 타기 시작했는데… 참, 저 식당은 가지 마십쇼. 솔직히 너무 비싸요. 하하. 식당은 빼고 낮에 전망대나 한 번 올라가 보십시오."

방파제와 방파제 사이의 작은 섬, 가운데 서 있는 등대는 그도 기억이 날 것 같았다. 제임스본드 역을 맡은 피어스 브로스넌이 MI6 국장을 구하고 악역인 소피마르소를 죽이는 장면의 무대가 된 장소였다. 그는 잠시 등대를 쳐다본 뒤, 선장에게 100리라 지폐 한 장을 흔들었다.

"저기 잠깐 내립시다. 사진 몇 장 찍고 싶네요."

"지금은 시간이 너무 늦어서 내려도 할 수 있는 게 없습니다.

식당도 문을 닫았고 전망대도 올라가지 못하는뎁쇼?"

"그래도 보고 싶네요. 잠깐만 내려주십쇼."

그가 지폐 한 장을 더 꺼내자 선장은 큰 인심이라도 쓰는 것처럼 목에 힘을 주면서 그의 손에 들린 지폐를 채갔다.

"까짓것 그럽시다."

지폐를 주머니에 쑤셔 넣은 선장은 곧바로 배를 돌려 타이어를 길게 매달아놓은 섬 남쪽에다 날렵하게 배를 댔다. 자연스럽게 배에서 내린 세 사람은 우선 산책하듯 섬을 한 바퀴 돌았다. 섬은 한쪽의 길이가 50미터를 겨우 넘길 정도로 아주 작았고 섬 대부분을 등대와 식당이 차지해서 식당 건물에서 바다까지의 거리는 10여 미터에 불과한 것 같았다.

그는 사진을 찍는 척 전화기를 꺼내 두 사람에게 포즈를 취하게 하면서 GPS 추적기를 켜서 현재 위치를 확인했다. 그가 서 있는 위치는 목표 경도보다 약간 동쪽, 대략 30미터 거리였다. 이러면 물건의 위치는 섬에서 20미터쯤 떨어진 바다 속이었다. 물건을 아예 바다에 던졌다는 뜻, 그가 GPS를 끄자 차수연이 전화기를 돌려잡으며 물었다.

"수심이 얼마나 될까?"

"큰 페리들도 들어오니 10미터 정도는 되겠지. 블랙샤크에 잠수 장비가 있으니까 인양을 시도해 볼 수 있어. 내일 밤이나 모레 새벽까지는 도착한다니까 합류한 뒤에 시도해 보자. 가능할 거야."

"그럼 이제 끝난 거네? 돌아가야죠?"

"그래야지. 그전에 손님 접대부터 잠깐 하고."

나직하게 중얼거린 그는 자연스럽게 차수연의 어깨를 끌어안고 시선을 요트로 돌렸다. 제니퍼는 손님이라는 단어가 나오자마자 사진을 찍는 척 장단을 맞추면서 말을 받았다.

"어디야?"

"요트 뒤에 모터보트가 붙었다. 최소 넷, 많으면 여섯이다. 돌아보지 말고 자연스럽게 행동해. 일단 건물 뒤로 돈다."

　그는 두 사람에게 팔짱을 끼게 한 다음 최대한 여유롭게 건물 뒤로 돌아갔다. 그리고 건물을 돌기가 무섭게 벽에 기대서서 권총에 소음기를 끼웠다.

"힐 부러트려."

　그의 말에 차수연과 제니퍼는 약속이라도 한 것처럼 마주 보더니 하이힐을 벗어 클러치와 함께 창문턱 위에 얌전히 올려놓았다. 그가 힐난의 눈빛을 보내자 차수연이 권총 슬라이드를 당겼다 놓으며 슬쩍 윙크를 했다.

"400유로나 준 거예요."

　픽 웃은 그는 이어폰 무전기를 켜서 귀에 끼우고 식당 뒷문 자물쇠를 쏴버렸다. 소리가 다소 크게 느껴졌지만 부담스러울 정도는 아니었다. 수신호로 제니퍼를 안으로 들여보내고 두 사람은 벽을 따라 전진하다가 북쪽 담장 끝에서 눈만 내밀었다. 아직 적의 움직임은 보이지 않았다. 다시 수신호로 차수연을 전진시키고 자신은 구조물 아래로 뛰어내렸다. 기본적으로 만조 수면보다 조금 높은 위치에 있는 선착장에서 다시 70㎝ 정도 높게 콘크리트 구조물로 베이스를 올리고 그 위에 식당과 등대를 지은 형태여서 자세를 조금만 낮추면 얼마든지 은폐한 상태로 이동이 가능했다.

구조물 아래로 내려간 그가 전진을 시작하자 차수연은 건물을 돌아 나와 건물 중간쯤에 있는 문에 잠깐 기댔다가 다시 전진해서 마지막 문에 기대 몸을 숨겼다. 문은 전통적인 'U' 자를 뒤집어놓은 형태였는데 힌지가 두꺼운 외벽의 안쪽에 고정되어 있어서 차수연이 들어가자 아예 보이지도 않았다.

콘크리트 구조물 아래를 신속하게 이동한 그는 구조물 끝에 등을 기대고 주저앉았다. 일단 기본적인 배치는 끝난 셈, 잠시 호흡을 가다듬고 슬쩍 눈을 내밀었다가 제자리로 돌아왔다. 나란히 붙은 요트와 모터보트가 보였지만 사람의 움직임은 여전히 보이지 않았다.

'제기랄, 잡아둘 생각인 거냐?'

상대가 누군지는 모르지만 이대로 고립된 채 지원부대가 추가로 투입된다면 문제가 심각해질 터, 시간은 절대 그의 편이 아니었다. 그러나 상대의 숫자와 무장 정도를 모르는 상황에서 무작정 밀고 나갈 수는 없는 노릇이었다. 지금은 기다려야 했다. 상대가 경찰이 아닌 이상, 저쪽도 시간적 별로 여유는 없을 것이었다.

초조한 시간이 한없이 흘러갔다. 겨우 3분 남짓한 시간이 지났는데도 느낌은 1시간 같았다. 들리는 건 오로지 발밑을 때리는 잔잔한 파도 소리와 바람 소리뿐, 놈들은 여전히 움직일 생각이 없는 것 같았다. 뭔가 대안이 필요하다는 생각에 자세를 바꿔 무릎을 꿇으면서 한쪽 눈을 조심스럽게 내밀었다. 순간, 이어폰에서 제니퍼의 나직한 목소리가 흘러나왔다.

―목표 다섯 확인, 하나는 모터보트에 남았고 나머지는 요트를 통해 건너온다. 무장은 자동화기, 소음기도 보인다.

"젠장, 미친 거 아냐? 자동화기?"

선공한답시고 튀어나가지 않은 것이 천만다행, 저쪽이 먼저 움직였으니 일단은 유리해진 셈이었다. 그가 빠르게 말했다.

"기습 아니면 승산 없다. 둘 이상 사각에 들어오면 기다리지 말고 무조건 쏴버려."

―매드독 셋, 카피.

―매드독 둘, 카피.

그는 콘크리트 구조물 옆으로 눈만 내밀었다. 먼저 내린 한 놈이 곧장 선착장 아래를 통해 그에게 다가왔고 다른 하나는 반대쪽, 나머지 둘은 선착장 중앙계단에 발을 올리고 있었다. 다행히 선착장 아래에서 그를 향해 다가오는 놈의 시선은 콘크리트 구조물 아래가 아니라 위였다.

재빨리 돌아앉은 그는 벽에 기댄 채 크게 심호흡을 했다. 아드레날린이 혈관을 타고 다시 날뛰기 시작했다. 한두 번 겪는 총격전도 아니건만 방아쇠를 당기기 직전의 짜릿한 흥분은 언제나 마약처럼 온몸을 달아오르게 했다. 아마 살인이라는 단어가 가져다주는 극단적인 자극 때문일 것이었다. 제법 크게 들려야 할 바람 소리도 탱크엔진 뺨치는 심장 뛰는 소리 때문에 거의 들리지 않았다.

'제기랄!'

점점 괴물이 되어간다는 생각에 입맛이 썼다. 시간이 흐르면 강도가 덜해질 거라는 생각으로 위안을 삼아왔는데 이건 점점 더 심해지고 있었다. 순간 소음기를 통과하는 탁한 총성이 귓전을 때렸다.

파바박!

"컥!"

나직한 비명, 차수연과 제니퍼가 공격을 시작했다는 뜻이었다. 그는 권총을 횡으로 잡고 콘크리트 옆으로 어깨를 빼면서 바로 코앞에 있는 시커먼 그림자를 향해 방아쇠를 당겼다.

파박!

"크악!"

놈은 거의 무방비 상태로 그의 총탄 세례를 받았다. 식당에서 터진 총성과 비명에 시선을 완전히 뺏긴 상태여서 피할 가능성은 애당초 없었다. 가차 없이 가슴과 목에 틀어박힌 총탄은 폐와 동맥을 한꺼번에 찢어발겼고 놈은 피를 뿌리면서 물속으로 굴러떨어졌다.

—원 다운!

제니퍼의 목소리, 콘크리트 구조물 위에서 시커먼 그림자 하나가 허공에다 총탄을 쏘아대며 뒤로 넘어갔고 다른 한 놈은 허벅지에서 피를 뿜으며 계단 아래로 구르고 있었다. 그러나 계단으로 구른 놈은 분명히 살아 있었다. 그는 옆으로 어깨만 뺀 자세를 그대로 유지한 채 계단 밑으로 머리를 처박은 놈을 향해 연속해서 방아쇠를 당겼다. 그런데 놈의 총구가 믿을 수 없을 정도로 빠르게 그를 향해 돌아왔다. 심각한 부상을 입은 것이 분명한데도 총질만큼은 타의 추종을 불허했다. 코앞에서 총탄이 후벼 판 돌가루가 뿌옇게 날렸다. 고개를 내밀 수 없어서 그냥 손만 내민 채 어림짐작으로 탄창에 남은 실탄을 모조리 쏴버렸다.

"네미럴!"

일단 기습에는 성공한 모양새, 그러나 화력의 열세는 여전했다. 일단 탄창을 바꿔 끼운 뒤, 왼손으로 총을 잡고 눈과 총구만 내밀었다. 그런데 조금 전까지 총질을 해대던 놈이 계단에 상체를 올려놓은 채 조용히 엎어져 있었다. 요행히 그의 마구잡이 총격에 한두 방 얻어맞은 모양이었다. 구조물 위에 쓰러진 놈도 움직이지 않았다. 이러면 남은 건 반대쪽으로 돌아간 나머지 하나만 잡으면 끝이었다. 그는 조심스럽게 구조물 위로 몸을 일으켰다. 순간, 느닷없이 총탄 세례가 쏟아졌다.

퍼벅!

발밑에서 튕겨져 오르는 돌가루에 기겁을 한 그는 잔뜩 웅크린 채 벽에 달라붙어 돌아앉았다. 코너의 콘크리트가 줄줄이 터져가고 총탄이 뿜어내는 소닉붐까지 머리 위를 핑핑 스쳐 갔다.

'얼씨구, 이건 또 뭐냐?'

일순 총격이 끊어지고 뿌연 돌가루들이 바닷바람에 날아갔다. 그는 다시 옆으로 눈만 살짝 내밀었다. 기다렸다는 듯 다시 총탄이 날아왔다. 총구화염이 점멸하는 위치는 분명히 모터보트, 배에 남은 놈이 그를 본 모양이었다.

"해보자 이거지?"

그는 반격을 하려다 말고 그냥 벽에 기대앉았다. 일단 거리가 너무 멀었다. 40미터나 떨어진 배 위의 움직이는 목표를 권총으로 맞추는 건 그야말로 영화에서나 가능한 헛소리였다. 놈을 잡으려면 무조건 거리를 좁혀야 했다. 그가 나직하게 소리쳤다.

"매드독 둘! 뒤로 돌아간 놈 잡아! 무리하지 말고 일단 묶어만 놔!"

—카피!

"매드독 셋! 모터보트에 견제사격!"

—요트선체에 가렸어! 올라간다!

"카피."

차수연이 되짚어 건물을 돌아가고 제니퍼가 자리를 뜨면서 일순 조용해졌다. 그는 차분하게 10을 센 다음, 콘크리트 위에 권총을 올려놓고 모터보트를 향해 방아쇠를 당겼다. 시선을 끌어주겠다는 생각, 곧바로 반응이 왔다. 곧장 자세를 낮추고 이번에는 옆으로 총구를 내밀어 다시 몇 발을 쐈다. 돌가루와 소닉붐은 몇 초 머리 위를 휘젓다가 갑자기 사라졌다.

그는 다시 한쪽 눈을 내밀었다. 놈의 총구는 옥상을 향해 돌아가 있었다. 자리를 잡은 제니퍼가 엄호사격을 시작한 모양이었다. 그는 번개같이 구조물을 빠져나가 선착장 중간에 쌓여 있는 나무박스들 뒤로 몸을 던졌다. 즉시 총구가 돌아오고 날아든 총탄들이 박스를 사정없이 쥐어뜯기 시작했다.

그는 박스에 기대앉아 호흡을 가다듬었다. 머리를 들기도 힘든 판에 총을 쏘는 건 생각도 하기 어려웠다. 그런데 갑자기 모터보트에서 나직한 비명이 터지면서 총알 세례가 끊어졌다. 그리고 짧은 침묵, 이어 모터보트가 움직이기 시작했다.

우릉!

요트 선미가 모터보트에 끌려 나가면서 요트 좌현에 낀 타이어가 비명을 질렀다. 모터보트와 요트를 고정한 로프를 풀지 않은 모양이었다. 달아나겠다는 뜻, 그는 즉시 박스를 뛰어넘어 선착장으로 달렸다.

"매드독 둘, 셋 도와서 남은 놈 처리해!"

—카피.

그는 뛰면서 모터보트를 향해 몇 발을 쏘고 요트로 뛰어올라갔다. 이제 내려다보는 형편, 눈을 마주친 놈은 팽팽하게 당겨진 로프 위에다 도끼를 내려치고 있었다.

쩍!

선수에 올라선 그가 자세를 일으키기도 전에 로프가 잘려 나갔고 배가 휘청하는 서슬에 도로 무릎을 꿇어야 했다. 그리고 거의 동시에 놈의 손에 들려 있던 도끼가 날아왔다. 반사적으로 몸을 날려 도끼를 피했다. 어설프게 날아와서 그리 위협적이지 않았는데도 몸이 저절로 반응한 것, 엔진을 풀가동하고 있던 보트는 그 짧은 시간에 끈 잘린 연처럼 순식간에 멀어졌다. 그는 흐릿하게 보이는 놈의 등을 향해 탄창에 남은 실탄을 모조리 쏴버렸다. 어둠 속에서 놈이 쓰러지는 것이 보지만 죽었다고 단정하기는 어려웠다.

"제기랄!"

나직하게 욕설을 토해내면서 조타륜 앞에 쓰러져 있는 선장의 목에다 손을 댔다. 약하지만 확실히 맥이 느껴졌다. 기절한 상태, 놈들도 터키 민간인을 죽여서 일을 크게 만드는 건 피하고 싶었던 모양이었다. 그는 즉시 요트에서 뛰어내려 쓰러진 자들의 이마에 한 발씩을 더 박아주고 살아남은 마지막 한 놈을 따라 콘크리트 구조물 아래로 돌았다. 아직 살아 있다면 배후를 노릴 생각, 그런데 몇 발자국 걷기도 전에 제니퍼의 맥 빠진 목소리가 들려왔다.

―상황 끝, 목표 무장해제, 아직 죽지 않았어. 어떻게 할까?

"기다려 봐. 간다."

―카피. 북쪽이야.

그는 성큼성큼 식당을 돌아갔다. 차수연은 쓰러진 놈의 손목을 밟고 선 채였고 제니퍼는 등대로 올라가는 계단에서 두 사람을 내려다보고 있었다. 어깨와 다리에서 울컥울컥 피를 뿜어내는 놈은 확실히 슬라브 계열의 금발이었다. 그가 다가서자 차수연이 말했다.

"말을 안 해."

고개를 끄덕여 보인 그는 옆에 서자마자 다짜고짜 총상 입은 놈의 다리를 퍽 찼다.

"크아악!"

외마디 비명, 그가 씩 웃었다.

"벙어리는 아니로군. 이름은?"

사내가 가쁜 숨을 몰아쉬며 말을 받았다.

"그런 거 없어. 개자식아."

"그래? 발음은 러시아인 같은데? GRU? 아니면 용병?"

놈의 표정이 순간적으로 일그러졌다. 그러나 입을 열 생각은 없는 것 같았다. 그는 다시 웃으면서 이번엔 아예 총상 자리 위에 올라서 버렸다.

"끄아아… 이런 개자식!"

"다시 묻겠다. 소속은?"

"엿 먹어."

"마지막이다. 소속."

"당겨. 개자식아."

반응은 달라지지 않았다. 그는 더 묻지 않고 놈의 미간에다 총탄을 박아버렸다. 스페츠나츠 같은 독종들에게서 무언가 얻어내려면 외부의 눈에서 차단된 장소와 넉넉한 시간이 필수였다. 그런데 여긴 시간과 장소 모두 최악의 조건이었다. 밤이긴 하지만 노출된 장소였고 시간도 별로 없었다. 놈들의 지원부대가 도착하는 건 더 말할 것도 없고 누가 신고라도 해서 경찰이 들이닥치면 빼도 박도 못하고 감방행이었다. 그가 놈의 주머니를 뒤지며 말했다.

"가서 죽은 놈들 주머니 뒤져서 전부 챙겨라. 시체와 무기는 바다에 던지고 뜬다."

—카피.

일행은 죽은 놈들의 주머니를 뒤져 지갑 등 내용물을 전부 챙기고 시체는 바다에 던져 버린 다음, 곧장 섬을 떴다.

해협을 건너면서 지갑과 지도 등 놈들이 가지고 있던 물건들을 차근차근 훑어보았으나 건진 건 기대 이하였다. 지갑에는 약간의 현금과 가짜로 보이는 불가리아 운전면허증 2장이 전부였고 수첩에는 전화번호조차 없었다. 다만 1/50,000 지도에 표시된 유럽 측 북부해안 키리오스라는 지역의 작은 선착장만 그의 눈길을 끌었다. 그는 운전면허증의 이름을 지도에 옮겨 써놓고 지도를 제외한 나머지는 모두 바다에 던져 버렸다.

❖

"전화 안 받습니다."

"다시 해봐!"

요트 난간에 기대선 미하엘은 수하의 보고에 짜증스럽게 반응했다.

나이트클럽에 놈이 나타났다는 보고를 받은 것이 대략 50분 전, 간단한 무장만 챙겨 최고속도로 이동했고 20분 전에 해협 북쪽에 들어서면서 등대에 도착했다는 보고를 받았다. 남은 거리는 잘해야 5해리, 더도 말고 딱 10분이 더 필요했다. 그 10분만 더 버텼으면 그를 포함한 지원부대가 등대에 도착했을 텐데 멍청한 것들이 도착할 때까지 잡아두라는 간단한 명령조차 수행하지 못하고 문제를 일으켜 버렸다.

클럽에 상주하는 끄나풀들이라 큰 기대는 안했지만 자동소총까지 동원하고도 고립된 섬에 들어간 남자 하나와 여자 둘을 잡아놓지 못한 것, 짜증스러울 수밖에 없었다. 그가 오만상을 찌푸리며 말했다.

"아이들 모터보트 위치는?"

"해협 남쪽 3해리에서 저속으로 남하합니다."

"제기랄. 도대체 뭐가 어떻게 된 거야?"

이번 일은 시작부터 엉망이었다. 거금을 투자해 어렵게 빼낸 물건을 전달 과정에서 엉뚱한 놈들에게 털리더니 예하의 정예요원을 전부 투입한 이중삼중의 포위망도 어이없게 뚫려 버렸다. 솔직히 체격도 작은 동양인이 무게만 50㎏짜리 가방을 들고 무려 10㎞가 넘는 산길을 어떻게 뛰었는지 도무지 상상이 가지를 않았다.

어쨌든 놈은 그 무거운 가방을 들고 정예 용병 40명이 겹겹이 쳐놓은 포위망을 유유히 벗어나더니 그날로 이스탄불을 탈출하는 데까지 성공했다. 그야말로 미치고 환장할 노릇, 종국에는 활용 가능한 커넥션을 모조리 동원하고 멀리 소말리아까지 날아가 해적 나부랭이의 도움마저 받으면서 놈을 찾아냈지만 손에 들어온 건 달랑 열쇠 하나뿐이었다.

'빌어먹을!'

그래도 희망은 아직 있었다. 인질협상을 하겠다면서 에일에 나타났던 한국인들이 이스탄불까지 날아왔다는 건 물건이 아직 여기 있다는 의미였다. 덕분에 마음이 자꾸만 급해졌다.

"섬에는 열 반응이 없습니다. 달아난 것 같습니다."

"당연하겠지. 남아 있을 놈이 아니야. 일단 모터보트를 따라잡으면서 놈들이 탄 요트를 찾는다. 최대한 빨리 움직여."

"다!"

"우리말 쓰지 마!"

"카피!"

미하엘의 고함에 조타륜을 잡은 율리노프가 긴장한 표정으로 자세를 바로 했다. 순간, 야시경으로 주변을 돌아보던 릴리안이 다급하게 소리쳤다.

"저기, 저거! 요트야!"

그는 서둘러 릴리안이 가리키는 방향에 야시경을 가져갔다. 거리는 대략 500미터, 보고 받은 요트와 동일한 형태로 이마에 붉은 선이 그어진 2층짜리 작은 놈이었다. 이 늦은 시간에 해협을 돌아다니는 요트라면 답은 뻔했다.

"저거다! 추격해!"

그릉!

묵직한 소음을 토해낸 요트가 무서운 속도로 가속을 시작했다. 그러나 다소나마 거리가 줄어들었다 싶어지자 이쪽의 존재를 감지했는지 놈도 가속을 시작했다. 잠시 팽팽한 달리기가 이어졌지만 거리는 빠르게 줄어들고 있었다. 일반적인 레저용 요트와 달리 그가 탄 요트는 최고라는 호칭이 어색하지 않은 아지무트 43였다. 최고속도가 32노트나 되는 아지무트를 떼어낼 요트는 흑해에 존재하지 않았다. 다급해진 놈은 유럽 측 하구의 갈라타 대교 아래로 배를 집어넣고 있었다.

"잡았어. 빌어먹을 놈."

놈은 착각을 하고 있었다. 낡은 요트로 달아나는 건 한계가 있다고 판단한 것까지는 맞았다. 넓은 바다를 피해 비좁은 하구에서 승부를 보는 것도 괜찮은 옵션이었다. 그러나 하구의 두 번째 다리인 아타투르크 대교를 지나면 거대한 하구 물막이 보가 있었다. 그리고 간조 때 보는 확실히 닫혀 있었다. 이제 독 안에 든 쥐였다. 그가 나직하게 소리쳤다.

"전투준비, 동양인 여자는 생포하겠다. 나머지는 사살해도 좋다."

"로저!"

대원들이 분주하게 총기를 챙기자 그는 발밑에 세워놓은 AN—94에 소음기를 끼웠다. 바로 견제사격을 시작할 생각, 거리가 200미터 안쪽이어서 견제사격 정도는 얼마든지 가능했다. 그런데 선수로 나온 그가 난간에 총을 올려놓는 순간, 느닷없이 배가 휘청하면서 우현으로 돌아갔다.

"제기랄! 뭐야!"

그는 난간을 잡고 겨우 균형을 잡았다. 우현으로 완전히 기울어 버린 배는 계속해서 해안을 향해 내달렸고 조금 전까지 조타륜을 잡고 있던 율리노프는 보이지도 않았다. 그는 황급히 조타실로 달려들어 갔다.

"율리!"

율리노프는 어깨에서 피를 흘리며 한쪽 구석에 처박혔고 윈드쉴드는 한가운데에 뚫린 구멍 몇 개를 중심으로 큼직한 거미줄들이 쳐져 있었다.

퍽!

다음 순간, 왼쪽 유리창이 퍽 터져 나가면서 눈 깜짝할 사이에 바로 옆 싱크대에 주먹만 한 구멍이 뚫렸다. 그는 반사적으로 자세를 낮추면서 조타륜을 더 꺾었다. 수하 중 누군가가 날카롭게 소리쳤다.

"저격수! 저격수!"

각도상 아타투르크 대교 근처에서 쏜 것 같은데 요트의 위치에서 대교까지의 거리는 무려 400미터가 넘었다. 진짜 프로의 솜씨였다. 사실 거리가 멀더라도 정면으로 달려오는 요트를 맞추는 건 쉬운 편이다. 그러나 고속으로, 그것도 횡으로 움직이는 요트의 조타실 안으로 정확하게 총탄이 날아들 정도라면 이건 절대 아마추어가 아니었다. 더구나 윈드쉴드가 깨진 상태나 싱크대를 관통한 총탄 흔적을 보면 저격수가 쓰는 총기는 악명 높은 대물저격소총 바렛이었다.

최상급 저격수를 앞에 두고 무작정 달려들 수는 없는 일, 다 잡은 고기를 놓치는 형국이라 화가 머리끝까지 치밀어 올랐지만 흥분해서 일을 그르치는 건 멍청한 짓이었다. 어차피 열쇠가 그의 손에 있는 한 기회도, 선택의 여지도 남아 있었다. 조타석으로 올라앉은 그가 핸들을 움켜쥐며 이를 갈았다.

"빌어먹을! 갈라타 선착장으로 상륙한다. 대기!"

김석훈은 세 번째 다리가 있는 하구 북쪽의 국립공원 선착장에 배를 댔다. 이유는 알 수 없지만 추격해 오던 러시아인들이 갑자기 배를 돌리면서 거리는 충분히 벌어진 상황, 극단적인 위험에서는 벗어난 모습이었다. 정신을 잃은 선장 주머니에 50유로 지폐를 한 장 집어넣어 주고 서둘러 배에서 내렸다.

그런데 택시가 없었다. 새벽 2시에 가까운 시간인데다 외진 지역이어서 택시는커녕 돌아다니는 자동차를 찾기도 어려웠다. 궁여지책으로 가까운 버스 정류장에서 택시회사 번호를 찾아내 전화를 하려는데 제니퍼가 길 건너편에 세워진 낡은 르노의 유리창을 깨트리면서 손짓을 했다.

그가 길을 건너자 시트의 유리 조각을 대충 털어낸 제니퍼는 익숙한 손놀림으로 키세트를 뜯어내더니 간단하게 시동을 걸었다. 재빨리 시트를 조종한 제니퍼가 백미러로 차수연을 넘겨다보며 말했다.

"이상한 눈으로 보지 말라고. 이건 10살짜리도 하는 거야. 그리고 나 원래 출신이 도둑이거든?"

김석훈이 조수석으로 올라타면서 피식 웃자 제니퍼가 곧장 차를 뺐다.

일단 강변도로를 따라 북서쪽으로 올라가다가 고속도로를 타게 했다. 일단 현장에서 최대한 멀리 벗어나자는 생각, 최고속도로 20분쯤 달리다가 고속도로를 빠져나와 시내 중심가에서 차를 버리고 택시를 탔다. 호텔까지는 멀지 않은 거리였지만 한 블록 떨어진 곳에 내려서 걷다 보니 도착 시간은 새벽 3시가 훌쩍 넘어가 있었다.

당장 호텔을 옮기겠다는 생각으로 후문을 통해 방으로 올라왔다. 그런데 가방을 채 챙기기도 전에 방으로 전화가 왔다. 세 사람 모두 하던 일을 멈추고 전화기를 쳐다보았다. 아비오에게도 숙소를 이야기하지 않았으니 방으로 전화가 온다는 건 분명 좋지 않은 신호였다. 그는 전화기를 아래위로 훑어보았다. 나갈 때 문에 끼워놓은 머리카락이 멀쩡한 것으로 보아 외부의 침입은 없었지만 확인할 필요가 있었다. 그리고 조심스럽게 전화기를 귀에 가져갔다. 전화기에서는 원어민에 가까운 유창한 영어가 흘러나왔다.

—하이, 라이언.

"누구냐?"

—긴장할 필요 없어, 친구.

"친구? 이스탄불에 친구는 없는데?"

—적의 적은 친구 아닌가?

"글쎄. 당신은 내 이름을 아는 것 같은데… 서로 이름 정도는 알아야 이야기가 되지 않겠어?"

—아아, 전화로 이야기하기는 그렇고… 일단 호텔을 바꾸지. 조금 있으면 중국 아이들이 떼로 들이닥칠 테니까.

"중국?"

—뒷북치기 잘하는 놈들이라 신경 안 써도 그만이지만 엮이면 귀찮을 거야. 정문에 죽치고 있는 두 놈은 우리가 처리해 둘 테니까 후문에 세워놓은 랜드로버를 타던지 아니면 가전제품 파는 뒷골목으로 올라오지. 잠깐 얼굴을 맞대는 것도 괜찮을 것 같은데?

"당신을 어떻게 믿지?"

—하하. 적의 적이라고 하잖아. 늠름하게 쫓아오던 러시아 아이들 요트가 왜 꼬랑지 내리고 달아났는지 이유는 아시나?

"당신인가?"

—생색내고 싶지는 않지만 그런 셈이야.

"고맙군. 제안은 생각해 보지."

—좋아, 좋아. 역시 배짱 하난 두둑하군. 맘에 들어. 기다리지.
하하.

　상대는 기분 나쁜 웃음을 남기고 전화를 끊었다. 던지듯 전화
기를 내려놓은 그는 두 사람을 닦달해서 중요한 짐만 대충 챙겨
들고 비상계단을 통해 호텔을 빠져나왔다. 전화를 건 상대가 누
구든 행적이 노출된 이상 호텔에서 시간을 끄는 미련한 짓은 피
하고 싶었다.

　가전제품 가게가 몰려 있긴 했지만 문을 연 곳이 없어서 아무래
도 감시하는 자들의 시선이 신경 쓰였다. 어쩔 수 없이 건물 외부
로 비죽이 튀어나온 간판과 간판 사이를 건너뛰면서 빠른 속도로
골목을 통과했다. 방법은 그것뿐이었다. 어렵게 골목 끝 고개에 올
라서서 한숨 돌리는데 고개 너머에서 올라오는 붉은색 제복을 입
은 터키인이 보였다. 눈을 마주친 터키인이 가볍게 목례를 했다.

　"저쪽입니다. 가시죠."

　터키인은 골목 반대편에 있는 화려한 2층 건물로 일행을 안내
했다. 오래된 전통 이슬람 양식의 건물로 내부도 외부만큼이나 화
려한 색감을 자랑했다. 얼핏 보기에 울긋불긋한 유목민파오 5개
를 무대를 중심으로 방사형으로 늘어놓은 것 같았다. 터키인은 일
행을 중앙에 있는 파오 입구로 안내한 다음, 정중하게 머리를 숙
여 보이고는 다시 밖으로 나갔다.

　그는 입구의 커튼을 슬쩍 들추고 안을 들여다보았다. 내부는
제법 아늑한 분위기였다. 가장 먼저 눈에 들어온 건 가운데 있는

반경 3미터 남짓한 대리석 원반인데 50㎝쯤 되는 높이의 무대를 만들어 대리석 패널을 올린 형태였다. 원반부터 정면의 무대까지는 같은 높이로 대리석을 깔아서 5개의 선이 기하학적으로 연결된 느낌이었다. 원반 주변의 실내는 앉은뱅이 소파 몇 개와 물담배 세트가 나란히 자리 잡았고 소파 앞 테이블에는 와인 잔 몇 개가 올라가 있었다.

"헤이, 라이언."

소파에 앉아 있던 백인남자가 손을 까딱까딱하더니 그가 발을 들여놓기가 무섭게 손을 내밀었다. 30대 후반이나 40대 초반쯤 된 것 같은데 상체 근육이 상당히 발달했고 갈색 머리와 잿빛 눈동자가 묘하게 위화감을 주는 사내였다.

"루벤이라고 불러주면 좋겠군."

루벤은 맞잡은 그의 손에 가볍게 힘을 준 다음, 뒤따라 들어온 차수연과 제니퍼에게 자연스럽게 목례를 했다.

"만나서 반갑습니다, 숙녀분들. 앉읍시다."

일행이 자리를 잡자 루벤이 껄껄 웃으며 박수를 쳤다.

"최고들이 모인 곳이니 춤은 보고 가야 하지 않겠어? 하하하."

박수를 신호로 웨이터 넷이 금색 뚜껑이 덮인 식판을 들여오더니 일제히 뚜껑을 열어 보이고 밖으로 나갔다. 곧이어 생소한 음악과 함께 대리석 끝에 있는 무대의 커튼이 열리면서 반라의 무희가 나탔다. 기껏해야 스물 안쪽으로 보이는 무희는 빠른 걸음으로 대리석 길을 따라 건너와 원반에 무릎을 꿇고는 상체를 완전히 뒤로 젖혀 머리를 바닥에 댔다. 몇 초 어색한 침묵이 흐른 뒤, 강렬한 북소리와 함께 빠른 템포의 음악이 흘러나왔다. 무희는 필름을 거꾸로 돌리는 것처럼 유연하게 허리를 꺾으며 일어서더니 큰 젖가슴과 엉덩이를 거침없이 흔들기 시작했다.

그는 슬쩍 차수연의 눈치를 봤다. 외국인을 많이 상대하는 업소라 그런지 무희가 걸친 것이 유난히 없다는 생각이었다. 그가 아는 일반적인 아랍 밸리댄서들도 노출이 많기는 하지만 주로 번쩍이는 장식물에 의지했다. 보통 장식물을 많이 단 비키니를 속이 비치는 망사로 감싸서 호기심을 자극하는 정도인데 여긴 유독 노출이 심했다.

망사 천이라도 걸친 팔과 다리를 빼고는 완전히 누드, 가슴부터 배꼽까지는 망사조차 아예 없었고 아래도 T팬티를 방불케 하는 수영복 하나를 빼면 걸친 것이 거의 없는 형편이었다. 그가 난감한 표정을 짓자 루벤이 와인 잔을 들어 올리며 낄낄댔다.

"처음 본 것처럼 어색한 척하지 말라고. 흐흐."

그는 비릿하게 마주 웃으며 잔을 가볍게 부딪쳤다.

"모사드?"

"배짱만 좋은 게 아니라 눈치도 100단이군. 이름만으로 모사드라고 단정하지 말았으면 좋겠는데?"

"그래 봐야 MI—6나 CIA겠지. 뭐, 발음은 영국 쪽에 가깝네."

"하하. 이쪽이나 저쪽이나 적의 적이라는 말은 틀리지 않잖아?"

"내가 이스탄불에 온 건 어떻게 알았지?"

"아비오."

의외의 대답에 그는 미간을 좁혔다. 아비오가 평소 말이 좀 많은 편에 들어가지만 함부로 그에 대해 입을 놀릴 친구는 절대 아니었다. 그가 적대감을 내보이자 루벤이 싱글싱글 웃으며 말을 더했다.

"죽이지는 않았어."

"내 친구에게 손을 대고 멀쩡했던 놈은 없다."

"아비오가 네 친구는 아닌 걸로 아는데? 뭐, 상관없으니까 죽고 싶을 때 언제든 손을 들어도 돼. 상대가 모사드라는 것만 기억해 둬."

"원하는 게 뭐지?"

"쉽게 이야기하자. 넌 러시아인들과 한바탕할 생각으로 왔어. 그렇지?"

"그래서?"

"저쪽은 프로만 15명이야. 나머지야 별볼일 없지만 그래도 머릿수는 24명이나 되고. 참, 아까 다섯 해치우셨으니까 이제 19명인가? 어쨌든 너희 셋으로는 어림도 없어."

"그건 당신 생각이고."

"이렇게 하지. 넌 복수를 하고 난 내가 필요한 물건을 챙긴다. 대신 넌 소정의 보너스를 챙기는 거야. 100만 달러 정도면 어때? 그 정도면 윈윈 아닌가?"

그는 웃음기가 가시지 않은 루벤의 잿빛 눈동자를 물끄러미 건너다보았다. 속을 알 수 없는 작자, 모사드와 엮여서 끝이 좋은 사람 없다는 이 바닥 속설이 생각났다. 그가 되물었다.

"당신 팀과 합동작전을 하자?"

"내 룰대로 따라와야겠지."

"키리오스 먼저?"

가능성이 높다는 생각에 그냥 넘겨짚었는데 루벤의 반응이 재미있었다. 아주 짧은 시간에 불과했지만 확실히 눈빛이 흔들렸다. 제대로 짚었다는 뜻, 슬쩍 어깨를 들썩인 루벤이 놀랐다는 표정으로 가볍게 감탄사를 토했다.

"오호, 시도는 좋았어. 그건 합의가 된 뒤에 이야기하지. 우선은 아는 것부터 털어놔 봐. 미하엘이 물건을 가지고 있나?"

그는 흐릿하게 미소를 머금었다.

"됐어. 아무리 생각해도 당신만 원인 거 같네."

"어차피 네가 감당할 수 있는 물건이 아니다. 우리도 나눠 먹는 거야."

"왜? 난 큰물에서 놀면 안 된다는 법이라도 있나? 한쪽 발 정도는 담글 자격이 있다고 보는데?"

"오래 살려면 내 말 새겨듣는 게 좋아. 저 아가씨는 내 말 뜻을 알 거야."

루벤은 턱으로 차수연을 가리켰다. 차수연은 아무렇지도 않은 얼굴로 루벤의 눈을 건너다보고 있었다. 만일 저게 표정관리라면 제대로 하고 있는 셈이었다. 그는 차수연에게 살짝 윙크를 하고 말을 받았다.

"나중에 한 번 물어보지. 끝인가?"

"그냥 가겠다고?"

"터키 음식은 내 취향이 아니라서 말이야."

루벤은 일어서려는 그를 잡아놓겠다는 듯 매섭게 노려보았다. 기세로 누르면서 반응을 가늠해 볼 생각인 것 같았다. 그는 그냥 담담한 표정으로 한동안 루벤의 공격적인 눈빛을 받아냈다. 급기야 클라이맥스로 치달은 음악이 끊어지고 거친 호흡을 가다듬은 무희가 뒷걸음질로 물러선 뒤에야 루벤이 명함 한 장을 탁자에 올려놓으며 중얼거렸다.

　"건방진 친구로군. 음식에 치사한 짓은 안 해."

　그는 대답을 생략하고 명함을 집어 들었다. 명함에는 아무것도 없이 전화번호 하나만 인쇄되어 있었다. 명함으로 탁자 모서리를 톡톡 치고 자리에서 일어났다.

　"음식은 다음에 하지. 어차피 또 봐야 할 것 같은데 말이야."

　"그거 고마운 이야기로군. 후후."

　루벤의 입가에 흐릿한 미소가 맺혔다. 그가 명함을 집어 든 걸 연락하겠다는 뜻으로 받아들인 모양이었다. 그가 차가운 목소리로 말했다.

　"참, 난 스토커를 별로 좋아하지 않아. 눈에 띄면 모사드 아니라 모사드 할애비라도 그 자리에서 죽인다. 기억해 둬."

　"오호, 무서워라. 능력껏 해봐. 후후. 아무리 많이 죽여도 자네 탓을 하진 않을 거야. 그렇게 멍청한 것들은 모사드에 필요 없어. 후후. 아이들에게는 조심하라고 전해두지. 하하, 하하하."

　루벤은 뭐가 그렇게 재미있는지 연신 킥킥대고 웃었다. 마주 웃어준 그는 여전한 루벤의 비웃음을 귓등으로 흘리면서 방을 나섰다. 시간은 벌써 새벽 4시를 향해 달려가고 있었다.

그는 나오자마자 전화번호를 전화기에 입력하고 명함은 버렸다. 명함 두께의 종이에 칩을 삽입하는 정도는 이미 흔해빠진 기술이고 일정 주파수의 신호를 받으면 활성화되어 전파를 발생시키는 칩도 흔해서 요즘은 반도청 전파스캐너조차 무용지물인 경우가 태반이었다. 쓸데없이 가지고 다니다가 놈에게 추격의 빌미를 제공할 생각은 없었다.

세 사람은 가까운 택시 정류장에서 대기하던 택시를 집어타고 해협을 건넜다. 당연히 따라붙었을 미행에 대해서는 아예 신경을 꺼버렸다. 택시에서 내린 뒤에는 바자르의 오래된 시장통을 돌면서 따라붙은 놈들에게 잠시 성의를 보여준 다음, 허름한 모텔로 들어가 가장 큰 방을 잡았다. 여자 둘을 데리고 방 하나를 잡다 보니 프론트 직원의 눈이 삐딱했지만 일행을 나누고 싶지 않았다.

여자들이 욕실을 차지한 사이 소파에 기대앉아 차분하게 담배에 불을 붙였다. 예멘을 떠날 때부터 어느 정도 예상은 했지만 상황은 나빠지다 못해 최악으로 치닫고 있었다. 문자 그대로 유사에 발을 담근 느낌, 아직 물건의 실체는 만져 보지도 못했는데 전 세계의 한다 하는 정보조직은 모조리 달려드는 판국이었다.

길게 한 모금을 빨아들이고 연기를 내뿜는데 차수연이 인스턴트커피를 내밀며 건너편에 걸터앉았다.

"물어본다면서요?"

루벤이라는 놈과의 대화 때문에 찜찜했던 모양이었다. 그가 입에 문 담배 필터를 씹으며 되물었다.

"아는 거 있어?"

"별로요. 아까 아비오하고 식사할 때 공중전화로 서울에 연락해 봤는데 무관부에서는 작전에 대해 전혀 모르고 있어요. 대사관 사이트에서 적색 음어지령만 확인했어요."

"적색지령?"

"정보본부 최고위층에서 현장요원에게 직접 하달되는 명령이에요. 물건을 확보하고 현지대사관에 전달할 것, 기 고용한 용병을 잔금 지불하고 활용할 것, 그게 전부예요."

"수연 씨, 직속상관이 정보사령관이지?"

"네. 합참 정보본부가 대사관 무관부를 총괄하니까요. 장인수 중장님이죠."

"장인수 중장이나 측근이 직접 지시를 내린다는 이야기인데……."

그는 말끝을 흐리면서 장인수의 최근 경력을 떠올렸다. 이전 정부에서 통일부 예하 전략연구소로 좌천되었다가 정권이 바뀌면서 국정원 산업기밀센터로 영전하고 국방위원회에 드나들면서 권용철과 다시 만나 그때부터 승승장구한 전형적인 정보통이었다. 야심이 커서 정치군인이라는 지탄을 받기도 하지만 매일 보고되는 수많은 정보 중에서 중요한 것을 가려내는 감각에 있어서만큼은 타의 추종을 불허한다는 평가가 주를 이뤘다. 그런 장인수가 직접 지시를 내릴 정도라면 일의 중요성은 더 생각할 필요가 없었다.

거기다 권용철이 가까이 있었다는 점도 마음에 걸렸다. 권용철쯤 되는 거물이 우연히 UAE를 방문하고 우연히 율곡이이에 탔

을 리가 없었다. 이래저래 거물 두 사람의 이름이 한꺼번에 거론
되는 건 결코 바람직한 현상이 아니었다. 그가 커피 잔을 입으로
가져가며 말했다.

"장인수 중장이 어디부터 개입했는지 알아? 금성호에서 죽은
요원도 장인수 중장의 명령으로 움직였을까?"

"그분은 국정원 소속으로 알고 있어요. 이철중 소령님도 코드
네임만 아는 것 같았어요."

"젠장, 애매하네."

그는 담배를 비벼 껐다. 정보가 부족해서 어느 것도 결론을 내
릴 수는 없지만 이 난장판은 우리 국정원 요원이 러시아에서 빼
돌린 군사기밀이나 무기에 대한 쟁탈전일 가능성이 높았다. 그리
고 모사드를 비롯해 GRU, CIA, MI─6 등 대문자로 표기되는
모든 정보기관들이 팔을 걷어붙일 정도로 터무니없이 판이 컸다.
만수무강에 지장이 있을 거라는 루벤의 말이 어쩌면 정답일지도
몰랐다.

"제기랄, 머리 쥐 났어."

그는 그냥 소파에 누워 버렸다. 더럽게 위험했다. 이제부터는
진짜 한 발 한 발 내디딜 때마다 지뢰를 걱정해야 할 판, 그러나
이 난장판을 정리하지 않고서는 원래의 자리로 돌아가는 것도 현
실적으로 불가능했다. 결과가 어떻게 되든 끝을 보는 수밖에 없
었다.

레드 트라이엄프

추적추적 발밑을 적시는 빗줄기 때문에 더위는 한풀 꺾였지만
렌터카회사 사무실을 나서자마자 이마에 송골송골 땀이 맺혔다.
점심시간이 조금 지난 시간, 하늘은 한밤중을 방불케 할 정도로
새카맣게 바뀌어가고 있었다. 몇 발 걸음을 옮기자 출고장 정비
사가 사무실 처마 밑에서 엔진후드에 비를 맞고 있는 신형 소렌
토 앞에서 키를 흔들었다. 김석훈은 키를 받아 들면서 50리라짜
리 지폐를 쥐어주었다. 귀찮은 표정이 역력하던 정비사의 입이
귀밑까지 찢어지면서 태도가 돌변했다.

"잘 선택하신 겁니다. 손님, 출고한 지 얼마 안 된 새 차인데다
한국산이어서 아주 잘 달릴 겁니다."

"그래야죠. 고맙습니다."

그는 백도어를 열고 배낭을 던진 다음, 렌터카 사무실에서 얻은 새 지도를 꺼내 정비공에게 내보이면서 키리오스에 동그라미를 쳤다.

"혹시 여기 어떻게 가는지 아십니까? 안에서 물어보니까 당신한테 물어보는 게 나을 거라던데요?"

정비사가 힐끗 지도를 보더니 고개를 끄덕였다.

"아, 제가 바라반 출신이라 좀 알죠. 여기 경치 끝내줍니다요."

"멀지 않죠?"

"예, 가깝죠. 정문 앞에 있는 대로가 10번 도로인데 무조건 이거 따라서 바라반까지 가세요. 대략 30분쯤 가면 큰 호수가 나올 건데 거기서 여기 더러수 방향으로 20킬로미터쯤 더 가고 여기 더러수 직전에 비포장도로를 타고 북쪽으로 5킬로미터쯤 가십쇼. 해안이 보이는 능선에 오래된 수도원 건물이 있을 겁니다."

정비사는 신이 나서 지도에 줄을 그어가며 가는 방법을 설명했다. 그는 고개를 끄덕였다.

"거기서 야영을 할 수 있을까요? 숲도 좋고 호수도 좋다던데."

"글쎄요. 거기서부터 바닷가까지가 키리오스인데… 어느 갑부가 일대를 전부 사들여서 별장으로 쓰는 것 같던데요? 지하가 넓으니까 아마 와인 창고로 쓸 겁니다. 어릴 때 거기서 많이 놀았는데 말이죠. 하하. 요즘엔 근처에서 야영 못합니다."

"흠, 그거 아쉽네요."

"어차피 오늘 내일 큰 비가 온다고 했으니 이틀은 호텔 같은데서 자야 할 겁니다. 꼭 야영을 하고 싶으면 그 이후에 더러수 근처에서 하슈. 숲도 그렇고 호수도 바다보다 훨씬 좋을 겁니다요.
요즘은 낚시도 괜찮아요."

"그래요? 감사합니다."

"재밌게 놀다 오슈."

그는 호의를 보이는 정비사에게 20리라 지폐를 한 장 더 쥐어
주고 출고장을 빠져나왔다.

벌써 오후 2시, 이스탄불을 빠져나오면서 미행을 따돌리느라
너무 오래 시간을 잡아먹은 탓이었다. 교대로 따라붙는 두 팀을
천신만고 끝에 떼어놓고 시외로 빠져나와 뒤늦게 차를 구하기 위
해 인근 관광지의 렌터카 회사를 찾은 것, 힘은 들었지만 덕분에
현장에 들어가기 전에 제법 쓸 만한 정보를 챙긴 셈이었다.

차수연과 제니퍼는 가까운 버스 터미널의 캠핑용품 가게에서
기다리고 있었다. 야영에 필요한 장비를 구입한 것, 두 사람은 그
가 차를 세우기가 무섭게 장비를 싣고 올라탔다. 대로로 빠져나
와 키리오스로 방향을 잡자 차수연이 실내를 둘러보며 말했다.

"괜찮은 걸 골랐네요."

"비가 와서 그런지 나간 차가 별로 없었어. 필요한 건 다 산 거
야?"

"위장망이 마땅치 않아서 짙은 녹색 2인용 텐트로 대체했어요.
다른 건 다 구했어."

"수고했어."

"바로 공격할 거야?"

뒷자리에 앉은 제니퍼가 가운데로 머리를 내밀며 끼어들었다.

"아니, 아저씨하고 합류부터 해야지. 모사드 놈들 눈치도 좀 봐야겠고."

"모사드 그놈들 숫자가 많을까?"

"근처에는 잘해야 서넛일 거야. 교대로 감시 정도 하겠지. 모사드 아니라 모사드 할애비라도 중무장한 공격부대를 터키 영토 안에다 배치할 재간은 없을 테니까. 요즘 터키와 이스라엘 사이가 별로 안 좋은데다 이스라엘 공군이 사용하는 터키 동부지역 공군훈련장 재계약 시점도 가까워서 제아무리 막무가내 모사드라도 상당히 조심스러울 거야. 애당초 루벤 그놈이 우리와 합동작전을 제안한 것도 가용인력을 모조리 동원해도 충분한 전력이 아니기 때문일 거야."

차수연이 고개를 끄덕이며 말을 받았다.

"우리를 미끼로 쓰면서 유사시에는 우리에게 덮어씌우고 발 빼겠다는 뜻일 수도 있어요."

"가능성이 높지. 나라도 그렇게 할 거야."

"공격부대는 공해상에서 대기할 가능성이 높겠죠?"

"직접 공격을 시도한다면 당연히 바다를 통해서겠지. 공해상에서 바로 침투했다가 빠지는 편이 나으니까."

제니퍼가 다시 끼어들었다.

"우리끼리 속전속결로 치고 빠지는 건 어때? 해안에서 블랙샤크로 때리면 해볼 만하잖아."

"일단 상황을 보자. 루벤 말대로 놈들 숫자가 진짜 40명에 가깝다면 쉽지 않은 싸움이야. 우리 패를 다 보여주지 않고 루벤 그

자식을 이용하는 게 최선일 수도 있어."

비는 점점 굵어지고 있었다. 당연히 시야도 나빠졌지만 더러수로 가는 이정표를 찾는 건 크게 어렵지 않았다. 진짜 문제는 더러수에서 키리오스로 이어지는 비포장 도로였다. 폭우로 고인 물이 도로를 덮어서 길인지 호수인지 분간이 가지 않을 정도로 엉망이었다. 덜컹거리면서 20여 분을 더 전진한 뒤, 비교적 지대가 높은 숲 안쪽에 차를 숨겨놓고 빗속을 걸었다. 그리고 1시간 넘는 악전고투 끝에 정비사가 수도원이라고 부르던 오래된 건물을 찾아냈다.

"저거 같은데?"

수도원의 규모는 생각보다 작았다. 능선 아래부터 계단식으로 만들어진 축대들 위에 올라앉은 단층 건물 2개가 전부였다. 한쪽의 길이가 20미터도 채 안 될 것 같은 작은 규모로 축대들은 물론이고 건물 아래도 잡초 천지였다. 오래 관리를 안 했는지 세월을 이기지 못한 처마 끝도 여기저기 무너져 있었다. 일단 능선 동쪽 사면을 올라가 숲 안쪽에 텐트를 치고 그 위에 위장망을 쳤다. 수도원까지 직선거리는 대략 4㎞, 해안까지는 5㎞ 남짓한 거리였다.

"비가 와서 그런지 외부에 나온 놈들이 하나도 없어, 안에 들어가 보기 전에는 숫자나 무장상태를 확인할 방법이 없을 거 같아."

텐트를 치는 동안 수도원 주변을 훑어본 제니퍼가 텐트 안으로 들어와 담배를 물었다. 그가 말을 받았다.

"내일 아침까지는 이대로 상황을 지켜보자. 제니, 넌 여기서 저것들 지켜보다가 움직임이 있으면 연락해. 블랙샤크 도착시간이 잘해야 새벽이라니까 내일 아침까지 우리가 도착하지 않으면 블랙샤크하고 접선해서 장비 챙겨봐라."

"어디 가게?"

"루벤하고 담판을 지어야지. 이스탄불 근처까지 갈 거야."

"괜찮을까?"

"누구 뒤통수가 깨지는지는 끝까지 가봐야 알지. 후후."

그는 제니퍼의 머리를 쓱쓱 쓰다듬어 주고 텐트 밖으로 나왔다. 평소나 다름없이 제니퍼가 인상을 그렸지만 웃어주는 걸로 입을 막았다. 매번 싫은 기색을 보이지만 진짜 싫어하는 것도 아니었다.

빗줄기는 하늘에 구멍이 난 것처럼 여전히 굵었다. 그러나 숲이 워낙 우거져서 머리 위로 떨어지는 물방울의 숫자는 그리 많지 않았다. 다만 나무들 사이로 보이는 능선은 뿌연 물안개 속에 갇혀 있었다. 김석훈은 능선 사면으로 빠져나와 해안의 간이 선착장과 진입로에 있는 초소를 훑어보면서 루벤에게 전화를 걸었다. 루벤은 그가 목소리를 내기도 전에 그의 이름을 입에 담았다.

—여! 라이언. 재주 좋더군. 우리 아이들 떼어내는 게 쉽지 않았을 텐데 말이야.

"이야기 좀 할까?"

—좋지. 언제?

"20시, 루멜호텔."

─해협 북쪽 서안에 있는 거 말이로군. 사원에 붙어 있는 거?

"맞아. 로비 바에서 보지."

─일은 같이 하기로 결정한 건가?

"혼자 와라. 얼굴 허연 놈 하나라도 눈에 띄면 이야기는 끝이다."

─어이, 어이, 잠깐이라도 함께 일해야 할 건데 너무 빡빡하게 굴지 말자고. 만만한 동네 건달 만나는 것도 아닌데 나도 가방 들어줄 놈 하나는 있어야지. 후후.

"좋아. 하나."

─좋았어. 내가 준비해야 할 건?

"200백만 유로, 고액권 지폐로."

그는 루벤이 제안한 100만 달러의 2배가 넘는 액수를 불렀다. 돌아가는 상황을 보면 물건을 찾아주는 대가로 100만 달러는 너무 적었다. 너무 적은 액수에 응하면 거꾸로 놈이 이쪽의 의도를 의심할 수도 있었다. 어느 정도 밀고 당기기는 해야 말이 됐다. 그의 생각이 틀리지 않았다면 200만 정도는 준비가 되어 있을 것이고 설사 없다고 해도 주는 척까지는 하리라는 판단이었다. 놈의 반응도 그의 생각과 비슷했다.

─윽, 욕심이 너무 많은 거 아냐? 네가 그 정도 가격이 된다고 생각하는 거야?

"내가 아니라 내가 할 수 있는 일이겠지. 싫으면 그만둬. 20시, 호텔 바, 끊는다."

그는 대답을 기다리지 않고 전화기 배터리를 뺐다.

❖

　루벤은 부하를 바 입구에 남겨놓고 로비를 한 바퀴 돌아본 다음, 바로 들어가 자리를 잡았다. 19시 51분, 놈은 아직 나타나지 않았지만 분명 어디선가 그를 지켜보고 있을 것이었다. 코냑 한 잔을 시켜 맛을 보면서 옆자리의 다리를 꼰 여자에게 점수를 매겼다.

　'잘해야 70점, 예루살렘이 그립군.'

　쓰게 입맛을 다신 루벤은 하드케이스를 스탠드 위에 올려놓고 쓰다듬었다. 평생 만져 보기도 쉽지 않은 큰돈, 사실 그냥 줄 생각은 추호도 없었다. 일이 끝난 뒤에는 누구의 돈도 아니었다.

　"그거 내 돈인가?"

　누군가 옆자리에 앉으며 말했다. 별로 반갑지 않지만 기다리던 얼굴, 라이언이었다. 놈이 바텐더를 불러 그의 앞에 있는 잔을 가리켰다. 그가 술잔을 집어 들고 말을 받았다.

　"아직, 일이 끝나야지."

　"난 선불이라고 한 것 같은데?"

　"선수끼리 이러지 말자고. 후후. 가방은 당연히 지금 주지. 대신 가방 안에 서비스로 화염탄 작은 거 하나 넣어뒀어. 억지로 열려고 하면 쾅! 알지? 깨끗이 타버릴 거다. 내가 원하는 대답이 나오면 비밀번호까지 넘겨주지."

　"그게 돈인지는 어떻게 알지?"

루벤은 피식 웃으면서 자물쇠 번호를 맞춘 다음 번호를 가린 상태로 가방을 살짝 열어 보였다. 500유로 뭉치들, 얼핏 보기에도 200만 유로는 되는 것 같았다. 루벤이 가방을 닫아 자물쇠를 돌리며 말했다.

"그럼 이야기를 시작해 볼까?"

김석훈은 대답을 생략한 채 먼저 루벤의 손에서 가방을 빼앗아 자물쇠를 루벤 앞으로 돌려놓았다.

"열어. 아니면 지금 끝내고."

루벤이 자물쇠를 장난스럽게 만지작거리면서 되물었다.

"미하엘이 물건을 가지고 있나?"

"열어. 추적장치 달려 있는 가방을 들고 다닐 정도로 미련하지는 않아."

"먹고 튀면 어쩌라고?"

"너 모사드 아냐? 동아프리카에서 장사하면서 모사드를 상대로 사기를 칠 만큼 미련하지도 않아."

"지독한 인간."

혼자 중얼거린 루벤은 자물쇠 번호를 맞춰 딸깍 소리가 나게 열었다. 비밀번호를 확인한 김석훈이 가방을 발밑으로 내려놓았다.

"키리오스를 직접 공격할 생각이지?"

"놈이 물건을 가지고 있는 게 확실하다면."

"갖고 있는 건 맞아. 전부는 아니지만."

"전부가 아니다?"

"나머지 일부가 내 손에 있다고 생각하는 것 같다. 그러니 전부가 아닌 건 확실한 셈이지."

"놈이 일부를 가지고 있는데 나머지 일부를 네가 가지고 있다고 생각한다? 그런 이야기냐?"

"그런 셈이야."

루벤은 미간을 잔뜩 좁혔다.

"그걸 믿으라는 거냐?"

"싫으면 말고."

"까놓고 이야기하자. 미하엘 그놈은 웬만해서는 나이트클럽 이외의 장소에 나타나지 않았어. 그런데 네 존재를 확인하자마자 밖으로 튀어나왔다. 놈은 네가 물건을 가지고 있다고 확신하는 거야. 그런데 넌 없다고 우겨?"

"믿기 싫으면 말라니까? 내가 가지고 있는 건 나머지 일부의 위치에 관한 정보뿐이야."

"위치정보?"

"그나마 정확하지도 않아. 놈이 가지고 있는 물건에 한국 요원의 수첩이 포함되어 있다고 들었다. 그걸 봐야 확실해진다. 어쨌든 놈은 내게 물건의 일부가 있다고 생각하니까 불러내면 당장 뛰쳐나올 거야. 그동안 넌 빈집털이를 하면 되고."

"빈집털이라… 기본적인 사항은 알고 이야기하는 거냐? 이를테면 '놈이 물건을 어디에 보관하는지'라든가 '현장의 병력배치'라든가 뭐 그런 거 말이야."

"병력배치 같은 거야 네가 조사해 뒀겠지. 난 딱 필요한 만큼만 알아. 말 한마디에 모사드가 거금 200만 유로를 기꺼이 내놓을 만큼 대단한 물건이 목표라는 것, 나머지는 관심 없어."

"그거 아주 좋은 마음가짐이로군. 너야 그렇다 치고… 같이 다니는 이쁜이 한국요원은 의견이 많이 다를 것 같은데?"

"이미 알겠지만 그 여자는 대사관 무관이야. 쉽게 말해서 군인이지 스파이가 아니다. 인질석방 협상에 참여했다가 일이 꼬이면서 나와 함께 움직인 것뿐이야. 그리고 그 여자도 물건의 실체는 몰라."

"폼이 네 애인인 것 같던데 그 여자 무시할 수 있나? 물건이 뭔지 알게 되면 그 여자는 우리에게 넘기는 걸 무조건 반대할 거야."

"그럴 수도 있겠지. 하지만 난 장사꾼이야. 돈을 이길 수 있는 건 아무것도 없다."

루벤은 매서운 눈으로 잠시 그를 건네다 보더니 어깨를 으쓱해 보였다.

"그 정도 해두지. 그쪽은 네가 책임져. 방해가 되면 즉시 사살하고 한국에 모조리 덮어씌울 거다."

"그거야 멋대로 하셔. 이제 본론으로 가자고, 병력은 얼마나 동원할 수 있지?"

"키돈 두 팀. 전력은 충분해."

히브리어로 단검이라는 뜻을 가진 키돈은 1976년 엔테베 공항 인질구출작전을 성공시키면서 세상에 이름을 알린 자칭 세계 최강이라는 모사드 소속 특수부대였다. 2팀이면 16명, 확실히 대단한 전력이었다. 그러나 40명이나 되는 스페츠나츠 출신 용병들을 사상자 없이 제압하는 건 현실적으로 불가능했다. 기습에 성공한다 하더라도 용병들의 전투력을 고려하면 보유 화력을 총동원한 대규모 교전은 필수, 키돈의 전투력이 제아무리 강력하다고 해도 사상자 발생은 필연이었다. 그런데 루벤은 사상자나 전투력에는 신경조차 쓰지 않았다.

"문제는 그게 아니야. 그 동네 토지를 소유한 작자가 문제지."

"누군데?"

"툰나이 토룬, 터키 육군 사령관 출신이야. 예비역이지만 아직도 터키 군부에 막강한 영향력을 행사하고 있지."

"후환이 두렵다는 이야기로군."

"최대한 조용히 처리해야 돼. 그래서 네가 필요한 거다."

"흠, 덮어씌우려는 건 아니고?"

"필요하다면 그래야겠지."

김석훈은 한쪽 눈썹을 슬쩍 들어 올렸다. 불쾌한 단어 나열이지만 사실 누구라도 비슷하게 생각할 터, 차라리 이런 직설적인 단어들이 마음 편했다.

"거기 상태가 별로야. 그 불편한 곳에 토룬이라는 작자가 상주하지는 않을 거 같은데?"

"물론이야. 그 작자 저택은 이스탄불이지."

"그럼 고민할 거 없잖아. 주력이 빠져나간 뒤에 진입해서 물건 챙기고 깨끗이 태워. 그게 최선이다. 이후는 각개격파, 현장으로 돌아가는 미하엘을 바다에서 처리하면 끝이다."

"주력을 유인해 내는 데까지는 나도 동의를 하지. 그런데 진짜 문제는 놈이 물건을 어디다 보관했느냐다. 물건의 위치도 확인하지 않고 공격을 시작할 수는 없다."

"대안 있어? 지금으로선 현장에서 몇 놈 잡아서 족치는 수밖에 없다. 만에 하나 현장에 없으면 놈이 타고 나온 요트를 장악해서 확인하는 수순으로 가야지. 시간은 충분히 끌어줄 수 있다."

루벤은 손에 쥔 술잔 모서리로 스탠드를 톡톡 치면서 한동안 생각을 정리하더니 술잔을 내려놓고 차분하게 입을 열었다.

"좋아. 생각해 보지. 시점은?"

"내일 밤, 20시 전후해서 놈에게 전화를 하고 약속장소에 놈이 나타나면 네게 전화하겠다. 20시에 통화가 된다는 전제로 22시 전후면 놈의 위치가 확인될 거다. 공격 팀과 함께 현장에 대기하다가 내 전화를 받으면 즉시 시작해라. 가능하면 전파방해부터 시작하고."

"놈과 만날 장소는 어디로 할 생각이지?"

"한 번 와본 장소가 좋겠지. 이 근처."

루벤은 고개를 끄덕이면서 번호 한 줄이 적힌 쪽지를 내밀었다.

"놈의 휴대전화 번호다. 내가 있을 때 걸어. 지금도 괜찮겠군."

"아니, 상황 파악할 시간을 주는 건 좋지 않아. 정확하게 수도원에서 여기까지 올 시간만 주는 게 최선이다."

그는 번호를 외운 다음, 쪽지에 불을 붙여 재떨이에 던졌다. 루벤이 말을 받았다.

"그럼 요원을 둘 붙여주지. 최소한의 안전조치다."

"귀찮게 구는군. 베이비시터는 필요 없어."

"널 위한 안전조치가 아니야. 날 위한 거지. 내 사람이 있는 자리에서 전화를 하라는 거야."

"알아. 난 그게 싫은 거고."

"선택하라는 이야기가 아니다. 지금부터 머리에 총구 들이대고 따라오라 소리 안 하는 것만으로도 많이 배려해 준 거야."

"마음먹으면 둘 정도는 없는 거나 마찬가지다. 알잖아?"

"건방 떨지 마라. 그렇게 만만한 친구를 붙여놓을 것 같으냐?"

팽팽한 신경전이 계속되자 그는 졌다는 표정으로 양손을 들어 보였다. 어차피 그가 루벤의 입장이라도 타협이 될 사안은 아니었다. 그냥 필요에 의해서 밀고 당기기를 해두는 것뿐이었다. 그가 쓴웃음을 지으며 말했다.

"정 불안하면 보내던지. 내일 19시 30분, 밖에 있는 이슬람사원 정문."

"잘 생각했어. 친구."

루벤은 기분 좋게 웃으면서 술잔을 입으로 가져갔다. 순간, 그의 이어폰에서 잔뜩 긴장한 차수연의 목소리가 흘러나왔다.

"잠깐, 기다려."

슬쩍 손을 들어 보인 그는 이어폰에 잠시 귀를 기울였다.

─중국인 무장요원, 정문에 둘, 남쪽 현관에 둘, 정문에서 하나가 안으로 들어간다.

"젠장."

그는 나직하게 욕설을 토해내면서 시선을 정문 현관으로 돌렸다.

"반갑지 않은 손님이야. 날 따라올 재간은 없었을 테니 널 따라왔을 거다."

"미행?"

"중국인들이야."

루벤은 놀란 표정으로 손목에다 히브리어로 무언가 중얼거리더니 짜증스럽게 말했다.

"제기랄, 따라온 거 맞네. 지휘하는 놈이 제법 알려진 프로 킬러다. 가유양이라고 공식적인 신분은 중국 무역협회 말단 직원인데 우리하고는 좋지 않은 장면에서 몇 번 마주쳤다. 작은 키에 깡마른 체구라 금방 알아볼 수 있을 거야. 단검을 쓰는 놈이니까 접근전은 피하는 게 좋고."

"참고하지."

"빌어먹을, 앙카라에 있어야 할 놈이 언제 여기까지 날아왔지?"

"여기저기 잔가지를 깔아놨겠지. 머릿수 하나는 더럽게 많으니까."

"일단 진행하는 걸로 결정하고 오늘은 흩어지자. 도와줄 필요 없지?"

그는 말없이 픽 웃었다.

"그럴 줄 알았어. 내가 정문으로 나간다. 연락해."

루벤은 스탠드 위에다 지폐 몇 장을 던지고 서둘러 자리에서 일어섰다. 고개만 까딱해 보인 김석훈은 루벤의 뒤를 따라 바를 나서면서 입구에 꽂힌 우산을 챙겨 들고 호텔 프런트로 직행했다.

"1204호 투숙객인데 호텔 금고를 좀 사용했으면 좋겠습니다."

"맡기실 물건은 뭐죠?"

그는 가방을 올려놓았다. 프런트 직원이 다시 물었다.

"며칠이나 쓰시겠습니까?"

"한 달 정도면 좋겠군요."

"하루에 300리라씩 9,000리라입니다."

그는 얼른 지폐 몇 장을 올려놓았다. 돈을 받아 든 직원은 컴퓨터에 무언가 기록을 하더니 키카드 하나와 영수증을 프런트에 올려놓았다.

"찾으실 때 이 카드와 영수증을 꼭 지참하셔야 합니다."

그는 가볍게 목례만하고 돌아서서 루벤과 차수연의 위치를 확인했다. 차수연의 검은 우산은 정문 앞 이면도로를 막 건너갔고 루벤은 정문의 중국인들과 마주 서서 눈싸움을 하고 있었다. 그에게 시간을 벌어줄 모양이었다.

─포인트 3에서 대기.

"카피."

길을 다 건넌 차수연이 남쪽으로 방향을 잡자 그는 최대한 자연스럽게 남쪽 현관으로 걸음을 옮겼다. 현관 근처의 소파에서 불편한 시선이 느껴졌다. 야구모자와 지역신문으로 얼굴을 가린 어딘가 어색한 몰골인데도 놈은 자신을 알아보지 못할 거라고 생각하는지 태연한 얼굴로 그를 넘겨다보고 있었다.

그는 놈의 면전에다 널 알아봤다는 의미의 비틀린 미소를 날려주고 곧장 밖으로 나왔다. 호텔 구역을 빠져나오자마자 재빨리 뒷골목의 어둠 속으로 스며들어 빠른 걸음으로 몇 분을 걸었다. 예상대로 얼마 지나지 않아 어수선한 발자국 소리가 따라왔다. 두 놈, 우산을 때리는 빗소리에 한 꺼풀 덮였지만 못 알아들을 정도는 아니었다. 그는 우산을 버리고 뛰기 시작해서 골목을 몇 번 갈아탄 다음, 모퉁이 벽에 기대 권총에 소음기를 끼웠다. 발자국 소리는 조금 멀어진 느낌이었다.

그는 호흡을 가다듬으면서 발자국 소리에 귀를 기울였다. 점점 더 굵어지는 빗줄기 때문에 확실치는 않았지만 발자국 소리는 가까이 다가왔다가 다시 멀어지고 있었다. 발자국 소리가 완전히 사라지자 조심스럽게 모퉁이 밖으로 고개를 내밀었다. 골목에는 아무도 없었다. 밖으로 나와 주변의 높은 건물을 확인했다. 한참 뛴 것 같았는데 아직도 호텔 건물이 멀지 않았다. 그가 선 자리는 얼핏 보기에도 호텔에서 남서쪽으로 대략 500미터쯤 떨어진 납작한 야산 밑의 주택가였다.

고민할 것도 없이 일단 발자국 소리가 멀어진 방향과 반대로 걷기 시작했다. 그런데 정면에서 철벅대는 빠른 발자국 소리가 들려왔다. 최소 둘, 그는 즉시 길 모퉁이 전봇대 옆에 달라붙었다. 빠르게 다가오던 발자국 소리는 몇 미터 앞에서 차츰 느려졌다.

'네미럴.'

너무 여유를 잡았다는 생각, 장대비 속인데도 숨을 쉬기가 부담스러울 정도로 미간이 화끈거렸다. 순간, 시커먼 그림자 하나가 모퉁이를 돌았다. 손에 쥔 권총이 눈앞에 있었다. 그는 반사적으로 총을 쥔 손을 낚아채 겨드랑이에 끼우고 들어 올리면서 놈의 사타구니에다 총탄 2발을 박아버렸다.

퍼벅!

"큭!"

무너지는 놈의 상체를 끌어올려 방패로 만들면서 뒤따르는 놈의 가슴팍에 잇달아 대여섯 발을 쏘아붙였다. 놈은 총 한 방 쏘지 못한 채 외마디 비명을 지르면서 뒤로 넘어갔다. 곧바로 시체를 타 넘어 뛰기 시작했다. 그러나 다시 어지러운 발자국 소리가 다가왔다. 이번엔 앞뒤에서 동시였다.

'젠장. 도대체 몇 놈이나 동원한 거야?'

차수연이 확인한 중국요원의 숫자는 다섯, 그중 셋을 잠시나마 루벤이 붙잡아뒀으니 따라붙은 둘을 처치했으면 어느 정도 운신이 자유로워야 정상이었다. 그런데 어찌 된 일인지 남은 발자국 소리만 최소한 넷이 넘었다. 상대의 정확한 숫자를 확인하지 못했는데 무리해서 부딪힐 수는 없는 노릇, 그는 잡생각을 접어버리고 즉시 주택가의 낮은 담장을 뛰어넘었다. 앞뒤가 모두 막혔다면 숲으로 들어가는 수밖에 도리가 없었다. 일단 야산을 넘으면 훔친 구닥다리 시트로엥을 세워둔 이면도로가 나올 것 같았다.

그러나 숲에 들어와서도 문제는 여전했다. 애당초 칠흑 같은 어둠과 장대비 속에서 본능에 의지해 숲을 통과하는 건 쉽지 않았다. 우선은 체력적인 부담이 컸고 시간도 턱없이 오래 걸렸다. 몸 관리에 무심했던 자신을 다시 한 번 질책하면서 필사적으로 발을 놀렸다. 미끄러지고 엎어지면서 무려 20여 분을 뛰어 어렵게 정상을 밟았다.

일단 한숨을 돌린 셈, 그러나 힘든 건 내려가는 쪽이 훨씬 심했다. 첫발을 내딛자마자 엉덩방아를 찧으면서 10여 미터를 미끄러졌고 다시 돌부리에 걸려 한참을 굴러야 했으며 마지막 산기슭에서는 허리까지 차는 흙탕물 속에 빠져 허우적거려야 했다. 어렵게 흙탕물에서 벗어나자 급기야 추격자들의 목소리가 들려왔다.

'미치겠네.'

그나마 다행인 건 시트로엥을 세워둔 자리가 멀지 않다는 점이었다. 뛰면서 각도를 제대로 잡았는지 도로변까지 나오자 이 폭우 속에서도 차가 보였다. 한숨 돌린 그는 산기슭의 덤불 속에 몸을 숨긴 채 차수연을 호출했다.

"매드독 둘, 어디야?"

―차 안에 있어요. 어디에요?

"차 진행방향으로 대충 100미터, 따라붙은 놈들도 가까워."

―갈까요?

"서둘러. 도로 표지판 근처야. 보여?"

―아뇨, 전혀요. 가까이 가서 표지판 보이면 세울게요.

"오케이, 움직여."

순간적으로 전조등이 켜지고 곧장 차가 움직이기 시작했다. 순식간에 다가온 전조등이 속도를 살짝 줄이자 그는 번개같이 튀어나가 멈춰 서는 시트로엥의 엔진후드를 날렵하게 타 넘었다.

"퍼벅!

조수석으로 달라붙어 문을 여는 순간, 펜더와 후드에 구멍 서너 개가 뚫렸다. 그는 문에 매달려 하체만 차 안으로 밀어 넣었다.

"밟아!"

그아앙!

날카롭게 비명을 지른 시트로엥이 도로를 박차고 전진했다. 앞에서 시커먼 그림자 하나가 튀어나왔다가 갑작스런 가속에 놀라 도로 밖으로 몸을 날렸다. 통과하면서 기슭에 처박힌 놈을 향해 몇 발 쐈지만 제대로 맞지는 않은 것 같았다. 최대한 가속하면서 순식간에 고갯마루 끝까지 차고 올라온 차수연은 굴곡이 심한 하행길에서 속도를 줄였다. 가로등도 없는 산길인데다 시계까지 좋지 않아서 속도를 높이는 건 자살행위였다. 어렵게 안으로 들어와 문을 닫은 김석훈이 뒤를 돌아보며 투덜거렸다.

"제기랄, 이것들 완전 진상이네."

"우릴 노리는 거예요?"

"그렇겠지. 며칠 사이에 유명인사가 돼버렸으니까."

"도로 갈라져요. 차 있는 데로?"

차수연이 가속하면서 턱으로 도로를 가리켰다. 굴곡이 사라진 도로 200미터쯤 전방에 교차로가 보였다.

"그래야지. 좌회전."

순간, 교차로 왼쪽에서 튀어나온 차량이 급제동을 하면서 왕복 2차선 도로를 횡으로 가로막았다. 도로 좌우가 제법 높은 콘크리트 연석으로 막혀 있어서 도로 밖으로 빠져나갈 방법은 없어 보였다. 거리는 잘해야 50미터 남짓, 가로막은 차량 조수석에서 총구화염이 보였다.

"미친놈들, 그냥 밀어붙여! 밟아!"

어차피 돌아갈 수는 없는 노릇이었다. 그는 차창 밖으로 권총을 내밀고 탄창을 모두 비워 버렸다. 그가 탄창을 바꾸는 사이에 차수연은 중앙선을 슬쩍 넘어가더니 길을 가로막은 승용차의 뒷 범퍼를 정통으로 들이받았다. 강력한 충격이 안전벨트를 타고 어깨를 가격했다.

콰직!

상대적으로 가벼운 뒤를 들이받은 건 나름 현명한 선택, 철판이 우그러지는 거친 굉음이 터지고 길을 막은 차는 핑 돌면서 도로 건너편으로 밀려 나가 연석에 부딪히면서 주저앉았다. 그러나 시트로엥은 바로 빠져나가지 못했다. 부딪히면서 철판끼리 끼었는지 요지부동이었다.

"후진!"

그아앙!

기어가 후진으로 들어가자마자 우지직하는 불쾌한 소음이 들려왔다. 범퍼가 반쯤 떨어져 나가고 있었다.

"전진, 전진!"

시트로엥이 덜덜거리며 가속을 시작하자 주저앉은 앞 범퍼가 쟁기처럼 아스팔트를 갈아냈다. 범퍼는 몇 미터 따라오다가 앞바퀴에 깔려 엔진 후드 위로 튕겨져 올라왔다.

콰직!

"제기랄!"

범퍼는 윈드쉴드 한쪽을 주저앉히고 순식간에 시야에서 사라졌다. 삽시간에 교차로로 진입한 차수연이 핸들을 오른쪽으로 꺾으며 뾰족하게 소리쳤다.

"더 있어!"

교차로 왼쪽에 고속으로 다가오는 전조등 2쌍이 보였다. 차수연은 이를 악물고 가속페달을 끝까지 밟았다. 그러나 추격해 오는 전조등은 몇 초 지나지 않아 범퍼가 닿을 정도로 따라붙었다. 시트로엥의 상태가 워낙 좋지 않았던 것, 엔진 후드에서는 쉴 새 없이 수증기가 피어올랐고 한쪽 드라이브 샤프트가 나갔는지 핸들을 꺾을 때마다 덜덜거리기까지 했다. 순간, 느닷없이 뒷유리가 폭삭 주저앉았다.

퍽!

고개를 돌리자 바로 뒤까지 달라붙은 SUV가 보였다. 다른 한 대는 반대편 차선으로 넘어가 리어펜더에다 머리를 들이대고 있었다.

"제기랄!"

그는 재빨리 시트백을 젖히고 뒤로 넘어가 무릎을 꿇은 채 SUV의 운전석에다 무차별로 총탄을 난사했다. 순식간에 윈드쉴드에 구멍 서너 개가 뚫린 SUV는 휘청하면서 방향을 틀더니 순간적으로 코를 박고 꽁무니를 들어 올렸다.

쾅!

거꾸로 떨어진 SUV는 횡으로 한 바퀴 구른 다음, 옆에서 달리던 승용차의 옆구리를 쿵 들이박고 돌면서 도로 밖으로 튀어나가 시야에서 사라졌다. 좌우로 심하게 흔들린 승용차는 일순 속도를 줄였지만 금방 중심을 잡고 따라붙기 시작했다. 반면 시트로엥은 거의 속도를 내지 못해서 거리는 순식간에 가까워져 버렸다.

그는 마지막 탄창을 갈아 끼우고 따라붙는 승용차 운전석을 조준해 대여섯 발을 날려 보냈다. 그러나 재빨리 건너편 차선으로 건너간 놈들의 차가 뒤를 들이받는 건 막지 못했다.

콰직!

오른쪽 유리창들이 통째로 터져 나가고 펜더 오른쪽을 들이받힌 시트로엥은 옆으로 돌면서 놈들의 차에 다시 옆구리를 들이받힌 채 정신없이 밀려 나가기 시작했다.

"제기랄!"

요행히 뒤집히지는 않았지만 엄청나게 위험한 상태, 이대로는 목숨을 부지하기 어려웠다. 유리 조각 위에 누운 채 어렵게 손만 들어 올려 옆구리를 밀어내고 있는 승용차의 운전석쯤을 향해 마구잡이로 방아쇠를 당겼다.

쾅!

순간, 시트로엥이 어딘가에 부딪히면서 핑 돌았다. 그는 시트 아래로 깊숙이 처박혀 버렸다. 철판 우그러지는 소리와 마찰음이 잇달아 터지고 강력한 충돌음과 함께 차가 불쑥 솟아오르더니 도로 밖으로 머리를 처박았다. 그리고 정지, 그는 차가 움직임을 멈추자마자 손발을 움직여 보았다. 여기저기 찢기고 심하게 타박상을 입었지만 다행히도 큰 부상은 아닌 것 같았다.

"차수연, 괜찮아?"

대답은 없었다. 억지로 몸을 일으켜 차수연의 목에 손을 댔다. 머리에서 피를 흘리고 있지만 맥은 확실히 뛰고 있었다. 충격에 정신을 잃었다는 뜻, 뺨을 몇 대 때리자 끙 소리를 냈다.

"괜찮아?"

그는 대답을 기다리면서 주변을 둘러보았다. 엉망진창으로 망가진 시트로엥은 콘크리트 연석에 뒷바퀴가 걸린 채 매달렸고 놈들의 차는 연석을 완전히 뛰어넘어 30여 미터 떨어진 사면에 뒤집혀 있었다. 차수연이 힘겹게 머리를 들어 올리며 말했다.

"머리… 지독하게 아파요."

한동안 정신을 차리기가 쉽지 않을 터, 당장 움직이는 건 무리였다. 권총을 챙겨 든 그는 깨진 유리창을 통해 어렵게 몸을 빼냈다. 밖으로 머리를 내밀자마자 장대비가 사정없이 머리를 두들겼다. 시계는 거의 제로, 그러나 아직 살아 있는 시트로엥의 헤드램프 하나가 뒤집힌 아우디의 엠블렘을 비추고 있었다. 그는 아우디 주변을 다시 한 번 확인한 다음, 차수연을 끌어내 연석에 기대 앉혔다. 다행히 이마를 빼고는 외견상 큰 부상은 없어서 잠시 시간이 흐르면 정신을 차릴 것 같았다.

"기다려."

그는 윈드브레이크를 벗어 머리에 씌워주고 멀리 우회해서 아우디로 다가갔다. 실내의 상황이 보일 정도의 거리가 되자 빗소리 사이로 신음 소리가 들려왔다. 뒷자리에서 흘러나오는 소리, 뒷자리에 탄 사내는 거꾸로 처박혀서 머리와 한쪽 어깨를 깨진 창밖으로 내놓은 상태였는데 전혀 움직이지 못하고 있었다.

그는 횡으로 움직이면서 운전석을 확인했다. 아직도 안전벨트에 묶인 피투성이의 운전자는 그가 마구잡이로 쏜 총에 맞았는지 눈두덩이와 가슴에 총상이 보였다. 그러나 조수석은 비어 있었다. 그리고 에어백이 터져 있었다. 요즘 생산되는 고급차들은 시트에 사람이 앉아 있지 않으면 에어백이 터지지 않는다. 따라서 조수석 에어백이 터졌는데 조수석에 사람이 없다는 건 누군가 밖으로 나갔다는 의미였다.

그는 자세를 잔뜩 낮춘 채 차에서 멀리 떨어져 뒷범퍼 쪽으로 돌아갔다. 순간, 어둠 속에서 무언가 움직임이 느껴졌다. 반사적으로 가까운 바위 뒤로 몸을 날렸다.

핑!

빗줄기를 가른 날카로운 파공음이 아슬아슬하게 목덜미를 스쳤다. 목에서 주르륵 피가 흘렀다.

'단검!'

루벤이 거론한 가유양이란 놈일 터, 만만한 상대는 결코 아닐 것이었다. 그는 급히 탄창을 뽑아 남은 총탄을 확인하고 다시 끼웠다.

남은 건 달랑 6발, 이러면 단숨에 승부를 봐야 했다. 다행히 상황은 그에게 유리했다. 가까이 접근하지도 않았는데 단검이 날아온 건 분명히 긍정적인 신호였다. 칼을 쓰는 자라면 당연히 접근 전을 선호해야 정상인데 놈은 상대적으로 먼 거리에서 총기를 든 상대에게 단검을 날렸다. 판단력이 흐려졌다는 뜻이고 그건 곧 몸 상태가 정상이 아닐 가능성을 의미했다. 우선은 조용히 몸을 굴려 차에서 몇 미터 물러섰다. 상대가 단검을 쓴다면 조금이라도 더 거리를 두는 편이 나았다.

'확인이 먼저다.'

10미터쯤 물러서서 횡으로 빠르게 움직였다. 어둠 속에서 '끙' 하는 기합 소리가 들렸다. 다시 단검이 날아왔다. 그러나 등 뒤 어딘가로 힘없이 날아갔다. 놈은 확실히 부상을 당한 상태였다.

―엄호할게.

차수연의 목소리, 연석에 기대있던 차수연은 어느새 일어나 그의 반대쪽으로 돌아가고 있었다.

"생존자 둘, 하나는 뒷자리, 하나는 아우디 3시 방향이다."

―카피.

차수연의 움직임을 확인하고 몇 미터 더 이동하자 뒤집어진 차량의 프런트 펜더에 어깨를 기댄 시커먼 그림자가 보였다. 놈은 필사적으로 앞 범퍼 뒤로 기어가고 있었다. 한쪽 다리를 질질 끌었고 한쪽 팔만 사용해서 기는 것 같았다. 얼핏 보기에도 부상은 심각했다. 자진해서 헤드램프 불빛 속으로 들어갈 정도면 더 생각할 필요도 없었다. 그는 지체 없이 외곽으로 돌면서 헤드램프 불빛 속에다 연속해서 3발을 쏴버렸다.

"헉!"

맞는 건 기대조차 하지 않은 견제사격에 억눌린 신음 소리가 들려왔다. 비슷하게 날아간 총탄을 피하지 못하고 어딘가 얻어맞은 모양이었다. 그는 다시 몇 발 횡으로 움직인 다음 사각을 잡고 무릎을 꿇었다. 헤드램프 사이에 머리를 대고 누운 왜소한 체구의 사내가 고스란히 눈에 들어왔다. 손에는 뭔가 반짝이는 걸 쥐고 있었다. 거리는 대략 20미터, 악천후지만 조준사격이면 놓칠 이유가 없었다. 그는 양손으로 권총을 감아쥐고 관자놀이를 조준해서 그대로 방아쇠를 당겼다.

퍽!

관자놀이에서 피분수를 뿜어낸 놈의 머리가 횡으로 푹 꺾였다.

"원 다운. 차에 하나 남았다."

―카피.

몇 발 다가가자 신음 소리가 확연히 들렸다.

"사… 살려줘."

약간 어눌한 영어, 다리 부러진 안경이 이마에 걸렸고 한쪽 팔은 아우디 지붕에 깔려 있었다. 그가 총구를 이마에 대며 차갑게 말했다.

"질문에 대답하면 꺼내주겠다. 어때?"

얼핏 40대 중반쯤 되는 통통한 얼굴의 남자였는데 덜덜 떠는 품이 필드요원하고는 거리가 멀어 보였다. 사내는 눈을 게슴츠레하게 뜬 채 급히 말을 받았다.

"팔에 감각이 없어, 팔. 살려줘."

"질문에 대답하겠나?"

"나… 난 요원이 아니야. 정말이야. 살려줘."

"대답 먼저 듣겠다. 소속은?"

"612연구소 GMD 개발팀."

"GMD? 홍치(紅旗) 개발하는 부서 이야기냐?"

GMD는 Ground—based Midcourse Defense의 약자로 지상에서 발사하는 대공방어 시스템을 총칭하는 단어였다. 쉽게 미국의 패트리어트 미사일 시리즈와 유사한 대공 요격미사일을 개발하는 부서였다. 특히 중국판 패트리어트 미사일이라고 불리는 홍치(紅旗—9)는 중국의 미사일 방어능력을 획기적으로 끌어올렸다는 평가를 받고 있었다. 러시아의 중고도 요격미사일 S—300을 개조한 것으로 알려졌는데 S—300의 미사일 요격률이 패트리어트—3보다 한 수 위라는 평가가 나오면서 미사일디펜스 경쟁을 후끈 달아오르게 만든 주범이었다. 그의 반문에 사내가 황급히 고개를 끄덕였다.

"마… 맞아. 나… 난 홍치—9 개발팀 차석이다. 난 과학자지 스파이가 아니야. 살려주면 너희 정부에 도움이 될 과학적 지식을 제공하겠다. 아는 건 전부 털어놓을 테니까 도와줘."

"차석? 꽤 높은 양반인 모양인데… 이 위험한 동네엔 왜 나타났어?"

"요원들이 찾아낸 부품의 진위를 판단하라는 지시를 받았다. 이스탄불에는 오늘 도착했지. 그런데 재수 없이 도착하자마자 일이 터져 버린 거야. 그냥 뒷자리에 타고 있다가 여기까지 따라왔어. 다른 건 몰라."

"부품?"

"러시아가 개발 중인 최신 미사일 부품이라고 들었다. 프로젝트 크라스늬 트리움프의 핵심부품으로 추정된다는 내용이 전부였다."

"크라스늬 트리움프?"

"아는 건 그게 전부야. 살려줘. 부탁이야. 날 데려가면 넌 영웅이 될 거다."

"러시아 용병들이 찾는 물건이 그 트리움프 어쩌고 하는 프로젝트의 핵심 부품이라는 거냐?"

"그럴 거다."

"말이 안 되잖아. 그런 중요한 물건이 왜 러시아 용병들 손에 있지? 그것도 외국에?"

"그건 나도 몰라. 그것들이 빼돌렸겠지. 애당초 난 터키가 구입한 S―400 시스템의 수준을 파악하기 위해서 터키에 왔고 줄곧 앙카라 외곽에 있었어. 다른 건 몰라."

"수준을 파악하기는 개뿔, 훔치러 왔겠지. 응? S―400?"

그는 말을 하다 말고 급히 사내의 멱살을 틀어잡았다.

"S―400이 트리움프잖아?"

"그래, 프로젝트 명이 공식명칭이 됐지. 그리고 크라스늬는 '붉은'이라는 뜻이야. 영어로 하면 레드 트라이엄프 정도 되겠지? 하지만 러시아어 크라스늬는 멋진, 아름다운 이런 뜻도 있어. 대충 감이 오나?"

김석훈은 잔뜩 인상을 구겼다. 사내가 입에 담는 물건이 스텔

스 잡는 미사일로 널리 알려진 S—400보다 반세대 이상 앞선 방
공미사일 개발 프로젝트라는 뜻, 어쩌면 최근 실험발사를 끝낸
S—500일 가능성도 있었다. 사내가 다시 말했다.

"미국의 항공전력을 따라잡기 어렵다고 판단한 러시아가 선택
한 건 미사일이다. 상대적으로 돈이 덜 들어가니까. 그래서 러시
아에는 미국놈들이 자랑하는 패트리어트는 상대도 안 되는 고성
능 방공미사일들이 즐비하지. 그중 최신형이라는 이야기야."

사내의 말은 설득력이 있었다. 미국에 비해 상대적으로 예산이
부족한 러시아는 전통적으로 전투기보다는 미사일 전력에 가능
한 재원을 집중적으로 쏟아부었다. 그 결과가 S—300부터 시작
된 방공미사일 시리즈로, 마하14가 넘는 엄청난 고속으로 비행하
는 S—400은 미국의 패트리어트—3의 성능을 확실히 뛰어넘었
고 S—500은 대륙간 탄도미사일 같은 초고속 비행물체의 요격
에서도 뛰어난 명중률을 보인 것으로 알려져 있었다. 쉽게 방공
미사일 분야에서는 러시아가 미국보다 한 발 먼저 가고 있다는
뜻이었다.

미국 무기를 신봉하는 한국군부의 일부 장성들이 의도적으로
S시리즈의 성능을 수준 이하로 폄하하고 있지만 최근 한국이 러
시아의 S—300 시스템 기술을 도입해 개발한 방공미사일 '철매'
가 S—300에도 한참 모자라는 성능이라는 점을 감안하면 대기
권 밖에서 초고속으로 비행하는 탄도미사일을 요격하는 S—500
은 한마디로 아득한 꿈의 무기였다.

"제기랄!"

그는 바닥에 털썩 주저앉아 욕설을 토해냈다. 만약 물건이 정말 S—500의 초고속 유도시스템이나 TVC&Side Thruster 자세제어시스템 같은 핵심부품이나 관련 자료라면 전 세계 첩보기관들이 혈안이 된 이 난장판도 간단하게 설명이 가능했다. 문제는 그게 사실일 경우, 그와 차수연은 목숨이 열 개라도 부지하기 어려울 거라는 점이었다.

그는 망연자실한 표정으로 차에 기대 하늘을 올려다보았다. 하늘에 구멍이라도 난 것 같은 굵은 장대비, 짜증스러웠다. 어느 정도 예상은 했지만 이건 상상을 초월했다.

"떠야 돼요."

차수연이 차분하게 그의 어깨를 짚었다.

"곧 경찰이 들이닥칠 거야. 불이라도 지르고 떠요."

"이놈은 어떻게 하지?"

"데려갈 여력 없잖아요. 살려두면 적에게 득이 되고."

단호하게 말을 자른 차수연은 한 발 다가서더니 매서운 눈빛으로 사내의 이마에 총구를 댔다.

"사, 사… 살려줘!"

겁에 질린 사내가 애원하는 눈빛을 보냈지만 그는 질끈 눈을 감아버렸다. 걷기도 힘든 사내를 데려갈 방법은 사실 어디에도 없었다. 멀리서 사이렌 소리가 들려왔다.

서바이벌 게임

하늘은 이틀째 하염없이 장대비를 퍼부었다. 오후가 되면서 다소 뜸해지긴 했지만 여전히 잔뜩 인상을 찌푸린 채 간간이 굵은 빗방울을 떨어트리고 있었다. 창가에 기대선 미하엘은 벽시계를 확인하면서 반쯤 남은 버번 병을 통째로 입에 댔다. 벌써 오후 4시, 이렇다 할 돌파구도 없는 상황에서 시간만 흘러가고 있었다. 이제 여유 시간은 겨우 사흘이 전부였다. 그 사흘 이내에 물건을 회수해서 구매자의 손에 넘기지 못하면 어렵게 쌓아올린 부대의 명성이 망가지는 건 물론이고 생존을 장담하기도 어려운 형편이었다.

'제기랄! 너무 시끄러워졌어.'

미리 받아 챙긴 착수금도 문제지만 모스크바가 낌새를 채는 최악의 사태도 고려해 넣어야 했다. 아직은 모스크바가 감을 잡지 못해 조용하지만 그들이 상황을 파악하는 건 사실 시간문제였다. 그리고 모스크바가 본격적으로 수사에 착수하게 되면 상황은 완전히 수습불가였다. 최대한 빨리 일을 수습하고 잠수에 들어가야 목숨을 부지할 수 있었다. 그런데 종적을 감춘 라이언이란 놈의 행방을 도무지 찾아낼 길이 없었다. 이스탄불 일대에 깔아놓은 정보원들과 터키경찰 내부의 연줄까지 모조리 동원했건만 여전히 오리무중, 대책도 없이 초조한 시간만 한없이 흘려보내는 꼴이었다.

그는 버번 서너 모금을 한꺼번에 삼키고 창문턱에 술병을 내려놓았다. 순간, 방문이 벌컥 열리면서 릴리안이 상기된 얼굴로 들어왔다. 손에는 메모지 한 장이 들려 있었다.

"여기다 전화해 봐."

"전화?"

"일반전화로 전화가 왔는데 그년 같아, 라이언이란 놈하고 같이 다니는 한국년."

"그것들이 우리 전화번호를 어떻게 알아?"

"죽은 아이들 전화기 챙겼겠지. 제기랄, 어쨌든 누군지 밝히지도 않고 무조건 안전한 전화로 이 번호에다 지금 전화를 하라더군. 번호는 시내 공중전화 같아."

그는 메모지를 받아 들고 곧장 충전기에 꽂아놓은 스크램블 필터 전화기를 집어 들었다. 신호가 가자마자 묵직한 사내의 목소리가 들려왔다.

—미하엘 키릴로프?

"누구냐?"

—당신이 찾는 사람.

"라이언?"

—남들이 그렇게 부르더군.

"원하는 게 뭐냐?"

—좀 만날까?

"만나?"

—보물찾기를 하려면 당신이 가지고 있는 열쇠도 필요하거든, 오늘부터 보물찾기를 할 생각인데… 당신도 같이 하면 어떨까?

"보물찾기?"

—몇 억 달러 정도는 간단히 넘어갈 물건인데 혼자 먹으면 소화불량 걸리잖아. 당신도 보물찾기 행사에 참가시켜 줄 테니까 좀 나눠 달라는 이야기야.

"배짱 좋군."

—꼬마 몇 놈 죽은 것 때문에 감정이 상하지는 않았을 거라고 믿어. 그리고 난 천만 유로 정도면 만족해.

"하! 천만? 까불지 마라. 욕심이 과하면 오래 살기 어려워."

—싫으면 그만두셔. 대신 각오는 하는 게 좋을 거야. 내가 동네방네 떠들고 다닐 거니까. 미하엘 키릴로프라는 전직 GRU 요원이 러시아가 개발하는 최신형 미사일 핵심부품 일체를 빼돌려 팔아먹었다고 말이야. 아니다, SVR(러시아 대외정보부) 국장에게 문자나 하나 넣어줄까? 그게 간단하겠네. 후후.

미하엘은 필사적으로 목소리 관리를 하면서 마른침을 삼켰다.

용어사용 자체는 두루뭉술했지만 놈은 진실에 가까운 이야기를 신나게 떠벌이고 있었다. 더구나 예상외로 많이 알고 있었다. 이러면 무슨 짓을 해서라도 놈을 찾아내 입을 막아야 뒷수습이 가능했다. 놈은 이쪽의 반응을 살피는 것처럼 잠깐 말을 끊었다가 다시 이었다.

—선물로 자네 목숨도 건져 줄 생각이야. 그 정도면 가격이 적당한 것 같은데?

"내 목숨을 건져?"

—후후, 일단 그렇게만 알고 있으라고. 더 자세한 건 돈을 보고 나서 이야기하지.

"웃기는 놈이로군. 어디서 만나자는 거냐?"

—합의가 된 건가?

"만나는 건 동의하지. 하지만 돈은 나중 이야기다. 물건을 구매자에게 넘겨주지 않으면 돈도 없어."

—아아, 당장 다 달라는 건 아니야. 우선 약간의 성의만 보이라고. 그래야 나도 당신을 믿지. 당신 캠프 활동자금 있잖아. 거기서 좀 잘라내. 딱 10퍼센트, 오늘은 100만만 준비해. 해적 나부랭이에게 100만씩이나 쥐어주면서 나 줄 돈은 없다고 오리발 내미는 찌질한 짓은 하지 말자고. 네 목숨 건질 만한 정보였는지 아닌지 확인하고 송금하면 불만 없을 거야. 만나는 건 오늘 밤, 너하고 와이프 둘만 나와라. 나도 둘만 나갈 테니까. 저녁 든든하게 먹고 기다려, 시간과 장소는 당신 휴대전화로 다시 통보하지.

"내 휴대전화 번호를 알아?"

─물론이야. 도청 때문에 다른 길을 찾은 것뿐이다. 참! 당신 부대원은 전원 대기시키는 게 좋을 거야. 당신과 내가 만날 때쯤 당신 캠프에서 뭔가 일이 터질 것 같으니까.

"뭐라고?"

─준비는 조용히, 티내지 말고 지하에서 해. 아니면 그쪽 피해가 클 테니까. 그게 내 선물이다. 상대가 누구이며 숫자는 얼마나 되는지, 공격 시간은 언제인지 같은 세부사항은 합의가 되면 문자로 보내주지. 어때, 괜찮은 조건 아닌가?

"캠프가 공격당할 때 난 너를 만나고 있으라는 이야기냐?"

─나도 최소한의 안전은 확보해야 할 것 같아서 말이야. 그쪽이 바쁠 때가 좋겠지.

"널 어떻게 믿지? 우리 전력을 분산시키려는 양동작전일 수도 있잖아?"

─싫으면 그만두라고. 난 기다렸다가 이긴 놈하고 다시 시작하면 그만이야. 네가 죽으면 열쇠 챙긴 다른 작자들하고 이야기하면 되거든. 흐흐. 시간은 좀 걸리겠지만 마찬가지니까.

"재수 없는 놈이로군."

─헤이, 애당초 난 물건엔 관심 없는 사람이야. 돈이 관심사지. 생각해 봐. 내가 혼자 물건을 찾았다고 치자고. 처분을 어떻게 해야 되지? 솔직히 감당 어려워. 그걸 팔아먹으려면 목숨이 10개쯤 필요할 것 같더군. 돈도 좋지만 목숨도 못지않게 중요해서 말이야.

"그 한국 요원은 뭐냐? 그 여자도 생각이 같을까?"

—내 여자다. 내가 죽으라고 하면 죽는 시늉까지는 할 거야. 그 여잔 신경 꺼도 돼.

"좋아, 그럼 물건이 어디 있는지는 확실히 아는 거냐?"

—그런 셈이야. 그러니 열쇠가 필요한 거지.

"그 말에 목숨을 걸어야 할 거다."

—이런, 무시무시한 단어 쓰지 말자고. 하하. 일단 내가 지정하는 장소에 도착해서 캠프의 상황을 알아보고 믿을 만하면 송금하도록 해, 난 송금이 확인돼야 약속 장소에 나타날 거니까.

"50만, 더는 여유 없어."

—거참, 찌질하게 놀지 말자고 했지.

"당장 없는 돈을 만들어서 줄 수는 없지 않겠나? 그리고 현장에서 현금으로 주겠다."

미하엘은 머리카락을 짜증스럽게 움켜쥐면서 말을 받았다. 귀찮고 자존심도 상하지만 일단 협상 비슷하게 끌고 가면서 불확실성을 최대한 줄여야 했다. 놈이 건들거리는 목소리로 대답했다.

—물건 찾으면 돈도 도로 가져가시겠다는 이야기 같은데? 그럼 곤란해.

"난 은행에 활동자금 보관하는 멍청한 짓은 안 한다. 송금을 하려면 은행에 가서 입금한 뒤에 보내야 하는데 은행시간은 이미 지났어."

—크크크. 이거 속아줘야 하는 거야?

놈은 한참을 킥킥대며 웃더니 정색을 하면서 말을 이었다.

—뭐 좋아, 일단 속아주지. 정리해 보자고. 시간과 장소는 몇

시간 후에 전화로, 당신 휴대전화는 보나마나 도청될 거니까 아주 간단히 용건만 이야기할 거다.

"도청? 확실해?"

—당신 번호를 내가 아는 거 보면 몰라? 내일 당장 바꿔. 어쨌거나 내 소식통에 따르면 타격팀은 정확하게 당신과 내가 만나는 시점에 공격을 시작할 거다. 기억해 둬. 타격팀 소속과 인원은 당신이 약속장소에 도착하기 직전에 문자로 날려주지. 50만은 현장에서 현금으로, 유로화 고액권으로 가져오는 게 좋겠지. 보물찾기는 바로 시작, 이 정도면 정리가 됐지?

"그래."

—좋아. 그럼 나도 지금부터 저녁이나 든든하게 먹어둬야겠네. 보물찾기는 시간이 좀 걸리니까 말이야, 후후. 참! 오늘은 휴대전화에서 눈 떼지 말라고, 흐흐흐.

음침한 웃음소리를 마지막으로 전화는 끊어졌다. 전화를 소파에다 집어 던진 미하엘은 창밖으로 눈을 돌리면서 거칠게 술병을 잡아챘다. 어디 듣도 보도 못한 잡놈에게 농락을 당한 꼴이었다. 그의 인상이 마구 구겨지자 릴리안이 창에 어깨를 기대며 말했다.

"그 자식 말을 믿어?"

"반반이야."

"위험해. 불확실한 것도 많고. 우리가 나갈 때 공격하려는 수작일 수도 있어."

"그럴 수도 있겠지. 하지만 가만히 있는 건 더 위험하다. 놈이

저 정도로 많이 알고 있다는 건 얼마 지나지 않아서 다른 놈들도 다 알게 된다는 이야기야. 무슨 짓을 해서든 당장 처리하지 않으면 안 돼. 어차피 물건을 찾으려면 놈과 대면해야 하는데 제 발로 기어왔다. 이 기회를 놓칠 수는 없어. 얼마간의 위험은 감수한다."

"괜찮을까?"

걱정스런 표정, 그는 입술 한쪽을 비틀면서 릴리안의 허리를 와락 끌어안았다.

"우리 여왕께서 마음이 약해지셨군. 허접한 무기장사꾼 따위에게 우리가 당하리라고 생각하는 거야?"

릴리안은 그의 목에 팔을 감으면서 매력적으로 웃었다.

"그럴 리가, 우리가 같이 있으면 아무도 대적할 수 없어."

"멍청한 것들이 불가능하다고 떠들어댄 작전이 얼마나 많았지?"

"아주 많이."

"우리 모토가 뭐야?"

"가로막는 건 부수고 간다."

"그래. 앞을 가로막는 건 모조리 짓밟고 지나가는 거야. 거기 치어 죽는 건 앞에서 알짱거린 것들이 잘못한 거지 우리 책임이 아니야. 물건을 찾아낸 다음엔 그 자리에서 귀찮은 것들 처치하고 돌아오는 거다. 캠프 공격은 걱정할 필요 없어. 세르게이가 합류했잖아. 세르게이에게 맡겨두면 우리가 있으나 없으나 함정에 뛰어든 놈들의 운명은 같을 거야."

"그렇겠지?"

릴리안은 한쪽 다리를 들면서 그의 목에 매달렸다. 조금 전의 불안한 기색은 깨끗이 사라지고 없었다.

"나 지금 당신 때문에 흥분했어. 그냥 둘 거야?"

"그럴 수는 없지. 시간은 충분하니까. 후후."

그는 이빨을 모두 내보이며 릴리안의 풍만한 엉덩이를 끌어당겨 번쩍 들어 올렸다.

김석훈은 이슬람 사원이 내려다보이는 언덕의 후줄근한 버스 정류장 기둥에 기대서서 담배를 꺼내 입에 물었다. 6시 반이 막 넘어선 시간, 물안개를 피워 올리며 퍼부어대던 빗줄기는 확실히 뜸해지고 있었다. 그러나 도시는 거의 호수나 마찬가지였다. 이스탄불의 악명 높은 배수시설 때문일 터, 바다로 빠져나가지 못한 빗물이 시내로 흘러넘쳐 도로 곳곳을 물바다로 만들고 있었다.

"먹을 만한 게 이거밖에 없어요."

철벅거리며 정류장으로 다가온 차수연이 알루미늄 은박지에 싼 닭고기 케밥을 가볍게 던지고 벤치에 걸터앉았다. 담배를 도로 집어넣은 그는 얼른 은박지를 풀어 한입 베어 물었다.

"배고파 돌아가시는 줄 알았어. 후후."

차수연이 음료수 캔을 따며 다시 말을 받았다.

"제니는 사원으로 내려갔어요?"

"응, 바이크 하나 사줬더니 입이 귀밑까지 찢어졌다. 제법 폼도 나던데? 후후. 칼리프하고 아저씨는 블랙샤크로 돌아갔고."

"그럼 준비는 다 된 거네. 그런데… 저 사람들 우리 생각대로 움직일까?"

"시작만큼은 비슷하게 움직일 거야."

"시작만?"

"그래, 우리가 캐스팅보드를 쥐고 있으니까 처음엔 따라오는 척이라도 하겠지. 하지만 미하엘이란 놈과 얼굴을 마주하는 순간부터는 상황이 어떻게 바뀔지 아무도 몰라. 솔직히 지금까지 내가 여기저기 떠들어댄 헛소리를 곧이곧대로 믿을 놈 하나도 없거든. 루벤도 그렇고 미하엘도 절대 만만한 놈이 아니야. 이제부터는 그냥 상황변화에 따라 최선을 다하는 수밖에 없어."

차수연은 비오는 보스포루스 해협을 내려다보며 말없이 고개만 끄덕였다. 그 정도는 차수연도 충분히 예상하고 있었을 것이었다. 차수연이 가라앉은 목소리로 말했다.

"끝은 어떻게 될까? 우리 제자리로 돌아갈 수 있을까?"

"쉽지 않겠지."

"만약에 말이야. 돌아가지 못하면 자기 식구들은 어떻게 되는 거야?"

"응? 자기?"

김석훈은 슬그머니 차수연 쪽으로 목을 빼면서 물었다. 왠지 모르게 쑥스러운 느낌, 살면서 자기라는 호칭을 들어본 적이 있었는지 싶어 웃음이 저절로 나왔다. 그의 장난스런 반문에도 차수연은 정색을 하면서 되물었다.

"왜? 싫어? 그럼 뭐라고 불러?"

"아직 내 여자 아니라고 우겼잖아. 하루 같이 자는 거로는 어림도 없다며?"

"쳇, 떡 먹듯이 자기 여자라고 소문내면서 뭐."

"윽, 그렇군. 사실 그날도 두 번이나 더 했네. 흐흐흐."

"어머?"

그는 곱게 눈을 흘기는 차수연을 내려다보며 한참을 킥킥대며 웃었다. 이야기가 삼천포로 빠져 버린 셈, 김석훈은 나머지 케밥을 한꺼번에 입에다 털어넣고 가슴을 팡팡 치다가 차수연의 손에서 음료수를 빼앗아 반쯤 마셔 버렸다. 차수연이 하얗게 웃었다.

"하여간 이런 때 보면 딱 10대라니까."

"후후. 미안, 미안, 그런데 난 자기보다는 오빠가 더 좋다."

"오빠로 불러줘?"

"그럼 고맙지."

"알았어, 오빠."

"오케이, 좋네. 나도 앞으로 '씨' 자 생략할란다. 흐흐. 근데 아까 뭐 물어봤지?"

"일이 잘못됐을 때를 대비한 계획 같은 거 말이야. 그런 거 없냐고."

"일이 잘못됐다? 간단하지 뭐. 대전제는 생존, 다른 건 없어. 살아남아서 잠수한다. 끝."

"잠수?"

"흔적도 없이 사라져야지. 동아프리카에서 모사드, GRU하고 척을 지면 답은 하나다."

"스파는 어쩌고."

"난 24시간 최악을 생각하고 사는 사람이야. 거기 대비하는 건 그냥 생활이다. 내 전화 한 통이면 지금 당장이라도 스파는 지구 상에서 깨끗하게 사라질 거야. 우리 식구들은 원래부터 집도 절 도 없는 사람들이고, 내게 문제가 생기면 각자 소지품만 챙겨서 소리 소문 없이 사라지도록 훈련되어 있어. 매년 여유자금을 각 자의 통장에 나눠서 적립시켰으니까 어디든 자리 잡는데 문제없 을 거고. 남은 부동산은 변호사가 매각해서 키프로스의 내 계좌 로 보내줄 거야. 문제는 수연이 너지."

"내가 왜?"

"넌 대사관 무관이잖아. 어찌어찌 케냐로 돌아간다고 해도 무 조건 타깃이 될 거야."

"어쩔 수 없잖아요. 난 군인이야."

"경력보다 목숨이 훨씬 더 중요해. 오늘 계획이 성공하든 실패 하든 한국으로 돌아가서 아프리카는 쳐다보지도 마. 그게 싫으면 나하고 같이 움직이는 것도 괜찮고, 그냥 세계일주나 한번 하지. 뭐. 후후."

"치, 세계일주 끝나면 뭐할 건데? 죽을 때까지 여행만 할 수는 없잖아."

"글쎄? 한 2년쯤 돌아다니다가 한국에 정착해서 러시아 무기에이전트나 해볼까?"

"무기 에이전트?"

"내가 발 하나는 더럽게 넓거든. 후후. 뒤 구린 높은 양반들도
제법 안면이 있고 말이야. 흐흐흐."

이빨을 모두 내보이며 웃은 그는 아까 주머니에 넣은 담배를
꺼내 불을 붙였다. 사실 머릿속은 상당히 복잡했다. 판이 너무 커
져 버리는 통에 일이 성공적으로 끝나도 온전하게 제자리로 돌아
갈 가능성은 별로 없어보였다. 더구나 정보장사꾼이라는 놈이 정
보기관들을 상대로 닥치는 대로 엉터리 정보를 흘리는 판국이라
깨끗한 수습은 확실히 물 건너간 이야기였다. 어쩌면 지금 당장
스파를 정리하는 게 현명한 선택일 수도 있었다. 그가 입을 다물
자 차수연이 그의 얼굴을 빤히 올려다보며 물었다.

"아무리 봐도 수상해. 오빠 원래 직업이 뭐예요?"

"원래 직업?"

"우리말 수준을 보면 분명히 한국에서 자란 한국 사람인데 한
국에는 살았던 흔적이 전혀 없고, 미국 여권을 쓰는데 미국사람
도 아니잖아요. 정보기관의 생리에 대해서도 빠삭하게 꿰고 있는
데다 지금은 높은 분들하고도 안면이 있다고 불었잖아. 과연 어
떤 사람이 그럴 수 있을까?"

"무슨 말이 하고 싶은 거야?"

"여자의 직감이 전직 정보기관 요원이라고 노래를 부른다는
거죠. 그게 아니면 답이 없잖아. 그러니까 당장 불어요. 아니면
이번 일 끝나는 대로 고문 시작할 거야."

"헐, 고문이라… 심각하네. 후후."

난감한 표정으로 씩 웃은 그는 담배 연기를 길게 뿜어낸 다음, 말을 이었다.

"국정원이나 군 정보기관은 확실히 아니야. 됐어?"

"또 거짓말한다. 그걸 누가 믿어요?"

"난 정보기관 출신 아니라고 한 적 없어. 후후."

"그럼 뭐예요?"

"한국에 정보기관이 몇 개나 있으리라고 생각하는 거야? 국정 원하고 군 정보기관밖에 없다고 생각해?"

"그거야 당연히 아니겠죠."

"어느 나라든 마찬가지지만 한국에도 공식적으로는 없는 기관이 부지기수야. 내가 일하던 곳도 그런 데고. 원래는 NSC 사무처 정보관리실이 예산을 지원하던 기관이었는데 정권 바뀌고 통일부 장관 경질되니까 바로 해체되더군. 해체 직후에 같이 일하던 양반이 케냐로 쫓겨나는 통에 나까지 끌려와서 한동안 한국기업들이 아프리카에 진출하는 걸 도왔어. 그런데 그 양반이 완전히 잘리고 나니까 알량한 예산 몇 푼도 배정이 안 되더라고. 그러니 어쩌겠어. 먹고는 살아야겠고 그래서 이 동네에서 이런저런 돈 되는 일에 끼어들어서 장사를 시작했지. 그게 전부야."

"그게 전부야?"

"최대한 간단하게 요약한 버전이야. 이래저래 사연 무지하게 길지만 오늘은 이 정도로 참아달라고. 후후. 루벤 그놈 똘마니들 올 때 됐거든."

"흠, 미진한 구석이 아주아주 많지만 오늘은 이 정도로 용서해 줄게요. 후후."

의미심장한 미소를 머금은 차수연은 선뜻 자리를 털고 일어나 더니 그의 목을 끌어안았다.

"죽지 말아요. 죽으면 지옥까지 따라가서 괴롭힐 거야. 알죠?"

"알아, 너도 죽지 마."

그는 말을 하면서도 싱겁게 웃었다. 지독하게 위험한 시간들, 그러나 즐거웠다. 그리고 너무 빨리 흘러가고 있었다.

루벤의 수하들을 찾는 건 어렵지 않았다. 사원 매표소 건너편 가로수 앞에 나란히 선 날카로운 눈매의 건장한 백인 둘, 누가 봐 도 관광객은 아니었다. 그와 눈이 마주치자 벙거지 모자를 눌러 쓴 갈색머리가 턱짓으로 따라오라는 신호를 했다. 놈은 가까운 이면도로에 세워둔 낡은 밴으로 두 사람을 안내했다. 밴 뒷자리 에 올라타자 갈색머리가 운전석에서 돌아보며 말했다.

"난 헤롯, 저 친구는 아합이라고 불러라."

"얼씨구?"

그는 피식 웃었다. 헤롯도 그렇고 아합도 성서에 나오는 유대 왕의 이름, 호출 암호인 모양이었다. 아합이라고 불린 새파랗게 어린 녀석이 건너편으로 앉으며 이어폰 형태의 송신기 2개를 내 밀었다.

"너희들이 하는 이야기는 모두 우리에게 전송된다. 저격수가 항시 네 머리를 조준하고 있을 거고. 허튼짓 하면 그 자리에서 죽은 목숨이야."

"뭐 그러시던지."

그는 삐딱하게 웃으면서 송신기를 받아 주머니에 쑤셔넣었다. 아합이 미간을 좁히며 신경질적으로 말했다.

"지금 귀에 꽂아."

"나갈 때 꽂는다. 귀찮게 하지 마."

"뭐 이런 놈이 다 있어! 여기서 죽고 싶은가?"

아합은 매섭게 소리치며 허리춤으로 손을 가져갔다. 그는 총을 빼는 놈의 팔을 번개같이 움켜쥐면서 코를 들이받아 버렸다.

"컥!"

그는 순간적으로 정신을 놓은 놈의 손에서 권총을 빼앗아 관자놀이에 총구를 대면서 팔꿈치로 목줄기를 내려치듯 압박했다. 놈의 입에서 숨넘어가는 소리가 흘러나왔다.

"너 같은 꼬맹이가 함부로 입 놀릴 상대가 아니다. 더 까불면 당장 목이 부러질 거야. 알아들어?"

놈은 컥컥거리면서 다급하게 고개를 끄덕였다. 콧등이 부러졌는지 횡으로 찢어진 상처에서 제법 심하게 피가 흐르고 있었다. 그는 놈의 뺨을 툭툭 쳐주고 물러서면서 익숙한 동작으로 탄창과 슬라이드를 분리해 운전석에 앉은 헤롯에게 던져 버렸다.

"모사드의 명성도 옛날 이야기인 모양이군. 애들까지 위험한 장난감 쥐어주면 어쩌자는 거야. 제기랄."

그가 투덜거리자 헤롯이 심드렁하게 말을 받으며 시동을 걸었다.

"언제나 예산이 문제지. 후후. 일이나 하자고."

헤롯은 밴을 남쪽 선착장으로 몰았다. 북쪽의 공원 선착장에 비해 규모도 크고 복잡해서 저녁은 제법 붐비는 시간대였다.

"여기 공중전화로 전화하지. 놈을 만나는 장소는 공원 선착장이 좋을 거다."

김석훈은 헤롯의 제안에 두말없이 차에서 내려 우산을 폈다. 공원에 뭔가 배치했다는 뜻, 이러면 미하엘의 요트를 타고 곧장 바다로 나가는 것도 생각해 봐야 할 옵션이었다. 머릿속이 제법 복잡했다. 다음 수순이 헷갈린다는 생각하면서 가까운 공중전화 박스로 들어갔다. 미하엘은 신호가 가자마자 전화를 받았다. 그러나 바로 입을 열지는 않았다. 그가 먼저 말을 꺼냈다.

"나다."

—라이언?

"내 목소리 기억하는군. 좋은 자세야. 후후."

—반가운 목소리는 아니지.

"이제 숨바꼭질 끝내고 정식으로 보물찾기 시작하자. 메흐멧 공원 선착장, 22시 정각, 파트너와 단둘이 그거 가지고 나와라. 22시 정각이다. 아마 지금 바로 출발해야 시간에 댈 수 있을 거다. 선착장에 배를 대면 내가 찾아가지. 기다리겠다."

그는 대답을 듣지 않고 그냥 전화를 끊었다. 괜한 말을 주고받아 긁어 부스럼을 만들고 싶지 않았던 것, 이제 기다리는 것이 일이었다. 그는 선착장에 가득 찬 요트들을 차근차근 훑어보면서 천천히 밴으로 돌아갔다. 빗줄기는 다시 조금씩 굵어지고 있었다. 그가 밴에 올라타자 헤롯이 싱글거리며 말했다.

"수고했어. 건너가서 한 바퀴 돌아보고 저녁이나 먹지? 날씨가 좋지 않아서 2시간은 걸릴 거야."

밴이 공원 선착장에 들어서자 헤롯은 먼저 주차장과 선착장 주변을 몇 바퀴 돌았다. 인근의 차량과 요트의 위치를 점검하고 가끔 멈춰 서서 미리 배치해 둔 요원의 상태도 확인하는 것 같았다. 작전지역을 돌아보는 건 그로서도 불만 없는 행보여서 차분하게 유사시 탈출 경로로 정해놓은 도로의 상황을 살피면서 시간을 보냈다. 30분쯤 시간이 흐르자 헤롯은 선착장 안에 있는 제법 깔끔한 식당으로 일행을 안내했다.

간단하게 요기를 하면서 휴식을 취하기로 한 것, 그런데 밤 9시가 넘어서면서부터 선착장 주변의 분위기가 묘해지기 시작했다. 이틀째 날씨가 좋지 않았으니 선착장에 드나드는 배가 없는 건 당연한 일이지만 간간이 보이던 인적이 아예 끊어져 버린 건 아무래도 신경이 쓰였다. 그리고 시간이 조금 더 흐르자 급기야 경찰 차량의 경광등이 보이기 시작했다. 외진 지역에 경찰이 출몰하는 건 확실히 좋지 않은 조짐이었다. 창가에 앉아 해안도로를 주시하던 헤롯이 고개를 갸웃하며 중얼거렸다.

"미하엘 이놈이 경찰 연줄을 동원한 것 같은데?"

"머릿속에 근육만 들어찬 줄 알았는데 그건 아닌 모양이로군."

김석훈은 입맛을 다시면서 고개를 끄덕였다. 사실 미하엘의 속셈은 대충 감이 왔다. 캠프 수비에 주력을 투입하고 이쪽은 터키 경찰을 동원해서 최소한의 안전을 확보할 생각인 것 같았다. 헤롯이 다시 말했다.

"이거 무슨 뻘짓이지?"

"변수를 줄이자는 걸 거야. 중국인들이 설치고 다니는 것 정도는 안테나에 잡혔을 테니까."

"제기랄, 재미없는데?"

"무기나 잘 치워둬. 불심검문이라도 당하면 귀찮아지니까 말이야. 체포돼서 추방당하는 불상사야 없겠지만 경찰관 두들겨 패서 시끄럽게 만드는 건 피하자고."

"내가 할 이야기다. 조용히 움직여."

"천만의 말씀, 미하엘 그 친구가 동원한 경찰이라면 우린 절대 건드리지 않을 거야. 당신이나 잘해."

"그럴 수도 있겠지."

"당신은 미리 나가서 자리 잡아야 하는 거 아냐?"

"그래야지. 그런데… 어딘지 이야기해 줄 생각 없나?"

"무슨 소리야?"

"물건 위치 말이야. 감은 있을 거 아닌가?"

"노코멘트, 감시나 열심히 해."

"괜한 질문을 했군. 후후. 그럼 이렇게 묻지, 차는 어디다 세워뒀어?"

"택시회사 전화번호는 알아. 이스탄불 지리에는 문외한이어서 말이야."

"물은 내가 잘못이로군. 후후."

"일이나 신경 써라. 내가 미하엘의 이름을 입에 담으면 놈이 나타났다는 이야기다. 무슨 뜻인지 알지?"

"미하엘이라는 이름을 들으면 바로 저쪽에 연락하지."

"목표가 확인되면 송신기는 버리겠다."

"응? 버려?"

"놈도 프로야. 이런 허접한 송신기를 보지 못할 것 같은가? 하다못해 여자들 귀걸이 형태라도 줘야지 이따위 허접한 물건으로 어쩌라는 거야. 버린다. 그렇게 알아."

그는 탐탁지 않은 표정으로 송신기를 꺼내 탁자에 올려놓았다. 크기도 작고 색도 피부색과 크게 다르지 않아서 쉽게 눈에 뜨이는 물건은 아니었다. 그러나 상대의 수준을 고려하면 확실히 어수룩한 짓이었다.

"배터리까지 일체형으로 제작된 초소형이다. 웬만해서는 몰라."

"그건 당신 생각이고. 난 위험부담 안고 움직일 생각 없어. 하나만 가져갔다가 목표 확인 뒤에 바로 버린다. 그렇게 알아."

"꽤나 까칠한 친구로군."

"내 이야기 궁금하면 지향성도청기 들이대. 왜? 또 예산 타령할 건가?"

"뭐, 상관없겠지. 계산하고 먼저 나간다. 살고 싶으면 보물찾기나 성공해."

마지막으로 못을 박듯 험악한 단어를 토해낸 헤롯은 송신기 중 하나를 집어 들고 자리에서 일어섰다. 그는 손만 들어 가볍게 흔들었다.

"젠장, 가자."

헤롯은 아까부터 쥐죽은 듯 조용히 앉아 있던 아합의 목덜미를 잡아끌면서 서둘러 식당을 떠났다.

김석훈은 헤롯이 시야에서 완전히 사라지고 나서도 한동안 뜸을 들인 뒤에 식당을 나섰다. 시간은 21시 40분이 막 지나가고 있었다. 큼직한 우산을 편 두 사람은 세심하게 주변을 훑어보면서 느릿하게 선착장을 향해 걸었다. 이제 진짜 살얼음판 위로 올라가는 상황, 무조건 발밑을 두드리면서 조심스럽게 움직여야 했다.

얼핏 어제와 다른 건 진입로 곳곳에 배치된 정복경찰이 전부였다. 대략 여덟 명, 적지 않은 숫자지만 지나가는 두 사람을 멀뚱하게 쳐다보기만 할 뿐 예상대로 불심검문 같은 건 하지 않았다. 진입로를 통과해 선착장 초입에 들어서자 멀리 선착장 끝 접안시설로 접근하는 낯익은 요트가 눈에 들어왔다. 등대에서 추격해 오던 그 요트, 워낙 고급 요트여서 한 번 보면 잊기 어려웠다. 그는 주머니 안에서 미리 준비해 둔 문자를 날렸다.

'키돈 2팀 플러스 알파, 22시.'

몇 초 지나지 않아 회신이 들어왔다.

'카피. 도착했다.'

그는 문자를 확인하고 전화기를 바다에 던져 버렸다. 망원경에 코를 박고 있을 놈들 때문인지 괜히 뒤통수가 뜨끈했다. 모르긴 몰라도 뭘 버렸는지 궁금해서 오금이 저릴 것이었다. 혼자 킥킥

대면서 제법 길게 느껴지는 선착장을 천천히 가로질러 마지막 접안시설에 올라섰다. 대략 10대 정도의 요트가 접안된 시설, 나무 계단을 올라서자마자 접안설비 맨 끝의 앵커에 로프를 감는 거구의 사내가 눈에 들어왔다. 아래위 모두 검은색 전투복을 입었고 그 위에 방탄복까지 껴입었는데 2미터가 넘는 신장에 대단한 근육질이어서 멀리서 보기에도 상당한 위압감이 느껴졌다.

몇 미터 앞까지 다가간 그가 사내의 아래위를 훑어보면서 혼잣말처럼 나직하게 중얼거렸다.

"미하엘?"

"이렇게 얼굴을 보는군, 라이언."

"가져왔나?"

미하엘은 대답 대신 불룩한 바지 주머니를 툭툭 쳤다. 그는 곁눈질로 요트 난간에 기대선 여자를 확인했다. 맞춰 입은 것처럼 똑같은 전투복 차림, 뒤로 감춘 왼손에 무기를 들었겠지만 약속대로 더 데려온 놈은 없는 것 같았다. 그가 손에 쥐고 있던 송신기를 바다에 던지며 다시 말했다.

"둘만 왔겠지?"

"불안한가?"

"뭐 별로. 명성에 걸맞은 행동을 하겠지. 가지. 타."

"내 요트로?"

"그게 좋을 것 같은데?"

"예상외로군."

"스토커에 시달리면 엉뚱한 방향으로 튀는 게 습관이 돼. 후후."

그는 양손을 살짝 들어 스토커라는 단어에 따옴표를 찍었다. 등 뒤의 감시자들이 볼 수 없을 정도의 미세한 동작이었지만 미하엘의 표정은 금방 굳어졌다. 돌아선 미하엘이 작게 손가락을 돌리자 릴리안도 자연스럽게 요트 난간에서 떨어져 시야에서 사라졌다. 두 사람은 자연스럽게 요트에 올라탔다.

헤롯은 망원경을 내려놓고 조준경에 눈을 가져갔다. 루벤에게 전화를 했지만 통신은 이미 두절이었다. 캠프 공격이 시작되었다는 뜻, 앞으로 최소 20분은 통화가 불가능할 것이었다. 그런데 미하엘이란 놈은 벌써 앵커링한 밧줄을 풀고 있었다.

"다윗, 목표가 빠져나가려 한다. 차단해라."

만일의 사태에 대비해 해상에 고성능 모터보트를 대기시켜 둔 것이 천만다행, 놈은 황당하게도 미하엘의 보트를 타고 바다로 나가려 하고 있었다. 만에 하나 놈을 놓치면 책임은 고스란히 그의 목으로 돌아올 것이었다.

—카피. 해로차단, 공격대기.

그는 미하엘의 등판을 조준한 채 잠시 갈등했다. 라이언이란 놈과 요트를 멀쩡한 상태로 동시에 손에 넣는다는 기본적인 목표를 달성하려면 모든 면에서 당장 공격하는 것이 최선이었다. 해상에서 고속으로 움직이는 요트를 공격하는 건 누가 봐도 쉽지 않은 선택, 선착장에 깔린 터키 경찰이 문제라면 문제지만 총 몇 방 쏴보지 못한 정복경찰 8명이 장애물이 될 것 같지는 않았다. 여기서 미하엘과 여자를 잡는다면 선착장 근처에서 요트를 장악할 수 있을 것 같았다.

마음을 결정하는 즉시 방아쇠울에 손가락을 올려놓고 숨을 멈췄다. 목표와의 거리는 132미터, 굵은 빗방울이 신경을 건드렸지만 이 거리에서는 별 차이가 없었다. 놈은 막 요트 위로 올라서고 있었다.

퉁!

어깨를 두드리는 묵직한 충격, 미하엘의 등판 한복판에서 시커먼 액체가 비산했다.

"큭!"

미하엘은 요트 테일 게이트에 올라서자마자 갑판에 머리를 처박았다. 미하엘의 등에서 북 터지는 소리가 났으니 답은 뻔했다.

"저격수!"

반사적으로 자세를 낮추며 고함을 지른 김석훈은 바다로 굴러떨어지는 미하엘의 뒷덜미를 잡아채 난간 안쪽으로 끌어당겼다.

"젠장! 이런 미친 새끼!"

모사드가 배치한 저격수일 가능성이 높았다. 그가 배에 오르자마자 총탄이 날아왔으니 여기서 끝을 보겠다는 뜻일 터였다. 그는 정신을 잃은 미하엘의 목에다 손을 댔다. 맥박은 확실히 남아 있었다. 그냥 정신을 잃은 모양새, 방탄복에 구멍이 났고 빗물에 씻겨 나가는 피의 양도 상당했지만 치명상은 분명 아니었다. 방탄복이 치명적인 타격만은 막아준 것 같았다. 그는 총탄이 날아온 방향을 확인하면서 차수연에게 소리를 질렀다.

"괜찮아?"

"괜찮아요! 선착장 뒤에 있는 건물 옥상이야!"

차수연은 훈련된 요원답게 벌써 반대쪽 난간 아래서 권총을 빼 들고 있었다.

그르릉!

굉음을 토해낸 요트가 서서히 움직이기 시작하고, 거의 동시에 칵핏 뒤쪽 대형 유리창이 통째로 터져 나갔다.

와장창!

"헉!"

여자의 날카로운 신음 소리가 들려왔다. 그는 구르다시피 몸을 날려 칵핏 안으로 들어갔다. 릴리안은 무릎을 꿇은 채 한 손으로 스티어링휠을 잡고 다른 한손은 총신이 짧은 MP 계열 자동소총으로 그를 겨냥하고 있었다. 줄줄이 터져 나가는 유리 조각이 머리 위로 쏟아졌지만 릴리안은 신경조차 쓰지 않는 것 같았다.

"개자식! 함정 판 거냐?"

그는 다급하게 양손을 들어 보였다.

"난 아냐! 젠장! 너희 캠프를 노리는 것들도 저것들이야! 잘잘못은 여길 빠져나가고 나서 따지자고!"

"미하엘은?"

"죽지 않았어! 등을 맞았는데 관통하지 않았다! 하지만 당장 병원에 가야 돼! 일단 빠져나가! 어서!"

릴리안은 의심스런 눈초리를 숨기지 않은 채 칵핏 위로 머리를 내밀었다.

"1시 방향 모터보트, 총구화염이다."

"뭘 고민해! 밀어버려!"

"이거 잡아! 더 좋은 게 있어!"

릴리안은 그에게 스티어링휠을 넘겨주고 바닥에 고정된 식탁을 젖히고 아래 있는 손잡이를 잡아당겼다. 바닥 일부가 열리고 살벌한 크기의 중화기들이 모습을 드러냈다. 릴리안은 RPG—28을 집어 재빨리 안전장치를 뜯어내며 욕설을 토했다.

"다 깨져서 걱정 안 해도 되겠네. 제기랄."

"뭘?"

"후폭풍!"

그는 찔끔했다. 뒤쪽 대형 유리창이 사라졌고 창문까지 거의 다 날아갔지만 실내에서 RPG를 쏘는 건 여전히 미친 짓이었다. 그런데도 릴리안은 쏟아지던 총탄이 잦아들기가 무섭게 깨진 유리 창틀에 RPG를 올려놓고 그대로 방아쇠를 당겨버렸다. 김석훈은 본능적으로 귀를 막고 웅크리면서 악을 썼다.

"저런 미친! RPG!"

동시에 무지막지한 폭음이 귀청을 때렸다. 통째로 주저앉은 뒷유리 덕분에 귀청이 찢어지는 불상사는 면했지만 일순 아무것도 들리지 않았다.

콰앙!

긴 꼬리를 물고 날아간 RPG는 모터보트 바로 옆에서 물기둥을 퍼 올렸다. 모터보트는 휘청 밑바닥을 보이면서 극단적으로 선회했다. 순간, 우현 유리창과 칵핏 계기판이 폭발하듯 터져나갔다. 선착장에서 누군가 자동화기를 난사하고 있었다.

"헉!"

짧게 신음을 토해낸 릴리안이 방탄복 위로 서너 발을 얻어맞고 밀려 나가 계기판에 부딪히면서 풀썩 주저앉았다. 움켜쥔 쇄골쯤에서 핏줄기가 뿜어져 나오고 있었다. 그는 거의 눕다시피 한 상태에서 릴리안이 떨어트린 자동소총을 집어 깨진 유리창 너머로 마구잡이 응사를 시작했다.

"5시 방향 둘!"

차수연의 목소리, 창문 너머로 눈을 내밀자 코앞에서 총구화염 2개가 보였다. 한 놈은 선착장을 따라 뛰고 다른 한 놈은 요트로 뛰어들고 있었다. 그는 공중에 뜬 놈을 향해 탄창을 비워 버렸다.

"크악!"

가슴에 몇 발을 연속해서 얻어맞은 놈은 테일게이트에 발을 올리자마자 난간에 머리를 처박고 물속으로 떨어져 나갔다. 나머지 하나는 선착장에 엎드리면서 다시 자동화기를 난사했다.

퍼버벅!

수십 발의 총탄이 줄줄이 바닥을 후벼 팠다. 그는 다급하게 식탁을 쓰러트려 몸을 숨긴 다음, 계기판으로 기어가 가속레버를 끝까지 밀어버렸다.

그르릉!

굉음과 함께 요트는 울컥하면서 앞으로 튕겨져 나갔다. 그러나 방향이 문제였다. 요트는 선착장 끝의 기둥과 부딪혀 소름 끼치는 굉음을 토해냈다.

콰지직!

엎드린 그가 단숨에 밀려 나가 안락의자 아래로 처박힐 정도의 강력한 충격, 기둥을 쓰러트린 요트는 우현이 완전히 뭉개진 상태로 바다를 향해 무서운 속도로 전진했다. 그는 어렵게 중심을 잡으면서 스티어링휠에 달라붙었다. 선착장은 순식간에 멀어졌고 총탄도 더 이상 날아오지 않았다. 일단 극단적인 위험은 벗어난 모양새, 이대로 몇 분만 더 가속하면 탈출도 가능할 것 같다.

그러나 요트가 멋대로 움직였다. 살벌한 총격과 충돌이 이어졌으니 멀쩡하면 그게 이상할 터, 휠을 돌려도 방향 전환도 불가능했고 가속레버는 꿈쩍도 하지 않았다. 급기야 다시 총격이 날아들었다.

"제기랄!"

모터보트가 침로 전방을 횡으로 가로지르며 총탄을 날리고 있었다. 차수연이 칵핏 안으로 들어오며 소리쳤다.

"제니 연결할까?"

"연결해! 저 개새끼들 다 때려잡으라고 해!"

차수연이 무전기를 개방하고 제니퍼를 호출하는 사이, 모터보트는 다시 한 번 선회하더니 뒤쪽에서부터 대각선으로 달려들었다. 거리는 불과 20여 미터, 그런데 선수를 향해 쇄도하던 모터보트가 느닷없이 방향을 틀더니 선수 바로 앞에서 순간적으로 배 밑바닥을 보이면서 뒤집혀 버렸다.

"이런 젠장!"

이대로는 보나마나 충돌이었다. 그는 재빨리 차수연의 손을 잡아끌고 배 뒤로 뛰쳐나갔다.

"뛰어!"

두 사람은 결사적으로 칵핏을 빠져나와 물로 뛰어들었다.

헤롯은 안구를 찌르는 날카로운 섬광에 기겁을 하고 눈을 감았다. 빌어먹을 구닥다리 야시경이 장님으로 만들 수도 있었다. 눈을 몇 번 감았다 뜬 다음, 요트와 모터보트가 충돌한 자리를 다시 훑었다. 작은 배 2척이 부딪혔는데 폭발은 더럽게 컸다. 검붉은 연기가 수십 미터는 솟구쳤고 화염도 만만치 않게 치솟았다. 폭발이 끝난 지금도 불길은 여기저기 떠다니고 있었다.

"이건 뭐야?"

그는 급히 옥상 반대쪽으로 달라붙어 선착장 주변을 확인했다. 무엇보다 저격수의 존재가 의심스러웠다. 얼핏 모터보트가 전복되기 직전에 자동소총을 난사하던 다윗의 머리 한쪽이 터져 나가는 걸 본 것 같았다. 폭우 속에서 고속으로 달리는 모터보트에 탄 목표를 타격하는 건 훈련된 저격수가 아니면 할 수 없는 일, 러시아인들이 먼저 와 있었다는 뜻이었다. 이제 바다에 빠진 요원 둘의 생사는 둘째 문제였다.

머릿속으로 모터보트의 이동방향과 속도, 탄도를 계산하면서 저격이 가능한 건물과 산지를 빠르게 훑어보았다. 그러나 눈에 들어오는 건 전혀 없었다. 보이는 건 오로지 다급하게 해안으로 뛰어가는 경찰들이 전부였다.

'저격수다!'

목이 타 들어가는 기분, 그는 오랜만에 찾아온 짜릿한 긴장감에 몸을 떨었다. 그러나 지금 승부를 보는 건 멍청한 짓이었다. 자신의 위치는 이미 노출됐고 상대의 실력도 만만치 않은 최악의 조건이었다. 이러면 무조건 자리를 떠야 했다. 철수로 마음을 정하고 저격소총을 집어 드는 순간, 야산 산허리를 가로지르는 도로가에서 무언가 반짝했다.

"응?"

불길한 느낌, 뒷목이 서늘했다. 그리고 다음 순간, 불같이 뜨거운 섬광이 미간을 꿰뚫고 지나갔다. 그것이 기억의 끝이었다.

"건방 떨지 마, 짜샤."

송곳니가 보일 정도로 비틀린 웃음을 머금은 제니퍼는 조준경을 선착장으로 돌렸다. 딱 2발로 상황을 정리해 버린 셈, 마지막 남은 한 놈은 다급하게 선착장 북쪽으로 달아나고 있었다. 제니퍼는 놈의 뒤통수를 조준경 안에 넣었다가 이내 눈을 뗐다. 어차피 놈은 김석훈을 위협하기는커녕 터키 경찰을 떼어내기도 벅차 보였고 블랙샤크가 진입해 김석훈을 빼내려면 터키 경찰의 눈을 돌릴 만한 디코이가 필요했다. 터키 경찰들이 일제히 놈을 쫓아가고 있으니 그냥 놔두는 편이 낫다는 판단이었다.

"매드독 셋, 철수한다."

—카피, 매드독 넷, 현장 진입한다.

칼리프의 목소리, 제니퍼는 즉시 돌아앉아 총신과 조준경만 분해해 가방에 집어넣고 곧장 도로변에 세워둔 바이크로 뛰었다. 그런데 마음 같이 손발이 움직이지 않았다. 장시간 꼼짝도 하지 않고 장대비를 맞으면서 체온이 많이 떨어진 탓일 터, 얼마 안 되는 거리에 있는 도로까지 올라가는데도 숨이 턱에 차올랐다.

어렵게 바이크에 도착해 시동을 걸면서 가쁜 호흡을 가다듬었다. 이제 곧장 보스포루스대교까지 내려가서 다리를 건너기만 하면 오늘 작전은 끝일 것 같았다. 요트가 문제없이 선착장을 떠났다면 먼저 현장에 도착해서 등대를 조준하고 대기해야 했지만 이대로라면 더 이상의 작전은 어려울 터, 이동하면서 김석훈의 지시를 기다릴 생각이었다.

기세 좋게 핸들을 당기고 제자리에서 방향을 틀었다. 그리고 기분 좋은 가속, 속도는 순식간에 시속 50㎞를 넘어갔다. 날렵하게 산허리를 돌아 북쪽으로 방향을 잡았다. 순간, 멀리 있는 가로등 아래서 느닷없이 솟구친 오렌지색 섬광이 가파르게 도로를 가로질렀다.

'열추적 미사일?!'

분명 초소형인데 궤적이 휘는 것이 확연하게 보였다. 제니퍼는 본능적으로 바이크를 쓰러트리면서 핸들에서 손을 놓아버렸다. 눈 깜짝할 사이에 벌어진 일, 제니퍼는 바이크와 함께 10여 미터 이상 빗물 속을 미끄러지다가 도로 가운데 움푹 파인 물웅덩이에 걸려 뒹굴기 시작했다. 그녀의 손을 떠난 바이크는 삽시간에 도로 끝까지 밀려 나가 도로연석을 들이받고 허공으로 튕겨져 올랐다. 그리고 날카롭게 방향을 바꾼 오렌지색 섬광이 공중에 뜬 바이크에 정확하게 틀어박혔다.

콰앙!

무지막지한 폭음과 충격파가 휘몰아쳤다. 엉겁결에 몸을 일으킨 제니퍼는 어찌 피할 생각을 하기도 전에 산기슭까지 밀려나가 질퍽한 도랑에 처박혀 버렸다. 생각나는 건 욕설뿐이었다.

'네미럴!'

김석훈은 블랙샤크 갑판에 드러누워 버렸다. 잔뜩 물을 먹어서인지 짜증만 폭발하고 있었다. 헉헉대면서 머리를 들어 콘솔 입구에 기대 거친 숨을 고르는 차수연을 불렀다.

"수연아, 미하엘 그 자식 봤어?"

"아니."

"살았을까?"

"총상에 그만한 폭발이면 어렵겠죠?"

"젠장, 키."

김석훈은 머리로 갑판을 쿵쿵 찧었다. 놈이 가지고 있다는 열쇠의 행방이 묘연한 셈, 용도는 확실히 모르지만 그게 없으면 물건을 인양한들 별 소용이 없을 거라는 점은 의문의 여지가 없어 보였다. 급히 몸을 일으킨 그가 콘솔 안에다 대고 소리를 질렀다.

"아저씨, 잠깐! 미하엘 그 자식 시체라도 찾아야 돼!"

그런데 차수연이 갑자기 말을 잘랐다.

"아뇨! 그냥 가요! 곧 터키경찰 경비정들 나타날 거야!"

그는 의아한 눈빛으로 차수연을 돌아보았다. 분명 웃을 만한 상황이 아닌데 차수연은 생글생글 웃고 있었다. 그가 고개를 갸웃하며 물었다.

"무슨 계획이라도 있어?"

차수연은 주머니를 뒤적뒤적하더니 뭔가 반짝이는 걸 꺼내 흔들어 보였다. 직경 0.5㎝가량에 길이 4㎝ 남짓의 은색 원기둥 형태인데 원주 끝을 따라 돌기가 이어진 구조여서 얼핏 보기에도 평범하지는 않았다.

"애타게 찾으시는 게 이거 같은데? 아니신가요?"

그는 일순 말을 더듬었다.

"그거… 그거야?"

"아까 배에서 챙겼어. 느낌상 맞는 거 같아."

"그 인간 바지에서 뺀 거야?"

"방탄복 상의 주머니, 반쯤 나와 있었어."

"젠장."

김석훈은 일단 안도의 한숨을 내쉬었다. 계획은 시작부터 엉망이 되어버렸는데 그나마 열쇠는 손에 넣은 모양새, 맞을지 안 맞을지는 모르지만 그건 물건을 찾고 나서 고민할 문제였다. 남은 건 물건을 인양할 타이밍을 잡는 것뿐이었다. 어렵게 몸을 일으킨 그가 콘솔 안으로 기어들어 가며 물었다.

"제니퍼는요?"

"좀 전에 먼저 포인트 2로 이동한다고 연락 왔다."

"그럼 됐네. 우리도 가죠."

"꼬리가 붙었다. 그거부터 해결해야 돼."

"꼬리요?"

뒤따라 들어온 차수연이 그의 턱밑에 앉으며 반문했다. 양만호가 레이더 모니터를 가리키며 말을 받았다.

"대위 말대로 터키해경 순시선이 접근한다. 100톤 급쯤 될 것 같은데 2척이야. 1시 방향, 3해리, 고속으로 남하하고 있다. 이 거리에서는 레이더 성능 부실해도 우릴 인지했을 가능성이 높아. 우릴 따라올 수도 있다."

김석훈은 모니터 아래로 눕다시피 기대면서 미간을 좁혔다.

"젠장, 일단 파티흐대교(보스포루스 제2대교)까지 내려가죠. 상황을 지켜보다가 아니다 싶으면 동안(東岸) 선착장으로 들어갑시다. 복잡한 선착장이니까 레이더만으로 블랙샤크를 찾아내기 어려울 겁니다. 어차피 차도 거기 뒀으니 여차하면 장비 내려서 차로 이동하죠."

양만호는 대답 대신 고개만 끄덕여 보이고 부드럽게 가속레버를 밀어냈다.

'제기랄!'

묵직한 가속감이 몰려오자 그는 의자에 머리를 기대면서 길게 한숨을 내쉬었다. 애당초 어디로 튈지 모른다고 생각은 했지만 처음부터 이렇게 꼬이는 건 확실히 예상 밖의 일이었다. 미하엘이 현지 경찰을 동원한 것도 의외였고 모사드는 미하엘을 보자마자 작정을 하고 총질을 했다. 은밀한 일처리를 생명처럼 여기는 스파이들의 속성이 깨끗이 사라져 버린 것, 매사 편집광에 가까울 정도로 두드린 돌다리를 다시 두드리는 스파이들이 불문곡직 총질을 해댈 만큼 필사적이라면 앞으로 벌어질 일들은 상상조차 하기가 어려웠다.

그는 주머니를 뒤적여 푹 젖은 담뱃갑을 꺼내 던져 버리고 콘솔 아래 서랍에서 새 담배를 꺼내 포장을 뜯었다. 어렵게 불을 붙이고 한 모금 빨아들이려는데 갑자기 블랙샤크의 무전기가 칙칙거리더니 생소한 목소리가 흘러나왔다.

—아아… 하나, 둘, 셋. 어이, 거기 라이언 있나? 이야기 좀 하지.

아주 자연스런 영어, 미국 영어에 가까웠다.

'제기랄! CIA!'

상대의 기름진 목소리를 듣자마자 떠오른 단어였다. 사실 줄곧 이상하다는 생각은 하고 있었다. 오만 군데 끼어들어 참견질을 해대는 CIA가 이 난리통에 얼굴을 내밀지 않은 건 확실히 정상이 아니었다. 다소 늦은 감이 없지 않지만 CIA의 개입은 정해진 수순이나 마찬가지, 어쩌면 본게임 시작을 알리는 신호탄이 막 올라간 것일 수도 있었다. 그가 담배를 재떨이에 던져 넣으며 무전기 마이크를 잡았다.

"누구냐?"

—누군지 알 건 없고… 바이크 타던 귀여운 아가씨가 사고를 좀 당했는데 말이야. 당신이 협조를 좀 해주면 기쁜 마음으로 치료해 줄 것 같은데?

"무슨 소리냐?"

—가시가 너무 많은 거 같아서 살짝 심하게 손을 썼거든. 치료

하지 않으면 이 아가씨 죽을지도 몰라. 아니다, 더 쉽게 이야기하지. 네가 협조를 하지 않으면 며칠 헤로인 맞춰서 사창가에 팔아먹을 수도 있고 지금 당장 머리통에 시원하게 구멍을 내줄 수도 있어. 알아듣겠나?

"원하는 게 뭐냐?"—물건을 찾아와라. 시한은 내일 새벽 5시, 장소는 다시 연락하지.

"물리적으로 불가능해. 더구나 행방불명된 러시아인이 필요하다. 나 혼자서는 못 찾아."

—이런, 이런, 선수끼리 이러지 말자고. 날 가지고 놀 생각 같은 건 치워. 내일 새벽 5시까지 물건이 내 손에 들어오지 않으면 여자는 죽는다. 괜한 장난질 치면 그 시커먼 보트에 탄 친구들까지 한꺼번에 날려 버릴지도 몰라.

그는 아랫입술을 지그시 깨물었다. 놈은 블랙샤크의 존재까지 알고 있었다. 처음부터 끝까지 현장을 지켜보았다는 뜻, 어쩌면 그와 차수연이 주고받은 이야기를 고스란히 들었을 수도 있었다. 그가 목소리를 깔았다.

"내 친구가 살아 있다는 것부터 증명해라."

—아, 그거야 그래야지. 잘 들으라고.

잠깐 침묵이 흐르더니 발악적인 고함 소리가 한꺼번에 건너왔다.

—미국인 최소 넷! 자동소총! 열추적… 큭!

어눌하지만 정확한 한국어, 제니퍼의 목소리였다. 몇 마디 이어지지 못하고 따귀를 때리는 소리와 함께 사라졌지만 목소리의 주인을 알아내는 데는 부족하지 않았다. 놈이 다시 말했다.

　—여자를 때리기는 싫었는데 말이야. 당최 말을 듣지를 않네. 어쩔 수가 없었어. 후후. 이해하라고. 증명은 됐겠지?

　"다시 손대면 넌 내 손에 죽는다."

　—이런, 당신 영화를 너무 많이 본 거 아니야? 누차 이야기하지만 같잖은 허풍 따위는 뒷골목 꼬마들한테나 써먹어. 혀 잘못 놀려서 죽는 놈들 많이 봤으니까 서로 조심하자고. 후후.

　"내가 뭐라고 부르면 되지?"

　—존 도.

　"존 도? 웃기는 친구로군. 당신 언젠가 그렇게 죽을 거야."

　—헛, 악담이 심하군. 후후. 뭐 그럴 수도 있겠지만 말이야. 하하. 그리고 터키해경은 신경 쓰지 않아도 돼. 지금 사고현장에 도착해서 생존자 수색에 여념이 없으니까 말이야. 곧장 물건이나 찾으러 가라고. 하하하. 아웃.

　섬뜩한 웃음을 남긴 놈의 목소리는 거기서 끊어져 버렸다. 김석훈은 신경질적으로 마이크를 던져 버리고 새 담배를 뽑아 입에 물었다. 두통이 점점 더 심해지고 있었다.

거울 속의 적

제니퍼는 지붕을 때리는 시끄러운 소음에 눈을 떴다. 지붕이 낮은지 빗소리가 아주 가까이서 들렸다. 어렵게 눈을 뜨고 손발을 움직였다. 그러나 마음대로 움직이는 건 없었다. 얼핏 옆으로 누운 자세 같았다. 손은 뒤로 묶였고 등에서 지독한 통증이 몰려왔다. 폭발에 휘말리면서 타격을 입은 모양이었다.

움직이는 걸 포기하고 주변을 둘러보았다. 오래된 창고처럼 보이는 어두운 장소, 퀴퀴한 곰팡이 냄새와 함께 파도 소리와 두런두런 이야기 소리가 들려왔다. 한쪽은 완벽한 미국식 영어였고 다른 한쪽의 발음은 어딘가 어색했다.

"…이놈이든 저놈이든 살려둬서 좋을 거 없어."

"클리너는?"

"시간 안에 도착할 거야. 그쪽 인원은 얼마나 되는 건가?"

"셋. 하지만 씰이야."

"전부 여덟이라… 충분하군. 인질이 있으니 어차피 모험은 못하겠지만 말이야."

"알 수 없어. 그냥 들고 튈 수도 있거든. 난 저 계집애가 그만한 가치가 있다고 생각하지 않아."

"아니, 나타난다. 쓰레기 중의 쓰레기 혼혈이지만 저것도 놈의 동료야. 동료 하나가 죽은 것 때문에 러시아인들과 전면전을 불사하면서 이스탄불까지 날아온 놈이다. 포기하는 척이라도 할 거야."

제니퍼는 두 사람의 말에 귀를 기울이면서 손발을 움직여 보았다. 그러나 통증만 더해질 뿐 손발을 묶은 와이어밴드는 꼼짝도 하지 않았다.

"보면 알겠지. 모사드는 어떻게 됐어? 청소 끝난 건가?"

"그게 분명치가 않아. 총격전이 30분 이상 격렬하게 계속됐고 출입구에서 연기도 상당량 솟구쳤는데 지하에서 진행된 작전이어서 누가 이겼다고 결론을 내리기는 어렵다더군. 다만 투입된 병력에 비해 철수하는 인원이 너무 적어서 실패가 아니냐는 쪽이야. 20명 넘게 들어갔는데 나온 건 달랑 6명이 전부라니까 작전이 성공했다고 보긴 어렵지. 미하엘이 데리고 있는 용병들이 독종이라는 건 알려진 사실이니까."

"한쪽이 일방적으로 당하지 않았다는 이야기로군. 나쁜 결과는 아니야. 후후. 놈은 지금 어디 있나?"

"해협에서 해파리랑 놀고 있어. 물건이 물속에 있는 모양이야."

"물속이라… 역시 똑똑한 친구였군. 젠장, 그런데 말이야, 존."

"왜?"

"물건의 가치가 도대체 얼마나 되는 거야? 아무리 생각해도 이해가 되지 않는 부분이 많아서 말이야."

"이해할 생각하지 마라. 우린 체스판의 폰이야."

"전후사정은 대충 알아. 아는 대로만 털어놔."

"나도 전문가가 아니야. 당연히 잘 모르지. 누구 손에 들어가느냐에 따라 많이 다르다는 것 정도? 이를테면 누구 손에서는 그냥 싸구려 대공 미사일이 될 수도 있고 누구 손에서는 인공위성을 지구궤도에 올려놓거나 대륙간탄도 미사일을 대기권 밖으로 날려 보내는 마이다스의 손이 될 수도 있다더군. 물론 우리에겐 아군 스텔스기체에 대한 러시아의 최신형 추적시스템을 확보하는 전략적 우위를 의미하겠지. 국방성이나 방산업체에 미치는 정치적 의미도 제법 클 거고. 대답이 됐나?"

"젠장, 거의 무한대라는 뜻이로군."

"너무 섭섭하게 생각하지는 말라고. 양국은 오랜 동맹이고 당신 보스도 그만한 대가를 받게 될 거니까."

"기분이 좋지는 않아."

"반역까지는 아니니까 잊어버려. 어딜 가나 탐욕스런 노인네들 하는 짓은 다 똑같은 거야. 가서 아이들 배치나 해라. 난 저거 깨워야겠어. 들고 다니기는 싫거든. 후후."

"그러지."

이어 낡은 문이 여닫히는 소리가 들리더니 발자국 소리가 다가왔다. 사내가 제니퍼의 어깨를 발로 툭 찼다. 제니퍼가 꿍 하는 신음을 토해내며 돌아눕자 사내가 한쪽 무릎을 꿇으며 말했다.

"그만 일어나지, 아가씨."

"그냥 죽이지 왜 귀찮게 하는 거야?"

제니퍼는 이를 악물며 매섭게 쏘아붙였다. 하지만 사내는 제니퍼의 턱을 틀어잡으면서 싱글싱글 웃었다.

"죽일 생각은 없어. 끝나면 곱게 보내줄 거야."

"놀고 있네. 그 말을 믿으라는 거야? 그리고 라이언은 오지 않아. 바보가 아니거든."

"내기할까?"

"엿 먹어, 개자식아."

"나타난다에 100달러 걸지. 후후. 그럼 꽃단장하고 기다리라고. 난 네 친구하고 이야기 좀 하고 돌아올 테니까. 흐흐."

시니컬하게 웃은 사내는 그녀의 뺨을 가볍게 두드리고 일어나서는 성큼성큼 어둠 속으로 사라져 버렸다.

제니퍼는 손에 몇 번 더 힘을 주다가 포기하고 바지 뒤에 붙은 청바지 상표 안으로 손가락을 집어넣었다. 신발은 물론 벨트까지 벗겨갔지만 청바지 상표 속에 들어간 작은 면도날은 보지 못했을 것 같았다. 역시 면도날은 제자리에 있었다. 3cm짜리 작은 칼이지만 손잡이까지 있어서 와이어밴드 정도는 몇 초면 자를 수 있었다. 회심의 미소를 지은 제니퍼는 차분하게 면도날을 말아 쥐었다. 이제 기회가 오기를 기다려야 했다.

"아나톨루 북쪽 해안?"

—해안도로 타고 계속 올라오다가 7번 도로로 갈아타라. 도로 끝에 있는 대형 컨테이너 야적장이니까 찾기는 어렵지 않을 거다. 거리는 이스탄불에서 겨우 30마일이야. 충분히 시간에 맞출 수 있을 거다.

"내가 좀 늦는다고 그냥 가지는 못할 거 같은데? 늦어도 화내지 말고 기다리라고."

시비조의 대답에 존이 키득거리며 웃었다.

—이봐, 라이언. 발끈해 봐야 남는 거 없어. 지금도 지켜보고 있으니까 시키는 대로 따라오는 게 좋고. 물건은?

"건지는 거 봤잖아?"

—제법 오래 걸리더군.

"혼자 갈까?"

—당신 애인은 오고 싶어 할 것 같은데?

"따로 약속이 없는지 물어보지. 다른 건?"

—물건만 가져와.

"곧 간다, 아웃."

그는 무전기를 채널을 단파로 바꿔 귀에 끼우고 조수석에 앉은 차수연과 눈을 마주쳤다. 차수연이 씩 웃으며 말을 받았다.

"새 애인하고 데이트 약속이 있긴 해요. 취소하죠. 후후."

마주 웃으면서 시동을 걸었다. 새벽 4시를 막 넘긴 시각, 도로는 텅 비어 있었다. 밤새 퍼붓던 빗줄기도 많이 가늘어졌고 바람도 거의 느껴지지 않았다. 라디오를 켜서 볼륨을 잔뜩 올리면서 말했다.

"매드독 다섯, 들었죠?"

—카피. 천천히 가라. 먼저 가서 대기하겠다.

양만호의 대답, 주차장을 빠져나온 그는 곧장 해안도로를 타고 북쪽으로 방향을 잡았다. 차에 속도가 붙기 시작하자 다시 양만호의 목소리가 건너왔다.

—무리하는 거 아닌지 모르겠다. 아무래도 예감이 좋지 않아.

"어차피 이판사판입니다. 가는 데까진 가봐야죠. 미안합니다, 아저씨."

—뭐가?

"아저씨까지 끌어들이고 싶지는 않았는데 이렇게 됐네요."

—쓸데없는 소리. 아까도 이야기했잖아. 난 세상에 미련 같은 거 없어. 원래 내 나이가 되면 세상이 사람에게 주는 것보다 빼앗아가는 게 훨씬 더 많아. 그리고 솔직히 말해서 열심히 백신 사들여 얼굴도 모르는 아이들 살리는 것보다 너랑 같이 지옥에 놀러가는 게 훨씬 재미있어.

—맥 빠지는 소리 그만하죠, 심바.

양만호의 목소리 뒤에서 칼리프가 툭 튀어나왔다.

—우리 죽으러 가는 거 아닙니다. 심바가 누구인지 잊어버렸어

요? 나는요? 제니는 또 어떻습니까? 우리 절대 쉽게 안 죽어요. 가서 싹 엎어버리고 오는 겁니다. 수틀리면 야적장 전체를 통째로 날려 버릴 겁니다.

"후후. 그래. 가서 사그리 날려 버리고 제니 데리고 나오는 거다. 준비는 된 거지?"

─물론입니다. 심바가 다이빙하는 동안 몇 개 활성화 시켜뒀으니까요. 20분입니다. 기억하십쇼.

"기억하지. 조심해."

─심바도 조심하십쇼. 아웃.

무전기가 조용해지고 쿵쿵거리는 음악 소리만 실내에 남자 차수연이 말을 건넸다.

"오빠는 어때?"

"뭐가?"

"집 생각 안 나?"

"며칠 나돌아 다녔더니 마사지 생각이 간절하긴 하네. 보나세라라고 계약제로 출근하는 그리스인 쭉빵 마사지사가 있는데 손아귀 힘이 최고야. 뜨거운 목욕하고 비키니 입은 보나세라가…… 윽!"

그는 움찔 비명을 질렀다. 차수연이 소말리아에서 다친 상처를 쿡 찔러 버린 것이었다.

"또 그 여자한테 마사지 받으면 죽을 줄 알아요."

"헐… 내 유일한 낙인데?"

"쳇, 내가 해주면 될 거 아냐."

"오호, 그럼 지금 좀 해봐. 지금 팔다리 쑤셔 죽겠거든?"

"됐거든요. 그리고 내 이야기는 한국 생각 안 나냐는 거예요."

"한국?"

"네. 가족이나 친구나 뭐 그런 거요."

"당연히 가끔 생각나지. 미련은 별로 없지만 말이야. 애초에 가족이라고는 아버지뿐인데 연락 끊어진 지 오래됐거든. 워낙 급하게 사무실 엎어버리고 출국하는 통에 몇 안 되는 친구들한테도 전혀 연락을 못했어. 케냐에 자리 잡고 난 뒤에도 이런저런 이유 때문에 또 못했고, 그러다 보니 결국 고향이 케냐가 돼버린 거지."

"돌아갈 생각 없어요?"

"그건 목숨 부지하거든 생각하자. 미하엘 그놈이 죽었다고 보면 1차 목표는 달성한 셈이고… 저 원수 같은 가방만 내 손 떠나면 서울도 함 가야지. 장모님한테 인사는 드려야 도리 아니겠냐. 후후. 그나저나 저것들 떼어놓고 이야기하면 안 될까?"

그가 백미러에 눈길을 주자 차수연이 도어 미러를 확인하며 되물었다.

"바짝 붙었어요?"

"아니, 거리가 좀 벌어졌으니까 지금 떼어버리는 게 좋을 거 같아서, 아무거나 잡아."

미행하는 놈들의 승용차는 300미터 이상 거리를 두고 느긋하게 따라오고 있었다. 목적지가 뻔해서인지 더 접근할 생각은 없는 것 같았다. 굴곡이 심한 도로가 이어지고 따라오는 전조등이 자주 건물에 가리기 시작하자 김석훈은 조금씩 속도를 올렸다. 놈들을 떼어버리려면 여기가 최선이었다.

코너를 몇 번 돌면서 도로가 완전히 건물들에 가리자 그는 순간적으로 방향을 틀어 이면도로로 차를 집어넣었다. 들어가자마자 다시 우회전, 좁은 골목에 차를 세운 다음, 램프를 전부 끄고 창문을 열었다. 얼마 지나지 않아 타이어가 물을 헤치는 소음이 지나갔다. 아마 한참 더 가서 놓쳤다는 생각을 하게 될 터였다. 그는 아예 시동을 꺼버렸다.

"떡 본 김에 제사지낸다고 차 세운 김에 여기서 한잠 자자. 일단 쉬면서 시간 좀 벌고 출발하면서 터키경찰 삥삥이 한 번 돌리지 뭐. 후후."

씩 웃은 그는 차수연의 손을 끌어다 허벅지에 올려놓고 그대로 눈을 감았다. 마지막 순간까지 집중력을 잃지 않으려면 지금 조금이라도 눈을 붙여야 했다.

랜드로버 운전석으로 올라탄 존은 재킷을 툭툭 털어내며 선바이저 거울 속의 얼굴을 물끄러미 건너다보았다. 날카로운 눈매와 강인해 보이는 입술, 175에 불과한 키가 다소 불만이지만 단단한 체구와 가만히 있어도 상대에게 위압감을 주는 매서운 눈매는 언제나 만족스러웠다. 거울 속의 자신에게 슬쩍 윙크를 하고 선바이저를 접었다. 시간은 새벽 5시 15분이 막 지나가고 있었다. 무전기를 집어 들었다.

"아직 못 찾았나?"

—아직입니다, 캡틴.

"답답한 친구들, 이 새벽에 한 대밖에 없는 차도 놓치나? 작전 끝나면 각오들 해."

—해안도로 일대를 다시 훑어보고 있습니다. 곧 찾을 겁니다.

"됐어, 돌아와. 최대한 빨리 돌아와서 진입로 차단하고 대기해라."

—카피. 돌아갑니다.

존은 혀를 차면서 무전기를 내려놓고 야적장 출입구에 시선을 던졌다. 추적추적 내리는 빗줄기가 흐릿한 조명에 하얗게 부서졌다. 출입구 너머는 철책을 따라 놓인 철로, 20분 전쯤에 열차 한 대가 지나간 뒤로는 문자 그대로 쥐 죽은 듯이 고요했다. 작전에 동원한 인원은 필드요원 4명에 자동화기로 무장한 SAD(특수활동국, CIA예하 전투부대) 1개 팀 5명이었다. 거기에 보조패 씰팀 3명을 더하면 전력은 충분하고도 남았다.

문제는 놈의 위치였다. 빌어먹을 놈의 날씨 때문에 위성을 사용하지 못하는 것이 엄청나게 부담스러웠다. SAD가 열영상 탐지기를 가지고 있지만 구닥다리여서 이런 빗속에서는 크게 쓸모가 없었다.

'빌어먹을 놈, 배짱만 더럽게 좋군.'

놈의 성향을 고려하면 몇 분 이내에 나타날 것이라는 점에 대해서는 의문의 여지가 없었다. 그러나 느닷없이 튀어나와 총질을 시작할 가능성도 배제하기가 어려웠다. 이래저래 놈의 종적을 놓친 것이 부담스러운 상황으로 이어지고 있었다. 여자를 처박아둔 건너편 컨테이너에서 요원 하나가 머리를 내밀었다.

―이글 하나, 아직 소식 없습니까?

"이거 오늘 왜들 이래! 그 자식 만만한 놈 아니야! 놈의 얼굴도 보기 전에 놈에게 인질 위치 알려주고 싶은가? 들락거리지 마!"

―카피, 죄송합니다.

요원은 움찔 머리를 숙이고 컨테이너 안으로 들어갔다. 순간, 출입구 바로 옆 컨테이너들 위에 올라간 저격수가 기다리던 소식을 전해왔다.

―차량 출현, 건널목 남쪽 500미터, 저속으로 접근합니다.

"오케이, 전 대원 주목, 목표가 접근한다. 확인될 때까지 대기한다."

―카피.

얼마 지나지 않아 건널목을 넘는 SUV 한 대가 눈에 들어왔다. 저격수가 다시 말했다.

―목표 확인, 놈입니다.

"혼자인가?"

―예, 혼자입니다.

"대기, 명령이 있을 때까지 쏘지 마라. 전 대원 발포금지."

―카피.

그는 전조등을 2번 하이빔으로 만들었다가 껐다. 천천히 출입문을 통과한 놈의 SUV는 컨테이너 사이로 들어와 20m쯤 떨어진 곳에 멈춰 섰다. 그가 차에서 내리자 놈도 차 밖으로 나왔다. 그는 차 앞으로 나서며 김석훈의 복장을 아래위로 훑어보았다. 얼핏 방탄복 같은 검은색 상의에 MP 계열의 자동화기와 수류탄이 매달려 있었다. 그가 말했다.

"복장이 그게 뭐야? 나하고 총질이라도 하자는 이야기인가?"

"그럴 리가 있나, 조용히 보내줄 것 같지가 않아서 준비를 좀 한 것뿐이야. 괜찮겠지?"

어차피 무장했을 거라는 생각은 하고 있었으니 차라리 노골적으로 총기를 내놓은 편이 마음 편했다. 입가에 웃음이 맺혔다.

"저격수의 총구가 당신 뒤통수에 고정되어 있다는 점만 명심해. 가져왔나?"

"내 친구는?"

"가까이 있어."

"봤으면 좋겠군."

"가방부터."

"이거 봐, 너는 잔뜩 데려왔고 나는 혼자야. 설마 겁나는 건 아니겠지?"

존은 피식 웃으며 손가락을 튕겼다. 건너편 컨테이너에서 요원 둘이 머리에 검은 두건을 씌워놓은 여자를 앞장세우고 밖으로 나왔다.

"됐나?"

"두건 벗겨. 얼굴은 확인해야지."

그가 고개를 끄덕이자 요원이 여자의 머리에 씌운 두건을 벗겼다. 입에 재갈을 물린 상태로 여기저기 상처도 많고 다리도 절뚝였지만 확실히 큰 부상은 아니었다. 놈은 눈을 마주치는 여자에게 슬쩍 손을 흔들어주더니 자동차 뒤로 돌아가 백도어를 열고 은색 케이스를 끌어내렸다.

폭 1.2m 정도에 높이 80㎝, 두께 50㎝ 정도의 제법 커 보이는 금속재질의 하드 케이스, 1주일 가까이 바다 속에 잠겨 있었는데도 흠집 하나 생기지 않은 깔끔한 상태 그대로였다. 그런데 케이스 라커 부분에 뭔가 부착되어 있었다. 보나마나 폭약, 역시 만만한 놈은 아니었다.

쓰게 웃는 사이 놈은 케이스를 밀고 자동차 앞으로 건너와 중간쯤에다 세운 뒤, 케이스 위에 걸터앉았다.

"케이스 위에 달린 거 보이지? 이거 C4야, 내가 여기서 손가락을 떼면 문제가 커질 거야. 무슨 말인지 이해하지? 아마 물건은 물론이고 당신 서 있는 자리까지는 깨끗이 날아갈 거야."

놈은 손에 쥔 송신기를 들어 보였다. 존이 인상을 찌푸리며 되물었다.

"그게 진짜인지 어떻게 알지?"

"그건 나도 몰라. 아예 열지도 않았으니까. 러시아인이 가지고 있던 키는 여기 있다."

놈은 오른손에 쥔 키를 눈앞에서 얄밉게 흔들어 보이고 말을 이었다.

"내 친구 보내라. 그럼 키 여기다 내려놓고 물러서겠다. 물론 우리가 떠나기 전에 총에 손을 대면 폭약이 터지겠지. 그리고 10분

이내에 해제하지 않아도 폭발할 거야. 전파방해를 해도 소용없다는 뜻이야."

"그건 곤란한데? 물건 확인도 안하고 거래를 할 수는 없잖아? 먼저 열어. 보고 이야기하지."

"그럴 생각 없는데?"

"그럼 여기서 끝이다."

존은 가까이 다가온 요원에게 손짓을 했다. 요원이 여자의 머리에 총구를 들이댔다. 놈은 어깨를 으쓱해 보이더니 아주 천천히 케이스에서 일어나 라커에 키를 꽂았다. '우웅' 하는 미세한 모터 소리가 나더니 딸깍하면서 케이스 뚜껑이 열렸다. 놈은 양손을 들어 보이면서 자기가 타고 온 자동차 앞까지 물러섰다.

"직접 확인해."

"기꺼이."

존은 권총을 뽑아 슬라이드를 당겼다 놓으면서 한 발 앞으로 나섰다. 순간, 누군가 무전기 안에서 다급하게 고함을 질렀다.

—모터보트 3척이 고속으로 접근합니다! 모터보트 3척!

—철로를 따라 무장병력 다수 접근! 최소 분대 병력, 자동화기로 무장했습니다!

"제기랄! 대기!"

나직하게 욕설을 토해낸 그는 우뚝 멈춰 서서 놈을 조준했다.

"무슨 짓이지? 용병이라도 고용한 거냐?"

"용병?"

"모르는 척해도 소용없어. 밖에 있는 놈들 네가 끌어들인 거 아니야?"

되는대로 질문을 던진 존은 놈의 표정을 살피면서 필사적으로 머리를 회전시켰다. 확실치는 않지만 느낌상 놈은 외부의 상황을 모르는 것 같았다. 더구나 여기는 터키였다. 터키에서 10명 이상의 병력을 동원할 능력은 놈에게 없다. 한국 특수부대? 그것도 가능성은 한참 떨어진다. 놈의 애인이 대사관 무관이기는 하지만 한국이 대대적으로 병력을 동원해서 CIA와 결전에 나설 배짱은 없다. 결국 제3의 세력이 끼어들었다는 이야기였다. 놈이 다시 반문했다.

"무슨 헛소리야?"

순간, 어디선가 '쉭' 하는 기분 나쁜 쇳소리가 들려왔다.

'응?'

뇌리를 스치는 섬뜩한 느낌, 아무것도 들리지 않았다. 그리고 놈의 실루엣이 비스듬히 기울기 시작했다.

콰쾅!

김석훈이 자동차 뒤로 몸을 날린다 싶더니 날카로운 폭음과 함께 무시무시한 섬광이 솟구쳤다. 제니퍼는 반사적으로 자세를 낮추면서 뒤통수를 겨냥하고 있던 놈의 다리를 후렸다. 순간적으로 공중에 떴다가 떨어지는 놈의 머리를 번개같이 걷어차면서 컨테이너 사이로 몸을 날렸다.

순식간에 총탄이 난무하는 난장판으로 변해 버린 형편, 뭐가 어떻게 돌아가는 건지는 모르지만 존이란 놈은 무시무시하게 정확한 헤드샷 한 방에 이마를 관통당했고 그렇게 찾아 헤매던 물건은 눈앞에서 가루가 되어버렸다. 이제 어떻게든 몸을 빼는 일만 남은 셈이었다.

손을 묶은 밴드를 간단하게 잘라내고 곧장 컨테이너 사이를 달리면서 입에서 재갈을 뺐다. 총성은 잠깐 따라왔지만 곧 멀어졌다. 일단 컨테이너 몇 개를 돌면서 남쪽으로 방향을 잡았다. 김석훈과 만나는 것이 최선이라는 판단이었다.

그런데 컨테이너와 컨테이너 사이의 통로로 나오는 순간, 느닷없이 튀어나온 시커먼 그림자와 마주쳤다. 본능적으로 그림자가 쥐고 있는 총기를 잡아채면서 뛰어올라 그림자의 목을 다리로 휘감았다. 뒤로 넘어가는 놈의 목을 단숨에 부러트리고 누운 채 재빨리 주변을 훑었다. 컨테이너 위에서 총구섬광이 보였다.

"젠장!"

급히 몸을 돌려 놈의 몸을 방패 삼아 몇 발을 버렸다. 누웠던 자리에서 빗물이 튀어오르고 잇달아 투두둑 하는 무시무시한 타격음이 들려왔다. 다행히 통증은 없었다. 죽은 자의 몸을 관통한 총탄이 없다는 뜻, 놈이 입은 방탄복 덕을 본 셈이었다. 일단 널브러진 놈의 몸을 끌고 컨테이너 사이로 기어들어 와 놈의 탄띠에서 총기를 떼어냈다. MP—5와 리볼버, 탄창 몇 개까지 챙기고 나서 컨테이너를 반대로 돌았다. 싸움은 이제부터였다.

높게 쌓인 컨테이너들 사이에 무릎을 꿇은 김석훈은 옆구리를 움켜쥔 채 따라오는 놈을 향해 짧게 자동화기를 난사했다. 총격에 놀란 놈은 황급히 컨테이너 뒤로 뛰어들었다. 즉시 방향을 틀어 반대쪽 컨테이너의 비좁은 틈새로 들어가 서쪽으로 방향을 잡았다.

"매드독 넷! 밖에 뭐야! 경찰 아니야?"

칼리프의 위치는 남서쪽 야산 중턱, 대답은 신속하게 돌아왔다. 그러나 결코 바람직한 대답은 아니었다.

─경광등 같은 건 안 보이고 무장상태가 상당합니다. 체격이나 윤곽으로 보면 백인입니다.

"제기랄, 러시아야 모사드야?"

─총기 윤곽이 AK입니다. 러시아에 베팅하겠습니다.

적당한 시간에 경찰이 현장에 나타날 수 있도록 경찰에 살인사건 신고를 하고 들어왔는데 느닷없는 총질부터 시작됐고 존이 눈앞에서 저격당할 때는 총소리조차 듣지 못했다. 장거리 저격이라는 뜻, 경찰이 할 수 있는 일은 절대 아니었다. 러시아 용병이든 모사드든 사실 조건은 같았다. 욕설이 저절로 나왔다.

"염병, 완전 개판 오 분 전이네."

터키 땅에 발을 들여놓은 이후 단 한 번도 계획대로 진행된 적이 없는 것 같았다. 등대에서 러시아인들과 조우한 시점부터 당장 발등의 불인 미국인들까지 모두 마찬가지였다. 오로지 임기응변으로 1분 1초를 버티는 버거운 상황이 연일 이어지고 있었다.

한참을 달린 그가 컨테이너에 기대서서 호흡을 가다듬을 무렵,

칼리프가 다시 상황을 전했다.

—외부병력이 철로를 통과합니다. 터트릴까요?

원래는 탈출하면서 추격을 따돌리기 위해 진입로와 해안에 설치해둔 폭약, 칼리프가 시간을 벌어달라고 신신당부했던 이유이기도 했다. C4만 무려 20㎏ 가까이 여기저기 깔았으니 진입이든 진출이든 차단은 확실히 가능했다. 그러나 지금 터트리는 건 타개에 도움이 될 것 같지 않았다. 차라리 서로 총질을 하게하는 편이 나았다.

"아니, 지들끼리 총질하게 놔둬. 우린 매드독 셋의 위치부터 확인하자. 보여?"

—2시 방향 컨테이너 끝에서 북쪽으로 이동하는 것까지 확인했습니다. 1분 전 상황입니다. 현재는 확인불가.

"카피, 매드독 둘!"

—여기.

"어디야?"

—야적장 남서쪽 끝 컨테이너 옆, 매드독 셋은 보이지 않는다.

차수연의 목소리는 예상외로 차분하게 가라앉아 있었다. 이 와중에도 당황한 기색은 전혀 찾아볼 수 없었다. 그가 빠르게 말했다.

"목표가 그쪽으로 간다. 확보해. 확보와 동시에 폭파하고 뜬다. 별명이 없으면 포인트 3에 집결한다."

—카피.

그는 컨테이너 밖으로 슬쩍 머리를 내밀었다. 추격자는 보이지 않았다. 몇 초에 불과하지만 야시경 뒤집어쓴 놈들이 장님 된 덕을 본 셈. 빗줄기는 여전했고 기분 나쁜 침묵만 이어지고 있었다. 그는 조심스럽게 컨테이너 틈바구니를 빠져나와 야적장 서쪽으로 방향을 잡았다.

순간, AK 계열 자동화기의 익숙한 파열음이 터지기 시작했다. 그는 반사적으로 자세를 낮췄다가 일어섰다. 그에게 날아오는 총탄은 없었다. 양측간 본격적인 교전이 벌어진 모양새, 미국인들은 전원 소음기를 사용했으니 총성은 확실히 외부병력의 화기가 만들어냈을 것이었다. 어쨌거나 침입자가 러시아 용병일 거라는 칼리프의 예상이 맞아들어 간 셈이었다. 애당초 경찰과 선이 닿은 놈들이니 경찰의 출동을 취소하거나 늦추고 먼저 들이닥쳤을 가능성이 높았다. 미하엘이 없는 상황에서 커넥션이 작동되었다는 점은 다소 의외지만 그건 더 생각해 봐야 의미가 없었다.

어쨌거나 경찰이 진입할 시점에 케이스를 폭파하고 혼란을 틈타 탈출하겠다는 당초의 계획과 비슷해지긴 했으니 불만은 없었다. 그러나 위험부담은 상상을 초월할 정도로 커져서 이젠 발 디딜 때마다 온통 지뢰밭이었다. 그는 곧바로 뛰기 시작했다.

두두둑!

그런데 다시 총성이 터지더니 느닷없는 헬리콥터 로터의 굉음이 터져 나왔다.

'네미럴, 이젠 헬기까지 나타나냐? 환장하네.'

어느 쪽인지는 몰라도 아군이 아닌 건 확실했다. 순간, 컨테이너 반대쪽에서 검은 그림자가 불쑥 튀어나왔다.

'얼씨구?'

반사적으로 몇 발을 쏘고 컨테이너 옆으로 달라붙었다. 순식간에 총구화염이 명멸하고 철판을 두드리는 섬뜩한 쇳소리가 줄줄이 터져 나왔다. 최소한 둘, 거리는 겨우 40피트짜리 컨테이너 하나에 길이라고는 되돌아나가는 것뿐이었다. 등판을 총격에 고스란히 노출시키고 싶지 않으면 돌파하는 수밖에 없었다. 방법은 하나였다.

'이거나 먹어라, 개자식들아!'

그는 컨테이너에 기댄 채 수류탄 안전핀을 뽑아 볼링공 굴리듯 던져 버렸다.

"수류탄! 피해!"

쾅!

놀란 목소리와 폭음이 동시에 터졌다. 그는 곧바로 컨테이너에서 튀어나가 자동소총을 난사하면서 연기 속으로 뛰어들었다.

"크헉!"

구멍 난 컨테이너에 기대 주저앉은 놈이 힘겹게 총을 들다가 턱과 목덜미를 정통으로 얻어맞고 컨테이너에 피칠갑을 하면서 옆으로 넘어갔다. 다른 한 놈은 컨테이너에 뚫린 구멍에 상체를 걸어놓고 늘어져 있었다. 그는 지체 없이 시체 사이를 통과했다. 순간, 헬기로터의 진동이 느껴졌다. 그리고 거의 동시에 칼리프의 목소리가 귓전을 때렸다.

—매드독! 엎드려!

그는 순간적으로 방향을 틀어 컨테이너 사이로 몸을 날렸다.

콰쾅!

귀청을 찢을 듯한 무지막지한 폭음, 그는 공중에 뜬 채 폭발의 여파에 한참을 밀려 나가 컨테이너 밑에 처박혔다.

"크으… 젠장!"

일순 정신을 잃은 그의 뇌를 가장 먼저 자극한 건 매캐한 화약 냄새였다. 아직 살아 있다는 생각에 어렵게 머리를 들어 올렸다. 시야가 마구 흔들려서 앞을 분간하기 어려웠다. 몇 초 시간이 흐르자 희뿌연 연기 사이로 종잇조각처럼 찢어진 컨테이너들이 눈에 들어왔다. 그러나 손발은 제대로 말을 듣지 않았다. 어깨가 부러진 것처럼 아팠고 머릿속에서는 엄청나게 큰 종소리가 계속해서 울려댔다. 허우적거리면서 땅을 짚고 몸을 일으켜 아무 데나 기대앉았다. 총상 입은 자리가 터졌는지 옆구리가 피투성이였다. 멀리서 누군가 속삭였다.

―괜찮아?! 매드독! 대답해!

필사적으로 몇 번 심호흡을 하자 흐릿하던 시력이 조금씩 돌아왔다. 손발이 덜덜 떨리고 귀도 잘 들리지 않았지만 걷는 건 가능할 것 같았다. 등을 밀면서 어렵게 자리에서 일어섰다. 움직여야 했다.

"손… 발 다 붙어 있어. 움직인다."

―매드독! 3시 방향 둘!

칼리프의 목소리, 그는 번개같이 총구를 돌려 연기 속에 흐릿하게 보이는 형체를 향해 무조건 방아쇠를 당겼다.

투두둑!

탄창에 남은 총탄을 모조리 소모하고 권총을 빼서 다시 10여 발을 쏴버렸다. 다행히 더 움직이는 건 보이지 않았다. 급히 자동 소총의 탄창을 갈아 끼우려 했지만 손이 마음대로 움직이지를 않았다. 너무 심하게 떨려서 서너 번 넘게 좌우를 오간 뒤에야 탄창 밑을 두들겨 볼 수 있었다. 권총을 갈무리하고 밖으로 나와 겨우 걷기 시작하는 순간, 멀리 컨테이너 끝에서 자동차 헤드램프가 튀어나왔다. 그리고 지옥에서 튀어나온 악마의 눈동자처럼 일직선으로 달려들었다.

그아앙!

"네미릴, 아주 골고루 한다."

그는 무조건 반대쪽으로 뛰었다. 그러나 달리기로 자동차를 이길 수는 없는 노릇, 헤드램프는 순식간에 턱밑까지 따라붙었다. 다행히 가까운 컨테이너 사이로 틈새가 보였다. 죽기 살기로 발을 놀려 엉덩이가 박살나기 직전에 아슬아슬하게 컨테이너 사이로 뛰어들었다.

콰직!

뛰어들면서 이마를 정통으로 컨테이너에 부딪혀 널브러졌지만 통증은 느껴지지 않았다. 철판이 뭉개지는 섬뜩한 굉음이 귓전을 때리는 통에 고통 같은 건 관심 밖이었다. 거의 기다시피 일어나 밖으로 고개를 내밀었다. 차수연이 빠르게 말했다.

—목표 확보, 반복한다. 목표 확보. 나와요!

"카피, 철수한다! 매드독 넷, 상황은?"

차는 한참을 달려가더니 브레이크를 잡으면서 절묘하게 머리를 돌려 다시 가속하기 시작했다. 칼리프의 보고가 돌아왔다.

—모터보트 2대 접안, 8명 상륙, 1대는 해안선회. 지상병력은 현장진입 후 교전 중입니다.

"내가 먼저 돌아가시겠다! 지금 터트려!"

그는 즉시 폭파를 명령하고 반대로 뛰었다.

—카피, 폭파합니다. 3, 2, 1, 폭파!

쿵!

짧은 카운트다운이 끝나고 지축을 뒤흔드는 묵직한 폭음과 섬광이 밤하늘을 향해 날카롭게 치솟았다. 그러나 불꽃놀이를 감상할 여유 같은 건 없었다. 곧바로 타이어가 흙바닥을 긁어내는 파열음이 터지고 총성이 줄줄이 따라왔다.

차수연은 잘라낸 철책 사이로 제니퍼를 내보낸 다음, 그 자리에 무릎을 꿇고 김석훈을 기다렸다. 칼리프의 말대로라면 김석훈의 위치는 200미터도 채 안 되는 가까운 거리였다. 그런데 사람은 도통 나타나지를 않았다. 3층으로 쌓인 컨테이너들이 시야를 완전히 막아버려서 상황을 확인하는 건 불가능한 형편, 무전기에서 들려오는 소리는 엄청나게 급박했고 폭음과 총성이 난무하는 판인데 볼 수가 없으니 답답해 미칠 지경이었다.

초조한 시간이 한없이 흐르자 기다리다 못한 차수연은 자리를 털고 일어섰다. 들어갈 생각이었다. 그런데 바로 그 순간, 컨테이너들 사이에서 헤드램프의 빛줄기가 보였다. 날카로운 총성과 함께였다.

"매드독 셋, 엄호해! 들어간다!"

차수연은 뒤도 돌아보지 않고 튀어나갔다.

빛줄기가 보이는 컨테이너 사이에 발을 디디기가 무섭게 헤드램프 불빛 사이로 시커먼 그림자가 보였다. 그것도 바로 코앞이었다. 상황파악을 하기도 전에 김석훈이 고함을 질렀다.

"비켜!"

김석훈의 목소리, 차수연은 반사적으로 컨테이너 뒤에 달라붙으면서 헤드램프 바로 위에다 자동소총을 난사했다.

퍼버벅!

동시에 김석훈이 반대쪽 컨테이너 뒤로 몸을 던지고 승용차가 총알같이 눈앞을 스쳐 지나갔다. 차수연은 승용차를 따라 뛰면서 남은 총탄을 모조리 뒷유리창에다 쏟아부었다. 승용차는 빠른 속도로 공터를 가로지르다가 갑자기 코를 처박고 뒤집히더니 철책을 들이받고 공회전을 시작했다. 김석훈이 다리를 끌며 건너왔다.

"제니는?"

"먼저 보냈는데 부상이 심해서 멀리 가지는 못했을 거야."

"가자, 뛰어."

서둘러 야적장을 벗어난 김석훈은 철책을 통과하면서 야적장을 돌아보았다. 총성은 아직도 여기저기서 들려오는 상황, 헬기는 해안과 철로 쪽에서 올라오는 연기 때문에 위치를 확인하기 어려웠다. 그래도 최악의 상황에서는 벗어난 모습이었다. 그러나 안심하기는 아직 일렀다. 한 치 앞도 볼 수 없는 숲 속을 1㎞ 가까이 이동해야 양만호가 기다리는 해안이었다. 숨이 턱에 찰 때까지 줄기차게 뛰다가 야산의 북쪽 사면을 앞에 두고 어렵게 호흡을 가다듬었다. 까만 하늘이 노랗게 보이는 느낌, 출혈도 점점 심해져서 정신을 차리기가 쉽지 않았다. 몇 발 먼저 간 차수연이 손을 흔들었다.

"여기야."

차수연은 숲과 사면 사이의 구덩이에서 주저앉은 제니퍼를 부축해 일으키고 있었다. 얼핏 제니퍼의 가슴께에 감은 붕대가 보였다.

"괜찮아?"

제니퍼는 고개를 가로저었다.

"젠장, 총질하고 뛰어다닐 때는 몰랐는데 쉬니까 지독해졌어. 탈골된 어깨도 그렇고 발목도 상태가 영 아냐. 아까는 견딜 만했는데 지금은 딛는 것도 어려워."

"그만하길 다행이야. 일단 뜨자."

억지로 몸을 일으킨 그는 나란히 제니퍼를 부축했다. 그런데 공터의 웃자란 잡초 밭에 발을 들여놓기가 무섭게 서쪽 능선에서 시커먼 연기가 치솟았다.

'응?'

거리상 칼리프가 올라간 관측 포인트 근처인데 폭발의 규모가 만만치 않았다. 좋지 않은 예감에 재빨리 칼리프를 호출했다.

"매드독 넷, 무슨 일이야?"

대답은 없었다.

"매드독 넷, 여긴 하나, 응답해."

시간을 두고 몇 번 더 통화를 시도했지만 대답은 여전히 없었다. 그는 잠시 갈등하다가 걸음을 멈췄다. 폭발의 규모나 앞뒤 정황을 고려하면 위험을 감지한 칼리프가 폭약을 사용했을 가능성이 가장 높았다. 남겨두고 떠날 수는 없었다.

"둘이 먼저 가라."

그가 돌아서자 차수연과 제니퍼의 입이 거의 동시에 열렸다.

"그 몸으로는 도움 안 돼. 무리야."

"칼리는 온몸이 폭발물이라고. 괜찮을 거야."

"멀지 않은 거리다. 먼저 가, 모르긴 몰라도 한 바퀴 돌고 가도 내가 먼저 배에 도착할 거다. 무전기는 단파 채널 3으로 변경해라. 지금 가."

재빨리 말을 자른 김석훈은 두 사람이 미처 반응을 보이기도 전에 산을 오르기 시작했다. 두 사람이 마뜩찮은 표정으로 그의 뒷모습을 노려보았지만 무시했다. 불필요한 입씨름으로 시간을 보낼 생각은 추호도 없었다.

칼리프는 아름드리 침엽수에 기대 이를 악물고 허벅지에 박힌 나무 조각을 뽑았다. 다리가 제멋대로 덜덜 떨려왔지만 다행히 동맥을 건드리지는 않은 것 같았다. 일단 절반의 성공, 출혈만 막으면 일행에게 30분쯤 시간을 벌어주는 건 그럭저럭 가능할 것 같았다. 그는 서둘러 웃옷을 찢어 출혈 부위를 압박하고 대충 동여맸다.

'멍청한 놈!'

시간이 워낙 없긴 했지만 이번 작전은 온통 실수투성이였다. 야적장 전체를 관측한답시고 개활지에 자리를 잡은 것이 첫 번째 실수였고 야적장의 상황에 정신이 팔려 헬기에서 내린 놈들의 우회를 인지하지 못한 것도 치명적이었다. 그나마 만일을 대비해 깔아놓은 부비트랩에 한 놈이 걸리지 않았으면 찍 소리도 못하고 황천으로 직행할 뻔했다.

닥치는 대로 남은 폭약을 터트리면서 어렵게 몸을 빼냈지만 역부족, 빗발치듯 날아오는 총탄 세례에 일격을 당했고 동시에 자신이 터트린 폭약의 파편까지 얻어맞고 말았다. 아무리 생각해도 변명거리가 별로 없었다.

'라이언 만나서 한 5년 폼 나게 살았나? 제법 괜찮았지. 흐흐.'

일단 한 놈은 첫 번째 폭발에 휘말려 확실히 날아갔다. 남은 숫자는 셋 아니면 넷, 탈출은 이미 물 건너갔으니 몇 놈 더 데리고 떠나는 것도 괜찮을 것 같았다. 이빨을 모두 내보이며 웃은 그는 배낭을 내려놓고 등을 더듬어 붙여놓은 권총을 떼어내 배 위에 올려놓았다. 소총과 무전기는 어디다 떨어트렸는지 찾을 수가 없었다. 배낭에 남은 건 500g짜리 소형 C—4 3개가 전부였다. 당황한 나머지 폭약을 너무 많이 써버린 셈, 선택의 여지는 별로 없었다. 가까운 거리에서 음울한 목소리가 들려왔다.

"죽일 생각 없다! 나와라!"

그는 입을 꾹 다문 채 남은 C—4에 차례차례 뇌관을 꽂았다. 목소리가 다시 말했다.

"내가 원하는 건 라이언이란 놈이야! 어디 있지? 놈만 넘기면 떠난다!"

목을 살짝 빼서 목소리의 위치를 가늠했다. 분명 가까운 거리인데 야시경에 사람의 모습은 잡히지 않았다. 기분 나쁜 침묵이 흘렀다. 그리고 반대쪽에서 젖은 옷이 쓸리는 희미한 소리가 빗방울에 뒤섞여 날아들었다. 그는 소리가 나는 방향에다 들고 있던 C—4를 집어 던졌다.

타탓!

소음기에 막힌 자동화기의 총성이 대각선으로 날아간 C—4를 따라갔다. 총구화염은 분명 가까이 있었다. 그는 고개를 돌리면서 가차 없이 기폭장치를 눌러 버렸다.

콰쾅!

비명은 살벌한 폭음에 묻혀 들리지 않았다. 아름드리나무 한 그루가 폭발에 삐걱거리며 사면으로 넘어갔다.

콰직!

나무가 바닥에 닿는 순간, 2시 방향 나무 사이에서 무언가 움직였다. 그것도 아주 가까운 거리, 그는 반사적으로 C—4를 던지고 나무뿌리 사이로 누우면서 기폭장치를 눌러 버렸다. 다시 무시무시한 폭음, 이젠 빗소리도 들리지 않았다. 너무 가까운 곳에서 폭발이 일어나는 통에 귀청에 손상이 간 것 같았다. 갑자기 왼쪽 관자놀이가 서늘해졌다.

'지랄!'

누군가의 총구가 관자놀이에 닿아 있었다. 그리고 러시안 악센트가 섞인 어눌한 영어가 아주 멀리서 들려왔다.

"움직이지 마라."

그는 담담한 표정으로 바로 위에 서 있는 크고 시커먼 그림자를 향해 머리를 돌렸다. 총구가 이마 한가운데로 돌아왔지만 그의 입가에는 흐릿하게 미소가 맺혀 있었다.

"같이 가는 건 즐거운 일이야, 러시안. 흐흐. 지옥에 온 걸 환영해."

기폭장치에 올려놓은 왼손 엄지손가락에 자연스럽게 힘이 들어갔다.

잇달아 터지는 폭음에 마음은 급했지만 천근만근 무거운 다리는 도통 뜻대로 움직여지지 않았다. 뛰고 또 뛰어 입에서 단내가 난다는 생각이 떠오를 무렵, 하늘을 찌르는 침엽수림의 창살이 사라지고 엷게 피어오르는 연기가 눈에 들어왔다. 그는 재빨리 무릎을 꿇고 다시 칼리프를 호출했다.

"매드독 넷, 응답해. 매드독 넷."

여전히 대답은 없는 상황, 사방은 기분 나쁘게 조용했다. 들리는 건 오로지 빗줄기가 나뭇잎을 두드리는 소리뿐이었다. 그는

사면 위쪽으로 멀리 우회한 뒤, 조심스럽게 숲을 빠져나와 능선
에 발을 올렸다.

순간, 그의 머리 위로 매서운 바람 소리가 스쳐 지나갔다.

콰쾅!

방금 지나온 나무둥치가 무시무시한 불기둥을 토해냈다. 반사
적으로 엎드린 그는 머리를 감싸 쥔 채 머리 위로 쏟아지는 뜨거
운 흙더미를 고스란히 얻어맞았다. 요행히 팔다리는 멀쩡했다.
몸을 몇 바퀴 굴려 엄폐물을 찾으려는 순간, 반갑지 않은 목소리
가 귓전을 때렸다.

—운빨은 더럽게 좋은 놈이로군.

'응?'

그는 귀를 의심했다. 분명 죽은 줄 알았던 미하엘의 목소리였
다. 놈이 다시 말했다.

—네 친구는 1시 방향 쓰러진 전나무 밑에 있다. 아쉽게도 형
체는 찾아보기 어렵겠지만 말이야.

"죽었다는 이야기냐?"

—진짜 전사를 친구로 뒀더군. 경의를 표하지.

그는 급히 눈을 돌려 쓰러진 나무를 살폈다. 얼핏 뿌리 바로 윗
부분이 통째로 사라져 버린 것 같은 아름드리 전나무, 둥치에는
아직도 화염이 보였다. 하지만 사람의 형체는 거의 남아 있지 않
았다. 미하엘이 다시 말했다.

—내 부하를 넷이나 데려갔으니 계산서는 손해가 아닐 거다.

김석훈은 필사적으로 이를 악물었다. 입술이 터져 주르륵 피가

흘렀으나 신경조차 쓰이지 않았다. 벌써 둘, 이 빌어먹을 난장판에서 너무 많은 친구를 잃어버리고 있었다. 그가 이를 갈아붙이며 말을 받았다.

"죽은 놈이 무덤에서 기어 나오는 건 어떻게 계산해야 되는 거지?"

—이름값이 있잖아. 후후. 어때? 우리 마지막으로 한판 할까?

"숨어서 떠들지 말고 나와라. 기꺼이 죽여주지."

—야시경 있나?

"왜?"

—쓰러진 나무에서 20미터쯤 아래를 봐라.

야시경 초점을 맞추자 흙더미에 상체를 기댄 거구가 보였다. 얼굴을 알아볼 수는 없지만 실루엣은 확실히 놈이었다. 놈은 여유롭게 한 손에 든 유탄발사기를 슬쩍 올려보였다. 그런데 어딘가 어색했다. 마치 격렬한 운동에 지쳐 쓰러진 것 같은 모습, 이유는 금방 알 수 있었다. 한쪽 다리가 무릎부터 보이지 않았다.

—네 친구 작품이야.

"내 입에서 무슨 소리가 나가길 기대하는 거야. 솔직히 아주 보기 좋아. 상대를 잘못 고른 대가치고는 약소하군."

—상대를 잘못 골라? 후후, 재수가 없었다는 게 더 정확한 표현이야. 자신의 목숨과 내 다리 하나를 바꾸리라고는 전혀 생각하지 못했거든.

"너도 얼마 남지 않은 거 같은데?"

—그냥 총질 몇 번 하자는 거야. 겁나나?

"웃기는 놈이군. 죽여 달라는 거냐?"

—내 몸 상태가 멀쩡했으면 넌 벌써 죽었어. 루크 하나쯤은 떼어놔야 공평한 조건이 되겠지.

"놀고 있네. 세상 어디에도 공평한 조건의 싸움은 없어. 난 그렇게 배우지 않았거든. 그냥 둬도 죽을 놈하고 괜한 총질할 생각 없다. 잘 있으라고."

—그럼 이건 어때? 대신 쓸 만한 정보를 하나 주지.

"정보?"

—괜찮은 조건 아닌가?

"들어보고 생각하지."

—바이어는 CIA였어.

"뭐?"

—CIA 중동지부장 리먼, 이름 정도는 기억해 둬라. 그리고 마지막 순간까지 등 뒤에 신경을 쓰는 게 좋을 거야.

"무슨 헛소리야?"

—그냥 그렇게 알아둬. 곧 무슨 뜻인지 알게 될 거다.

"별로 도움 되는 정보가 아닌데?"

—총알 몇 방 값으로는 차고도 남아. 시작하지.

놈은 양팔을 벌리면서 고개를 좌우로 몇 번 꺾었다. 나름 명예로운 전사로 죽겠다는 뜻일 터, 편하게 죽을 기회를 주는 건 마음에 들지 않지만 후환을 남겨둘 이유도 없었다. 어차피 놈은 그의 손에 죽어야 했다.

그는 눈앞의 둔덕 위에 총신을 올려놓고 놈의 미간 한가운데를 조준했다. 거리는 대략 60m, 평소 같으면 눈 감고도 맞출 수 있는 가까운 거리였지만 손이 떨리는 통에 조준경이 계속 흔들렸다. 호흡을 억지로 가다듬고 왼손으로 총신을 누른 뒤, 연속해서 두 번 방아쇠를 당겼다.

퍼벅!

묵직한 반동이 어깨로 돌아왔다. 그리고 거의 동시에 놈의 목 한쪽에서 분수처럼 핏줄기가 뿜어져 나왔다. 놈의 머리는 순식간에 조준경 안에서 사라져 버렸다.

"개판이네."

미간을 조준해서 2발을 쐈는데 달랑 1발만 맞은 셈, 그나마도 엉뚱한 자리였다. 투덜거리며 돌아앉은 그는 아직도 떨리는 손을 털면서 자리에서 일어섰다. 귀찮은 하이에나들이 줄줄이 몰려들기 전에 현장을 벗어나야 했다.

김석훈이 접선지점 부근의 백사장에 발을 올려놓은 건 새벽 6시가 막 넘어가는 시간이었다. 장대비 속에서 어렵게 야산을 내려오느라 지칠 대로 지친 상태였지만 GPS는 아직도 제법 먼 거리를 가리키고 있었다. 그래도 백사장 건너편에 있는 깎아지른 절벽을 돌아가면 접선지점이 보일 것 같았다. 발을 질질 끌면서 좁은 샛강을 가로질러 절벽 아래로 들어가려는데 차수연의 가라앉은 목소리가 들려왔다.

―어디야? 우리 도착했어.

"나도 거의 다 왔다. 매드독 셋은 어때?"

―좋지 않아요. 지금 응급조치라도 해야 할 것 같아. 넷은 묻어줬어요?

"아니. 무덤 만들어줄 형편이 아니었다. 어쩔 수 없었어."

―알았어. 빨리 와요.

"주변상황 확인하고 안전하면 다섯 호출해서 접안시켜라. 3분 안에 도착한다."

―카피. 조심하세요.

절벽을 돌자 짧은 백사장이 한눈에 들어왔다. 블랙샤크는 아직 보이지 않는 상황, 백사장 언저리 덤불 속에서 주황색 랜턴이 깜빡이고 있었다. 차수연과 양만호의 교신이 이어졌다.

―매드독 다섯, 여긴 둘, 접전지점 안전확보.

―카피, 위치 확인했다. 접안한다. 대기.

―카피.

교신이 오가는 동안 그는 백사장 가장자리를 따라 부지런히 랜턴이 점멸한 곳을 향해 뛰었다. 멀리 수평선에서 은은한 빛이 보였다. 블랙샤크일 터, 차수연의 위치도 바로 코앞이었다. 순간, 달리던 숲 안쪽에서 느닷없는 총성이 터져 나왔다.

퍼벅!

"큭!"

가슴에 무시무시한 타격을 받은 그는 달리는 속도를 이기지 못하고 백사장으로 처박혔다. 기절할 정도로 지독한 통증이 정수리부터 발끝까지 관통했다. 손가락 하나도 꼼짝할 수 없는 형편, 가슴에 최소한 두세 발을 정통으로 맞은 것 같았다. 갈비뼈 몇 대는 날아간 느낌, 그러나 오른팔에서 솟구치는 통증에 비하면 아무것도 아니었다. 어깨 바로 아래에 관통상을 입은 것 같았다. 어디선가 차수연의 뾰족한 목소리가 들려왔다.

—총격 발생! 매드독 다섯, 돌아가요! 교전 중!

차수연은 반사적으로 몸을 날리면서 얼핏 본 총구화염에다 자동화기를 난사했다. 그러나 상대는 이미 자리를 뜬 것 같았다. 마치 유령을 쏜 것 같은 기분, 날아간 총탄은 늪으로 스며든 것처럼 흔적도 없이 사라져 버렸고 빗소리만 음산하게 숲을 두드리고 있었다. 차수연은 엎드린 채 엄폐물을 찾으며 제니퍼를 돌아보았다. 제니퍼는 어느새 일어나 김석훈이 쓰러진 곳을 향해 기어가고 있었다. 순간, 어둠 속에서 낯익은 한국어가 튀어나왔다.

"차수연 대위! 나다! 총 치워!"

차수연이 자세를 바짝 낮추며 소리쳤다.

"이철중 소령님?"

"총 치우고 나와!"

"뭡니까? 왜 라이언을 쐈죠?"

차수연은 되는대로 질문을 던지면서 제니퍼의 위치를 확인했다. 제니퍼는 차츰 어둠 속으로 스며들고 있었다.

"아직 안 죽었어. 시간을 더 끌면 죽겠지만."

차수연은 제니퍼가 시야에서 완전히 사라진 뒤에야 총구를 내리지 않은 채 자리에서 일어났다. 이철중은 가까운 방풍림 사이에서 유령처럼 불쑥 모습을 드러냈다. 그러나 얼굴을 알아볼 수는 없었다. 아래위 검은 전투복에 전투모, 야시경까지 쓰고 있어서 윤곽조차 찾아내기 어려웠다. 이철중이 한 발 앞으로 나서며 말했다.

"수고했어. 작전종료, 철수다."

"죽이지 않는다고 했잖습니까?"

"누구? 저놈? 죽이지 않았어."

'제기랄!'

어둠 속에서 하얀 치열이 보였다. 차수연은 오만상을 찌푸린 채 김석훈이 쓰러진 백사장 언저리를 향해 뛰었다. 이철중이 따라붙자 그녀가 다시 말했다.

"왜 속인 겁니까?"

"뭘? 난 속인 적 없어. 알 필요 없는 부분은 말해주지 않았을 뿐이다."

"소모품은 알 필요 없다는 겁니까?"

"소모품 아닌 요원도 있나? 꿈 깨라, 대위. 너나 나, 같이 온 대원들도 다 소모품이야. 대위를 참여시킨 건 세심하게 기획된 각본의 일부에 불과해."

"불쾌하군요."

"물건을 찾아내려면 죽을 때까지 물고 늘어지는 저 친구의 근성이 꼭 필요했을 뿐이다. 저놈이 여기까지 날아오게 하려면 자네가 필요했고."

"끝났으니 정리하는 겁니까? 지우는 것도 명령인가요?"

"귀찮은 절차를 좀 줄이려고 했을 뿐이야. 잔머리 만빵에 말도 더럽게 많은 놈은 도무지 적응이 되질 않아서 말이야. 그래서 살짝 손을 좀 본 거다. 후후. 영감에게 물건 가지고 오라고 해."

차수연은 이철중을 깨끗이 무시한 채 쓰러진 김석훈을 조심스럽게 돌려 눕힌 다음, 목에 손가락을 댔다. 미약하지만 맥은 살아 있었다. 서둘러 방탄복 앞섶을 풀어내 가슴의 압박을 줄이면서 혼잣말처럼 말했다.

"물건은 야적장에서 폭파했습니다. 보지 않았습니까?"

"이건 또 뭐야? 말장난하자는 건가?"

"사실입니다."

"까불지 마라. 어디 보자… 빼돌린 알맹이가 가 있을 곳이 어딜까? 라이언이란 친구가 가장 안전하다고 생각하는 곳이겠지? 답이 너무 뻔하지 않아?"

"작전의 최우선은 제니퍼를 구출하는 거였습니다. 빈 가방만 가져가는 모험을 할 수는 없었죠. 러시아인들이 끼어드는 통에 일이 깨진 겁니다."

"저런 날건달하고 붙어먹으려고 반역이라도 하겠다는 건가?"

"당신은 날 속였습니다."

"이거 무슨 소리야? 난 나 자신도 안 믿어. 그런데 자넬 믿으라고? 이 바닥에 발을 들이면서 기본도 배우지 않았나?"

"물건은 확실히 서울로 가는 겁니까?"

"다시 한 번 말하지만 그건 자네가 알 필요 없어. 위에서 알아서 하는 거다. 우린 명령에 따르면 그만이야."

"웃기는군요."

"어쩌겠다는 건가? 한판 붙자는 거야? 뭐 그것도 재미있을 거 같은데 말이야. 그럼 난 저놈 머리에다 총알부터 박아주고 시작할 거야. 반역자의 말로는 다 그런 거니까. 어때 해보겠나?"

"젠장, 도대체 왜 이러는 겁니까?"

차수연은 번개같이 권총을 뽑아 이철중의 미간을 겨냥했다. 그러나 이철중은 신경조차 쓰지 않았다.

"내가 혼자 왔다고 생각하는 건 아니겠지? 총 버려. 뒤통수에 바람구멍이 나고 싶지 않으면 말이야. 그놈 몸에 있는 총기도 다 던져 버리고."

"죽기 전에 당신 머리통 하나 박살내는 건 얼마든지 가능해."

"그럼 한 번 해보던지. 후후."

비릿하게 웃은 이철중은 양손을 벌리고 한 발 앞으로 나섰다. 차수연은 한참 이철중을 노려보다가 짜증스럽게 권총을 던져 버렸다.

"그놈 것도 치워."

김석훈의 탄띠에 매달린 자동소총과 권총까지 떼어 멀리 던지자 이철중이 다시 말했다.

"명령이다. 블랙샤크 접안하라고 해."

"사령부와 통화한 뒤에 결정하겠습니다. 당신은 공식적으로 이미 죽은 사람입니다."

"재미있군. 항명인가? 대위의 생사여탈권은 작전에 투입되는 순간부터 내게 있었어. 여기서 직결처분할 수도 있다. 알아들어?"

"헛소리 그만하십쇼."

"또 나쁜 버릇 나오는군. 그럼 이렇게 하지. 지금 귀관의 직속 상관과 통화를 해봐. 장인수 중장이면 될까?"

이철중은 위성전화기를 꺼내 번호 몇 개를 누르더니 전화를 들어 보이며 말을 이었다.

"이도저도 싫다면 쉽게 가지. 어차피 내가 받은 명령은 '회수 또는 폐기'였어. 물건을 회수하거나 그게 어려우면 폐기하라. 따라서 여차하면 모조리 날려 버리고 여기 있는 반역자들만 깔끔하게 사살하면 그만이야. 지금 통화버튼을 누르면 배는 흔적도 없이 사라진다. 물론 그것도 그리 나쁜 결말은 아니야."

문자 그대로 노골적인 협박, 블랙샤크에 폭약을 설치했다는 의미일 터였다. 차수연은 곁눈질로 수평선 너머를 돌아보았다. 블랙샤크는 보이지 않았다.

'제기랄!'

혼란스러웠다. 그리고 선택의 여지가 별로 없었다. 정신을 잃은 김석훈은 아직 움직이지 못하는 형편, 지금으로선 제니퍼에게 시간을 벌어주는 게 할 수 있는 최선이었다. 차수연은 상의 일부를 찢어 김석훈의 팔을 지혈하며 말을 받았다.

"윗대가리에 앉아 있는 개새끼들은 물건이 우리 정부의 손에 들어가는 걸 원하지 않는 거군요."

"대위, 정치나 외교는 단순하게 흑백논리로 정리할 수 있는 일이 아니야. 쉽게 말해서 물건이 한국의 손에 넘어간다고 해서 꼭 우리 국방력에 도움이 되는 건 아니라는 이야기다. 정치적으로 손해가 더 많을 수도 있어."

"궤변 늘어놓지 마십쇼. 우린 군인입니다."

"맞아. 우린 군인이야. 그래서 명령대로 움직이는 거다. 큰 그림은 노인네들이 그리는 거고 명령을 받은 우린 열심히 뛰기만 하면 되는 거야. 알아들어?"

"치우십쇼. 내가 상부로부터 받은 명령은 당신을 도와서 납치된 우리 국민을 구출하라는 것뿐이었습니다. 그런데 당신은 지금 우리 국민을 죽이면서 우리 요원들이 목숨 바쳐 빼낸 물건을 파괴하려 하고 있습니다. 그 명령은 누가 내린 겁니까?"

"많은 걸 알려고 하면 다쳐."

"장인수 중장입니까? 아니면 권용철 그 개자식?"

차수연이 정색을 하며 목소리를 높이자 이철중이 피식 웃었다.

"이봐, 대위. 시간 끌어봐야 소용없다. 그 흑인 여자아이가 뭔가 시도하기를 기다리는 모양인데 상대가 누군지부터 생각해라. 어림도 없어. 그냥 시키는 대로 하는 게 신상에 좋을 거다."

차수연은 아랫입술을 터지도록 깨물었다. 틀린 이야기는 아니었다. 김석훈과 제니퍼의 몸 상태가 정상이어도 이 수렁에서 일행을 빼내기는 어려운 상황, 승산은 최악이었다. 순간, 김석훈이 끙 소리를 내며 입을 열었다.

"끄응… 씨팔, 환장하겠네. 죽은 새끼들이 자꾸 살아나고 지랄이야."

"괜찮아요?"

차수연은 다급하게 김석훈의 상체를 끌어안았다.

"아아… 살살해. 더럽게 아프다."

"괜찮아요?"

"괜찮아 보여?"

그의 반문에 차수연이 고개를 푹 숙였다.

"미안해요."

김석훈은 입에 고인 침을 대충 뱉으면서 두 사람을 번갈아 돌아보았다.

"퉤, 바보 됐군. 두 사람 죽이 잘 맞는 거 같은데?"

"정말 미안해요."

"미안? 크크, 이거 웃기는군."

차수연은 말을 삼킨 채 입술을 지그시 깨물었다. 그가 킥킥 대다 말고 멀쩡한 팔로 옆구리를 부여잡았다.

"네미럴… 웃는 것도 힘들군. 어쨌거나 저 인간한테 깨끗이 당했다는 이야기네. 흐흐."

그의 시선이 이철중에게 돌아가자 히죽 웃은 이철중이 고개를 가로저었다.

"너 정말 더럽게 안 죽는다. 이제 그만 좀 죽어라. 후후."

김석훈은 다시 신음을 흘리면서 머리를 차수연의 가슴에 기댔다.

"크으… 죽겠네. 물건 넘겨주면 집에 갈 수 있는 거냐?"

"영원히 입을 다물어야겠지."

"염병, 어째 이 동네 물고기 밥이 모자라다는 이야기로 들리는데?"

"죽인다는 이야기는 하지 않았어."

"내가 바보로 보이냐?"

"쓸데없이 손에 피 묻히고 싶지 않아. 죽이려면 벌써 죽이고 끝냈다. 이 정도에서 끝내자. 여기 오래 있어 봐야 좋을 거 없어."

그는 고개를 돌려 입에 고인 피를 뱉으며 비릿하게 웃었다.

"흐흐… 우리 솔직하자고. 나 같아도 그냥 풀어주지 않아. 어이, 내 애인, 당신은 어떻게 할래?"

"네?"

차수연의 시선이 돌아왔다.

"내가 애인한테 정통으로 뒤통수 맞은 건 그렇다 치고, 내 애인도 저 인간 따라가야 되는 거야?"

"미안해요."

"뭐 좋아, 그럼 이렇게 하지. 제니 먼저 배에 태워라. 그럼 물건 넘기겠다. 물론 내가 입 닥치는 조건이야. 어때?"

"제니 먼저라… 넌 여기서 죽어도 좋다는 이야기냐?"

"그럴 리가 있나. 따로 생존자가 있다면 굳이 날 죽일 이유가 없어지지 않을까 하는 간절한 소망이지. 가능하지 않을까?"

"역시 잔머리는 최고로군. 흑인 여자아이는 보내주지."

"얼씨구? 인심 쓰는 척하지 말라고. 제니는 여기 있지도 않거든? 무식하게 총질만 잘하는 네 대원들로 잡을 수 있을 거 같아? 너도 꿈 깨라."

"그럼 블랙샤크부터 가라앉히고 네 뒤통수에 총알 하나 박아 준 다음에 제니인가 뭔가 하는 년 찾아다녀 보지. 난 손해 보는 거 없어."

이철중은 피식 웃으면서 전화기를 들어 올렸다. 그는 전화기를 잠깐 노려본 다음 마주 웃었다.

"빌어먹을 놈, 니가 이겼다. 아저씨, 들려요?"

—여기.

"위치 확인 가능합니까?"

—시간이 필요하다.

무전기를 통해 들려오는 양만호의 호흡은 상당히 가빴다. 이미 돌아가는 상황을 대충 파악했을 터, 폭약을 찾아다니는 모양이었다. 그는 눈을 반쯤 감은 채 이철중을 올려다보며 말을 이었다.

"다시 신호하죠. 확인하고 접안하세요. 내 평생 세 번째로 재수 없는 날이네요."

—카피.

잠시 불편한 침묵이 흘렀다. 김석훈은 멀쩡한 손으로 차수연의 목을 끌어당겨 안으면서 귀에다 아주 작게 속삭였다.

"마지막으로 하나만 부탁하자."

대답은 없었다. 그가 다시 말했다.

"저 인간 우리 살려 보낼 생각 전혀 없어. 그러니 하나만 해줘, 배에 신호 보낼 때 하늘 높이 몇 번만 휘저어라. 멀리서도 볼 수 있도록."

그는 눈을 가늘게 뜨는 차수연의 입술에 가볍게 키스를 하고 이철중에게 시선을 돌렸다. 남은 건 차수연의 선택뿐이었다. 차수연은 내려놓은 랜턴을 천천히 집어 들더니 수평선을 향해 점멸시키기 시작했다. 그의 말대로 몇 번 하늘을 휘저으면서. 이철중이 치열을 보이며 웃었다.

"잘 생각했어. 좋은 게 좋은 거야."

그는 대답을 삼켰다. 그리고 얼마 지나지 않아 새카만 수평선 속에서 블랙샤크의 검은 실루엣이 조용히 빠져나왔다. 블랙샤크는 백사장에서 20여 미터 떨어진 곳에서 속도를 줄이기 시작했고 블랙샤크를 확인한 이철중은 재빨리 권총을 뽑아 들더니 차수연을 물러서게 했다. 이어 그를 거칠게 돌려 앉히면서 뒤통수에 권총을 들이댔다. 김석훈이 앓는 소리를 냈다.

"젠장, 오라고 해서 왔잖아. 다들 나오라고 해. 그래야 제니도 나오지."

이철중이 왼손으로 몇 번 수신호를 하자 숲 가장자리에서 두 사람이 모습을 드러냈다. 김석훈이 다시 말했다.

"하나 더 있잖아. 마저 나오라고 해."

애당초 금성호에 투입된 인원이 셋, 숫자는 같을 것이었다. 이철중은 고개를 가로저었다.

"멀리 있어. 나와도 보이지 않을 거다."

"저격수로군. 어디냐?"

"알 거 없어. 이 정도면 성의를 보인 거야."

"뭐 그러던지. 이제 어떻게 할까?"

"차 대위, 배에 가서 물건 가져와."

"잠깐, 그렇게는 곤란하지. 제니와 대위가 같이 블랙샤크로 간다. 물론 먼저 제니에게 폭발물이 어디 있는지 알려줘야겠지. 제니가 올라가서 대위에게 가방을 전달한다."

이철중은 잔뜩 굳은 차수연을 슬쩍 넘겨다보고는 고개를 끄덕였다.

"나쁘지 않군. 그럼 깜둥이 나오라고 해."

그는 이철중을 노려보면서 제니퍼를 호출했다.

"제니, 나와. 먼저 배에 타라."

—싫어. 또 두고 가진 않아.

"생각이 있어서 이러는 거다. 일단 타."

—씨팔, 뒈지면 죽을 줄 알아.

"알았어. 나와."

툴툴거린 제니퍼가 모습을 드러낸 곳은 그가 앉은 자리 바로 뒤의 숲이었다. 제니퍼는 총구를 이철중의 대원들에게 겨눈 채 뒷걸음질로 백사장으로 나왔다. 제니퍼의 실루엣을 확인한 이철중이 낮게 휘파람을 불었다.

"믿는 구석이 있었군. 우리 아이들 이목을 피해 저기까지 왔다니 말이야."

"네가 블랙샤크를 폭파했으면 네 머리통도 동시에 날아갔을 거야. 기억해 둬."

"그러지. 가서 가져오라고 해."

"폭약은 어디 있지?"

"하갑판에 쓸 만한 무기들이 많더군. 미스트랄 박스도 본 것 같은데?"

"미스트랄 박스 어디냐."

"박스 뒤를 보라고 해."

"미스트랄 박스 뒤라… 제기랄, 이래저래 제대로 뒤통수 맞았군."

그는 '미스트랄 박스 뒤'라는 말을 다시 한 번 반복했다. 양만호에게 들으라는 뜻이었다. 이어 그가 고개를 끄덕이자 그의 눈치를 살피던 차수연과 제니퍼가 즉시 바다로 뛰어들었다.

블랙샤크는 파도가 허리까지 차는 위치에 있었지만 제니퍼는 쉽게 배로 올라가 곧바로 커다란 배낭 2개를 구명정에 실어 내렸다. 차수연이 구명정을 끌고 해안으로 돌아오기 시작하자 김석훈이 자세를 고쳐 앉으며 말했다.

"이봐, 소령."

"뭐?"

"소말리아에서 내 사진 찍은 거 알아. 그거 서울에 보냈나?"

"당연히."

"젠장, 대충 그림이 그려지는군."

"무슨 그림."

"소령이 제거명령을 받았다는 뜻이거든."

"뭐?"

"물건을 받든 못 받든 넌 날 죽일 거라는 이야기야. 명령을 내린 놈은 아마도 권용철 그 인간이겠지."

이철중은 미간을 좁힌 채 입을 다물었다. 그가 다시 물었다.

"내가 죽어야 하는 이유도 이야기하던가?"

"……."

"그거 불곰사업 때문이야."

"무슨 궤변이냐?"

"불곰사업 몰라? 러시아에 준 차관을 무기로 돌려받는 차원의 무기도입 프로젝트잖아. 지난 정권에서 1, 2차 사업을 거치면서 일부를 회수했지만 아직도 이자 포함 잔액이 12억 달러가 넘어. 그런데 권용철 그 인간이 NSC 정보관리실 사무처장으로 근무할 때 다시 차관회수가 거론되기 시작했고 곧 3차 사업이 시작됐지. 그중 하나가 철매 프로젝트야. 제식명칭은 KM—SAM, 지금은 철매—2에 이어 철매—4까지 진행되는 걸로 알고 있다."

"그게 왜?"

"우리 군이 미국의 최신형 대공미사일 패트리어트—3에 버금 간다며 홍보에 열을 올리는 철매—2의 성능이 러시아의 구닥다리 대공미사일 S—300 수준에도 한참 못 미친다는 거 아나? 물론 개뿔 아무것도 없는 우리 현실에서 그게 어디냐는 이야기를 할 수도 있지만 엄청난 거액을 쏟아부으면서 두 세대 이전의 낡은 기술을 사오는 건 아무래도 떳떳하지 못할 거야. 확실치는 않지만 새로 진행되는 철매—4도 성능은 잘해야 S—300 언저리에서 오고 있을 걸? 아, 참고 삼아 이야기인데… 패트리어트—3 성능도 S—300이나 그게 그거야. 그런데 말이야. S—400도 아닌 S—500의 핵심부품과 기술 자료들이 한국정부에 넘어가면 상황이 어떻게 변할까?"

"프로젝트가 주저앉는다는 거냐?"

"문제는 그게 아니야. 권용철 그 개자식이 받아먹은 리베이트 지."

"리베이트?"

"7천만 달러, 3차 사업 시작단계에서 에이전트를 고용해서 프로젝트 전체를 턴키로 한꺼번에 계약하려 했지만 ADD가 반대하는 통에 실패하고 단계별 계약으로 추진됐지. 참, 너도 국가의 무기도입에 에이전트가 끼는 건 불법인 거 알지?"

김석훈은 구명정을 백사장에 올려놓는 차수연을 곁눈질로 보면서 최대한 장황하게 말을 이었다. 차수연은 곧장 구명정에서 내린 배낭을 들고 다가왔다.

"어쨌거나 말이야. 받아먹은 게 있다 보니 계속 발주를 하도록 손을 쓰고 있었다더군. 들리는 소문에는 정권이 바뀌기 전에 철매—4 이후의 장기 프로젝트까지 계약을 마무리하려 한다는 거야. 아마도 다음 정권까지 계속 자리를 유지하기는 어렵다는 판단을 했겠지?"

"거액의 리베이트를 받고 불리한 계약을 하려 한다는 거냐? 권용철 의원이?"

"정답이야. 흐흐."

"미친놈. 말도 안 되는 헛소문 퍼트리지 마라. 그분은 그럴 사람 아니야. 곧 대한민국 대통령이 되실 분이다."

"정신 차려, 인마. 그 인간이 대통령이 될 수 있을 거 같아?"
"함부로 지껄이지 마라. 대위, 거기다 내려놓고 열어."

몇 발 앞까지 다가온 차수연이 그의 앞에다 배낭을 내려놓고 지퍼를 열었다. 러시아어가 프린트된 스틸 케이스 몇 개가 모습을 드러내자 이철중이 흡족한 얼굴로 미소를 머금었다. 차수연은 재빨리 그의 옆에 앉아 그를 부축했다. 그가 다시 입을 열었다.

"이왕 시작한 거 확실하게 정리하자고. 그 인간이 내 직속상관이었다는 이야기도 하던가?"

"뭐?"

"이제 대충 그림이 그려지나? 당시 내 보스는 웃기지도 않은 교통사고로 죽었고 파트너는 오밤중에 강도를 당해 죽더군. 말이 돼? 덕분에 난 지구 반대편 케냐까지 도망가서 숨어야 했어. 그 인간의 겁나 살벌한 마수를 피하기 위해서 말이야. 뭐 어찌 보면 자업자득이라고 해야 할지도 모르겠네. ADD에 정보를 흘린 게 나거든. 후후. 어쨌거나 이 멍청한 친구야, 생각 좀 하고 살아라. 그 인간 제정신 박힌 놈 아니야. 아마 후보경선에도 참여하기 어려울 거다."

"유언비어 퍼트리는 너 같은 놈이 다 사라지면 어렵지 않아."

음울하게 중얼거린 이철중은 그의 머리에 다시 총구를 들이댔다. 그러나 김석훈은 그냥 웃기만 했다.

"잘 생각해, 병신아. 너도 같은 꼴을 당하게 될 거다."

"더 이야기할 필요 없겠군."

표정이 완전히 일그러진 이철중이 슬라이드를 당겼다 놓자 차수연이 다급하게 일어나 앞을 가로막았다.

"왜 이러십니까? 이 사람도 대한민국 국민입니다. 우린 군인이고요."

"설교하고 싶은 거냐?"

"그렇습니다."

"웃기지 말라고 해. 군대는 국가를 위해 존재한다. 국가에 위해를 가하는 허접한 벌레들을 치우는 건 의무다."

"군대는 국민의 생명과 재산을 지키기 위해 존재하는 겁니다. 국가가 국민보다 우위에 있을 수는 없습니다."

"비켜라. 다시 이야기하지 않겠다."

"불복합니다."

이철중은 차수연의 말이 끝나기가 무섭게 그녀의 가슴 한복판에다 가차 없이 총탄을 박아 넣었다.

퍽!

"헉!"

헛바람을 삼킨 차수연은 가슴을 움켜쥔 채 풀썩 무릎을 꿇었다. 방탄복 위지만 워낙 근거리여서 한동안은 숨조차 쉬기 어려울 것이었다. 차수연이 모로 쓰러지자 이철중은 한 발짝 앞으로 나서면서 그의 미간에 총구를 들이댔다. 순간, 바다를 가르는 묵직한 굉음이 귓전을 때렸다.

그아아앙!

목이 빠지도록 기다리던 상황, 그냥 막연한 기대에 불과했는데 러시아인들이 절묘하게 시간을 맞춘 셈이었다. 날카로운 총성이 이어지고 코앞에서 흙무더기가 줄줄이 튀어 올랐다. 그는 반사적으로 이철중의 권총을 쳐내고 몸을 돌려 차수연을 감싸면서 수평선을 확인했다. 총구화염은 해안으로 빠르게 접근하는 모터보트 위에 떠 있었다.

"우리 문제는 나중에 해결하자! 저것들이 먼저야!"

이철중은 순간적으로 망설이는 것 같았다. 그는 대답을 기다리지 않고 곧장 차수연이 던져 놓은 총을 향해 기었다.

이철중의 총구는 김석훈의 뒤통수를 따라갔다. 잠시나마 갈등했지만 결론은 명확했다. 깔끔한 마무리는 지금 아니면 불가능했다.

"레드, 블루, 목표 확보하고 빠져라. 이대로 철수한다."

—목표확보, 철수합니다.

재빨리 다가온 대원들이 배낭에 손을 대자 이철중은 자세를 바짝 낮추면서 위성전화의 통화버튼을 눌렀다.

콰쾅!

무시무시한 폭음이 귀청을 두드렸다. 그러나 물기둥이 솟구친 곳은 블랙샤크 바로 옆 바다였다.

"제기랄."

이미 폭약을 배 밖으로 던진 모양이었다. 그는 재빨리 일어서면서 김석훈의 머리를 노리고 방아쇠를 당겼다. 그러나 총탄은 마음먹은 대로 날아가지 않았다. 쓰러져 있던 차수연이 그의 무릎관절을 걷어찬 것, 총탄은 하늘로 날아갔고 그는 다리를 꺾으며 어깨를 백사장에 처박아야 했다.

"미친 새끼!"

반사적으로 총구를 돌렸지만 차수연의 움직임이 워낙 빨랐다. 그는 차수연과 뒤엉켜 백사장을 구르면서 방탄복 사이로 총구를 쑤셔 박아 연속해서 방아쇠를 당겼다. 고통스런 신음을 흘린 차수연이 옆구리를 틀어잡고 떨어져 나갔다. 그는 몸을 틀며 악을 썼다.

"쏴버려!"

배낭을 들고 물러서던 대원들의 총구가 일제히 불을 뿜었다. 그러나 놈은 역시 만만치 않았다. 이미 총을 집어 든 놈은 귀신같이 횡으로 움직이고 있었다. 마치 총탄이 피해가는 느낌, 그래도 빗발치듯 쏟아지는 총탄을 모두 피하지는 못했다. 놈은 백사장 경계의 바위 옆에서 몇 발을 얻어맞고 바위 사이로 나동그라졌다. 이철중은 곧바로 바위를 향해 뛰었다. 가슴 언저리에서 액체가 튀는 건 확실히 봤지만 비가 오는 상황이라 확신할 수 없었다. 확인사살이 필요했다.

그러나 이번에도 몇 발짝 내딛지 못하고 백사장에 머리를 처박아야 했다. 강력한 회전음과 중기관총이 토해낸 묵직한 총성이 비좁은 백사장을 뒤덮고 있었다.

드르륵!

그는 엎드린 채 고개만 들어 총성의 주인을 찾았다. 야적장 상공을 돌던 러시아인들의 헬기, 줄줄이 모래를 후벼 파는 예광탄은 동체 뒤쪽에 거치된 중기관총에서부터 뿜어져 나오고 있었다. 그는 총탄 세례가 한바탕 훑고 지나가자 번개같이 몸을 일으켰다. 더럽게 질긴 놈이니 어떻게든 죽은 걸 확인하고 싶었다. 심각한 부상을 입은 상태에서 몇 발 더 맞았고 당장 러시아인들의 공격에까지 노출됐지만 절대 안심할 수 없었다.

그러나 상황이 여의치가 않았다. 모터보트의 러시아 용병이나 헬기도 위협적이었지만 더 심각한 문제가 있었다. 블랙샤크의 조타실 앞 갑판이 열리면서 험악하게 생긴 기관총이 올라오고 있었다. 얼핏 보기에도 거의 대공무기 수준의 중화기여서 자칫하면 불상사가 생길 수도 있었다.

"제기랄! 체인건이다. 철수! 철수! 조커, 엄호해!"

―조커 카피.

이철중은 급히 물러서면서 쓰러진 차수연을 힐끗 확인했다. 모로 누운 차수연의 자세는 아직도 그대로였다. 안됐지만 반역자의 편에 섰으니 당연한 귀결, 야전에서 명령에 불복한 전투원의 뒷모습은 언제나 같았다.

제니퍼는 조타실상부 링마운트에 장착된 체인건 거치대를 가동하고 곧장 갑판으로 튀어나왔다. 저격수를 처리하는 게 급선무라는 판단이었다. 그러나 급탄띠를 끼우는 몇 초 동안 상황은 엉망진창으로 망가지고 있었다. 재빨리 급탄통 뚜껑을 닫은 제니퍼는 뚜껑을 탕탕 치고 후갑판 KPV로 뛰면서 소리쳤다.

"엉클 마노! 엄호!"

―카피!

제니퍼가 후갑판으로 건너와 KPV에 매달리는 사이, 선수 체인건이 핑그르르 돌면서 불을 뿜기 시작했다. 제니퍼는 KPV에 급탄띠를 끼우자마자 해안을 향해 총구를 돌렸다. 그런데 이철중이란 사기꾼 놈은 물론이고 한국 군인들도 제자리에 없었다.

1차적인 위협은 사라진 셈, 그러나 김석훈의 상황은 여전히 최악이었다. 바위 사이에 고립된 채 모터보트에서 내린 러시아인들과 헬기에 거치된 중기관총의 집중공격에 고스란히 노출되어 있었다. 한 술 더 떠서 차수연은 쓰러져 움직이지 못하고 있었다. 가장 위협적인 건 겁 없이 저공으로 호버링하면서 줄기줄기 예광탄을 토해내는 헬기, 제니퍼는 곧장 헬기를 향해 총구를 들었다.

'미친놈들.'

지체없이 방아쇠를 당겼다.

투두둥!

연속해서 다섯 발, 묵직한 진동이 손을 타고 온몸을 뒤흔들었다.

콰직!

동체 뒤쪽에 대포알만 한 14.5㎜ 총탄 3발을 한꺼번에 얻어맞은 헬기는 곧장 검은 연기를 뿜어내면서 로터 회전방향으로 급격하게 돌기 시작했다. 헬기는 무력화에 성공, 남은 건 모터보트 하나였다. 해안으로 총구를 돌리기가 무섭게 다시 방아쇠를 당겼다. 총성과 폭음이 거의 동시에 터졌다.

콰쾅!

시뻘건 화염과 함께 튕겨지듯 허공으로 치솟은 모터보트는 공중에서 산산조각으로 분리되어 백사장으로 처박히면서 시커먼 연기를 뿜어댔다. 배에서 내려 바위로 우회하던 용병들은 체인건의 예광탄까지 방향을 바꾸자 기겁을 하고 숲으로 달아나기 시작했다. 일단 최악의 상황은 벗어난 셈, 제니퍼는 다시 하늘로 총구를 들어 올렸다. 헬기가 아직 공중에 떠 있다면 처리할 생각, 그러나 굳이 실탄을 낭비할 필요는 없었다. 이미 통제력을 상실한 헬기는 검은 연기를 뿜어내며 숲 안쪽으로 곤두박질치고 있었다. 이어 둔덕 너머에서 순간적으로 시야에서 사라졌다 싶더니 곧바로 무시무시한 불기둥이 솟구쳤다.

제니퍼는 다시 총구를 돌려 용병들이 들어간 숲에다 총탄을 날리면서 이철중의 종적을 찾았다.

"엉클 마노, 이것들 어딨어!"

—전방 스캐너에 체온감지 안 된다. 저격수도 사라졌어!

"네미럴! 놓친 거야?"

—어쩔 수 없다! 조타실 맡아! 내가 나간다!

"카피!"

제니퍼는 다리를 질질 끌며 조타실로 뛰었다. 혈관으로 한정 없이 쏟아지던 아드레날린 분비가 멈춰서인지 다친 어깨와 발목이 다시 말썽을 부리기 시작했다.

김석훈은 총격이 잦아들기가 무섭게 급히 바위틈을 빠져나와 쓰러진 차수연을 향해 기었다. 워낙 순식간에 벌어진 일이라 손을 쓸 여유도 없었지만 어찌 됐든 상대를 잘못 판단한 대가를 치른 셈이었다. 지금으로선 그저 차수연이 살아 있기를 기대하는 수밖에 없었다.

"차수연! 정신 차려!"

조심스럽게 뒤집어 눕히고 뺨을 두드렸다. 그러나 반응은 없었다. 서둘러 목에 손을 댔다. 다행히도 맥이 느껴졌다. 피투성이가 된 방탄복을 다급하게 벗기고 웃옷을 벗어 옆구리를 찍어 누르자 차수연의 입에서 신음 소리가 새어 나왔다. 그가 머리를 끌어안아 얼굴로 떨어지는 빗물을 가리며 말했다.

"조금만 참아. 병원 데려다줄게. 가자."

그가 일어서려 하자 차수연이 힘없이 고개를 가로저었다.

"아… 니, 잠… 깐만 잠깐만 그냥 있어, 오빠."

"당장 가서 치료해야 돼."

"치… 네… 발이나 맞았어. 틀… 렸어."

"쓸데없는 소리하지 마라. 살 수 있어."

"거… 짓말하지 말고 그… 냥 조금… 만 같이 있어줘… 콜록."

바튼 기침을 한 차수연은 기침 끝에서 뭉친 핏덩어리를 토해내더니 힘겹게 손을 들어 올렸다. 그의 얼굴에 손을 대려는 것 같았다. 손을 잡아 얼굴로 가져오자 차수연은 그의 뺨을 조심스럽게 쓰다듬었다.

"미안해요, 그리고 그… 동안 많이 즐거웠어. 철부지 오빠가 생긴 것도 좋았고. 후후."

그는 얼음장처럼 차가운 차수연의 손을 끌어당겨 입술에 댔다.

"기운 내, 인마. 스키 타러 가야지."

"하… 그건 어렵겠네. 후후. 그냥 약… 속 하… 나만 해줘."

"무슨 약속."

"이… 런 부탁… 자격은 없지만… 물… 건 꼭 되찾아서 한국에 보내… 줘."

"젠장, 이 판국에 물건이 대수냐? 너부터 약속 지켜. 스키."

"약… 속해."

"직접 해라. 난 공무원 아니야."

"약… 속해."

"네미럴, 그래. 약속할게."

"고… 마워. 저 사람들 북키프로스로 갈 거… 예요… 거기서… 권용… 철… 그리고… 미안해… 요. 슬퍼하지 마요, 오빠… 나 기억…….."

끊어질 듯 끊어질 듯 힘없이 이어지던 단어들은 얼마 지나지 않아 빗소리에 묻혀 버리고 말았다. 그는 창백하게 변해 버린 차수연을 있는 힘껏 부둥켜안은 채 필사적으로 이를 악물었다. 눈물은 나오지 않았다. 머릿속을 떠도는 건 오로지 절절한 자책뿐, 죽을 만큼 길고 권태로웠던 그의 도피생활은 오늘로 끝이 난 것 같았다. 이젠 더 달아날 곳도, 그럴 생각도 없었다. 양만호가 가만히 어깨를 짚었다.

"가자."

"그냥 준 거 아니죠?"

악문 이빨 사이로 끓는 소리가 났다. 양만호가 무겁게 말을 받았다.

"장거리 GPS 추적이 그 인간들 전유물은 아니니까."

"끝을 봅시다."

소리 나도록 이를 갈아붙인 그는 조용히 차수연을 안아 들었다. 그리고 천천히 눈을 들었다. 여전히 시커먼 하늘, 그가 세상을 떠나는 마지막 순간까지 기억 속에 각인될 이스탄불의 새벽 하늘은 파스텔 톤의 푸른빛을 머금은 채 잔뜩 가라앉아 있었다.

악마의 노래

권용철이 탄 걸프스트림은 지중해의 붉은 석양이 수평선에 걸리기 직전에 텅 빈 활주로에 랜딩기어를 내렸다. 터키군이 장악하고 있는 북키프로스 북쪽의 키레니아 인근 해안의 사설 비행장이었다. 오만에서 UAE로 들어갔다가 다시 터키를 거쳐 북키프로스까지 날아왔지만 별로 피곤하지는 않았다.

충분히 속도를 줄인 비행기가 활주로 끝을 선회하자 그늘 속에 주차된 구형벤츠에서 금발의 작고 뚱뚱한 사내가 모습을 드러냈다. CIA 중동 지부장 키튼 리먼, 만난 적은 없지만 보고 받은 인상착의만으로도 금방 알아볼 수 있을 만큼 튀는 외모였다.

"이 먼 외지까지 오시느라 수고 많으셨습니다, 의원님."

"이 먼 외지까지 안가를 둔 CIA가 더 대단한 것 같소만. 허허.

반가워요."

권용철은 뼈있는 농담을 건네면서 리먼이 내민 손을 잡았다. 리먼은 뒤따라 내리는 수행비서에게 가볍게 목례를 한 다음, 나란히 주차된 벤츠 3대를 가리켰다.

"가시죠. 조용한 별장을 준비해 뒀습니다."

"그럽시다."

공항을 벗어난 벤츠는 해안도로를 따라 곧장 동쪽으로 이동했다. 차창 밖의 풍경은 일견 황량하게 느껴질 정도로 평범했다. 해안도로를 20분 남짓 달려 지중해의 아름다운 석양이 지루해진다 싶어질 무렵, 방향을 틀어 숲이 울창한 산지로 들어갔다. 이어 가파른 산봉우리에 걸린 검은 구름과 샛강의 다리를 통과하자 갑자기 계곡 사이로 작고 아담한 만(灣)이 눈에 들어왔다. 만 좌우를 가로막은 절벽에 가까운 산지와 좁은 백사장이 절묘하게 어우러져 언젠가 관광지 기념품 상점에서 본 그림엽서를 연상케 했다.

벤츠는 석양을 한껏 머금은 잔물결들이 발밑에 밟히는 그림 같은 백사장의 별장에 일행을 내려놓았다. 백사장 경계에 통나무집 두 채가 나란히 붙은 구조인데 얼핏 보기에는 그리스의 여름별장 같은 아늑한 분위기였다. 백사장과 통나무집 사이로 CIA 무장요원 둘이 보였고 앞서 도착한 이철중 소령도 집 앞 공터에 대기하고 있었다.

벤츠가 백사장 입구에 멈춰 서자 먼저 내린 리먼이 차 문을 잡아주면서 시가 하나를 건넸다.

"일단 짐을 푸십시오. 해변에 저녁 식사가 준비됐으니 일 이야기는 그때 하지요."

"고맙소. 그럼."

그는 호숫가에 서서 수평선을 붉게 물들인 석양을 한동안 지켜본 뒤에야 통나무집 안으로 들어섰다. 소파에 걸터앉아 시가 주둥이를 잘라내자 뒤따라 들어온 수행비서가 재빨리 전화기를 내밀었다.

"연락됐습니다."

전화기 건너편에는 장인수 중장이 대기하고 있었다. 그가 비서가 내민 라이터로 시가에 불을 붙이며 퉁명스럽게 말했다.

"어떻게 됐어?"

—율곡이이는 현재 오만에서 귀환준비를 하고 있습니다. 도착하는 대로 내부적으로 징계절차를 밟도록 조치해 뒀는데… 실행까지는 시간이 좀 걸릴 겁니다.

"왜?"

—매스컴을 너무 많이 탔습니다. 지금 대령에게 손을 대면 괜한 오해를 받게 됩니다.

"강태성 그놈이 항명을 하는 통에 일이 이렇게 꼬였어. 무슨 일이 있어도 옷 벗겨."

—그렇게 될 겁니다. 참으시죠.

"젠장, 시간이 걸리는 건 인정하지. 대신 꼭 처리하게. 그냥 두면 내 꼴이 아주 우습게 돼."

—알겠습니다.

"어찌 됐든 수고했어. 돌아가면 한잔 사지."

—감사합니다. 그런데… 좋지 않은 소식이 하나 있습니다.

"좋지 않은 소식?"

장인수는 잠시 머뭇거리다가 그의 채근에 마지못해 입을 열었다.

—그게… 국내 미국계 포털사이트에 의원님이 거액의 리베이트를 받고 불리한 계약을 하려 한다는 유언비어가 돌고 있습니다.

"뭐?"

—의원님께서 NSC에 근무하시던 시절의 자료들을 인용하면서 상당히 구체적인 정황증거를 거론했습니다. 포털 측에 압력을 가해서 서둘러 해당 문건을 내렸지만 트위터를 통해서 걷잡을 수 없이 확산되고 있습니다. 당장 오늘 아침부터 좌익성향 신문들이 거품을 물고 있어서 상당히 시끄러워지고 있습니다. 빨리 돌아오셔야 할 것 같습니다.

"제기랄, 야당 떨거지들 입 찢어지겠군."

—정황증거뿐이지만 총선을 앞둔 시점에 상당히 큰 악재가 될 것 같다는 보고입니다.

"미친놈들, 악재 같은 소리하네. 그래 봐야 정황 증거뿐이야. 야당의 정치적 음모라고 몰아붙이면 그만이야. 자넨 누가 올린 건지나 찾아내서 매장시켜 버려."

—괜찮으시겠습니까?

"이보다 몇 배 더 심한 일도 견뎠어. 이 정도에 흔들릴 정도라면 빨갱이 정권 때 이미 죽었다. 헛소문 퍼트린 놈이나 확실히 찾아내."

—처리하겠습니다.

"이거 며칠 쉬다 가려고 했는데 귀찮게 됐군. 일 끝내고 내일 첫 비행기로 돌아가겠네."

—서울에서 뵙겠습니다.

전화를 끊은 권용철은 수행비서에게 전화기를 돌려주고 탁자 위에 있는 코냑을 조금 따라 입에 댔다. 이제 NSC 시절의 치부를 알고 있는 놈은 모두 죽었다. 이번 일로 유일하게 발목을 잡던 놈도 정리가 된 셈, 돌아가 수습만 하면 모든 게 끝이었다. 길게 한숨을 내쉰 그는 한 발 늦게 들어와 2층 계단으로 올라가는 이철중을 불러 세웠다.

"이보게, 소령."

"예."

"그 미친놈 확실히 죽은 거지?"

"여러 발 맞았습니다. 물건을 빼내느라 확인 사살은 못했지만 생존가능성은 없습니다."

그는 크게 고개를 끄덕였다.

"잘됐군. 물건은?"

"대원들이 따로 보관하고 있습니다. 3분 내에 가져올 수 있습니다."

"가져오게. 지금 끝내고 쉬지."

"예. 의원님."

"수고했어. 내 자네 기억해 둠세."

"감사합니다."

이철중은 가볍게 목례를 하고 되짚어 밖으로 나갔다. 이철중의 뒷모습이 사라지자 권용철이 비서를 돌아보며 다시 말했다.

"쓸 만한 친구야. 안 실장에게 활용할 수 있는 방법을 찾아보라고 전하게."

"알겠습니다."

"나가세. 슬슬 출출해지는군."

밖으로 나오자 고기 굽는 냄새가 진동했다. 앞치마를 두른 리먼이 백사장에서 손을 흔들었다.

"이쪽으로 오십시오. 스테이크가 최고로군요. 하하."

고기를 뒤집은 리먼이 제법 그럴듯한 만찬을 올린 테이블을 가리켰다. 권용철이 테이블에 앉자 두툼한 스테이크를 그의 접시에 올리고 반대편으로 건너가 와인을 따랐다.

"축하주 한 잔은 해야겠지요."

"고맙소."

잠시 와인과 스테이크를 즐기는 사이 이철중과 대원들이 나란히 그의 등 뒤로 다가왔다. 이철중을 힐끗 돌아본 권용철이 말했다.

"왜 하필 북키프로스요? 이스탄불이 차라리 낫지 않소?"

"여기만큼 현금 처리가 깔끔한 곳이 없습니다. 은행이든 출입국이든 규제라는 게 아예 없으니까요. 의원께서도 계좌 하나 만들어두시면 편할 겁니다."

"CIA 계좌도 있는 모양이로군."

"하하. CIA 예산은 공식적인 것보다 비공식적인 것이 더 많습니다."

"필요한 만큼 찾았소?"

"물론입니다. 그쪽은?"

권용철은 어깨너머로 이철중을 가리켰다. 리먼이 껄껄 웃었다.

"시작할까요?"

"그럽시다."

리먼이 손을 들자 몇 발 떨어져 서 있던 사내가 재빨리 다가와 작은 가죽 가방 하나를 테이블 위에 올려놓았다.

"약소하지만 대선 캠페인에 써주십시오. 무기명 채권, 3천만 달러입니다. 물론 미국정부가 의원님을 지원한다는 조건이 더 달립니다."

"우리도 내놓지?"

권용철이 뒤를 돌아보자 이철중이 들고 있던 검은색 배낭 2개를 테이블 위에 올려놓고 지퍼를 열었다. 그가 배낭 안의 은색 케이스들을 두드리며 다시 말했다.

"막상 넘기려니 좀 아쉽군. 허허."

"아쉬워하실 필요 없습니다. 우리가 S—500에 대한 대비책을 세우면 자연히 귀국에도 도움이 됩니다."

"그래야지요. 허허. 좋은 거래가 됐길 빕시다."

"자, 이제 거래가 끝났으니 간단하게나마 파티를 시작해 볼까요? 스테이크뿐이지만 최고급이올시다. 하하."

껄껄 웃은 리먼이 뒤에 서 있던 요원에게 손짓을 하자 둘이 재빨리 배낭을 챙겨 들고 안가로 돌아갔다. 권용철이 비서에게 채권가방을 넘겨주며 말했다.

"어이, 이 소령. 자네 식구들도 다 오라고 하게. 다들 수고했으니 한잔해야지."

이철중은 목례만 하고 돌아서서 통나무집 앞에 서 있는 대원들에게 손짓을 했다. 특별한 위험요소는 없다는 판단, 와인 몇 잔에 취할 리도 없거니와 정예 무장요원 수십 명이 몰려 있는 사지에 뛰어들 멍청한 작자들도 없을 것이었다. 비교적 전력이 떨어지는 권용철의 경호원이나 벤츠 운전자들은 열외로 치더라도 자신을 포함한 특수부대원 4명에 CIA 무장요원 8명이면 웬만한 전투부대의 소대병력과 맞먹는 강력한 전투력이었다. 군대를 움직이지 않는 한 공격은 어려웠다.

이철중은 대원들과 함께 모닥불 옆에 따로 준비한 테이블에 모여 와인 몇 잔으로 긴장을 풀었다. 해는 이미 수평선 아래로 떨어져 완전히 캄캄해진 시간, 빛이라고는 안가 현관에 켜놓은 나트륨등과 모닥불이 전부였다.

'이것도 나름 운치가 있군.'

소말리아에서도 빛이 사라진 완벽한 어둠을 겪어봤지만 아름다운 경관의 바닷가에서 맞는 어둠은 사뭇 격이 달랐다. 흐릿한 달빛을 반사해 반짝이는 잔물결은 물론이고 지중해의 선선한 밤바람과 당장 신발을 벗고 싶게 만드는 부드러운 백사장, 안가 너머로 빽빽하게 들어찬 올리브 나무숲까지 모든 것이 제법 그럴듯한 경관이 나왔다. 반짝이는 잔물결에 시선을 준 채 술잔에 남은 와인을 단숨에 들이켜자 테이블 건너편 최기수 하사가 그의 잔에다 술을 따르며 걸걸한 목소리로 말을 건넸다.

"내일 아침에 영감 비행기 타는 거만 보면 작전종료입니까?"

그의 명령이라면 물불을 가리지 않는 다혈질의 사내, 특전사 영창 장기수 중에서 건진 최고의 물건이었다. 그가 고개를 끄덕였다.

"우리도 무사히 빠져나가야겠지."

"우리 몫은 언제 받는 겁니까?"

"서울에서, 보너스도 좀 챙길 거다. 아마 한 장 정도는 될 거다."

대원들의 입에서 가늘게 휘파람이 새어 나왔다.

"나이스! 영감 손 커서 좋네. 흐흐."

"좋아, 좋아, 아랫도리 근질거리는데 내일 알바니아나 그리스로 넘어가서 백마 끼고 진하게 한잔 걸치는 거 어떻습니까?"

"나쁘지 않겠지. 오늘 밤만 긴장 풀지 마라."

"모사드는 박살, 러시아 애들도 정신 못 차릴 정도로 깨졌는데 별일이야 있겠습니까."

"모르는 일이야. 이런 류의 작전에서 가장 위험한 시점은 작전이 끝났을 때야. 긴장감이 떨어지는 만큼 전투력도 떨어진다."

"하루야 못 버티겠습니까. 흐흐."

"됐어. 너하고 민철이가 외부경계다. 시간 있을 때 가서 자. 후후."

"헐, 무슨!"

그는 와인을 내뿜는 최기수의 어깨를 가볍게 두드리고 돌아섰다. 안가 주변을 한 바퀴 돌아볼 생각이었다. 애당초 섬에 발을 내려놓는 순간부터 왠지 모르게 줄곧 뒤통수가 서늘했던 것, 김석훈이란 놈의 죽음을 눈으로 직접 확인하지 못한 것이 영 마음에 걸렸다. 애써 가능성을 외면하고는 있지만 놈이 살아 있을 확률도 무시하기는 어려웠다.

술잔을 들고 연신 너털웃음을 터트리는 권용철과 리먼을 뒤로한 채 백사장을 벗어나 숲으로 난 오솔길에 발을 올렸다. 순간,

느닷없이 묵직한 총성의 메아리가 귀청을 때렸다.

투퉁!

"저격수!!"

누군가 고함을 질렀다. 그는 반사적으로 자세를 낮추면서 권총을 빼 들었다. 이미 CIA 요원 둘이 쓰러져 있었고 고함을 지른 다른 한 명의 머리통이 총 맞은 수박처럼 무섭게 터져 나갔다. 그리고 이민철이 어깨를 부여잡고 쓰러졌다. 주저앉은 최기수가 번개같이 식탁을 뒤집었으나 총탄은 식탁을 일격에 관통하면서 최기수의 가슴팍을 터트렸다. 차로 뛰어가던 수행비서의 등판이 터져 나가고 벤츠 운전석에서 뛰어내린 CIA 요원이 핑그르르 돌면서 차 밑으로 처박혔다. 모든 게 영화 속 슬로우비디오처럼 느리게 움직이고 있었다.

"제기랄! 숙여!"

이철중은 악을 쓰면서 엄폐물을 찾아 뛰었다.

김석훈은 저격소총을 던져 버리고 미끄러지듯 경사를 내리뛰었다. 바렛을 쥐고 절벽 위로 올라간 제니퍼와 배후지 능선에 자리를 잡은 그가 양쪽에서 십자포화를 퍼부은 결과는 나름 괜찮았다. 일단 위험인물로 분류될 만한 무장요원 아홉 이상을 제거하는 데 성공했다. 그러나 엄폐에 들어간 나머지는 조준경에 넣는 것이 쉽지 않았다. 이제부터는 현장에서 흔들어야 했다.

"매드독 다섯 진입, 차량부터 처리하세요. 다시 한 번 강조합니다. 생존자는 없습니다."

―카피, 진입한다.

그는 신속하게 숲길을 뛰어 통나무집 뒤쪽으로 접근했다. 300미
터 남짓하던 거리가 50미터 안쪽까지 줄어들었다 싶을 무렵, 무지
막지한 폭음이 비좁은 백사장을 뒤집어엎었다.

콰쾅!

블랙샤크의 체인건이 토해내는 무시무시한 예광탄 줄기가 통
나무집 앞에 주차된 벤츠를 연속해서 폭발시키면서 백사장의 모
닥불까지 단숨에 휩쓸었다. 말 그대로 무차별 폭격, 움직이는 놈
은 없었다. 최초 체인건의 총탄이 쏟아지기 시작할 때, 달아나던
두 놈이 제니퍼의 바렛에 등판이 터져 나가고 나서부터는 아예
머리를 처박고 움직일 생각을 하지 못하는 것 같았다. 그가 몇 미
터 더 거리를 줄이자 양만호가 나직하게 휘파람을 불며 말했다.

―휘익! 개자식들, 속이 다 시원하다. 12시 방향 통나무집에
두 놈, 3시 방향 150미터에 하나, 해안으로 이동한다. 신경 써라.

"카피."

그는 나직하게 중얼거리고 자세를 낮췄다. 이제 그와 통나무집
사이에는 짧은 공터밖에 없었다. 신속하게 공터를 가로질러 벽에
달라붙었다.

"이것들 집 안 어디 있는지 확인됩니까?"

―잠깐만, 전부 해안 쪽 벽에 붙었다. 밖이 궁금하겠지. 반대쪽
이야.

"카피."

뒷문에 기대서서 손잡이를 돌렸다. 단단히 잠긴 상태, 한 바퀴

돌면서 유리창으로 안을 확인했다. 양만호의 말대로 둘, 조명을 모두 꺼서 캄캄했지만 반대쪽 유리창에 붙은 그림자 둘은 확실히 보였다. 둘 다 외부의 상황에 신경을 곤두세웠고 유리창 바로 앞에 소파가 있어서 안으로 뛰어들어도 엄폐물 노릇을 할 수 있을 것 같았다. 그는 몇 발 물러섰다가 도약하면서 단숨에 유리창을 깨고 안으로 뛰어들었다.

와장창!

소파 뒤에서 한 바퀴 구르면서 번개같이 자세를 일으켜 등받이 위로 총신을 올린 채 자동소총을 긁어버렸다.

픽! 퍼벅!

다급하게 총구가 돌아왔으나 놈들의 총탄은 애꿎은 바닥과 천장에 숱하게 구멍을 내면서 뒤로 넘어갔다. 그는 재빨리 권총을 뽑아 들고 소파를 벗어나 쓰러진 놈들의 이마에 확인사살을 하면서 창가에 붙어 섰다. 밖은 완전히 풍비박산, 아직도 체인건의 예광탄이 간간이 틀어박히는 백사장은 차량들이 뿜어내는 불빛 때문에 야시경이 필요 없을 만큼 환했다. 밖에 시선을 주면서 자동소총의 탄창을 갈아 끼웠다. 순간, 양만호의 다급한 목소리가 귀청을 때렸다.

—뒤!

그는 본능적으로 자세를 낮추면서 가까이 있는 탁자를 쓰러트리고 뒤로 들어갔다.

카카캉!!

날카로운 총성이 실내를 가득 채우고 산산조각으로 깨져 나간 나뭇조각이 코앞으로 비산했다.

"제기랄!"

그는 손만 내밀어 마구잡이로 소총을 난사했다. 그리고 침묵, 순간적으로 유리 조각 밟히는 소리가 났다. 다시 손을 내밀어 소리 나는 쪽에다 소총을 난사했다. 응사는 없었다. 탄창을 갈아 끼우는 사이 익숙한 한국어가 들려왔다.

"라이언, 너냐?"

"이철중?"

"정말 명 더럽게 길다. 빌어먹을 놈아."

그는 탁자에 기대앉으며 쓰게 웃었다.

"너도 마찬가지야. 개자식아."

"임무 끝내기 전에 죽는 건 취미 없거든. 후후."

킥킥대며 웃은 놈의 총이 불을 뿜었다. 무지막지한 총성, 등 뒤에 묵직한 진동이 느껴졌다. 그가 손을 내밀어 몇 발 다시 쏘고 나자 총성이 잦아들었다. 그가 소리쳤다.

"임무 같은 개소리하지 마라. 썩어빠진 정치인 후장 닦아주는 것도 임무냐? 도대체 얼마나 받아먹은 거냐?"

그는 고함을 지르면서 식탁 옆으로 조심스럽게 눈을 내밀었다. 소파 뒤에서 놈의 목소리가 들려왔다.

"헛소리, 무능한 ADD 아이들이 가져가 봐야 할 수 있는 거 별로 없어. 차라리 미국에 넘겨주고 대가를 받는 편이 백번 나아. 그리고 너처럼 숨어서 썩은 고기 처먹는 놈들이 참견할 일이 아니다."

"놀고 있네."

그는 머리 위에서 다시 몇 발을 쏘고 옆으로 고개를 내밀었다. 놈의 총구도 다시 불을 뿜었다. 그는 목을 움츠리면서 제자리로 돌아와 탁자 반대쪽으로 움직였다. 얼핏 본 놈의 총기는 권총이었다. 자동화기를 확보하지 못했다는 뜻, 기습에 성공했다는 의미였다. 제자리에 묶어놓고 싸울 수 있다면 승산은 충분했다. 그는 탄창을 바꾸는 소리가 들리자마자 반대쪽으로 움직이면서 죽은 놈의 손에서 MP—5를 빼앗아 소파 위아래를 가리지 않고 무차별로 총탄을 퍼부었다. 놈도 권총을 내밀어 악을 쓰면서 응사를 시도했다.

그러나 화력의 우세는 확실했다. 놈은 머리를 내밀지 못하고 간간이 손만 내밀어 견제만 하는 형편, 당연히 위협적이지는 않았다. 그는 탄창이 비어버린 MP—5를 던지면서 계속 횡으로 움직였다. 그가 탄창을 갈아 끼울 것이라 판단하고 머리를 내밀어주기를 바랐지만 놈은 나오지 않았다. 총탄이 떨어졌을 수도 있다는 생각에 과감하게 일어서서 뛰기 시작했다. 만약 총탄이 떨어졌다면 사각을 확보하기만 하면 상황은 끝이었다. 그러나 소파 옆으로 방향을 잡는 순간, 놈이 소파를 밀어붙이면서 달려들었다. 그는 반사적으로 소파를 타 넘어 몸을 날리면서 놈이 있을 만한 위치에다 MP—7을 난사했다.

퍼버벅!

엉뚱하게도 둔탁한 타격음이 터졌다. 주저앉은 식탁 상판이 이철충의 어깨에 올라가 있었다.

"으아아!"

괴성을 내지른 이철중은 번개같이 식탁 상판을 밀어붙이면서 달려들었다. 본능적으로 상판을 차낸 그는 탄력을 이용해 깨진 창문 쪽으로 몸을 날리면서 총구를 돌렸다. 그러나 놈의 움직임이 더 빨랐다. 총탄은 애꿎은 천장에 줄줄이 구멍을 냈고 둘은 순식간에 뒤엉켜 벽으로 처박혔다.

퍼버벅!

탄창에 남은 총탄이 소파를 갈가리 찢어발겼다. 방아쇠울에 들어간 손가락을 놈이 찍어 누른 탓, 철걱 소리와 함께 놈의 총구가 돌아왔다. 황급히 권총을 잡아채 벽에 때렸지만 이철중의 손이 그의 목을 틀어잡았다. 놈의 입가에 비웃음이 맺혔다.

"넌 내 상대가 아니야, 꼬마."

말이 끝나기가 무섭게 놈의 팔꿈치가 절묘하게 돌아와 그의 턱을 노렸다. 그는 반사적으로 놈의 입을 들이받아 버렸다. '쩍' 하는 소리와 함께 놈의 머리가 뒤로 젖혀졌다. 그러나 동시에 놈의 발이 그의 옆구리에 틀어박혔다.

"큭!"

그는 떨어져 나가면서도 놈의 총 쥔 손을 꺾으며 매달렸다. 놈은 순간적으로 권총을 놔버리고 발로 그의 얼굴을 노렸다. 그는 무릎으로 정강이를 가로막으면서 한 바퀴 뒤로 굴러 무릎을 꿇고 자세를 바로잡았다. 거의 동시에 몸을 일으킨 놈은 숨 쉴 틈도 없이 다시 달려들었다. 소파를 뛰어넘으며 권총을 뽑았지만 안전장치를 풀기도 전에 다시 놈과 뒤엉켜야 했다. 놈은 소파 아래로 쓰러지면서 그의 총을 귀신같이 쳐내면서 팔을 꺾어 돌렸다. 그는 허공에서 완전히 뜬 채 한 바퀴 돌아 어깨부터 바닥에 처박혔다.

"크흐……."

그가 막힌 신음을 토해내자 이철중이 그가 떨어트린 권총을 툭 차내며 비릿하게 웃었다.

"일어나라, 꼬마. 얼마나 버티나 보자. 후후."

그는 어렵게 몸을 일으켜 한쪽 무릎을 꿇었다. 나름 치료도 했고 몰핀까지 맞고 나왔지만 격렬한 움직임과 직접적인 타격에는 답이 없었다. 이를 악물었는데도 이빨 사이로 새된 신음이 연신 흘러나왔다.

"크… 골 때리네. 흐흐. 너무 좋아하지 마라, 아직 끝난 거 아니야."

"미친놈, 그럼 끝내자."

나직하게 중얼거린 이철중은 성큼성큼 다가와 얼굴에다 발길질을 했다. 맞으면 끝이라는 생각에 필사적으로 일어난 그는 무조건 이철중의 옆구리를 끌어안고 밀어붙였다. 그러나 서너 발짝 밀려난다 싶던 놈은 순간적으로 몸을 틀면서 그를 소파에다 처박았다.

'지랄!'

그는 놈의 옆구리를 놓지 않았다. 뒤엉킨 채 소파와 함께 뒤로 넘어가면서 무릎으로 놈의 머리를 노렸다. 자세가 워낙 엉성해서 정타로 맞추지는 못했지만 놈의 목이 움츠러드는 건 느낄 수 있었다. 놈의 아랫배를 차내면서 재빨리 떨어져 나와 발목의 권총에 손을 가져갔다. 하지만 이철중은 또다시 귀신같이 따라붙었다. 한 술 더 떠서 이번엔 역수도로 잡은 던지기용 단검과 함께였다. 권총을 포기하고 놈의 손목을 잡으려 했지만 칼은 절묘하게 휘어지며 그의 옆구리 방탄복 아래로 틀어박혔다.

"큭!"

허리를 푹 꺾으면서 칼을 쥔 놈의 손목을 움켜쥐고 되는대로 놈의 눈두덩이를 들이받아 버렸다. 그러나 정작 눈앞에서 불똥이 튄 건 놈이 아니라 그였다. 순간적으로 정신을 놓은 것 같은 느낌, 놈은 어느새 그의 상체 위에 올라앉아 한 손으로 그의 목을 누르고 있었다.

"입만 컸지 하는 짓은 영 시원치가 않은데?"

음산한 목소리를 토해낸 놈은 목을 누른 채 그의 턱을 내리쳤다. 황급히 목을 틀었지만 충격을 피하기는 어려웠다. 그의 턱이 픽 돌아가자 놈은 그의 목젖을 강하게 움켜쥐면서 이빨을 드러냈다.

"후후. 여기저기 고장 난 데가 많아서 그런가? 그런 거야? 응? 안 들리는데?"

그를 이를 악물고 이철중의 새끼손가락을 틀어잡았다. 그러나 놈은 손가락에는 신경도 쓰지 않은 채 그의 턱을 다시 후려갈겼다.

"몇 초만 참아. 그럼 끝이야."

움직이는 서슬에 팔이 풀리면서 옆구리에 박힌 단검에 손이 닿았다. 남은 방법은 하나, 그는 죽을힘을 다해 단검에 힘을 주었다. 그냥 뽑았다가는 자칫 출혈로 죽을 수도 있지만 이래 죽으나 저래 죽으나 결과는 마찬가지였다. 그리고 단검이 뽑히자마자 놈의 목줄기에다 횡으로 박아버렸다.

"포기한 거야? 병신 새… 큭!"

이철중은 욕설을 토해내다 말고 그 자리에 얼어붙어 버렸다. 목젖을 틀어쥔 손에서 차츰 힘이 빠져나갔다. 숨을 쉴 수 있게 되자 그는 급히 이철중의 몸을 밀어내고 옆으로 돌아누워 가쁜 숨을 몰아쉬었다. 부릅뜬 이철중의 눈이 코앞에 있었다. 그는 어렵게 상체를 일으켜 세우고 시뻘겋게 달아오른 이철중의 귓가에다 나직하게 속삭였다.

"나 신삥 시절에 말이야. 채문식이라고 아주 지독했던 생존훈련 교관이 있었어. 유명한 인간이라 너도 알 거야. 그 인간이 그러더군. '어떤 상황에서도 상대의 몸에 무기를 남겨두지 마라. 격투의 기본은 그거고 기본을 잊은 결과는 언제나 치명적이다.' 이러더군. 기억해 둬."

중얼거리면서 권총을 집어 든 그는 곧장 이철중의 관자놀이에 총구를 대고 그대로 방아쇠를 당겨 버렸다. 뜨거운 피와 뇌수가 얼굴로 튀었지만 눈도 깜빡이지 않았다.

"참, 그거 알아? 난 무서워서 조국을 떠난 비겁한 놈이지만 넌 군인의 본분까지 저버린 악질 말종이야. 기억하고 떠나라."

셔츠를 찢어 옆구리를 묶으면서 잠시 이철중의 시체를 내려다본 그는 떨어트린 MP—7을 집어 들고 곧장 안가를 나섰다. 아직도 간간이 총성이 터지는 상황, 여기저기서 타오르는 불길 때문에 백사장은 대낮처럼 훤했다. 불붙은 차량들을 우회하면서 몇 걸음 떼자 제니퍼의 목소리가 들려왔다.

―젠장, 간 떨어지는 줄 알았잖아. 괜찮아?

"오늘도 팔다리 다 붙어 있다. 상황은?"

—다섯 놈 남았어. 2시 방향 100미터 하나, 11시 방향 120미터 콘크리트 구조물 안에 넷, 대가리 처박고 꼼짝도 안 해. 영감탱이도 거기 있어.

"좋아, 2시 방향부터 흔든다. 처리해."

—카피.

"권용철 그 인간은 내 몫이다. 건드리지 마. 아저씨, 들었죠?"

—카피.

백사장을 우회한 그는 숲을 통해 아주 천천히 구덩이 속에 엎드린 놈에게 다가갔다. 뛰고 싶어도 뛰는 게 여의치 않았다. 그래도 거리가 30여 미터 이내로 줄어들자 기척을 느꼈는지 놈이 움직이기 시작했다. 그리고 그것이 놈의 마지막 행동이었다. 놈이 자세를 바꾸자마자 머리가 잘 익은 수박처럼 단박에 터져 나갔다.

"나이스 샷."

—원다운, 넷 남았어.

그는 휘적휘적 걸어서 곧장 콘크리트 구조물 근처로 건너갔다. 그러나 몇 십 미터도 안 되는 거리를 이동하는 것이 더럽게 오래 걸렸다. 마치 좀비가 된 느낌, 걷는 게 아니라 기어가는 것 같았다. 소총을 바꿔 잡고 피로 범벅이 된 손을 나무에다 대충 닦아내자 나무 사이로 거의 벌집이 된 콘크리트 건물이 눈에 들어왔다.

블랙샤크의 줄기찬 사격에 장시간 노출된 탓, 어찌어찌 안전한 장소를 찾아 들어갔는데 그대로 고착된 형국이었다. 움직이는 건 불가능하니 그냥 버티면서 키프로스 경찰이나 터키군이 나타나기를 기다리는 것 같았다. 그러나 뒤쪽이 훤히 뚫려 있어서 배후의 공격에는 완전히 무방비 상태였다.

숲 경계를 돌아간 그는 소각장에서 50미터쯤 떨어진 둔덕에 자리를 잡고 내부의 상황부터 살폈다. 권용철과 이철중의 부하 하나, 그리고 금발의 백인과 나란히 앉은 CIA 요원으로 보이는 거구의 흑인이 눈에 들어왔는데 그중 이철중의 부하는 총격에 당했는지 피투성이였고 권용철은 덜덜 떨면서도 가방 하나를 꼭 쥐고 있었다. 주저할 이유 같은 건 없었다. 그는 즉시 금발의 백인과 CIA 요원을 겨냥해서 자동소총을 난사했다.

"크악!"

흑백이 나란히 10여 발을 얻어맞고 나뒹굴자 이철중의 부하가 왼손으로 권총을 잡고 마구잡이로 방아쇠를 당겼다. 하지만 총탄은 완전히 엉뚱한 곳으로 날아가고 있었다. 그는 둔덕을 빠져나와 전진하면서 놈을 향해 탄창에 남은 실탄을 모두 쏴버렸다. 놈은 벽에 기대앉은 채 모로 쓰러졌다. 탄창을 갈아 끼운 그가 성큼성큼 다가가자 권용철이 금방 죽은 자가 떨어트린 권총을 주워 들고 덜덜거리면서 영어로 고함을 질렀다.

"협상하자! 원하는 게 뭐냐? 난 대한민국 국방위원회 의장이다! 뭐든 줄 수 있어!"

그는 놈의 말을 깨끗이 무시하고 몇 발 더 접근하면서 놈의 발밑에다 자동화기를 난사했다. 놈은 기겁을 하면서 권총을 떨어트렸다.

"국방위원회 의장? 지나가던 개가 웃을 노릇이로군. 군도 면제받은 새끼가 무슨 놈의 국방을 책임져. 총은 잡을 줄 아나?"

김석훈의 목소리는 얼음장처럼 차가웠지만 그가 한국인이라는 사실을 인지하자 권용철의 목에 갑자기 힘이 들어갔다.

"내가 누군지 아는군. 난 자네 인생을 바꿔줄 수도 있는 사람이야."

그가 누군지는 모르고 그냥 상대가 한국인이라면 말로 제압이 가능할 거라고 생각하는 모양이었다. 그는 소각장 입구에 기대서서 입가에 떠도는 웃음을 삼켰다.

"내 목소리가 기억나지 않는 모양이로군, 영감."

권용철은 눈을 부비면서 그의 얼굴을 올려다보더니 흠칫 놀라는 표정을 지었다. 그가 다시 말했다.

"죽은 놈 걸어 다니는 것도 처음 본 모양이지?"

권용철은 선뜻 대답을 못하고 일순 말을 더듬었지만 곧 평상심을 회복하는 것 같았다.

"무슨 배짱인지는 몰라도 이건 무모한 짓일세. 날 죽이면 자네도 무사할 수 없어."

"널 살려두면 뭐가 달라지지?"

"힘을 가질 수 있지. 사실 청와대 같은 건 실세에 들어가지도 않아. 반면 우린 모든 걸 가지고 있다."

"우리?"

"나 혼자 잘 먹고 잘살겠다고 이 짓을 하는 게 아니야. 국가를 위해 봉사하며 서로를 후원하는 사람들이 있다. 자네도 일원이 될 수 있어."

"놀고 있네. 너희들끼리 잘 먹고 잘살겠다고 하는 짓이라는 건 동네 애들도 다 알아."

"절대 그렇지 않아. 우린 누구에게든 능력만 있으면 힘과 돈과 기회를 준다. 그리고 자네는 능력이 있어. 그러니 자네는 지금 그 기회를 잡은 거지. 내가 해봐서 아는데 이런 기회는 정말 많지 않아."

"크크. 미치겠군. 해봐서 알아? 지랄, 내가 너 같은 놈들 많이 겪어봐서 아는데 널 살려주면 내가 죽어. 내가 틀렸나?"

그는 키득대며 웃다말고 옆구리를 부여잡았다. 한동안 잊어버렸던 통증이 머리끝까지 치밀고 올라왔다. 그가 크게 심호흡을 하자 나름 고압적인 표정을 짓던 권용철이 금방 저자세로 말을 바꾸면서 손에 쥔 가방을 내밀었다.

"여기, 이거 가져가라. 3천만 달러나 되는 무기명 채권이다. 이거면 내가 약속을 지키지 않더라도 평생 떵떵거리며 살 수 있을 거다. 보험증권이라고 생각해라."

"참내, 그거 원래 내 돈인데 협상이 되겠어?"

"뭐?"

"당신 머리에 총알 한방 박아주고 나면 그 가방 임자가 누굴까?"

"……"

그는 몇 발 더 다가서서 수시로 변하는 권용철의 표정을 물끄러미 내려다보며 차갑게 말을 덧붙였다.

"당신 거물이잖아. 거물답게 좀 색다른 걸 내놔봐."

"원하는 걸 이야기해."

"내가 아끼고 사랑한 사람들의 목숨 값에 합당한 게 뭐가 있을까? 당신 더러운 목숨 하나 가지고는 어림도 없어."

"추저분하게 놀지 마라. 비자금 몇 푼 가지고 쓸데없이 발목 잡는 시민단체 떨거지들하고 다른 게 없잖아. 간단히 이야기하자. 어차피 날 죽이면 너도 죽는다. 너도 잘 알잖아? 죽은 자들을 위해 죽겠다는 거냐? 그게 말이 돼? 맘에 없는 소리 하지 말고 원하는 게 뭔지 솔직히 털어놔 봐. 돈? 명예? 원하는 건 뭐든 줄 수 있다."

"그닥 쓸 만한 게 없는 모양이군. 뭐 괜찮아. 쓰레기답게 딱 어울리는 장소를 죽을 자리로 골랐으니까 말이야. 흐흐."

비릿하게 웃은 그가 권총을 뽑아 슬라이드를 당겼다 놓자 권용철의 입에서 급기야 욕설이 튀어나왔다. 간신히 유지되던 평정심이 깨진 모양이었다.

"이런 씨팔, 난 대한민국 국회의원이자 국방위원회 의장이야! 이변이 없는 한 다음 대 대통령이란 말이다! 너처럼 족보도 없는 건달들이 함부로 말을 붙일 상대가 아니야!"

"어, 그래? 요즘 아이들 말로 '국 해 의 원' 나으리 하나 줄어드는 셈이니 앞으로는 세상이 조금 더 깨끗해지겠네. 그렇겠지?"

그는 아무 말이나 마구 꺼내놓는 권용철의 이마를 총구로 쿡 찔렀다. 놈은 쓰레기 더미에 기대 눕다시피 하면서 다급하게 양손을 들어 올렸다.

"옛정을 생각해서라도 이러지 말게. 살려만 주면 뭐든 하겠어. 자네도 아직 젊은데 살아야지. 내 손녀딸하고 결혼도 시켜주겠네. 그 아이 대단한 미인이… 헉!"

그가 아는 세상에서 가장 짜증나는 단어들의 나열, 그는 권용철의 횡설수설이 끝나기를 기다리지 않고 놈의 입에다 총구를 푹 쑤셔 박았다. 그리고 그대로 방아쇠를 당겼다.

퍽!

소음기를 끼우지 않았는데도 총성은 크지 않았다. 입이 소음기 노릇을 하는 모양이었다.

"내 친구들 이름은 꼭 기억해 둬라. 차수연, 오마르, 칼리프. 반겨줄 거다."

중얼거리며 다시 방아쇠를 당긴 그는 탄창이 완전히 비어버릴 때까지 놈의 입에서 총구를 빼지 않았다.

철컥.

슬라이드가 밀려나 멈추고 나서야 그는 권총을 던져 버리고 그 자리에 털썩 주저앉았다. 더는 움직일 기력이 없었다.

"아저씨, 나 좀 데려가요. 물건 챙기고 불도 질러야 되는데 이러다 죽겠네요. 흐흐. 제니, 넌 내려오지 마라. 여기 볼일 끝날 때까지 움직이는 건 무조건 쏴버리고."

─카피. 접안한다.

─카피, 현위치 대기.

아예 드러누워 얼굴에 튄 피를 대충 닦아낸 그는 아직도 권용철의 손에 쥐어져 있는 피 묻은 손가방을 힐끗 돌아보고는 하늘로 눈을 돌렸다. 새카만 지중해의 밤하늘, 깨알같이 박힌 은색 점 수억 개가 손에 잡힐 것처럼 나트막하게 떠 있었다. 뒤늦게 악취가 코를 찔렀다.

다시 바다, 그리고

"아라비아해로 진입합니다, 함장님."

"그렇군."

이치용의 보고에 강태성은 심드렁하게 대답했다. 우선은 후련했다. 길다면 길고 짧다면 짧은 3개월간의 청해부대 파견근무가 끝이 난 것, 그런데 함교 윈드쉴드 너머로 보이는 검푸른 파도가 왠지 멀게만 느껴졌다.

"다시 바다로 나오기는 힘들겠지?"

"……."

이치용은 꿀꺽 말을 삼켰다. 매스컴에서는 새로운 영웅이라며 한껏 띄워놨지만 돌아가서 만날 현실은 참담할 것이었다. 당장 군법회의가 기다리는 형편, 다시 전투함을 지휘하는 건 보나마나 물 건너간 이야기였다. 잠시 그의 눈치를 본 이치용이 조심스럽게 말을 건넸다.

"승무원 전원이 무사히 고국으로 돌아갑니다. 그걸로 위안을 삼으시죠."

"그거야 당연히 그렇지. 우리 아이들 모두 무사히 집으로 돌려보내는 게 이번 파견의 가장 큰 성공이야."

"좀 쉬십쇼. 예정항로의 날씨가 나쁘지 않아서 앞으로 12시간은 이대로 전진입니다."

"휴… 아무래도 그래야겠어. 몸 상태가 별로로군."

"함교 인수할까요?"

강태성은 대답 대신 크게 기지개를 켜면서 하품을 했다. 벌써 이틀째 제대로 잠을 자지 못한 것 같았다. 쉬어야겠다는 생각에 고개를 끄덕이는 순간, 통제실 장교의 보고가 올라왔다.

─11시 방향 12해리에 소형보트로 관측되는 목표물이 고속으로 접근합니다. 반복합니다. 11시 방향 12해리, 새로운 목표물 출현. 시에라 1로 설정합니다.

"해적선인가?"

─아닙니다. 그쪽에서 먼저 군용 단파무선으로 접촉해 왔습니다. 코드네임 블루로즈, 패스워드 달그림자, 함장님과 통화를 요청합니다.

"블루로즈?"

─예, 연결할까요?

"보안회선으로 연결해라."

─예, 함장님. 연결합니다.

강태성은 몇 초 시간을 둔 다음 전화기를 들었다.

─말씀하십시오.

"함장이다. 블루로즈?"

─블루로즈는 전사했습니다. 전 소말리아에서 블루로즈와 같이 있던 요원입니다.

반갑지 않은 대답, 맨몸으로 해외에서 뛰는 요원들이 극단적인 위험에 노출되어 있다는 건 누구나 아는 주지의 사실이지만 직접 소식을 접하는 건 느낌이 많이 달랐다. 아침에 마신 식은 커피가 목구멍으로 솟구치는 기분이었다. 강태성은 미간을 잔뜩 좁히면서 말을 받았다.

"좋지 않은 소식이군. 그런데 왜 나를 찾았나?"

─부탁드릴 것이 있는데 확실히 믿을 수 있는 분이 함장님밖에 없습니다.

"부탁?"

─자세한 이야기는 직접 뵙고 나눴으면 좋겠습니다. 잠깐이면 됩니다.

"그러지. 승함하게."

─감사합니다, 함장님.

통제실로 감속명령이 하달되고 얼마 지나지 않아서 날렵한 고속정이 우현으로 접근해 왔다. 파도가 높지는 않지만 접선에는 시간이 좀 걸렸다. 고속정을 배에 고정하는 사이, 강태성은 함교를 이치용에게 맡기고 갑판으로 내려갔다. 갑판에 내려서자 어깨와 다리에 붕대를 잔뜩 감은 사내가 어렵게 거수경례를 했다. 얼굴도 온통 상처에 멍투성이여서 얼핏 보기에도 심각한 부상이었다. 갑판의 무장대원들은 뒤따라 올라온 중년 남자의 몸수색을 하고 있었다. 사내가 말했다.

"라이언이라고 불러주십시오."

"부상이 심한 것 같군. 몸은 괜찮은가?"

"괜찮습니다."

"그럼 이야기부터 듣지."

김석훈은 고속정이 접선된 난간으로 다가서서 고속정 갑판을 내려다보며 말을 받았다.

"서울로 보내주십시오."

갑판에는 제법 큰 은색 하드케이스가 고정되어 있었다.

"뭐지?"

"초저온 냉동고입니다. 고향에 묻히게 해주십시오."

강태성은 무겁게 고개를 끄덕였다.

"블루로즈의 시신인가?"

"그렇습니다."

"가족은?"

"모친이 살아 계신 걸로 알고 있습니다. 장례 비용은 전액 제가 부담하겠습니다. 부탁드립니다."

"국가를 위해 희생한 사람이야. 자네가 부탁할 일이 아닐세. 무슨 짓을 해서든 뒷수습을 하도록 조치하겠네."

"감사합니다. 그리고 한 가지만 더 부탁드립니다."

"뭐지?"

"위험부담이 큰일이라 죄송스럽기는 한데……."

"말해봐. 요원들이 목숨까지 버리는 판에 못할 일이 어디 있겠나."

"케이스 안에 극비로 처리해야 할 물건이 숨겨져 있습니다."

"한국으로 가져가 달라는 건가?"

"은밀하게 ADD 제4연구개발본부장에게 전달해야 합니다. 저기 있는 제 친구와 함께 국내로 반입해 주십시오. 보안구역 밖으로 내보내 주시기만 하면 전달은 제 친구가 맡을 겁니다."

그의 제안에 따라 양만호가 한국으로 돌아가기로 한 것, 안면이 있는 ADD 고위층에 물건을 전달하고 이후 고향에 정착하는 수순을 밟기로 했다. 자금은 충분하니 노후를 걱정할 필요 같은 건 없었다. 강태성이 의아한 표정으로 다시 물었다.

"굳이 상부에 알리지 않아야 하는 이유라도 있나? 내용물이 뭐야?"

"모르시는 편이 낫습니다. 국가안보를 좌지우지할 중요한 군사기밀이며 저걸 한국으로 보내기 위해 블루로즈를 비롯한 4명의 우리 정예요원이 희생됐다는 사실만 기억해 주십시오."

"알겠네. 최선을 다하지."

"감사합니다."

"다른 건 없나?"

"없습니다."

냉동고를 배로 올리는 건 신속하게 끝이 났다. 간단하게 폭발

물 검사를 마친 냉동고는 곧장 선미 갑판을 통해 장비도크로 내려갔다.

김석훈은 냉동고가 시야에서 완전히 사라질 때까지 꼼짝도 하지 않고 블랙샤크의 선수에 서서 차수연의 마지막 길을 배웅했다. 언젠가 무덤에 꽃 한 송이 들고 찾아갈 수는 있겠지만 그녀와의 인연은 이것으로 끝, 함께했던 시간은 길지 않았지만 추억은 오래도록 그를 괴롭힐 것 같았다.

그는 마지막으로 현측난간에 기대선 양만호와 강태성을 향해 거수경례를 하고 돌아섰다. 율곡이이는 파도를 가르면서 조금씩 멀어져 가고 있었다. 천천히 콘솔로 돌아와 담배를 빼물자 제니퍼가 가속레버를 밀어내며 말했다.

"엉클 마노 괜찮을까?"

"ADD 4본부장은 나도 아는 사람이다. 대단한 석학이라 제아무리 막가는 정권 실세들이라도 함부로 대할 수 없을 거야. 그래도 물건 넘기고 나면 당분간 잠수하라고 했다. 권용철 그 개자식 말고도 관련된 인간들이 많을 거니까 조심은 해야지."

"그럼 뭐야? 권인지 뭔지 하는 놈 죽은 거로 끝난 게 아니야?"

"인석아, 이 바닥에 깔끔한 답은 없어. 그냥 덮는 거지. 깔끔한 마무리를 원하면 직업을 바꿔야 돼. 후후."

"쳇, 라이언 똑똑한 건 나도 안다고. 그러니까 아는 척 좀 그만하셔. 재수 없거든? 일단 몸바사로 돌아갈까?"

"그래, 일단 블랙샤크부터 처리하자. 폭파해서 가라앉히든 외장을 왕창 뜯어고치든 정보기관 안테나에 걸리지 않을 방법을 찾

자. 이참에 스파 정리하고 잠수다."

"단둘이 여행?"

"여행 좋지. 당분간 남쪽으로 내려가서 돈 많은 한량 흉내나 좀 내던지. 후후."

"나이스, 그거 반가운 소리야. 흐흐."

어린아이처럼 즐거워하는 제니퍼를 뒤로한 김석훈은 콘솔 밖으로 나서면서 담배 연기를 깊이 빨아들였다. 또다시 바다, 멀리 아침햇살을 받아 빛나는 수평선 끝자락에 구축함 율곡이이의 묵직한 실루엣이 예술 사진처럼 절묘하게 걸려 있었다.

「레드 트라이엄프」 END.

:: 용어 해설

1. CB90H(combat boat 90, Half platoon)

스웨덴의 DOCKSTAVARVET 조선소가 개발한 알루미늄 선체 고속공격정 겸 특수전지원용 함정. 중기관총을 고정 장착하거나 조타실에서 모니커를 통해 원격조정으로 사격이 가능하다. 또한 기뢰나 Hellfire 미사일, 자이로안정식 2연장 120㎜ 박격포(AMOS)의 장착도 가능하다. 21명의 완전무장 병력이나 4.5톤의 화물을 적재할 수 있으며 2기의 460㎾ 디젤엔진으로 2개의 워터제트추진기를 사용 40노트 이상의 속도를 장시간 운행할 수 있으며 고기동성도 갖추고 있다.

일직선에 가까운 상부구조에 후부는 직각이며 앞부분에 하선용 램프가 있는 구조로 선체후부 25%는 방음장치가 된 엔진실로 2기의 460㎾ Scania DSI 14 디젤엔진이 워터제트를 구동한다. 선체중앙부 캐빈에는 병력용 좌석 20석이 있으며 선체중앙에 병사들의 장비를 거치하도록 한다. 조타실은 병력실과 하선램프사이에 위치하며 우측에 조타수, 좌측에 CO/navigator, 중앙에 지휘관용 좌석 배치다.

기본무장은 조타실상부의 링마운트에 장착하는 12.7㎜ 기관총, 40㎜ 유탄발사기의 장착 가능. 조타수정면에 고정된 2연장 12.7㎜ 기관총.

30~40노트의 고속에서 완전히 멈추는 스턴트 같은 기동이 가능하다.

[제원]
- 길이 : 15.9m
- 선폭 : 3.8m

· 만재배수량 : 15.2 metric tons fully loaded.

· 최고속도 : 만재 시 30+ knots 이상

· 엔진 : 2기의 Scania—Vabis DSI14 디젤엔진 (V 8기통, 14,000㏄, 터보 인터쿨러)

· 출력 : 합계 1250㎐.

· 엔진은 4시간 안에 교체가 가능

· 추진기 : 2기의 Alumina waterjets, FF450

· 선체재질 : Aluminium SS 144140

· 승무원 : 3, commander/navigator, commander/driver, machine chief/gunner.

· 최대적재량 : 4톤 혹은 21명(1/2개 소대원)

· 주무장 : 30㎜ 자동기관포 및 12.7㎜ 기관총 3정

· 부무장 : 미니레일식 기뢰 6발, Rb17 (modified Hellfire) ASM 발사기

· 항법장비 : Trimbel 8—channel differential GPS, RacalDecca Bridge Master—II 레이더

· 사격통제 : Saab Intruments SEOS (Stabilized Electro—Optical System) 열상이미지, TV 카메라, 레이저거리측정기

2. 대공미사일 M—SAM

대공미사일 M—SAM(Medium Range Surface—to—Air Missile)은 탄두와 추진체등의 비약적인 발전으로 과거와는 다르게 중거리대공미사일의 정의가 달라졌다. 과거에는 사정거리 20㎞ 이하 수준의 대공요격체계를 M—SAM으로 호칭하였으나, 최근에는 지상에 가해지는 모든 종류의 공중위협, 즉 탄도미사일, 순항미사일 및 전투기 등의 모든 위협에 대응할 수 있는 능력을 보유한 시스템으로 정의된다.

유럽의 SAMP/T는 사정거리 70㎞ 또는 120㎞ 급의 ASTER30/15을 M—SAM으로 부르고 있으며, MEADS 시스템은 미국의 PAC—III를 M—SAM으로써 사용하며, 대부분 PAC—III 이상의 사정거리를 가지고 있다.

3. 최신 대공미사일 스펙 정리

	SM—2	SM—3	PAC—2	PAC—3	ASTER30	S—300	S—400
Length	6.55m	6.55	5.18	5.2	4.8	10.0	–
Finspan	1.57m	1.57	–	0.51	–	–	–
Caliber	34cm	34	41	25	18	–	–
Weight	1341kg	900	312	450	1000~4600	420	
Max. Speed	Mach3.5	7.8	5.0	5.0	4.5	7.0	14.0
Ceiling	33km	160	24	15	20	25—30	25—30
Range	240km	500	160	20	120	75—150	40—120
War—head	62kg			91	73		150	24

—출전 김성전의 국방정책연구소

4. 한국형 대공요격미사일 KM—SAM 철매

최근의 M—SAM은 항공기 표적에 대하여 90% 이상의 명중확률을 갖고, 탄도미사일에 대하여는 80%, 탄두와 같은 미사일의 구성품에 대하여는 70%의 명중확률을 갖는다고 주장한다. 철매—2(KM—SAM)는 러시아의 S—300 9M96E 미사일을 바탕으로 개발될 예정이다.

[중요 스펙]

1. 지향성탄두와 능동신관 채용 : 지향성탄두는 탄두의 폭발압력과 파편

이 목표물 방향으로 60도 원추형으로 방출, 폭발하므로 표적에 작용하는 파편의 수가 최대가 되도록 하여 기존의 탄두에 비하여 6—15배 이상의 효과를 기대할 수 있다. 또한 탄두는 표적과의 상대속도, 교차거리, 표적의 형태 등에 따라 탄두의 기폭과 방향을 최적화시키는 지능형 근접신관을 탑재한다.

2. 다중펄스로켓 채용 : 기술적으로는 분리되지 않는 '다단식 로켓'으로 분류, 하나의 긴 모터케이스 안에 각각 정해진 추진체가 다단의 공간으로 격벽을 이루고 있으며, 1단 부스터 단계에서 가장 많은 에너지를 분출하며, 2단 격실은 순항단계에 필요한 에너지를 공급하고, 마지막으로 고기동과 운동에너지를 필요로 하는 종말단계로 나누어 추력을 공급할 수 있다. 기존의 분리형 로켓의 위험한 단점을 보완하고 사정거리를 20% 이상 증가시킬 수 있으며, 유도탄의 종말속도와 기동력을 크게 향상시킬 수 있으므로 고기동하는 대함미사일과 전투기, 높은 종말속도가 필요한 탄도탄 요격에 매우 유용한 기술이다.

3. TVC&Side Thruster 자세제어 시스템 : 러시아의 TVC&Side Thruster 자세제어시스템은 서방세계를 능가하는 기술로 유명하다. ASTER 30도 개발단계에서 관련기술을 러시아로부터 이전 받았으며 KM—SAM도 동등한 시스템을 이용할 것으로 보인다. 프랑스의 ASTER 30은 공력제어날개, 동체중간에 위치한 4개의 Side Thruster, 부스터에 장착된 TVC 노즐의 조합을 통하여 이륙과 동시에 12G의 방향전환기동이 가능하다. 또한, 요격하기 0.5~0.7초 직전의 종말유도과정에서 40G 이상의 횡방향코스 수정(0.6초 동안에 60m 이동)이 가능한 서방측 최고의 기동미사일로 호칭되고 있다.